皇座上的囚徒

冰臨神下——著

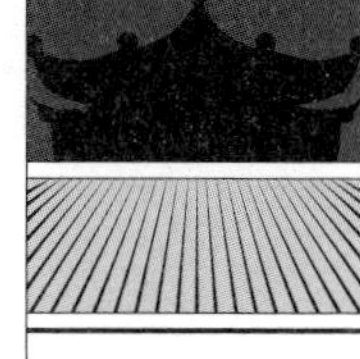

目錄

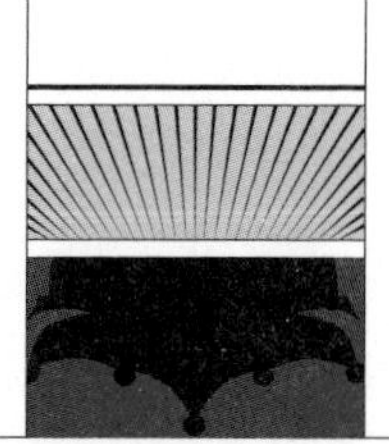

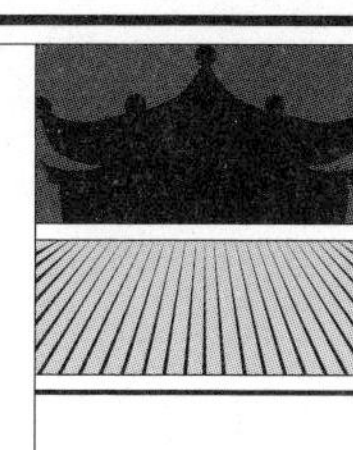

楔子

眾妙四十一年七月晦，一個漫長的時代結束了。

大楚天子在飽受多年疾病折磨後，於當夜駕崩，享壽五十八載，在位四十一年，謚號為武帝。三十三歲的太子在床前繼位，身前跪著先帝指定的五位顧命大臣，兩邊匍匐著十幾名內侍。

一個月後，武帝入葬陵墓，新帝正式登基，與列祖列宗一樣，從《道德經》中選揀一個詞，定年號為「相和」。

按照慣例，新年號要到次年正月才正式啟用，這一年剩下的幾個月仍屬於已然入土為安的老皇帝。可新皇帝迫不及待地開始撥亂反正，取消大批法令，釋放成群的囚徒，貶斥人所共知的奸佞，拔擢含冤待雪的骨鯁之臣……

當然，大楚以孝道立國，新帝每一份公開的旨意裡，都要用一連串優美而對稱的文辭讚揚武帝的功勞，然後才指出一點小小的瑕疵與遺憾，誠惶誠恐地加以改正。

武帝在位期間，大楚步入盛世，沒人能否認這一點，只是這盛世持續的時間太長了一些，就像是一場極盡奢華的宴會，參與者無不得盡所欲，可是總有酒興闌珊、疲憊不堪的時候，面對再多的佳釀與美女，也沒辦法提起興致，只想倒在自家床上酣然大睡。

新皇帝沒時間酣睡，他已隱忍太久，想要盡快收拾這一地狼籍。可惜，天不遂人願，在給予大楚一名在位長達四十一年的皇帝和前所未有的盛世之後，它也懈怠了，忽略了對繼位天子的看護。

相和三年九月晦，年僅三十六歲的新帝駕崩，謚號為桓帝，留下孤兒寡母和草創的新朝廷——說是亂攤子也不為過。不幸之中的一點萬幸，桓帝有一位嫡太子，天命所歸，無人可爭，武帝指定的顧命大臣也還在，足以維持朝綱。

小皇帝時年十五歲，從小就得到祖父武帝和父親桓帝的喜愛，由天下最為知名的飽學鴻儒親自傳道授業解惑，登基之後，外有重臣輔佐，內有太后看護，儼然又是一位將要建立盛世的偉大帝王。可老天還沒有從懈怠中醒來，僅僅五個月，功成元年二月底，春風乍起，積雪未融，小皇帝忽染重疾，三日後的夜裡，追隨先帝而去，未留子嗣。

不到四年時間，三位皇帝先後駕崩。

時近子夜，離小皇帝駕崩還不到半個時辰，中常侍楊奉踉踉蹌蹌地衝出皇帝寢宮，在深巷中獨自奔跑，心臟怦怦直跳，全身滲出一層細汗，大口地喘息，好像剛剛死裡逃生，作為一名五十幾歲的老人來說，他真是拚命了。

楊奉的目的地是太后寢宮，駕崩的消息早已傳出，所以他不是去送信，而是另有所謀。他已經後悔自己出發太晚了，可他必須在自己一手帶大的皇帝面前盡最後一刻的忠心。

楊奉是極少數能在皇宮裡隨意跑動的人之一，很快就到了太后寢宮，守門的幾名太監眼睜睜瞧著他跑進宮內，沒人出面阻攔，可庭院裡還有十餘名太監，他們就不那麼好說話了，看到楊奉立刻一擁而上，架起他的雙臂，向外推搡。

楊奉縱聲大呼：「太后！大難臨頭！大難臨頭……」

一名太監扯下腰間的荷包，整個往楊奉嘴裡塞去。

楊奉寡不敵眾，眼看就要被架出太后寢宮，東廂房裡走出一人，「住手。」他說，聲音不甚響亮，卻很有效，動手的太監們止住腳步，將楊奉慢慢放下。

楊奉吐出嘴裡的東西，推開身邊的人，不顧肌肉酸痛，大步走向東廂房，心中滿是鄙夷與鬥志。

廊廡之下的說話者是一名年輕內宦，剛過二十歲，穿著宮中常見的青衣小帽，十分修身合體，顯然經過精心裁製，臉上帶著一絲悲戚，更顯從容俊雅。

這人名叫左吉，太后寢宮裡的一名小小侍者，楊奉不願隨意猜測，可他真希望能從左吉身上揪出幾縷鬍鬚來。

楊奉盯著左吉的下巴，生硬地說：「我有要事，必須立刻面見太后。」

左吉微笑道：「請，我們等楊公已經很久了。」

楊奉深吸一口氣，臉上也露出微笑，「哦？原來是我來晚了。」

在楊奉眼中，左吉是個知書達禮的雜種，給全體宦官丟臉，也是一個繡花枕頭，除了令人鄙視，暫時沒有太大的威脅，他真正的敵人在東廂房內。

左吉突然上前兩步，一把抓住楊奉的胳膊，悄聲問：「你一直在陛下身邊，他對你說過什麼？」

楊奉打量了他幾眼，「陛下早就昏迷……你以為陛下會說什麼？」

左吉鬆開手，笑了笑，馬上覺出不妥，又露出悲戚之容，「我以為……陛下會提起太后。」

楊奉甩開左吉，事有輕重緩急，他現在不想提出任何懷疑。

中司監景耀站在房間，迎候楊奉。

景耀是皇宮裡職位最高的太監，年紀比楊奉大幾歲，先後服侍過三位皇帝，馬上又要迎來第四位。過去的十幾年裡，楊奉則一心一意地服侍皇太孫，親眼看著主人一步步成為皇太子、皇帝，又在最後一刻握著主人的手，感受著溫度與權力一塊消逝。

「楊常侍，你不該來這裡。」景耀長得矮矮胖胖，臉上一團和氣，若不是穿著太監的服飾，倒像一名慈祥的老太婆。

「事發非常，管不了那麼多規矩，我來這裡是要挽救所有人的性命。」楊奉不肯向上司行禮。

景耀的微笑像是剛剛吞下一隻羊的獅子在打哈欠，凶惡，卻很真誠，「無召擅闖太后寢宮，楊公，這可是死罪。」

左吉站在門口無聲地嘆息，他的地位很穩固，犯不著像惡狗一樣爭權奪勢。

楊奉左右看了看，「太后在哪裡？」

景耀露出戚容，「陛下不幸晏駕，太后悲不自勝……楊公，你這時候不應該留在陛下身邊嗎？」

楊奉不理睬景耀，轉身面對左吉，知道這個人是自己與皇太后之間唯一的橋梁，「太后決定選立哪位皇子繼位？」

楊奉話音剛落，景耀臉上的和氣一掃而空，一步躥到楊奉面前，厲聲道：「大膽奴才，這種事也是你說得的嗎？」

楊奉側身，仍然面朝左吉，「太后危在旦夕，朝廷大亂將至，左公身為太后侍者，肩負天下重任，可願聽一句逆耳忠言？」

左吉顯得有些驚訝，似乎沒料到自己會受到如此重視，不太肯定地說：「這種時候……太后的確該聽幾句忠言。」

景耀退到一邊，憤恨的目光射到地板上又彈向楊奉。

楊奉緩緩吸入一口氣，如果說擅闖太后寢宮是死罪，他接下來要說的每一句話都足以招來滅族之禍，「皇帝尚有兩個弟弟，三年前被送出皇宮，可有人前去迎他們進宮？」

景耀插口道：「還以為是什麼了不起的『逆耳忠言』，原來不過如此，我早已做好安排，明天一早就將兩位皇子接來。」

「等到明天就來不及了！」楊奉抬高聲音，「朝中大臣會搶先一步，從兩位皇子當中選立新帝，留給太后的只是一個虛名。至於咱們三位，都將成為人人痛恨的奸宦，不殺不足以謝天下。」

景耀哼了一聲，「陛下晏駕還不到半個時辰，朝中大臣不可能這麼快就有所動作。」

的確，皇帝得病不過三日，就算是醫術最為精湛的御醫，也料不到病勢會發展得如此迅猛。

楊奉壓低聲音對左吉說：「太后相信身邊的每一個人嗎？」

左吉臉色微變，「楊公是什麼意思？」

「太監不可信。」楊奉自己就是太監，可他仍然要這麼說，「咱們是藤蔓，天生就得依附在大樹上，一棵大樹倒了，就得尋找另一棵，我相信，已經有人將消息傳給宮外的大臣了。」

景耀搖搖頭，「不可能，沒人有這個膽量，而且宮衛森嚴……」

左吉沒有那麼鎮定，他從來沒有經歷過這麼大的事情，「我、我去見太后。」

左吉匆匆離開，景耀一團和氣的臉上怒意勃發，低聲吼道：「你的大樹倒掉了，這時才想換一棵大樹，已經晚了。」

楊奉冷冷地迎視景耀，「你應該感謝我。」

「感謝你？就因為你說了一句無用的廢話？朝中大臣一盤散沙，絕不敢擅立新君。你故意危言聳聽，無非是想取得太后的信任。」

「朝中大臣並不總是一盤散沙，尤其是在對付咱們這種人的時候。景公，你多少也該讀一點史書。」

景耀麵糰似的白臉頃刻間變得通紅，隔了一會他說：「楊公想必讀過不少書，你能預測自己是怎麼死的嗎？」

兩名太監互相怒視，像是準備決鬥的劍客。

左吉很快返回，跟他一塊來的還有皇太妃上官氏，她的出現立刻消融了客廳裡的劍拔弩張。

上官皇太妃是皇太后的親妹妹，完全可以代表皇太后本人，她一言不發地坐在椅榻上，身邊沒有侍女，接受三名太監的跪拜之後，她呆呆地想了一會，從袖中取出紙札，說：「太后已經擬定手諭，你們即刻前去迎兩位皇子入宮。」

景耀想說什麼，話到嘴邊又咽了回去。

上官皇太妃又想了一會，繼續分派任務，「景公，有勞你去迎接東海王，楊公——」

楊奉馬上站起身，「我願意留在宮內為太后奔走，而且我還有一些話要面稟太后。」

上官皇太妃搖搖頭，「其他事情先不急，有勞楊公前去迎接另一位皇子。」

楊奉一愣，他剛剛打贏一場戰鬥，轉眼間又由勝轉敗。眼下形勢微妙，留在太后身邊是最好的選擇，但這個位置只屬於左吉，其次的選擇是去迎接東海王，可分配給他的卻是另一位皇子——迄今為止連王號都沒有的皇子。

楊奉沒有選擇餘地，只能恭敬地領命。

兩名太監開始了競爭，楊奉向寢宮大門跑去，景耀招呼庭院裡的手下。兩刻鐘後，楊奉聚集了自己的隨從，與景耀一伙在皇宮東青門相遇，守門郎顯然對宮內發生的事情有所察覺，正緊張地查看太后手諭。

景耀走到楊奉身邊，低聲道：「恭喜楊公，迎立孺子稱帝，這份功勞可不小。」

說到「孺子」兩個字時，景耀加重了語氣，因為這就是另一位皇子的小名。

「你真該多讀一點史書。」楊奉冷冷地說，只要沒死，他就不肯承認敗局已定，無論分派到自己手裡的是個什麼東西，他都要好好利用。

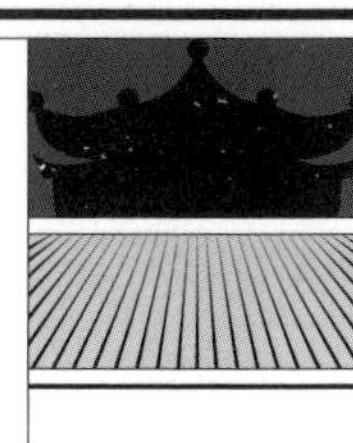

第一章

進宮

韓孺子從睡夢中被一陣搖晃喚醒，嗅到了熟悉的氣味，沒有睜開雙眼，懶懶地嗯了一聲。

「起床，孺子，咱們要回去了。」

母親的聲音縹緲得如同仙樂，韓孺子強撐著抬起眼皮，在朦朧的燈光中，看到了母親既興奮又緊張的臉孔，「母親……」

「神佛保佑，咱們終於能回去了。」母親重複道，聲音激動得有些發顫。

「回哪？」韓孺子慢慢坐起，還是沒明白狀況。

「回宮裡，你要當皇帝了。」

韓孺子揉揉眼睛，終於清醒過來，「我不想回去，也不想當皇帝。」

母親攥住兒子的一條胳膊，「不准你說這種洩氣話，永遠也不准，明白嗎？你還有很長的路要走，會有許多人擋在路上，你得……」

母親不知該怎麼說下去了，兒子剛剛十三歲，正處於對人情世故似懂非懂的階段，很容易誤解大人的話。

「皇位本來就應該是你的。」母親溫柔地說，「武帝是你的祖父，他喜歡你，親自給你起的名字，若不是太早駕崩，武帝會立你當皇太孫。」

韓孺子點點頭，母親經常對他嘮叨這些話，可老實說，他根本不記得祖父的模樣。他迅速穿衣戴帽，與母親一塊走出房間。

外面很黑，也很冷，庭院裡影影綽綽地站著許多人，沒有人點燈，母親將兒子推到身前，用高傲的語氣說：「這就是武帝之孫、桓帝之子。」

庭院裡忽喇喇跪下一片人影，韓孺子很緊張，但是沒有退卻，他不想讓母親失望。

離得最近的一個身影起身走過來，一股冷風隨之而至，韓孺子對這股冷意印象莫名其妙地深刻，多年之後都無法忘懷。

「我是中常侍楊奉，迎請皇子進宮。」

母親聽出了中常侍話中的不敬，於是用更冷淡地語氣說：「只是一名中常侍？」

楊奉點了下頭，微微彎腰，對韓孺子說：「請皇子登車。」

韓孺子回頭看向母親，夜色中，母親的臉像是籠罩著一層冰霜。

「我們娘倆兒是被攆出皇宮的，想讓我們回去，絕不能這麼隨隨便便。」她說。

楊奉的腰彎得更深一些，臉上露出不以為然的笑容，「王美人，老奴只是奉命行事，而且——宮裡的另一批人此刻正在迎接東海王的路上，不用我多說，王美人也該明白早一刻回宮有多麼重要。」

王美人立刻被說動了，上前一步，站到兒子身邊，「好，這就出發。」

楊奉沒動，他身後的眾多人影也沒動。

「我們娘倆兒的命都握在楊公手裡，請楊公有話但講無妨。」王美人的語氣出人意料地軟下來。

「我接到的旨意是只帶皇子一人進宮。」

王美人神情驟變，這一回卻沒有爭辯，也沒有發怒，而是慢慢地將兒子推向外人。

韓孺子驚訝地回頭，「母親，我不……」

「聽話。」王美人聲音雖低，卻不容質疑，「你先進宮，然後……然後……再接我進去。」王美人湊到兒子耳邊，用更低的聲音說：「記住，除了你自己，別相信任何人，也別得罪任何人。」

韓孺子開始感到驚恐了，他在母親的推動下不由自主地向前挪蹭，另一雙手臂將他接了過去，然後人群擁來，像烏雲一樣將他淹沒。從這時起，韓孺子失去了大部分知覺，甚至不知道自己是怎麼離家並坐上馬車的，馬車沒有封閉車廂，只有一頂華蓋，他一遍遍回頭張望，總覺得母親仍然跟在後面，看到的卻只是十幾名陌生騎士，直到駛出兩條街之後，他才想起自己居然沒跟母親告別。

「我們很快就會再見面的。」韓孺子心裡這麼想，嘴裡不知不覺說了出來。

京城的夜晚向來平靜，街道上的馬蹄聲因此異常響亮，坐在韓孺子身邊的楊奉聽到了低語聲，扭頭和藹地說：「我見過小時候的皇子。」

韓孺子沒吱聲。

「皇子今年……十二歲了吧？」

「十三。」馬車奔馳得太快，韓孺子覺得五臟六腑都空了，整個人輕飄飄的，居然還能穩固地坐在車廂裡，他感到很意外。

楊奉繼續盯著少年，他得在最短的時間內估量出這名皇子的價值，「你看上去不大。」

韓孺子不比同齡人矮小，讓他顯得幼稚的是神情，就像是一隻落入狗窩裡的小貓，茫然失措，一時間無法接受太多的陌生面孔和氣味。

「皇子很少出家門吧？」楊奉想起來了，恆帝還是太子的時候，王美人就不太受寵，帶著兒子居住在一座偏僻的跨院裡。太子繼位，王美人母子隨之進宮，仍然受到冷落，僅僅一個月後，就因為「皇子年歲漸長不宜久居禁內」，母子二人都被送出皇宮。

無論如何，再不受寵的皇子也會在十五歲之前獲封王位，這是大楚的祖例，很可能被封到偏遠卑濕之地，可終究是一方諸侯，王美人也會成為王太后，從此遠離皇宮的監視與嫉妒。

楊奉突然有一點心軟，坐在身邊的少年是隻小綿羊，另有美好前程，現在卻被他帶入狼群。

「什麼時候……能將母親接進宮裡？」韓孺子小聲問。

楊奉暗自嘲笑自己的一時軟弱，「等你能發佈旨意的時候。」

「那要等多久？」韓孺子追問道。

楊奉沉默片刻，一字一頓地說：「如果只是等的話，永遠也等不到。」

韓孺子沒能明白太監話中的深意，但是從對方的神情與語氣中察覺到了冷淡，於是閉上嘴。他是皇子，卻從來沒有過高人一等的感覺。

楊奉站起身，對前排的御者大聲說：「前面右拐，走蓬萊門。」

「楊公，蓬萊門比較遠……」御者很意外，不明白著急回宮的楊常侍為何捨近求遠。

「看路！」楊奉在御者背上重重拍了一下，坐回原位，轉身對身後的騎士揮揮手。

御者不敢再提疑問，在路口拐彎，奔向皇宮東北方的蓬萊門，車後的十幾名太監分為兩路，一路追隨馬車，一路仍向東青門前行。

天邊露出一絲光亮，車夫有些慌張地叫了一聲「楊公」。

前方街道上有一隊士兵攔路。

楊奉猛地站起身，夜色還在，他看不清那些士兵的來歷，將兩隻手都按在車夫的肩上，吼道：「跑快一點，沒人敢攔大內車駕！」

前方的士兵也在大叫大嚷，命令馬車停下。

韓孺子稍稍側身，目光越過全力奔馳的四匹駿馬，看到至少二十名士兵排成兩行堵住去路，個個手持長槍。

馬車衝不過去，他想，扭頭看向楊奉，五十多歲的老太監正像準備撲食的惡狼一樣前傾身體，雙手壓在車

夫肩上，好像在替對方使勁。

「再快一點！」楊奉大吼。

韓孺子感到吃驚，他見過一些太監，個個謹小慎微，像一群躡手躡腳的貓，中常侍楊奉跟他們不一樣，更像一頭訓練有素的獵犬。

攔路的士兵越來越近，韓孺子一隻手緊緊抓住車廂，準備好迎接車仰馬翻。

數名騎士超過馬車跑在前面，發出一連串的咒罵與命令。

最終，不知是什麼因素起了作用，攔路的士兵居然讓開了，馬車繼續前行，韓孺子更加驚訝，這是他第一次見識到勇往直前的力量。

楊奉坐回原位，半晌沒有做聲，突然扭頭問：「你真想接母親進宮？」

韓孺子連連點頭，他當然想，從小到大他還從來沒離母親這麼遠過。

「好，皇子看來是個安靜的人，從現在起，請皇子保持安靜，一切事情都交給我處理，好嗎？」

韓孺子再次點頭。

天剛亮的時候，馬車順利駛入皇宮，韓孺子對這裡毫無印象，懵懵懂懂地被安置在一間屋子裡。

沒多久，一名太監匆匆進來，滿頭大汗，很可能是跟隨楊奉的騎士之一，「景公一行被攔在了東青門。」

楊奉興奮得在地板上跺了一腳，「我就知道，攔者是誰？」

「說來奇怪，居然是太學的一群弟子，嚷嚷著說什麼不合大禮。」

「有什麼奇怪的，真正的幕後主使不會這麼快就露面。嗯……你馬上再去東青門，宣佈孺子皇子已經入宮，或許能為景公解圍。」

送信的太監一愣，沒有多問，立刻退下執行命令。

楊奉轉向韓孺子，「別害怕，記住，你即將得到的一切都是我為你爭取來的。」

韓孺子點頭，母親讓他不要相信任何人，可他現在兩眼一摸黑，除了這名老太監，找不到任何依靠。

楊奉盯著皇子看了一會，原地轉身，大步離開。

房間裡再沒有其他人，韓孺子靜靜地坐在椅子上，懷疑自己還在夢中，待會就能聽到母親催促自己起床的聲音，可外面的陽光越來越亮，表明到目前為止發生的一切都是真實的。

不知過去多久，屋外傳來兩個人的爭吵聲。

「是你向大臣告密，讓他們在東青門設下埋伏，然後再假裝好人！」這個聲音極為憤怒。

「景公，別把料敵先機當成告密，咱們都在一條船上，總得有人能發現前方的危險，你該慶幸我是個聰明人。」這是楊奉的聲音。

「別跟我要花招，咱們去見太后，你騙不了所有人！」

韓孺子仍然靜坐不動，恍惚間明白，這裡發生的一切都與他有關，同時又都與他無關。

推門聲響，一名與韓孺子年齡相仿的少年走了進來，穿著繡滿圖案的錦袍，看見韓孺子，少年愣了一下，「你也是來爭皇位的？看來咱們是兄弟了，有人說我以後要封你為王，可我覺得把你殺死才是一勞永逸的做法。」

韓孺子遵從楊奉的提醒，一言不發。

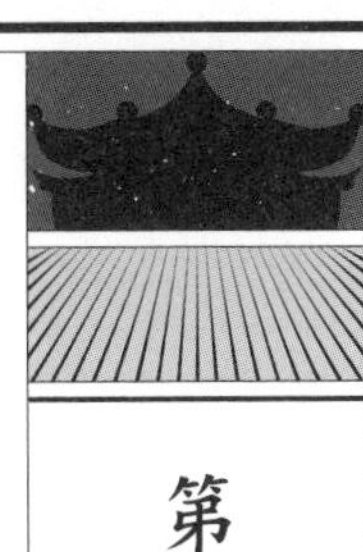

第二章 兄弟

同父異母的兩兄弟就這樣見面了，沒有外人，沒有介紹，更沒有親情，互相打量著——後到的少年打量得更多些，韓孺子很快低下頭。

少年就是另一位皇子東海王了，雖然三年前也被「攆」出皇宮，他對這裡卻好像十分熟悉，和在家裡一樣自在，幾步走到另一張椅子邊，將身子偎在上面，輕輕晃動離地的雙腳。

「我還以為會遇到多厲害的對手，你讓我失望了。」東海王的聲音裡透出不該有的成熟與冷酷，目光沒有瞧向旁邊的兄弟，而是專心觀察自己的靴子，「可是等我當上皇帝，還是得殺死你，至少得將你關起來，永遠不見天日。『卞和無罪，懷璧其罪』，你得明白，只要你是皇帝的兒子，對我就是一個威脅。」

韓孺子不想再遵守楊奉的提醒了，小聲說：「當今皇帝就沒殺死咱們兩個。」

「哈，當今？他已經死了，駕崩了。他是太后唯一的兒子，年紀也大，是嫡長子，咱們都爭不過他，所以他沒必要斬草除根。咱倆不一樣，按出身，我比你尊貴得多；按年紀，你比我大一點，可能就是幾天。太后的嫡子死了，應該是我繼位，可是總會有幾個迂腐的傢伙說什麼『長幼有序』，弄得人心混亂，逼得我不得不收拾你。」

韓孺子嗯了一聲，覺得東海王的話頗有幾分道理。

「不過——」東海王重新打量韓孺子，「我瞧你人還不錯，比較老實，或許可以饒你一命，在皇宮裡找個

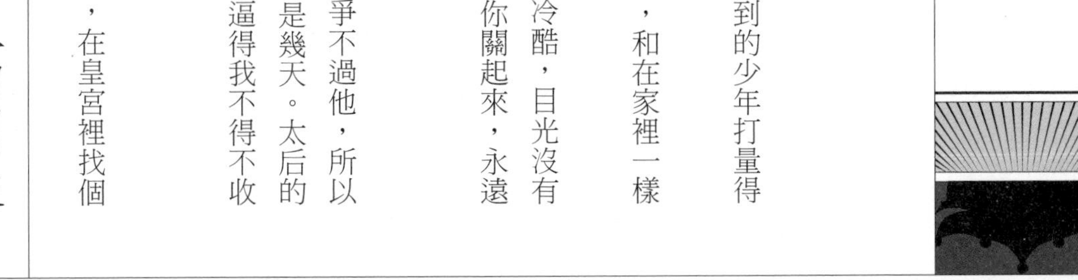

僻靜角落關你幾年，等我地位穩固之後，還可以封你為……不，不能封你為王，你就留在皇宮裡，讓我隨時能看到你，乾脆你當太監吧。」

韓孺子搖搖頭，他對太監沒有壞印象，可他知道那是一個卑賤的行當。

東海王跳下椅子，雙手叉腰，站在韓孺子身前，「從現在起，你得學會討好我，要不然我還是會殺死你。」

韓孺子沒抬頭，等了一會才低聲說：「我要回家。」

「哈哈……」東海王笑得眼淚都出來了，「你是傻子嗎？成王敗寇，我是王，你是寇，哪來的家？你還是想想怎麼討好我吧。」

韓孺子好一會沒吱聲，然後抬起頭迅速掃了東海王一眼，「中常侍楊奉接我進宮的。」

東海王皺起眉頭，「那又怎樣？中常侍在皇宮裡只是小官，我知道楊奉，他在皇帝還是太子的時候精心侍候了幾年，皇帝一死，他就是喪家之犬。不過你倒是提醒了我，等我登基，一定要收拾楊奉。」

韓孺子驚詫地又看了東海王一眼。

「楊奉是個奸臣，你不知道他做過多少壞事，足夠砍頭十次。」東海王輕蔑地哼了一聲，回到椅子上，「你還真是無知，倒也不怪你，誰讓你母親地位低賤呢，父皇根本不喜歡你……幹嘛？」

韓孺子站在地上怒氣沖沖地盯著東海王，臉頰憋得通紅。

「你得習慣聽實話。」東海王一點也不害怕這個大自己幾天的兄長，「事實如此，你母親從前是一名宮女，在外面連個親戚都沒有，我們崔家——你知道我外祖是誰嗎？是武帝朝的宰相，我大舅舅如今是南軍大司馬，京城一半軍隊都歸他管，二舅舅……」

東海王滔滔不絕地羅列了一大串親戚，聽他的意思，整個大楚朝都是靠崔氏一族支撐起來的。

韓孺子的怒氣消退了，坐回椅子上，靜靜地聽著，等東海王終於閉嘴，他問：「太學弟子們為什麼在東清門阻止你進宮？」

「大臣們想在宮外立我為帝，可他們膽子太小了，居然只派出一群乳臭未乾的傢伙來鬧事。」東海王無所謂地說。

韓孺子嗯了一聲，這一聲別無含義，東海王卻被激怒了，「你懷疑我說謊嗎？我們崔家把持朝政已經十幾年了，我的姑祖母是武帝皇后，若不是走得早，她現在就是太皇太后，上官太后也得聽她的。你惹怒我了，我一登基就要殺死你，把你和楊奉一塊殺掉，你們都是奸臣。」

威脅聽得太多，韓孺子反而不怕了，他還想提一個問題——為什麼東海王也是孤身一人進宮呢？可他忍住了，他越來越確信，決定一切的不是這位誇誇其談的「皇弟」。

東海王突然閉嘴，跳下椅子，快步跑到門口，透過門縫向外張望，「宰相殷無害來了，他是個老奸巨滑的傢伙，從來不肯出頭，指望他什麼事情也辦不成，等我當了皇帝，一定要將他貶退，當然，不能太著急，怎麼也得等上半年，不能像父皇一樣急於求成。」

東海王一直留在門口向外窺視，他倒是見多識廣，什麼人都認得。

「右巡御史申明志也來了，大家都說他剛直不阿，我看他是有勇無謀，有時候書讀太多也不好，滿嘴的春秋大義，他可能會支持你，就因為你比我大幾天。你別得意，申明志在朝中人緣極差，大家都怕他，可是誰也不贊同他，他越支持你，你越不可能當皇帝。」

「左察御史蕭聲，哈哈，他是我們崔家的人，跟申明志是死對頭，他肯定支持我。」

「兵馬大都督韓星，他是宗室重臣，也是個老實人，論輩分還是咱倆的叔祖呢，跟宰相殷無害一樣，不敢做事，只能守成，等我當了皇帝，就讓他回鄉下去，兵馬大都督雖說是個虛職，好歹也是正一品，得交給宗室中最值得信任的人，反正不會是你。」

「到目前為止，咱們算是打成平手吧，你別得意，真正決定誰能繼位的不是這幾個人。」

韓孺子不想顯得太無知，插嘴道：「應該是皇太后吧。」

這句話又將東海王惹惱了，猛地轉身，橫眉立目，「你真是個討厭的傢伙，既愚蠢又不會說話，誰告訴你皇太后能決定一切的？是你母親嗎？你們母子一樣笨，皇太后的大權都來自皇帝，皇帝駕崩，就只能依靠本家子弟，上官氏當皇后三年、當太后不到半年，親屬在朝中根基未穩，連商議大事的資格都沒有，不像我們崔家，早在武帝時子孫就已布滿朝廷。」

韓孺子輕輕晃動雙腿，「怪不得你認識這麼多人。」

東海王以為這是道歉，心意稍平，語氣也緩和下來，「這都是師傅教給我的。」

「你有師傅？」

「難道你沒有？」

韓孺子搖搖頭。

「這就是不受寵的結果，我師傅是天下知名的大儒，弟子無數，至少有十名弟子如今是三品以上的大官，他自己倒不愛當官，我舅舅好不容易才將他請來。你沒有師傅，誰教你識字呢？」

「我母親。」

東海王鄙夷地笑了一聲，「那你不認得多少字。」說罷轉身接著觀察屋外，沒多久，興奮地在門上拍了一下，「我舅舅終於到了，崔宏，你肯定聽說過吧，南軍大司馬，京城的一半軍隊都歸他管。這樣我就放心了，師傅也該放心了，等我繼位，早晚讓他當宰相。」

「你剛才說他不愛當官。」

「那是因為我還沒當上皇帝。」東海王回頭看了韓孺子一眼，不明白這有什麼可疑惑的。

又有幾位官員進宮，東海王越來越得意，滔滔不絕地講述自己當皇帝以後的賞罰進退，突然閉嘴，幾步跑回椅子上，正襟危坐，面容哀戚，瞬間從飛揚跋扈變得膽怯憂傷。

韓孺子正莫名其妙，房門打開，進來一名年輕俊雅的太監，向兩位皇子恭敬地施禮，直起身，露出一絲悲傷之餘的微笑，「請兩位皇子隨我來，皇太后召見你們。」

韓孺子以為東海王會跳起來歡呼勝利，沒想到東海王就像是變了一個人，站起身，帶著哭腔說：「皇兄不幸棄宗室與群臣而去，我二人皆是無知小子，若有什麼事情能夠稍緩皇太后心中之悲，萬望公公提醒一二。請問公公怎麼稱呼？」

「兩位皇子進宮，就是皇太后最大的安慰。我叫左吉，只是太后宮內的一名普通侍者。」

韓孺子簡直不敢相信自己的眼睛，覺得自己也應該說點什麼，結果卻連一個字也想不出來，只好跟在東海王身後，一起向外面走去。

「請兄長前行。」東海王謙遜地讓到一邊。

韓孺子愣了一會，走在了前面。

年輕的太監笑了笑，前頭帶路，領著兩位皇子離開西廂房，順著環廊走向正房，庭院裡空空蕩蕩，對面的東廂房裡隱約有爭吵聲傳來。

正房裡站著七八名太監和宮女，卻沒有皇太后的身影，就連韓孺子也覺得不太對勁兒，東海王的目光四處亂轉，幾次想要開口詢問，又都忍住了。

左吉引導兩人進入西邊的暖閣，暖閣很寬敞，靠牆擺著一張大床，被褥俱全，窗下是一張長長的椅榻。

暖閣裡也沒有皇太后。

東海王再也忍不住了，「左公，皇太后……」

左吉站在門口，輕聲道：「皇太后身心交瘁，暫時還不能見人。」

「可是你說過皇太后召見我們。」東海王沒法掩飾自己的不滿。

「兩位皇子已經身處皇太后的寢宮，這就算召見，請兩位皇子在此好好歇息……」

「歇息多久？難道我們要睡在這裡？」東海王大吃一驚。

「皇太后將兩位皇子視若親生，一般人可沒資格留宿此間。」左吉笑了一下，「皇太后就在對面的暖閣裡，她很怕吵，所以，請兩位皇子……」左吉做出一個壓聲的手勢，「有什麼需求，輕輕敲門就行。」

左吉退出房間，將房門掩上。

東海王呆呆地站了一會，低聲道：「死太監！這是把咱們給軟禁啦！」

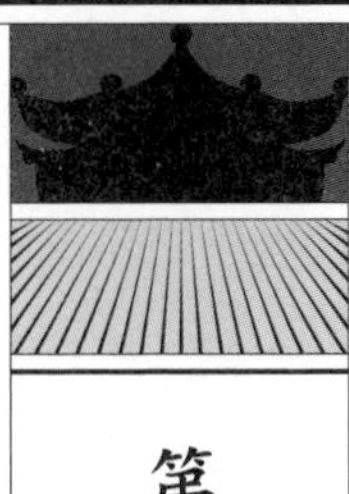

第三章 聰明的孩子

被困在太后寢宮的第三天夜裡，韓孺子蜷在椅榻上，默默回想連日來的經歷，夜色越來越深，他沒有半點睏倦。

東海王獨自躺在大床上，翻來覆去，沒能如願在進宮當天登基稱帝，這讓他非常生氣。「肯定有奸臣從中阻撓，楊奉？他是個壞蛋，可他職位太低，肯定是右巡御史申明志，難道宰相殷無害和兵馬大都督韓星也叛變了？」東海王自言自語了好一會，沒敢抬高聲音。

終於，東海王老實了一會，然後小聲說：「瞧不出你膽子挺大，竟然不害怕。」

「嗯？」韓孺子連中午和傍晚吃過什麼飯都想了一遍，雖然沒有得出任何結論，心裡卻踏實不少，「因為——我沒想當皇帝吧。」

「嘿，蠢貨，你不知道當皇帝的好處。當了皇帝就能……就能為所欲為，想做什麼就做什麼、想有什麼就有什麼，『普天之下，莫非王土；率土之濱，莫非王臣』，只有皇帝是天下的主人，其他人都是佃戶，要向皇帝上交租稅。」

「我只想跟母親在一起。」

「傻瓜，只有皇帝才能心想事成，你們只能盼望皇帝的恩賜，你想回到母親身邊，得有皇帝——也就是我的允許才行。」東海王轉身睡去，沒一會就響起了輕微的鼾聲。

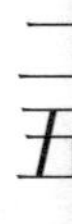

韓孺子也睏了，閉上雙眼，側耳傾聽門外的聲音，不知是幻覺還是確有其聲，他覺得自己聽到了抽泣聲。皇帝是天下的主人，可是除了他的母親，沒有人再為他的死真正感到悲傷，韓孺子想到這裡，開始同情起那位早夭的皇兄，他們曾經同住一座府邸將近十年，卻從未見過面，至少在韓孺子的記憶裡沒有。

他剛睡著不久就被晃醒了，迷迷糊糊地以為這是自己的家，嗯了兩聲，突然覺得氣味不對，立刻睜眼，在一片黑暗之中，隱約辨識出一道身影。

「你還真能睡得著。」是東海王的聲音。

韓孺子起身，一邊揉眼睛，一邊打哈欠。

東海王坐上來，將韓孺子推開一些，然後低聲說：「我想過了，咱們畢竟是親兄弟，都是韓氏後裔，流著武帝的血，等我當上皇帝，不會殺你，還會封你為王，如果你能一直老老實實，或許我還會讓你們母子離開京城，去一個小小的郡當一個小小的王。」

「謝……謝。」韓孺子實在想不出該說什麼。

「兄弟齊心，其利斷金，咱們得齊心，得加深瞭解，先隨便聊聊吧。」

「嗯。」

兄弟二人坐在黑暗中，半天誰也沒想出合適的話題，東海王又惱怒了，「你真是塊木頭疙瘩，連話都不會說，這樣吧，咱們輪流提問題，你先來。」

韓孺子想了一會，「你為什麼總說『我們崔家』呢？你應該也姓韓吧？」

「廢話，我當然姓韓，可是——」東海王的聲音本來就很低，這時壓得更低了，「韓家的子孫太多了，根本不把皇子當回事，大家只盯著皇帝一個人，在崔家，每個人都喜歡我，即使我只是東海王，他們也喜歡我，所以我更喜歡崔家人。」

或許是不小心說了實話，東海王突然改口，「但我的確姓韓，叫韓樞，毫無虛假的皇子，大家都說我跟武帝長得最像。你叫孺子吧？為什麼起這樣一個怪名字？這肯定不是真名，咱們這一輩的名字都是木字邊。」

「我……就叫孺子。」韓孺子不太確定地說，「母親說……武帝見過我，稱讚我『孺子可教』，所以……」

東海王大笑出聲，急忙閉嘴，聽了一會，發現這一笑並未引起外面的注意，才笑道：「你娘真會編故事，你信嗎？」

韓孺子不吱聲。

東海王在韓孺子肩上重重推了一下，「沒意思，你娘是宮女出身，沒教過你怎麼討好別人嗎？」

韓孺子仍然不吱聲，東海王頗覺無趣，跳下椅榻，回到大床上，倒下接著睡。

韓孺子睡不著了，他想念母親，一點也不喜歡皇宮，更不喜歡共處一室的同父異母兄弟，慢慢地，他的思緒轉到了楊奉身上，幻想著那名太監正在某處與一群敵人戰鬥，為的是……韓孺子希望楊奉能贏，可他真的不想當皇帝。

東海王躡手躡腳地又來了，摸上椅榻，朝窗而跪，憂心忡忡地說：「事情不對頭，非常不對頭，皇帝已經死了，有資格繼位的就咱們兩個人，太后應該一早就立我為帝，她在等什麼？」

「太后在哀悼皇帝，那是她的親生兒子。」

「呸，怎麼會有你這麼笨的傢伙？就算傷心欲絕，太后也得先立新帝，這是慣例，這是……這是太后的職責，而且她將咱們兩個都軟禁在身邊，表明她的神智非常清醒。」

東海王輕輕地推窗，「過來幫忙。」

「啊？」

「我要逃出去，大臣們會立我為帝。我真後悔沒在東清門跟那群太學弟子一塊走，全怪他們，只會嚷嚷，就沒有一個真敢上來動手，景耀那個老太監把我按得死死的。」

韓孺子跪起來，但沒有幫著推窗，「你逃不出去的，這裡是太后寢宮，前後有兩道門戶，如果你想走蓬萊門的話，還要經過三重門戶和四條長巷，更不用說隨處可見的禁軍。」

「你……居然記得進來的路徑？」東海王感到驚訝了。

「記得不是很清楚。」

東海王嘀咕道：「虛偽的傢伙，差點把我給騙過了，這種人怎麼能留？」

暖閣的房門在響，東海王來不及回到床上，急忙轉身在椅榻上坐好，靈機一動，又跪起來，扳過韓孺子的一條胳膊，將他壓在窗台上。

韓孺子吃了一驚，可是東海王沒有特別用力，他也就沒有激烈反抗。

「你想越窗逃跑！」東海王大聲喝道，門開了，外面的燈光照射進來，他叫得更大聲，「快來人，孺子要逃跑！」

受到不公正指控的韓孺子開始反抗，可他的力量與東海王不相上下，失去先機後沒法扳回來，反而被壓得越來越緊。

一個輕柔的聲音說：「都是親兄弟，打什麼架呢？」

東海王見好就收，鬆開韓孺子，跳到地上，「孩兒參見皇太妃。孺子要逃跑，被我抓住了。」

「你居然認得我？」上官皇太妃好奇地打量東海王，在她身邊，太監左吉提著燈籠，還有一名捧著長木匣的宮女。

「父皇登基的第十天在宮中設家宴，孩兒向皇太后、皇太妃請過安。」東海王袖手站立，要多乖巧就有多乖巧。

上官皇太妃展露笑容，「沒錯，我也想起來了，那時你還才這麼高，小孩子長得真快啊，現在跟我差不多一樣高了。」

「母親時常因為我個子高埋怨我呢，說就是因為我，她才不能每日給皇太后、皇太妃請安。」

皇太妃笑吟吟地點頭，目光轉到韓孺子身上，「那次家宴上，我好像沒有見到你。」

韓孺子根本不知道家宴是怎麼回事，東海王搶著回道：「三年前父皇登基，本應是普天同慶，王美人卻在宮中暗自哭泣，被人發現，劾奏為大不敬，所以家宴的時候父皇根本沒邀請他們母子。」

皇太妃點點頭，收起一些笑容，問道：「你為什麼要逃走？」

韓孺子抬手指向東海王，剛想說自己是被陷害的，東海王又一次搶在前頭，「他想回到王美人身邊，他從進宮那一刻起就哭哭啼啼地說想母親，我說得沒錯吧，孺子，你是不是說過？」

韓孺子正想著怎麼回答這句半真半假的提問，皇太妃笑道：「這麼大了，還是小孩子脾氣。跟我走，我帶你們去另一個地方。」

「我們什麼時候能見到皇太后？」東海王立刻警覺起來。

皇太妃笑笑，沒有回答，轉身走出暖閣。東海王無奈，只能跟上去，韓孺子其次，再後是捧匣宮女，左吉提著燈籠與皇太妃亦步亦趨。

正屋裡有兩名宮女，守在東暖閣門前，皇太后就在裡面，她召見兩名皇子，卻一直沒有露面，東海王和韓孺子都忍不住向那邊望了一眼，東海王放慢腳步，突然衝向守門的兩名宮女，大叫道：「皇太后！我是東海王，我要見您！」

捧匣宮女上前一步，伸手輕輕一撥，東海王不由自主地向門口跑去，腳步踉蹌，差點被門檻絆倒，宮女扭頭盯向另一位皇子，韓孺子自己加快腳步走出去，心中暗自納悶，這名宮女長得很是奇怪，全身上下沒有半分裊娜，倒像是……一名男子。

上官皇太妃轉身笑道：「越聰明的孩子越不聽話。」

東海王沒有在意宮女，抽泣道：「孩兒也想母親了，所以一時失態，皇太后才是我真正的母親。」

上官皇太妃笑而不語。

宮外停著一頂轎子和十幾名太監、宮女，皇太妃示意兩位皇子進去，自己留在外面步行。

轎子顛簸前行，東海王推了推韓孺子，驚恐地說：「你明白了嗎？」

「明白什麼？」

「皇太后遲遲沒有露面，很可能……已經被殺死啦，咱們不是被軟禁，是被綁架了，沒準……」東海王緊緊靠著韓孺子，好像這樣一來，就能擋住突然刺來的刀劍。

韓孺子想了一會，「咱們兩個都死了，誰來當皇帝呢？」

「笨蛋，當然是上官家的人。」東海王自己也覺得這個回答太愚蠢了，急忙改口道：「他們會從宗室當中選一個傀儡當皇帝，咱倆的年紀太大了，他們要選一個兩三歲還不會說話的嬰兒，沒錯，這種事在從前的朝代中曾經發生過……天哪，我就要被殺死了！」

東海王緊緊抓住韓孺子的手腕，身子微微發抖。

韓孺子掙扎了幾下，沒能擺脫束縛，只好勸道：「不會的，如果崔家真像你說的那麼厲害，太后是不會殺死你的。」

「你肯定？哦，沒錯，殺死我就等於逼崔家起事，呵呵……」東海王鬆開韓孺子，心裡還是不太踏實，一路上沒再說話。

轎子落地，太監左吉掀開轎簾，探頭進來，「太廟到了，請兩位皇子下轎。」

東海王興奮地又推了一下韓孺子，「太廟是祭祖的地方，我真的要當皇帝了！」

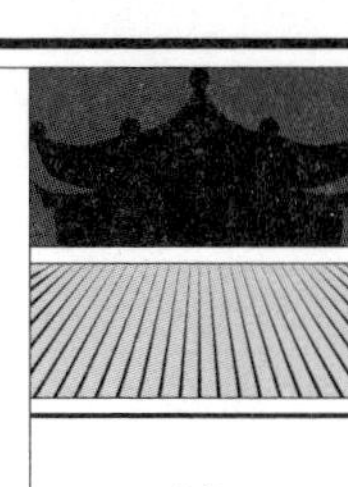

第四章 太廟裡的交易

太廟大殿寬闊而陰森，香煙繚繞，牌位都供奉在深深的壁龕裡，像是躲於陰影的捕獵者，但今天這些幽魂的威力失效了，一群人就在它們的注視下做出不敬之舉。

殿門敞開著——這是非常罕見的情況，每年也就兩三次——三十餘名太監與宮女排成兩行，堵住門戶。看他們的神情，像是即將被獻給大楚列祖列宗的牛羊，五名太廟禮官扁扁地趴在地上，嘴裡一個勁地唸叨，向鬼神乞求饒恕，他們不敢攔也攔不住這些闖入者。

兩名皇子並肩坐在小圓凳上，臉上沒有血色，上官皇太妃站在他們身前，伸手扶著一名小宮女的肩膀，聽取一位又一位信使的報告。

「三百多位大臣聚在楚陽門內喧嘩，門外還有大量百姓聚集。」

「大臣們已經衝進內宮，正前往太后寢宮。」

「一撥大臣不知從哪裡得到消息，直奔太廟來了！」

消息接二連三，皇宮似乎變成了戰場，四處都是敵人，越逼越近。上官皇太妃臉上不動聲色，面對任何消息都是簡單地嗯一聲，必須做出回答時就只有一句話：「皇帝屍骨未寒，太后傷心欲絕，大臣們應該多體諒一些。諸位嚴守門戶，太廟是祖宗重地，他們不敢衝進來。」

對這些消息，東海王顯然另有看法，每次聽完之後，都要用腳輕輕踢一下韓孺子，表示得意之情，但他不敢胡言亂語，那名捧匣宮女就站在他們身後，手勁奇大，東海王挨過兩拳之後老實多了。

天亮的時候，事態更加急迫，據說太后寢宮已被一群老臣包圍，他們跪在庭院裡放聲痛哭，哀悼數年內駕崩的三位皇帝，以此勸諫太后盡快交出兩位皇子，另一群大臣則衝到了太廟門外，同樣跪成一片，齊聲誦讀一篇文章。

東海王臉上露出喜色，將這視為自己的勝利，韓孺子心中則在尋思中常侍楊奉怎麼不見了，那樣一名勇猛的太監，在這種情況下應該不會躲起來。

整座殿中，只有上官皇太妃還保持著完全的鎮定，命令其他人堅守門戶，對殿外的誦讀聲不做任何回應。

「外面的大臣在幹嘛？祭祖嗎？」太監左吉問道，他一直留在皇太妃身邊，卻沒有分享她的鎮定，俊俏的臉比兩位皇子還要蒼白。

「這是一篇諫文，或者是檄文。」皇太妃輕聲道，又仔細聽了一會，「關東大水、北郡地震、長樂宮火災……他們以為天下陰陽失調、災害頻生，責任全在皇太后和我身上。」

「胡說八道！」左吉顫聲表示憤慨，「皇太后……還有沒有其他計畫？」

皇太妃搖搖頭。

「景耀和楊奉呢？他們兩個不是信誓旦旦地說能夠勸退大臣嗎？怎麼到現在連個消息都沒有？」

皇太妃連頭都不搖了。

殿外的誦讀聲越來越響亮，東海王的膽子隨之大了一些，低聲對韓孺子說：「其實很簡單，把我交出去，或者就在太廟裡立我為帝，所有問題都會迎刃而解。」

左吉跑到門口，躲在守門太監的身後向外張望了一會，又跑回皇太妃身前，「總這樣下去不是辦法，外面的大臣裡有幾位是我的熟人，讓我去跟他們談談，或許能讓他們先退出太廟。」

「你？」皇太妃略顯驚訝。

「也不是很熟。」左吉急忙改口，「互相能叫出名字而已，圍攻太廟實在不成體統，只要說清這一點，他們應該會撤退。真是的，皇城衛士全都叛變了嗎？竟然讓大臣們闖了進來。」

「衛士只奉皇帝旨意，如今帝位空懸，他們自然無所適從。」皇太妃倒沒有特別意外，想了一會又說：「你去吧，或許真能成功呢。」

左吉一躬到地，轉身跑了出去。等他的身影消失，東海王嗤了一聲，「左吉明哲保身，他這是要逃跑了。」

皇太妃看了看東海王，臉上居然露出一絲微笑，但是什麼也沒說，又轉回身。

東海王只能對韓孺子炫耀，「想當皇帝，心眼就得比別人更多一點，要做到見微知著。」

韓孺子點點頭，心裡只有一個希望，事情能快點結束，然後自己就能離開皇宮回到母親身邊。老實說，這次進宮，印象比三年前短暫居住過的一個月還要差。

東海王似乎猜對了，左吉一直沒有回來，外面的誦讀聲也一點沒有減弱。

隨著太陽越升越高，大殿裡沒有那麼陰森了，東海王站起身，大聲道：「究竟在等什麼？等我稱帝，會赦免所有人，上官家會得到許多封賞。」

捧匣宮女二話不說，像拎小雞一樣，用一隻手將東海王拽回圓凳上。

「放開我，我馬上就要當皇帝……哎呦。」東海王不敢掙扎了，怒視宮女，將其視為登基之後第一個要殺的仇人。

皇太妃轉過身，面對兩位皇子，「抱歉，讓你們經歷這些，帝王也是人，鬧起家務事的時候，跟普通人家沒有太大區別，只是牽涉的人更多一些罷了。無論你們當中的哪一位稱帝，都有機會改正這一切，恢復皇家的尊嚴。」

「無論哪一位？」東海王沒能控制住心中的疑惑與憤怒，「只有我才配得上帝位，皇太妃，你應該清楚這一點吧？崔家絕不會同意讓孺子稱帝，瞧他的名字、他的樣子，哪像是大楚皇帝？你們上官家到底在打什麼主意？想讓天下大亂嗎？」

韓孺子坐在那裡不動，皇太妃對他笑了一下，正要說話，守門的一名太監大聲叫道：「攻過來了！」

直到這一刻，皇太妃終於臉色微變，她能守住太廟，靠的不是人多勢眾，而是大臣們對韓氏列祖列宗的敬畏，一旦禁忌被突破，她和皇太后將一敗塗地。

看守皇子的宮女打開木匣，取出一柄短劍，將匣子放在地上，大步走到皇太妃身前。東海王閉上嘴，希望這次大臣們能堅決一點，不要重蹈東青門的覆轍。

守門的兩排太監與宮女一衝即潰，數人大步跨過門檻，宮女雙腿微彎，要憑一己之力阻擋眾敵。

「放下劍，是我！」楊奉站在門口，背朝陽光，身後跟著五六名隨從，這是他給韓孺子留下的第二個深刻印象，與第一次的陰冷正好相反。

宮女回頭看了一眼皇太妃，收劍退回原位。

楊奉前趨至皇太妃面前，冷靜地說：「談成了，奏章馬上就能擬好，新帝一登基，立刻就能加蓋御璽。」

「談成什麼了？」東海王大聲問，沒有得到回答。

皇太妃長出一口氣，「不能大意，南軍大司馬交出印綬了？」

「正在進行，景公在盯著這件事。」

東海王更疑惑了，「南軍大司馬崔宏是我親舅舅，他為什麼要交出印綬？」仍然沒人回答，他自己恍然大悟，「原來如此，上官家想當南軍大司馬，我舅舅同意了，作為交換，我就能當上皇帝了！」

還是沒人應聲，韓孺子抬起頭，看著楊奉，雖然母親說過不要相信任何人，他卻對這名太監充滿信心。有什麼事情要降臨在自己頭上了，他心想，卻說不清自己是不是真的希望如此。

又有人跑進大殿，這回是左吉，滿頭大汗，「大臣們同意妥協，正在有序地退出太廟！」

「有勞左公。」皇太妃說，左吉滿面笑容，掏出巾帕揩拭臉上的汗珠，一副如釋重負的樣子。

東海王不停地嘀咕著自己就要當皇帝了，向持劍宮女投去威脅的目光，宮女一點也不害怕，目光掃視，保持全神戒備。

大概半個時辰之後，東海王忽坐忽站即將忍耐不下去的時候，景耀終於來了，一進殿就向皇太妃和兩名皇子跪下，「皇太后有旨，即刻在太廟尊奉新帝，祖宗有靈，天佑大楚。」

東海王大笑數聲，跳到地上，做好接受尊號的準備。

「遵旨。」皇太妃道，前行數步，轉身，向皇子跪下，持劍宮女也跪下，順勢將手中的劍放在地上。

「會不會太簡陋了一點？以後會有一個正式的大典吧？」東海王問。

「請松皇子祭拜列祖列宗。」楊奉說。

「哪來的松皇子？我是東海王韓樞。」東海王扭頭看向韓孺子，突然明白過來，「這不可能，我母親和幾位舅舅不會同意……景耀，你說過我肯定能當皇帝，我才跟你進宮的。」

景耀匍匐在地，冷淡地說：「老奴不記得曾說過這樣的話。」

宮女悄沒聲地過來，拉住東海王的胳膊，強迫他跪下。大殿裡，只有韓孺子還坐在圓凳上，像是被嚇呆了一般。

等了一會，楊奉膝行向前，來到凳前，輕聲說：「陛下要先祭祖再登基。」

「我要讓母親進宮。」韓孺子終於開口。

楊奉擠出一絲微笑，用更低的聲音說：「現在還不是時候。」

「那我能做什麼？」

「陛下想做什麼？」楊奉問。

韓孺子左右看了看，指向被強迫跪在地上正不服氣地掙扎著的東海王，「我要他留在宮內。」

「如陛下所願。」

「我不留下，我要回家！」東海王哭喊著，恨透皇宮裡的所有人。

韓孺子坐在凳子上還是沒動，楊奉回頭看了一眼皇太妃，皇太妃點點頭，帶頭退向門口，其他人，包括東海王在內也都退下，只剩楊奉仍然跪在凳前，抬頭看著十三歲的皇子，「陛下有什麼話儘管對老奴說。」

韓孺子說：「我會被殺死嗎？」

楊奉一愣，假裝沒聽懂，「每個人都會死。」

「我是說『被殺死』。」

楊奉不能再裝糊塗了，尷尬地問：「陛下……為什麼會有這樣的念頭？」

韓孺子看向門口的東海王，「每個人都有自己的優勢，我的優勢——就是被殺死之後不會有人在意吧？」

楊奉大吃一驚，所有人都看錯了這位皇子，這將給好不容易才恢復穩定的朝堂帶來諸多變數，甚至腥風血雨。他後悔了，不該一力推舉韓孺子，可是事已至此再沒有退路。

「皇帝不會被殺死。」楊奉說，「真正的皇帝不會。」

第五章　齋戒

整整九天，韓孺子的生活一成不變：日出之前起床，由一隊宮女和太監排隊給他穿衣戴帽，然後前往另一間屋子，由另外幾名太監、宮女脫掉衣裳，入桶沐浴，一刻鐘之後換上一套新衣帽，轉移到一間窗明几淨的小室，跪坐在蒲團上，盯著開國太祖留下的衣冠，直到午後才能吃第一頓飯。端茶捧盤的侍者有十幾名，食物卻只有米粥和一點醃菜。

這樣的生活被稱為齋戒。

嚴格來說，韓孺子還不是大楚皇帝，他已在太廟被引見給列祖列宗，可還要經過一系列的儀式才能面見滿朝文武，整個過程經過大幅度精簡後，仍然需要半個月的時間才能完成。

皇宮內外、朝廷上下全都為登基一事忙碌起來，只有韓孺子清閒無事，每日跪坐在靜室，肚子咕咕叫，一遍遍查數太祖衣冠上有幾個蟲眼，要不然就是欣賞牆上的壁畫，沒人向他講解畫中的內容，他猜想這是太祖爭奪天下時的歷次戰鬥。

濃墨重彩的畫面看上去並不慘烈，太祖的軍隊總能取得一邊倒的大勝，敵人或是屍橫遍野，或是俯首稱臣，太祖騎在白馬上，體型比其他人要大得多，一身的英武之氣。

閒極無聊的韓孺子開始給這些壁畫編故事，漸漸地居然品出一些滋味來，以至於每天最盼望的事情就是去靜室中齋戒，他寧願在這裡獨坐，也不想面對那些來來往往的陌生人。

自從離開太廟之後，他就再也沒有見過楊奉、東海王、皇太妃這些人，不同的太監與宮女換來換去，做的事情卻全都一樣，除了必要的幾句話，他們總是低眉順目，刻意忽略新皇帝，好像在給一個會動的木偶服務。

韓孺子的確跟木偶沒有多少差異，唯有在心裡才能跟隨開國太祖在沙場上縱橫馳騁。

第十天，靜室中的韓孺子終於迎來一名同伴。

在兩名太監的陪同下，東海王走進靜室，面沉似水，生硬地跪下，低著頭說：「臣參見陛下。」

韓孺子剛要起身，跟在東海王身後的太監景耀上前半步，說：「陛下勿動，這裡是太祖衣冠室，君臣之禮不可省。」

韓孺子沒動，這些天來他已經習慣了萬事由他人操持，所以也不開口，過了一會，景耀替皇帝說：「東海王平身。」

東海王站起身，頭垂得更低了。

另一名太監躬身前行，在皇帝右後方擺了一張蒲團，小步退出靜室，景耀道：「皇太后懿旨，東海王即日起隨侍陛下左右。請陛下專心齋戒，明日起上午觀看禮部演禮，下午齋戒。」說罷，也退下了。

韓孺子在蒲團上調整姿勢，繼續面對太祖衣冠沉思默想，這回卻沒法再對著壁畫編故事了，身邊多了一個人，他總覺得自己的想法可能會被偷走。東海王就在他斜後方，跪在那裡也不老實，衣物與蒲團摩擦，發出窸窣的聲響，嘴裡一會輕咳，一會嘆氣。

韓孺子扭過頭，衝著自己的兄弟笑了一下。

東海王一愣，身子前傾，雙手撐地，這不是下跪，而是為了靠近對方，傳達嗓子眼裡發出的聲音，「別得意，你不是真皇帝，只是假皇帝。」

「我知道。」韓孺子說出十天來的第一句話。

東海王又是一愣，然後臉上露出一絲鄙夷，「你知道什麼？你以為真假皇帝是鬧著玩嗎？那是要……」他不說下去了。

韓孺子轉過身，看著太祖衣冠，他知道自己是個傀儡，而且是個不得長久的傀儡，可是這件事不足為外人道，除了楊奉。

楊奉已經十天沒出現了，他好像放棄了新皇帝，甚至故意躲避他，韓孺子覺得自己在太廟裡的那句實話可能將太監嚇到了。

「別人都以為你老實，只有我知道你是假裝的，但是沒用，你就算再聰明一百倍，困在皇宮裡也是……甕中之鱉。」東海王咧嘴笑了，皇宮裡有許多讓他害怕的人，其中絕不包括即將正式登基的新皇帝。

「瞧太祖的冠冕。」韓孺子說，好不容易有了一名同伴，他希望能多聊兩句。

「有什麼可瞧的，我早就見過了，我還知道它的來歷呢：人人都說冠冕是上古傳下來的，歷經五朝，到現在有一千多年了，其實只有幾顆寶珠可能有這麼久的歷史，其他部位早就換新了，據我所知，武帝的時候就換過至少七顆寶珠。」

「你知道的真多。」韓孺子由衷地說。

「嘿，這都是皇子必須瞭解的常識。太祖冠冕你只能在正式登基的時候戴一次，再後就只有及冠、大婚和冊封太子時還能再戴幾次，沒什麼好玩的，那東西是個累贅。」東海王目不轉睛地望著冠冕，甚至想要站起來摸摸它。

太祖留下的遺物不少，除了冠冕，還有龍袍、靴子、寶劍、如意、馬鞭、玉佩等物，這些東西都太陳舊了，經不起折騰，唯有冠冕偶爾還能拿出來用用。

「皇帝和這冠冕一樣，備受敬仰，卻毫無用處。」韓孺子在靜室裡待得久了，對這些舊衣物生出一點感情。

「哈！」東海王放肆地嘲笑，室外響起太監的咳嗽聲，他急忙跪好，等了好長一會才低聲道：「沒錯，你們都只是偶爾有用，冠冕用完之後還能送回靜室，你可沒這麼好的待遇。要是換成我當皇帝，絕不會落到這種境地。跟我說句實話，你不怕嗎？」

「怕，可是怕有什麼用？」韓孺子的目光轉向架子上的寶劍，太祖曾經用它斬殺過不少敵人吧，現在卻只能留在劍鞘裡，一塵不染，一無用處。

東海王站起身，回頭看了一眼門口，悄悄走到韓孺子身後，「既然這樣，乾脆讓我提前送你上路吧，你不用再害怕，我也能早些得償所願。」

東海王的聲音聽上去不像是在開玩笑，韓孺子卻不害怕他，也不回頭，仍然盯著寶劍，「我以為咱們應該是一伙的。」

「所以你把我留在宮內當你的侍從？」東海王咬牙切齒。

「這是你的主意。」

「我的主意？」

「你說過，等你當皇帝之後就要把我殺死，或者留在身邊。我不想殺死你，所以把你留下。」

東海王第三次發愣，他的確說過類似的話，沒想到韓孺子記在心裡，反過來用在他身上，「別臭美了，你以為自己是真皇帝嗎？你的話根本沒人聽，我留下是因為太后想利用我要挾崔家。」

東海王聲音中滿是恨意，相比韓孺子，他更痛恨在背後操縱一切的皇太后。

「所以咱們應該是一伙的。」

「嘿，你們王家無權無勢，所以想拿我們崔家當靠山吧，我才不上當……除非你肯將皇位讓給我。」

「我本來就沒想當這個皇帝，隨時都可以讓給你。」

「不對，是『還』給我。」

「好，還給你。」

外面有腳步走動聲，東海王立刻退回原處，等到外面恢復安靜之後，韓孺子說：「你跟崔家有聯繫嗎？」

「沒有，他們看得很緊，景耀這個老混蛋，他把我騙進皇宮，現在卻成了我的看守。但這只是暫時的情況，母親和舅舅肯定會找到辦法給我送信。」

「你……見過楊奉嗎？」韓孺子問。

「中常侍楊奉？見過一次，從我面前跑過去，居然沒有請安……你不會對他抱有什麼期望吧？我在宮裡聽說過一些消息，就是他跟大臣談判，將你扶上皇位、送入火坑，他現在可是太后的心腹寵臣，以後殺你的人肯定也是他，真的，他長著一副弒君的面孔，我若是當了皇帝，第一件事就是把他除掉。」

韓孺子猜不透楊奉的底細，可是那個太監留給他的印象實在太深了，如果只能選一個人成為「同夥」，他寧願是楊奉。

東海王對皇帝的最後一點敬畏消失了，開始滔滔不絕地講述計畫，「你把皇位還給我，這叫禪讓，從前有過這種事，到時候就說你身染惡疾，無法執行帝王之責，這很簡單，難的是怎麼扳倒太后……真是奇怪，有件事我一直沒弄明白，舅舅為什麼同意將南軍大司馬的印綬交給上官家的人呢？那可是京城的一半軍隊啊。而且做出如此大的讓步後，居然沒讓我當上皇帝，豈有此理，真是豈有此理！」

他的聲音太大了些，房門打開，景耀那張麵糰似的白臉探了進來，「太祖在看著呢。」老太監的身姿與神情畢恭畢敬，語氣卻是不容置疑的。

房門慢慢關上，東海王從嗓子眼裡擠出聲音，「景耀也是奸臣，師傅說得沒錯，太監都是奸臣。」

韓孺子不知道誰是奸臣、誰是忠臣，只知道自己危在旦夕，如果沒有奇跡發生的話，他就永遠也見不到母親了。

他扭頭又看了一眼東海王，心裡很清楚，就憑他們兩個剛過十三歲的少年，除了互訴苦惱，在皇宮裡根本寸步難行，別的事情什麼也做不成。

東海王則自信得多，突然從後面爬過來，他太興奮了，差點將韓孺子撞倒，「我有辦法對付太后了！而且非常快，明天就能實現！」

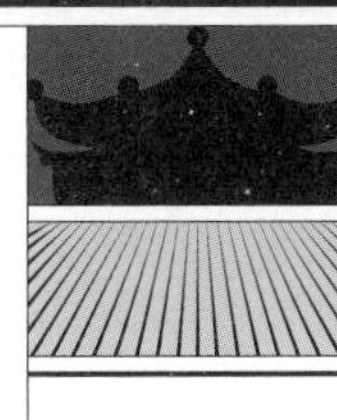

第六章 衣帶詔

當皇帝很輕鬆，韓孺子什麼都不做，也不影響朝廷的運轉和天下的穩定；當皇帝也很繁瑣，一舉一動都能直接影響少則數人多則幾萬人，登基是難得的大事，影響尤其顯著，成千上萬的人在為此奔波忙碌，禮部是其中最重要的執行者。

禮部尚書將親自向皇帝講解登基時的禮儀制度，東海王的冒險計畫就要用在此人身上。

「大臣向來支持皇帝，反對內宮干政，禮部尚書叫什麼來著……元九鼎，明天你偷偷給他下一道御旨，讓他號召滿朝文臣救駕。」

韓孺子笑著搖搖頭，「不行吧，大臣們上次包圍太后寢宮和太廟，好像也沒起多大作用。」

「那不一樣，上次大臣們是自發行動，沒有御旨，就沒人為首，所以好幾百人只敢動嘴，不敢動手，有了你的旨意，反對太后的行動就名正言順了。」

「怎麼……弄御旨？直接跟禮部尚書說話嗎？」韓孺子有點心動。

「當然不行，你旁邊肯定有人監視，得下密詔。」

「密詔？」

「對，就是那種……我在書上看到過，叫衣帶詔，你把旨意寫在腰帶上，悄悄交給元九鼎，他一下子就會明白。」

「以前有皇帝這麼做過？」韓孺子十分驚訝，對這個主意的興趣更多了一些。

「你只學寫字，不讀書嗎？」

「母親給我講過很多故事。」

東海王忍住笑，嗤了一聲，回頭看了一眼門口，低聲說：「這是前朝的故事，史書上記著呢，本朝的第一個衣帶詔，就由你來寫了。」

「寫什麼？」

「我不用什麼都教你吧，就寫你被軟禁，要求大臣們廢除太后，立刻救你出宮。」

「要廢除太后？」

「噓，小點聲，皇宮裡全是太后的耳目。」外面又有腳步聲傳來，東海王回到自己的蒲團上，嘶嘶地說：「今晚你寫好衣帶詔，明天交給元九鼎，頂多三天，大臣們就能成事，然後你將皇位禪讓給我，你若敢反悔，我就讓崔家把你殺掉。還有，得寫在皇帝專用的衣物上才能取得信任，紙張可不行。」

韓孺子還有許多疑惑，可是門開了，景耀走進來，跪在門口，膝蓋下面什麼也沒墊，也不吱聲，看樣子要陪兩人到底。

這天剩下的時間裡，韓孺子和東海王再沒機會交流，只能偶爾交換一下眼神，東海王越來越堅定，韓孺子的信心卻越來越少，可他太想離開皇宮回到母親身邊了，為此什麼風險都願意承擔。

想寫衣帶詔並不容易，除了齋戒期間，韓孺子身邊從來不少人，就連晚上睡覺的時候也有人睡在同一間屋裡的椅榻上，有時是太監，有時是宮女，稍有聲響就會醒來。

直到次日凌晨起床，韓孺子也沒找到機會在衣帶上寫字。

齋戒第十一天，韓孺子的每日生活多了一道程序，起床之後要去給皇太后請安。

侍者左吉親自來接皇帝，在標準的跪拜之後，年輕的太監開始顯露出自己的與眾不同，別的太監與宮女總是盡量避免與皇帝交流，連一個眼神都不行，左吉卻是面帶微笑，像一位親切的叔叔或是大哥哥，語氣裡也帶著長者的隨和與教訓意味。

「百善孝為先，身為皇帝要為天下百姓做出表率，陛下願為母親盡孝嗎？」

「願意。」韓孺子無時無刻不在想念被隔絕在宮外的親生母親。

「陛下的母親是哪一位？」

韓孺子沒有回答。

左吉等了一會，微笑道：「陛下的母親乃是當今皇太后，複姓上官，陛下可以稱她為『母后』，或者『太后』。」

「我的母親是……太后。」韓孺子實在沒辦法說出「母后」兩個字。

左吉沒有強求，繼續道：「太后是陛下唯一的母親，除了神靈與列祖列宗，普天之下只有太后能夠接受陛下的跪拜，不是因為太后的地位更高，而是因為陛下要向天下彰顯孝道。」

「嗯。」韓孺子應道。

「太后以外的任何人，無論年紀多大、資格多老，都是陛下的臣民，絕不能與陛下平起平坐，就連上官皇太妃、東海王也不例外。」

「嗯。」

「陛下還有別的母親嗎？」

韓孺子點點頭，馬上又搖搖頭，低聲說：「我只有一個母親，乃是當今皇太后。」心裡想著的仍是宮外的親生母親。

左吉滿意了，「孝要由衷而發，表裡不一騙得了外人，騙不過自己，騙不過冥冥眾神。」

韓孺子以為自己終於能見到皇太后本人，結果他只是在臥房門外磕了一個頭，按照左吉的指示說了一句

「孩兒給太后請安」，屋裡走出一名宮女，客氣地說了幾句，請安儀式就此結束。

將皇帝送回住處的路上，左吉解釋道：「這些天來太后憂勞過度，身體不適，陛下馬上就要正式登基，太后不想在這個時候影響陛下的心情。」

無論左吉說什麼，韓孺子只是嗯嗯以對，他沒什麼可說的，也不想撒謊。

太后的住處叫做慈順宮，皇帝本應住在泰安宮，不過鑑於新帝尚未大婚，因此被安置在離慈順宮不遠的一座小院裡，韓孺子對此倒不挑剔，只是覺得有些孤獨，甚至懷念起東海王來。

東海王就住在隔壁，但兩人都不能隨意走動，只有在正式場合才能見面。

今天上午的正式場合是禮部官員演禮。

禮部尚書元九鼎是名六十多歲的老者，身材偉岸，稍有些肥胖，因此更顯莊重，他帶來兩名副手和十名太學博士，分別講解並演示登基儀式的不同階段。

不到四年的時間裡，大楚已有兩名皇帝登基，韓孺子將是第三位，禮部官員在這方面的經驗非常豐富，盡可能減輕新帝的負擔。韓孺子所要做的事情基本上就是穿上沉重的朝服，從太廟出發，經過兩座宮殿，最後端坐在龍椅上，接受文武百官的朝拜。

只過一遍，韓孺子就記住了，禮部的官員們卻不放心，要求今後幾天裡每天上午都來演示一遍，力求準確無誤，甚至連邁出多少步都計算好了，據說這些細節全都意義深刻，預示著皇帝的未來。

韓孺子真想問問自己的父親和哥哥在登基時出什麼錯了。

大概是為了與禮部官員抗衡，宮中派出的侍從格外多，數量是大臣的兩倍，景耀和左吉一左一右守護著新帝，演禮的老大臣們只能隔著人說話。

韓孺子即使寫了衣帶詔，也沒辦法傳遞給任何一名官員。

東海王跟在太監侍從的隊伍裡，滿懷嫉妒，又滿懷期望，時不時使出一個眼色，見韓孺子沒有反應，不由得心急火燎。

下午兩人繼續在靜室中齋戒，景耀和左吉輪流跪在門口陪同，楊奉仍然沒有出現。

又過一天，左吉的監視放鬆了一些，一度退出靜室不知去做什麼，東海王抓住機會，撲到韓孺子身邊，伸出手來，「怎麼回事？衣帶詔呢？為什麼遲遲不行動？」

「我做不到。」

「哪樣做不到？你就這麼笨，不能假裝摔個跟頭什麼的？」

「我沒法寫字，房間裡總有人。」

「天吶！」東海王在自己頭上搥了兩下，「難道你身邊從來沒有僕人嗎？你是主人啊，對他們下命令，讓他們冬天下河捉魚、夏天去捉螢火蟲、半夜裡去廚房找食物……他們就是做這個的，難不成僕人也要一覺睡到天亮？你……」

太監左吉悄沒聲地走進來，微笑道：「東海王，這裡供奉著太祖衣冠，您這個樣子可不妥。」

東海王尷尬地退回蒲團上，「可能是因為早晨沒吃飯，我剛才有點頭暈，所以跪倒了，聽說太祖對本族子孫非常慈祥，會原諒我吧？」

左吉跪在門口，沒有追問，東海王鬆了口氣，整個下午都老老實實。

難題留給了韓孺子，他當然有過僕人，不多，母親王美人對這些僕人向來客客氣氣，從來沒提出過奇怪的要求，因此，對東海王來說非常容易的一件事，到了韓孺子這裡卻有些為難。

韓孺子想了很久，終於在晚飯之後想出一個主意。

他先是聲稱自己要練字，房中的兩名太監倒是很聽話，馬上鋪紙研墨，韓孺子的字不太工整，寫一張丟一張，對特別不滿意的乾脆撕成碎片，兩名太監又都一片不落地揀起來。

房間裡沒有那麼多的紙可供揮霍，眼看紙張就要用完，一名太監退出去拿紙，韓孺子假裝不經意地對另一名太監說：「給我拿杯茶水。」

「陛下應該休息了……」太監有些猶豫。

「一杯白水也行，我渴了。」韓孺子盡量模仿東海王的語氣。

另一名太監也躬身退出，韓孺子在紙上刷刷點點，然後迅速將紙張撕下一小塊折疊起來，握在左手心裡。

房間裡的每一件衣物都有專人看管，韓孺子實在沒辦法拿來寫什麼「衣帶詔」。

事情比他預料得要順利，兩名太監很快返回，什麼也沒發現，韓孺子喝水之後上床睡覺，一晚上幾乎沒怎麼閉眼。

次日一早的穿衣和隨後的沐浴才最麻煩，他得赤身接受一隊太監和宮女的服侍，紙包很小，卻也不好隱藏，手心、領口、腰帶、袖口……韓孺子不停轉移這個小祕密，總算沒有被發現。

然後就是交給禮部尚書元九鼎了，這一步難上加難，韓孺子與大臣之間總是隔著至少兩名太監，根本沒機會接觸。

東海王仍然跟在侍從隊伍裡，透過眼神交流猜出「衣帶詔」已經寫好，心裡比韓孺子更急，上午的演禮即將結束的時候，東海王被門檻絆了一下，向前猛撲，推得整個隊伍七零八落。

韓孺子終於有機會倒在禮部尚書的身上。

東海王起身之後一個勁地道歉，對演禮的官員和眾多太監來說，這卻是一次不小的事故，沒人敢責備東海王，一群人跪在地上請罪，然後商討解決方案，以免正式登基的時候再生不測。

下午齋戒，東海王一等到機會就迫不及待地問：「成功了嗎？」

韓孺子點頭，他已經將紙包塞進禮部尚書的腰帶裡，元九鼎當時肯定有所察覺，卻什麼也沒表露出來，這像是一個好兆頭。

「大事已成，等著吧，咱們很快就能逃脫太后的掌控了。」東海王自信滿滿地發出預言。

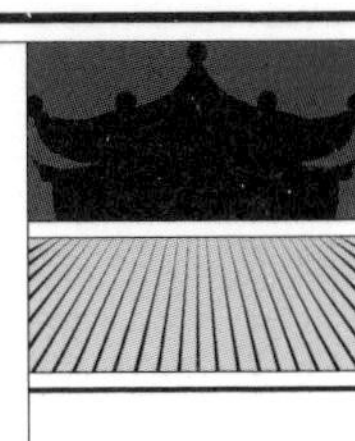

第七章 皇帝的招供

這天夜裡，韓孺子果然等來了大事。

韓孺子坐在床沿，由兩名太監替他整理頭髮，好像皇帝在夢中也要保持莊嚴似的。

兩名太監都是三十來歲，平時極少說話，服侍皇帝時一絲不苟，韓孺子昨天剛剛騙過他們一次，心中有一點愧疚，於是衝兩人笑了笑，說聲「謝謝」。兩人互相看了一眼，顯得很緊張，馬上躬身後退，在數步之外垂手站立，他們要等皇帝躺下睡著之後才能休息，一個留在屋內的椅榻上，一個守在外間。

就在這時，左吉來了，沒用人通報，推門直入，好像他才是這間屋子的主人，進來之後也不說話，信步閒逛，哪都看看，繞了半圈，最後停在床門前。

兩名太監立刻跪下，韓孺子抬頭看著太后的侍者，便明白事情已經暴露了，從他昨晚寫「密詔」起，正好一整天。

左吉站了一會才躬身行禮，然後挺身說：「陛下讓太后失望了。」

事已至此，韓孺子不想說什麼，甚至有點希望太后一怒之下能將自己廢黜。

「陛下在紙條上寫了什麼？」左吉問道，語氣一點也不嚴厲，透出幾分親切與好奇。

韓孺子仍不開口。

左吉嘆了口氣，「陛下是天下之主，想做什麼都行，可陛下也對天下負有最大的責任，陛下的一言一行，都會產生不可估量的影響，上梁不正下梁歪，陛下小小一個舉動，可能會破壞大楚的根基。太后讓我提醒陛下：大楚江山是祖宗留下來的，不是陛下一個人的。」

「我從來沒認為大楚江山是我的。」韓孺子終於開口，跪在地上的兩名太監匍匐得更低了，幾乎貼在了地板上。

左吉又嘆了一口氣，轉向另外兩名太監，「昨晚是你們服侍陛下的？」

「是……」兩名太監從聲音到身體全都顫抖不已。

「不關他們的事。」韓孺子下床，光腳站立。

「只是陛下一個人的主意？」

「全是我一個人的主意。」韓孺子沒有出賣東海王。

左吉笑了笑，這時暖閣的門又開了，先進來的是中司監景耀，身後跟著東海王。東海王一改平時的跋扈，縮手縮腳，一進屋還沒站穩，就大聲說：「我什麼都不知道，是他讓我假裝摔跤的，皇帝的命令我不得不服從，別的事情我就不知道了。」

景耀看向左吉，左吉道：「陛下也是這麼說的。」

東海王鬆了口氣，「你們還不相信我？我就算要與大臣勾結，也犯不著選禮部尚書啊。」

景耀向皇帝跪下，左吉讓到一邊。

「請陛下以江山社稷為重。」景耀說。

「好。」韓孺子覺得事情還不算太糟。

「陛下在紙條上寫了什麼？」景耀提出的問題與左吉一樣。

「你們不是已經看過了嗎？」

「此事需要兩相對照，我們希望得到陛下的親口說法。」

東海王指著景耀，「哈，你在說謊，你們還沒拿到紙條！」

景耀扭頭看了一眼，東海王立刻閉嘴。

韓孺子尋思片刻，「我是皇帝，用不著非得回答你們的問題。」

左吉跟著跪下，東海王向韓孺子投去贊許的目光，突然發現景耀仍在盯著自己，急忙也跪下，屋子裡只有皇帝一人站立。

「懇請陛下體諒太后一片苦心。」景耀繼續施加壓力。

韓孺子仍拒絕透露紙條上的內容，他想看看自己這個皇帝到底有多大權力。東海王也想知道，目光在景耀和左吉身上掃來掃去。

景耀恭恭敬敬地磕了一個頭，長跪而起，低聲道：「來人。」

四名太監側身進屋，把東海王嚇了一跳，「你們敢抓皇帝？」

這四人的目標卻不是皇帝，而是那兩名匍匐在地瑟瑟發抖的倒霉蛋，將他們架起來向屋外拖去。

「景公饒命！」兩人知道該向誰求饒。

「我說過了，跟他們一點關係也沒有。」韓孺子吃了一驚。

景耀跪在那裡不動，平時的一團和氣此時變成了一團黑氣，這回換成他保持沉默了。

沒多久，窗外傳來慘叫聲，在深夜裡顯得分外淒涼。

韓孺子向前邁出一步，「請兩位公公轉告太后，原諒我的一時魯莽，放過那兩個人，我告訴你們紙條上的內容。」

東海王皺皺眉頭，不敢插口，景耀再次磕頭，「陛下無錯，陛下初踐尊位，忽略某些規矩是正常的，全怪那兩名賤奴不懂事，沒有盡職盡責地服侍陛下，罪不容赦。紙條的事情，待會再說。」

外面的慘叫聲更響了，沒過一會，只剩下棍棒打在人身上的沉悶聲音。

左吉站起身，親自鋪紙研墨，然後轉身說：「請陛下將紙條上的內容再寫一遍，我們也好向太后回稟。」

韓孺子沒再拒絕，臉色蒼白的他已經知道「皇帝的權力」有多大了，光腳走到桌前，提起筆準備寫字，旁邊的左吉輕聲道：「太后慈愛寬柔，一定會原諒陛下的，也請陛下往後不要再以私心驚動太后，國家正值多事之秋……」

韓孺子放下已經沾滿墨汁的筆，轉身說：「我要見太后。」

左吉一愣，「見太后？為什麼？」

「因為入宮後我尚未見過太后本人，而且我要親自向太后解釋這件事情。」

「陛下每天早晨都見著太后。」左吉臉上的笑容僵硬了。

「不對，我只是對著太后寢宮跪拜，從來沒有見過太后真容。」

「都一樣，太后就在寢宮裡，身體不適，沒法見外人……」

「我不是外人，你說過，太后是我唯一的母親，我也是這麼認為的，我們是母子，你和景公才是外人，母子相見，這個要求不過分吧。」

跪在門口的東海王噗嗤一聲笑出來，他領教過皇帝利用對方說過的話做出反擊的本事，因此一點也不意外，左吉卻一下子啞口無言，完全沒料到一向木訥的皇帝突然變得能言善辯。

左吉臉色變了又變，扭頭看向景耀。

景耀站起身，心中鄙視這名以色得寵的太監，表面上卻沒有露出半點的反感，反而向他心照不宣地點點頭，表示一切都在控制中。

老太監緩步走到皇帝身前，看了一眼桌上的白紙，「陛下替那兩名受罰的太監感到委屈嗎？」

「既然是罪不容赦，我能說什麼呢？」韓孺子平靜地道。

東海王也站起身，興致勃勃地看著這一幕，好奇皇帝的倔強能堅持多久。

景耀輕嘆一聲，「陛下還在相信外面的大臣嗎？老奴服侍了四位皇帝，讓老奴告訴陛下真相吧：大臣有自己的利益，他們嘴裡喊著君君臣臣，心裡想的卻是瞞上欺下。隨便抓一位大臣，把他扔進大牢，不出三天，他能供出一連串的同夥來。這些人白天在朝廷上爭得你死我活，夜裡無人時把酒言歡，目的只有一個，蒙蔽聖聽，好混水摸魚。每一份奏章、每一句慷慨陳詞的背後，都隱藏著不可告人的目的，彈劾異己的同時總會巧妙地讚揚同黨，今天你推薦我，明天我提拔你。太監是卑微的，可我們沒有異心，也不可能有異心，太后與陛下是我們唯一的主心骨，離開你們，我們連泥土都不如。」

左吉連連點頭表示贊同，東海王不屑地擠眉弄眼，韓孺子說：「事情沒有你們想得那麼嚴重，我只是給禮部尚書……遞張紙條而已，紙條上沒有你們擔心的內容。」

老太監將一隻手搭在皇帝肩上，此舉不太恭敬，但他覺得自己有這個資格，又嘆息一聲，「紙條的事情我們會處理，不急，先發酵幾天，如果元九鼎聰明的話，明天就會將紙條交出來——最好是今天，可他沒這麼聰明——如果一直不交的話，我們倒要看看他能糾集多少大臣，或許這是一個機會，能借此除掉朝廷裡的一伙奸臣。」

韓孺子喉嚨有些發堵，他最不想看到的事情就是有人因為他而受苦，可眼下的狀況根本不由他做主，「招供」只能用來表明他的服從，無論他怎麼做，太監都要利用一切藉口向大臣下手。

東海王笑著奉承道：「景公妙計，放長線釣大魚……」他閉嘴了，以免得罪皇帝，將一切真相都說出來。

「景公剛才說的『我們』，是指誰？」韓孺子問。

景耀臉色一變，少年皇帝到這個時候還如此固執，有點出乎他的意料。

左吉笑了兩聲，「景公說的『我們』當然是指太后和陛下，陛下再寫一遍紙條上的內容，無非是為了表明陛下真心實意孝順太后，沒在想另一個母親。」左吉收起笑容，向景耀問道：「王美人已經搬家了吧？」

景耀點下頭。

韓孺子感到極度憤怒，心中的一根底線被觸碰到了，可他沒有叫喊，而是拿起筆，在鋪好的紙上迅速寫下四個字。

其他三人同時看去，東海王茫然地說：「皇帝瘋了。」左吉笑著搖頭，「陛下辜負了太后的苦心。」景耀臉色更加陰沈，「陛下在開玩笑嗎？」

「我沒開玩笑，這就是……」韓孺子話未說完，外面又進來一個人。

好久沒有露面的楊奉終於出現，連表面上的客氣也省去了，沒有跪下磕頭，只是微微彎了下腰，「事情到此為止吧。」

左吉竊笑了一聲，景耀冷眼打量楊奉，「楊公何出此言？我們奉太后旨意行事，哪能隨便到此為止？」

楊奉從袖中取出一個小紙包，「原件在此，太后已經看過了，不是什麼大事。」

景耀和左吉都是一愣，東海王更是一驚，皇帝以密詔向大臣求救，竟然不是什麼大事！

景耀走來，接過紙包，滿腹狐疑地盯著楊奉看了一會，然後才打開紙包，只看一眼就露出驚訝的神情，左吉走過來，看過之後顯得很尷尬，東海王忍不住好奇，來到兩名太監中間，觀看紙條上的字。

楊奉帶來的原件與桌上的白紙寫著同樣的四個字：我想吃肉。

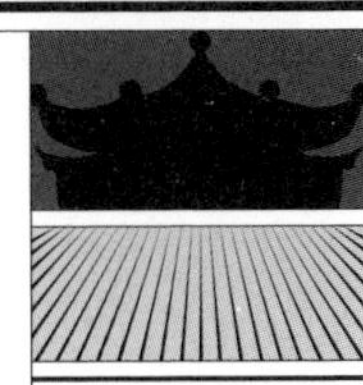

第八章 十步之內

「『我想吃肉』，這是什麼意思？」東海王茫然不解，將屋子裡的人挨個打量一遍，最後看著皇帝，突然明白過來，孺子背著他改變了「衣帶詔」的內容，怒意瞬間將謹慎從心裡踢了出去，猛撲過去，大聲叫道：「你敢耍我！」

景耀年紀雖大，手腳卻很利索，急忙攔腰抱住東海王，厲聲斥道：「東海王自重，這裡是皇宮！」

東海王心中一驚，知道自己犯下了大錯，態度立刻軟下來，「對不起，我一時……請陛下原諒……」

韓孺子微點下頭，表示不在意。

「這真是那張紙條嗎？」景耀還有疑惑。

「陛下昨天留下的墨寶不少，一對字跡就知真假。」楊奉小心地將紙條收起，太后已經相信，其他人的看法並不重要。

「你怎麼得來的？」

「元大人主動交給我的。」楊奉平靜地說。

禮部尚書比預估得要「聰明」一些，景耀惱羞卻不敢成怒，面紅耳赤地說：「齋戒很快就會結束，陛下吃肉的日子多著呢，這點小事何必向外臣述說？」

「在宮裡我很難找到說話的人。」韓孺子走回床邊。

景耀和左吉互視一眼，都不知道該怎麼接這句話，各自囁嚅幾句，齊聲告退，東海王盯著皇帝不放，直到聽見景耀的催促，才生硬地告辭。

楊奉留在原處沒動，已經退到門口的三個人又都停下，不想將皇帝單獨留給老奸巨滑的中常侍。

「奉太后的旨意，從今天起，由我來服侍陛下。」楊奉說。

三人再不停留，匆匆離去。

楊奉走到床前，「你很聰明，沒有真寫什麼密詔，你也很幸運，太后寬宏大量，覺得這只是小孩子的胡鬧，不想過分追究。」

韓孺子抬頭問：「我差點害了許多人，是嗎？」

「陛下多慮了，皇宮內外、朝堂上下，每個人都有自保之法，需要陛下保護的人也就是不值得保護之人。」

韓孺子想起那兩名挨打的太監，他們的自保之法就是慘叫。

好不容易見到楊奉，有些事情他想問清楚：「當皇帝究竟有什麼好處？東海王那麼想當皇帝，你們不同意，我從來沒有過這種想法，你們卻非將我推上來，聽說我的祖父武帝在位時，一怒而流血千里，到了我，甚至不敢承認自己的生母是誰。」

楊奉上前一步，有些話本不應該說出口的，可皇帝的某些特質打動了他，楊奉願意冒一次險，「你想知道什麼是皇帝？」

韓孺子猶豫著點點頭。

「武帝一怒流血千里，可千里之外還有千里，大楚的軍隊從來沒能窮盡天下，而且武帝也有身邊的煩惱，三易太子、七誅重臣，內宮寵廢不可勝數，武帝一生中至少遭遇過五次危難，三次在微服途中，一次在朝堂，還有一次就在皇宮裡。」

韓孺子雙眼發亮，「母親從來……我從來沒聽說過這些故事。」

「這不是睡前故事。」楊奉的語氣嚴厲起來，「我是在告訴你一個道理。」
「再厲害的皇帝也有不順心的時候？」韓孺子猜道。
楊奉冷冷地說：「我是在告訴你真正的皇帝是什麼樣子，最真實的樣子，不是所謂的飽學鴻儒所宣稱的那一套。」
韓孺子想了一會，喃喃道：「千里之外，皇帝管不著，十步之內，皇帝與普通人無異，所以皇帝的權力只在十步以外、千里之內……而我，被困在了十步之內。」
這個孩子很聰明，如果處境稍微好一些，楊奉有把握將其培養為一代明君，可眼下的狀況，卻只允許他紙上談兵。
「怎樣才能打破困局？」韓孺子抬頭問。
楊奉搖搖頭，「沒有辦法，時也，勢也，古往今來多少英雄豪傑，只因生不逢時而終生默默無聞，陛下還是安心休息吧。」
楊奉退下，他用不著在夜裡服侍皇帝，更用不著手把手教皇帝一切。
韓孺子躺在床上，有人進屋，吹滅燈火，合身倒在窗邊的小榻上。
「十步以外、千里之內。」韓孺子揣摩楊奉的話，心想自己的「時勢」不知會不會到、什麼時候才能到，突然心中一動，楊奉有些話沒有明說，既然十步之內都是普通人，自己為什麼不能在十步之內做點什麼呢？
他側身望向椅榻上的模糊身影，發現自己這些天來只顧遙望太后與權宦，忽略了身邊的太多細節，「咳……你叫什麼名字？」
黑暗中一片安靜，新侍者似乎吸取了前兩名太監的教訓，不願與皇帝交談，過了好一會，終於有一名女子開口：「我叫孟娥，有事嗎？」
這聲音冷冰冰的，既不自稱「奴婢」，也不口尊「陛下」，比前來興師問罪的景耀、左吉還要顯得無禮。

韓孺子在「十步之內」的第一次嘗試就碰上了強硬的對手，他努力回憶這名宮女的相貌，卻怎麼也想不起來，這些天裡來來往往的人太多，又都是同一副神情，實在不好辨認。

「那兩個人怎麼樣了？」

「哪兩個人？」

「因為我而挨打的那兩個人。」

黑暗中的孟娥沉默了一會，「他們罪有應得。」

「如果真有罪的話，我的罪過也更大。」

「尊卑有別，貴賤有差，既然分出了主人與奴僕，就不會有一樣的罪過。」

韓孺子本想爭取身邊宮女的好感，結果卻被對方說得啞口無言，孟娥一動不動，好像馬上就睡著了。

次日一早，韓孺子終於見到孟蛾的真面目，她看上去二十歲左右，個子比十三歲的皇帝高不了多少，相貌不醜，也絕對稱不上美麗，神情呆板，與宮中的其他人沒有區別，韓孺子根本不記得她是從什麼時候開始服侍自己的。

年輕的皇帝沒有被這次失利所挫敗，反而下定決心要關注「十步之內」的所有人，但是要避免寫「密詔」時的錯誤，絕不能再連累別人。

很快他就發現，身邊的太監與宮女並非千人一面，在呆板的神情後面，隱藏著每個人的小心事：捧冠的老太監時不時偷瞧一眼捧衣的宮女，捧衣的宮女悄悄關注著捧佩飾匣的同伴……孟娥也在這互相監視的鏈條之中，只是地位稍高一些，沒人敢與她對視。

楊奉沒有參與這些小遊戲，他等在門外，誰也不看，時間一到就護送皇帝去拜見太后、參加演禮，幾乎寸步不離。

一開始，韓孺子以為這些人相互間矛盾重重，前去與禮部官員匯合的路上，他突然明白過來，太監與宮女們其實是各為其主，彼此忌憚。

禮部尚書今天沒來，由一位侍郎代替他的位置，他時刻與皇帝保持著距離，能不開口盡量不開口。

下午的齋戒倒還正常，楊奉沒有跪在門口，按規矩守在門外，從不進來打擾皇帝與東海王。

東海王對此非常意外，足足等了一個多時辰才開口說話，「真是奇怪，居然沒人監視咱倆。」

韓孺子沒吱聲，也沒回頭。

東海王咳了兩聲，終於忍不住說出心裡話，「不是我告的密，是你自己太不謹慎，露出了馬腳。不過你這一招夠壞的，『我想吃肉』，你想試試禮部尚書值不值得信任，對吧？嗯，真是謹慎，謹慎得有點過頭。」

韓孺子對東海王的最後一點信任早已消失，可這個人就在十步之內，他不想發生爭執，於是說：「反正這事無論如何也做不成。」

「如果你膽子再大一些，沒準禮部尚書昨天就能採取行動，你卻寫了一句『我要吃肉』，大臣們當然不會認真對待。敢冒險才有收穫，像你這樣，永遠也熬不出頭。」

「本來我就沒想『出頭』，現在不比從前更差。」

「現在的你隨時會掉腦袋！」東海王對皇帝的鎮定感到不可思議，可是一想到自己早先的威脅都沒對皇兄產生過效果，也就釋然了，「我明白你的意思，你們母子從前過得真是……太慘了，沒有王號、沒有師傅，比普通的宗室子弟都不如。要我說，太后一定非常憎恨你們母子，她甚至不願見你的面。」

「你見過太后？」

「從前見過，她可不是簡單人物……」東海王將聲音壓得更低，「只要有她在，父皇的目光從來不會看向任何人，據說她會——巫術。」

提起「巫術」兩個字，東海王自己先被嚇著了，老老實實地跪好，喃喃道：「沒準咱們在這裡說話，她都能聽到，要不然她就是被自己的巫術傷著了，所以躲起來不敢見人。」

韓孺子不太相信巫術，稍稍側身，看著東海王，納悶地說：「為什麼太后讓你當我的侍從，還允許咱們單獨相處呢？」

「為了羞辱我和崔家唄。」東海王憤憤地說，毫不掩飾對太后的惱怒和對皇位的覬覦。

韓孺子並不這麼想，甚至懷疑東海王是在裝傻，反正他若是東海王的話，就一點也不著急，崔家既然是大族，絕不會輕易向太后屈服，東海王還有機會。

「咱們還得想辦法對付太后，這回傳信給我們崔家的人。」東海王猜不到皇帝的想法，興致勃勃地提出新建議。

「不。」韓孺子乾脆地拒絕，「我不想對付任何人，尤其不想對付太后，如果在皇位上待不久，那也是我的命。」

韓孺子轉回身，東海王一臉驚訝地看著他，片刻之後，露出極度憤恨的神情。

晚餐多了一道菜，入口之後頗有肉味，韓孺子很意外，他還在齋戒期間，是絕對不能接觸葷腥的，嚼了幾口才發現是香菇，看來他的抱怨還有點用處。

餐後，韓孺子利用一切機會與身邊的太監或宮女交談，結果收穫甚微，他們對皇帝性格的轉變感到困惑，很快就變得警惕，盡可能不做回答，不得不開口的時候，也要再三斟酌，那些話不像是說給皇帝，倒像是希望轉達給不在場的某人。

大家從皇帝這裡感受到的不是親切，而是壓力。

楊奉進進出出，聽到了一些交談，沒有反對，也沒有趁機提出建議，他就像一名三心二意的放牧人，偶爾過來看一眼牛羊是否還在原處吃草，然後就去忙自己的事情。

一整天下來，韓孺子疲憊不堪，全部所得只是寥寥幾句回答，他的十步之內仍然是一片荒蕪。

夜裡躺在床上的時候，韓孺子回想一天的經歷，發現自己並非一無所得，起碼瞭解到一件事情：皇宮裡並非只有太后的勢力，在他的身邊就有暗潮洶湧。

可這對眼下的皇帝沒有幫助，他掌控不了十步之內，更沒有找到對自己有利的「時勢」，直到晚上將睡的時候，一件小事給了韓孺子一些信心。

當時他已經快要睡著，窗下突然傳來宮女孟娥的聲音，「我問過了，那兩個人被送去療傷，死不了。」

韓孺子的睡意一下子沒了，他關心那兩名太監的生死，卻沒到時刻縈懷的程度，他感到高興，是因為終於有人正面回答他的問題，十步之內的一灘死水總算稍微動了一下。

第九章 陛下收璽

「謝謝。」韓孺子對宮女說，他暫時沒有別的奢望，只是希望能有人說說話，在十步之內營造一個友好些的環境，讓皇宮生活稍微舒心一點。

「用不著……如果你真想謝我，就不要總是沒話找話，你把大家都嚇壞了。」

孟娥語氣生硬，不只對皇帝如此，與其他太監或宮女說話時也是這樣，在一群唯唯諾諾的人當中，她就像是誤闖進來的鄉下無知女子，可偏偏是她成為皇帝的貼身侍女，共處一室，沒有替換者。

她一定是太后的心腹之人，韓孺子如是猜想，心中並無反感，反而覺得踏實許多，「所以我跟每個人都說話，這樣就不會給單獨某人惹來麻煩了，對不對？而且總是不說話，我會……變瘋的。」

「宮裡很多人都不愛說話，也沒見誰變瘋。」

「那他們私底下肯定有人說話，就像咱們現在這樣。」

孟娥拒絕再聊下去。

韓孺子閉上雙眼，安詳入睡，夢到了自己的母親。

接下來幾天平淡無事，除了演禮與齋戒，韓孺子仍然努力與身邊的人交談，沒有取得多少進展。新皇帝即將正式登基，即使這只是一名公認的傀儡皇帝，服侍時也不能有半點疏忽，太監與宮女的態度越來越恭謹。

功成元年三月十八日——按慣例，這一年剩下的日子裡仍要使用先帝的年號——韓孺子正式登基，他是這一天最受關注的人物，可他仍然擺脫不掉那種事事與己無關的感覺。

他戴著太祖留下的冠冕，穿著為他特製的龍袍，從寢宮走到太廟，又從太廟走到同玄殿，期間三次駐蹕、三次更換服飾，道路兩邊站滿了人，他們下跪，他們山呼萬歲，然後各回各位，認定從此天下太平。

韓孺子看不到真正關心自己的目光，朝中的文武百官與宮裡的太監、宮女並無太大區別，恭謹有加，卻沒有人真想走近皇帝十步之內。

他盡量什麼都不想，安安穩穩地做一個聽話的傀儡，即使在成群的貴族侍從當中看到東海王不服氣的目光，他也無動於衷。

大臣們按照爵位和官職的高低分批次朝拜新皇帝，司禮官高聲宣召一批武將登殿時，韓孺子生出一股衝動，想要放聲呼救，他不認識這些武將，可是在故事裡，武將總是比文臣更加忠誠與耿直。

衝動一閃而過，韓孺子依舊像木偶一樣坐在不太舒服的龍椅上，武將與文臣並無兩樣，身上甚至沒有穿戴真正的盔甲，匍匐在地做出同樣的動作，嘴裡說著同樣的話，沒人抬頭瞧一眼新皇帝。

登基儀式冗長而無趣，直到午時才告結束，新皇帝轉到勤政殿，在這裡，他將第一次作為皇帝與少數樞密大臣們共商國事，韓孺子對此沒抱任何期望，因為他身邊仍然環繞著多名太監，與大臣沒有任何交流，還因為皇太后就坐在旁邊的暖閣裡，一切事情仍是她說的算。

進宮將近二十天了，他依然沒見過「母后」的真容。

出乎他的預料，也出乎所有人的預料，第一次御前議政本應平靜無事，結果卻成為新皇帝的第一個「時勢」。

韓孺子的祖父武帝晚年時變得猜忌多疑，即使對至親之人也不信任，十年間廢黜了兩名太子，直到駕崩前一年才選立桓帝為太子，很多人都認為，武帝若是再多活幾個月，可能會第三次廢掉太子。

不管怎樣，普通的皇子一躍而成為新太子，來不及接受充分的執政培訓，因此，武帝臨終前指定了五位顧命大臣，輔佐經驗不足的新帝，五人分別是宰相殷無害、兵馬大都督韓星、右巡御史申明志、南軍大司馬崔宏、吏部尚書馮舉。

在桓帝短短三年的在位期間，發生了許多重大變動，五位大臣隨之起伏，卻沒有被淘汰出局，一直留在勤政殿，掌握著大楚的核心權力。

韓孺子登基之後，勤政殿裡發生了一點變化，五位重臣變成了六位，新加入者是皇太后的親哥哥上官虛，他代替崔宏擔任南軍大司馬，崔宏則以太傅的身份參政。與此同時，原本供大臣小憩的東暖閣經過改造後，成為太后的聽政之處，說是聽政，所有奏章都要送進去給太后過目，坐在一邊淪為擺設的，是新皇帝韓孺子。

這是新帝正式登基的第一天，需要他處理的事情可不少：要為早亡的皇兄修建陵墓、議定謚號，從《道德經》裡選出可用的新年號，新帝按慣例要大赦天下、發佈選賢任能的聖旨，還有一大批官員的任免需要正式確認，諸多事情都必須盡快完成。

可這些事情與韓孺子沒多少關係，他只是過來象徵性地露一面，被一群太監包圍著，連五位重臣的相貌還沒來得及熟記，中司監景耀就替他宣佈：「陛下倦怠，要回宮休息，諸卿勉力，大小事宜皆由太后定奪。」

韓孺子離開還沒捂熱的軟椅，在楊奉等一隊太監的護送下離開勤政殿，走向幽深的內宮，以為自己再也沒有機會離開囚禁之地，結果機會來得比他的步伐還要快。

一行人剛剛走過兩道門戶，回頭還能望見同玄殿的飛檐，身後突然傳來急促的腳步聲，太監景耀氣喘吁吁地跑來，說出一句令所有人意外的話，「請陛下回勤政殿，有事……有事需要陛下處理。」

韓孺子對此毫無準備，站在那裡不知所措，目光不由得望向身邊的楊奉，很快就發現，幾乎所有人都在盯著楊奉，好像這樣的場面是他事先安排好的，尤其是景耀，目光咄咄逼人，就差直接宣佈罪名了。

楊奉看上去很鎮定，這更加深了大家的懷疑，他問：「這是太后的懿旨嗎？」

「當然。」景耀愕然道。

楊奉伸出手，「請景公出示。」

景耀更吃驚了，「你、你……」

「景公見諒，規矩如此。」楊奉說。

景耀臉色通紅，一跺腳，轉身正要回勤政殿，又有一名太監氣喘吁吁地跑來，左吉雙手捧著一張紙，直接遞到楊奉面前，「太后懿旨在此。」

楊奉雙手接過來，打開看了一遍，點頭道：「沒錯，請陛下起駕返回勤政殿。」

韓孺子的「駕」就是雙腿，大半天來他可走了不少路，雙腿微微酸麻，迄今連飯還沒吃上一口，可他心裡還是有點興奮，邁步順原路前往勤政殿，在侍從隊伍中看到東海王驚疑不定的目光，暗覺好笑。

左吉擦擦額頭上的汗，用隨意的語氣說：「還是太后瞭解楊公，太后說楊公嚴謹，不遵無名之旨，果然如此，呵呵。」

景耀掃了楊奉一眼，心中的恨意更深了。

勤政殿一片安靜，五位重臣分散站立，生怕被人誤解為在商議什麼，個個神情尷尬，殿中書吏全部不見蹤影，太后聽政閣門前站著兩名太監，一副如臨大敵的神情。

靠牆殿柱旁站著一個人，穿著顯然是名太監，四十歲左右年紀，其貌不揚，卻有一臉不合時宜的怒氣，懷裡抱著一隻打開的錦匣，一腿在前，一腿在後，像是要一頭撞死。

這樣的場景太怪異了，韓孺子回來的路上想過種種可能，就是沒預料到會是這樣的情況。

楊奉也愣住了。

五位重臣皆有武帝賜予的特權，在勤政殿中無需行跪拜之禮，只有上官虛是個例外，他是新貴，初次參與議政，十分地小心，一看到皇帝回來，立刻跪下，另外五人互相看了一眼，只好跟著陸續跪下，如此一來，楊奉等人也都跪下，只剩下皇帝和那名準備撞柱的太監。

十三歲的少年皇帝一下子成為屋子裡最高的人之一，心中茫然無措，禮部官員教給他的禮儀這時全都用不上，他只好站在那裡，等別人說話。

楊奉直起身子，說：「劉介，勤政殿內豈可放肆，還不跪下？」

名叫劉介的太監單腿下跪，雙手仍然托舉錦匣，一副視死如歸的架勢，大聲道：「請陛下收璽！」

韓孺子向楊奉投去求助的目光，他對劉介有點印象，每次演禮這名太監都到場，是皇帝的眾多侍從之一，從來沒說過話，也沒人介紹過，韓孺子一直不知道此人的職務是什麼。

楊奉的目光掃了半圈，最後落在宰相殷無害身上，「殷大人，這究竟是怎麼回事？」

殷無害一臉苦笑，連咳幾聲，像是說不出話來，太監劉介搶道：「楊公不用問宰相大人，這都是我劉某一人所為。」劉介的目光中滿是斥責，「劉某身為中掌璽，只為皇帝一人掌管寶璽，就算是玉皇大帝下凡，也別想讓我親手交出。劉某今日要得罪太后與諸位大人了，所謂寧為玉碎不為瓦全，若是沒有皇命，劉某寧願撞死在這勤政殿內，以血染璽！」

沒人敢接話，韓孺子心中卻是一熱，原來皇帝不純粹是無人在意的傀儡，還有人願以死維護皇帝的尊嚴。可他仍然不說話，出於一種本能，他知道眼下的情況非常微妙，也很危險，自己隨口一句話，可能會害死這位忠肝義膽的劉介。

諸人當中，數景耀最為狼狽，身為中司監，他是中掌璽劉介的直接上司，結果當著太后的面鬧出這麼大的事，他卻一點辦法也沒有，「劉介，陛下已經到了，你還不交出寶璽？今天是陛下登基之日，你如此胡鬧，可是滅族之罪！」

「刑餘之人無家無族，劉某命繫寶璽，死不足惜。」劉介看向皇帝，微點下頭，降低了聲調，「請陛下收璽，普天之下，只有您一人能從我手裡拿走寶璽。」

「請……陛下……收璽。」宰相殷無害是眾官之首，不得不說上一句，聲音要多含糊有多含糊。

韓孺子還是沒動，先看了一眼太后聽政閣的方向，然後看向身邊的楊奉。

楊奉彎著腰輕輕攙扶皇帝的左肘，低聲說：「請陛下收璽。」楊奉目光中別有些含義，在這種場合，一些話是打死也不能說出來的。

韓孺子邁出腳步，楊奉留在原地，重新跪下，沒有跟隨。

第十章 風波

殿中恢復安靜，韓孺子看到許多人的後背，它們也都有著豐富的表情：太后的兄長上官虛在瑟瑟發抖，他大概以為這是一場針對上官家的陰謀；東海王的舅舅崔宏的跪姿在諸人當中最為標準，卻盡量躲在宰相殷無害身後；老宰相的後背也在發抖，顯露出來的不是恐懼，而是衰朽，以此表示這一切都不在自己的掌控之中；右巡御史申明志的背微微弓起，好像隨時都要跳起來……

這一切或許都是想像，韓孺子結束胡思亂想，來到中掌璽劉介身前。

太監放下另一條腿，雙膝跪立，垂下目光，將天下獨一無二的寶璽獻給皇帝。

韓孺子接過錦匣，入手沈甸甸的，難為劉介舉了這麼久，一方寶璽擺在匣中，是一整塊白玉，稍有破損，他只看了一眼，又向楊奉投去目光，還是不知道接下來該怎麼做。

楊奉卻已垂下頭顱，不肯再給予提示。

其他人也是如此，只有跪在門口的東海王偶爾投來嫉恨交加的目光。

皇帝的寶璽有許多枚，這一枚傳國之璽最為珍貴，只有加蓋上它，才能頒布正式的御旨，比如新任的南軍大司馬上官虛，雖然已經領取本官印綬，卻只能被稱為「守南軍大司馬」，要等到皇帝頒旨之後，才能成為真職。

韓孺子的心怦怦直跳，掌握寶璽就意味著掌握十步以外、千里之內的皇權，只要輕鬆一句話，就能將母親接進皇宮……

可他連十步之內都沒經營好，放眼望去，滿屋子的人沒幾個值得信任。

「朕尚年幼……不懂朝政，全仗……全仗太后扶持，請將……寶璽……送、送給太后。」韓孺子結結巴巴地說，他太緊張，比猜到自己早晚會被殺死時還要緊張。

「遵旨。」景耀道，起身來到皇帝面前，接過錦匣，大大地鬆了一口氣，剛要轉身去見太后，宰相殷無害抬頭說：「陛下孝心蒼天可鑑，不如頒旨獎賞天下為人母者，以率天下先。」

景耀真想狠狠抽自己一個嘴巴，他差點又犯下同樣的錯誤，想讓寶璽名正言順地歸太后使用，必須由皇帝頒旨才行，於是停下腳步，乾脆不再吱聲，讓更有經驗的大臣處理此事，他只想著事後如何處置劉介。

「好。」韓孺子簡短地回答，心裡有點空落落的，明知寶璽並不真的屬於自己，還是感到了失去的遺憾，或者說是佔有的渴望，甚至覺得自己辜負了劉介，可是向楊奉望了一眼，他終於確信交出寶璽的選擇是正確的：老太監極為隱諱地眨了一下眼睛。

宰相費力地爬起來，親自去草擬詔書，這需要一點時間，殿中的人大都跪著，景耀後悔自己動作太快了，捧著璽匣，站也不是，跪也不是。

聽政閣帷簾掀開，走出一名中年女宮，正聲道：「太后有旨，寶璽乃國之重器，祖制所定，不可更改，仍交由中掌璽劉介保管。」

滿屋子的人都抬起頭，驚訝地看著女官，正在寫字的宰相殷無害也停下筆，揣摩太后的心事。

景耀尤其吃驚，可是能送出燙手山芋，正是他求之不得的事情，於是稍一猶豫之後，馬上走向劉介，將璽匣還了回去。

這是一個令人費解的遊戲，韓孺子只看得懂大概。

皇帝在勤政殿裡沒有停留太久，宰相殷無害親自操刀草擬詔書，其他大臣一致通過，送到聽政閣內請太后過目，太后改動了幾處過於諂媚的字詞之後，詔書又送出來，由皇帝審定，加蓋寶璽，正式生效。

就這樣，透過一道讚揚母德的詔書，大楚皇帝寶璽的使用權落入太后手中，韓孺子第二次被送出勤政殿。以死護璽的太監劉介退到角落裡，再無二話，以耿直聞名的右巡御史申明志面露沉思之色，大概正在思考天下大事，崔宏依舊躲躲閃閃，新貴上官虛恭恭敬敬地目送皇帝，努力掩飾如釋重負的輕鬆心情……

韓孺子什麼也沒得到，內心裡仍然興奮不已，皇帝畢竟是受關注的，他的手伸不到十步之外，十步之外卻有手主動伸過來，沒準就在他走回內宮的路上，就有無數雙手在暗中舞動，只是他暫時看不到而已。

一回到住處，楊奉就給皇帝的興奮之情澆上一盆涼水，在臥房門口，楊奉不顧禮儀，一把抓住皇帝的胳膊，將他推進去，同時揮手禁止其他人進入，屋內有兩名宮女正在擦拭器物，也被楊奉攆了出去。

「事態緊急。」楊奉的神情極為嚴厲，帶有一絲指責，「請陛下對我說實話。」

「當然。」韓孺子覺得楊奉有些失態。

「陛下可曾與中掌璽劉介有過聯繫？」

「沒有。」

「陛下可曾與寢宮以外的任何人有過聯繫？」

「沒有。」

「陛下事先對劉介今日之舉是否知情？」

韓孺子搖搖頭，「我的一舉一動——」門開了，宮女孟娥走進來，警惕地看著兩人，韓孺子繼續道：「我一無所知，請中常侍相信，對這件事我比任何人都要感到意外。」

楊奉盯著皇帝看了一會，點點頭，「我相信陛下，也請陛下相信我，就在這裡等候，由我去挽回局勢。」

韓孺子掃了一眼孟娥，對楊奉說：「我不明白，事情不是已經解決了嗎？」

楊奉沒有回頭，也沒有斥退宮女，「中掌璽劉介的事情解決了，你的沒有，還好你自己挽回了一些，將寶璽送給了太后，時間不多……」楊奉轉身向外面走去，經過孟娥身邊時停了一下，冷冷地說：「保護好陛下的安全。」

要說不遵守宮中禮儀，孟娥做得最過分，她好像根本就不懂這些事情，除了一張沒有表情的面孔，她與其他人格格不入，面對地位高得多的中常侍，她甚至吝於給予回話，只是不客氣地回視。

楊奉推門而去。

守在外面的太監與宮女魚貫而入，送來了遲到的午飯，十幾樣菜餚，一半是魚肉，韓孺子本來已經很餓，這時卻胃口全無，可進餐的規矩不由他做主，菜餚一樣樣地端來送去，接下來還有點心和茶水，全套儀式花了近半個時辰才告結束。

韓孺子坐在椅榻上，看著斜對面的一扇山水屏風，突然發現自己無所事事，演禮、齋戒、登基全都結束了，寶璽也交了出去，他與「皇帝」的最後一點聯繫就此中斷，一眼望去，平淡無奇的未來就擺在眼前，直到死亡降臨之前，再不會有任何變化，最可怕的是，他孤零零地坐這裡，外面的爭鬥卻在風起雲湧。

太監與宮女們有條不紊地撤去几案、屏風與沒怎麼動過的食物，韓孺子真想叫住他們，問問他們到底如何看待皇帝，可他已經接受教訓，不想因為一時多嘴而傷害任何人，他所能做到的只有面露微笑，讚揚那些嘗過一兩口的菜餚。

勤政殿裡發生的事情顯然傳到了內宮，雖然皇帝的善意仍未得到直接的回應，侍者的目光卻都多少有些閃爍，似乎在猜疑什麼。

侍者都走了，只剩下孟娥一個人，合上門，掇了一張圓凳，坐在門口，盯著自己的腳尖，像是在側耳傾聽外面的聲音。

「妳吃過飯了？」韓孺子問。

「嗯。」孟娥好歹算是回了一聲。

「今年的春天來得比較早，有些草木已經發芽了。」

這不是問題，所以孟娥不做回答。

「坐在這裡真是無聊啊，我能出去走走嗎？」

韓孺子以為孟娥會找一個冠冕堂皇的理由禁止自己出門，結果她只乾脆利索地回了兩個字：「不能。」

韓孺子沒有強求，「除了坐在這裡，我還能做什麼？」

「你可以去睡覺，晚飯時我會叫醒你。」

韓孺子看了一眼左手的暖閣，一點睏意也沒有，坐在椅榻上發了會呆，問道：「妳進宮時間不長吧？」

孟娥緩緩扭頭，看了皇帝一眼，「你怎麼知道的？」

「猜出來的。」韓孺子笑道，其實這一點也不難猜，孟娥身上的氣質在皇宮裡太獨特，即使是沒多少經驗的少年也能辨認出來。

孟娥繼續盯著自己的腳尖。

「妳進宮多久了？」

「哪裡人士？」

「家裡還有別人嗎？」

「喜歡宮裡的生活嗎？」

……

韓孺子每隔一會提一個問題，也不在意對方是否回答，最後實在沒什麼可問的，他開始講述自己的生活，「我從前住的地方很小，但是有很多花草，我曾經以為外面的花草會更多，沒想到出來之後見到的盡是亭台樓閣。我五歲的時候搬家，房子更大，奴僕也多了，大家對我都很好，給我帶各種玩具，還給我講故事，我最愛聽故事，什麼樣的都行，狐仙啊、俠客啊、將軍啊……八歲的時候又搬家了，換成一座樓，我每天上下跑十幾遍，母親說這樣對身體好。然後就是十歲那年搬進皇宮，說來也怪，我在這裡住過一個月，竟然一點印象也沒有。」

孟娥突然起身，伸出左手，示意皇帝閉嘴，右手按在房門上，真的在側耳傾聽。

韓孺子很驚訝，這裡是內宮，孟娥為何擺出如臨大敵的架勢？

孟娥坐下，什麼也沒說。

「中掌璽劉介是名忠臣，可我對他今天做的事情一無所知，在這之前我都沒聽說過他的名字，我希望……太后能明白。」韓孺子越來越相信楊奉的話，勤政殿裡發生的那一幕並未完全結束。

「為什麼對我說這些？」孟娥扭頭問。

「我想……我猜……我覺得……妳或許能見到太后。」

孟娥沒承認，也沒否認。

韓孺子沉默了一會，還是沒想明白，劉介的舉動為什麼會讓楊奉如此緊張，還有孟娥，她顯然不只是一名宮女這麼簡單。

外來傳來確鑿無疑的腳步聲，孟娥一下子站起來，挪開圓凳，等了一會，猛地打開房門。

外面站著張嘴正準備叫門的東海王，身邊沒跟任何人，他對宮女不在意，邁步進屋，左右看了看，向孺子敷衍地鞠躬，怪聲怪氣道：「陛下，你可惹下大禍了。」

第十一章 會武功的宮女

雖然東海王一點也不值得信任，韓孺子還是很高興見到他，笑著說：「歡迎，這可是你第一次來看我。」

有宮女在場，東海王不敢太放肆，可也打不起精神假裝臣子，嗯嗯了兩聲，目光還在到處打量，「不是我想來，是太后下旨讓我來的。」

韓孺子糊塗了。

東海王背負雙手到處閒逛，就是不肯接近韓孺子，「不錯啊，登基第一天就有忠臣站出來替你說話，可你不要太得意，劉介給你惹下了大麻煩。」

「我不怕麻煩，只希望劉掌璽沒事。」在韓孺子心目中，太監劉介的確是真正的忠臣。

「嘿，劉介當然沒事，他這麼一鬧，耿直忠君的名聲是闖出來了，外面不知多少文人正在寫文章準備讚揚他呢。你可倒霉了，本來大家都知道你是傀儡，上下相安無事，劉介卻給外面的人一個錯誤印象，以為你還有些希望，總會有蠢貨前仆後繼地上書希望皇帝親政，結果就是……」

東海王直到這時才掃了一眼宮女，見她沒有離開的意思，繼續道：「還好太后聰明睿智，一眼就看穿了劉介的把戲，所以不僅沒有懲罰他，還讓他掌管寶璽，反正這個傢伙有幾分不要命的勁兒，寶璽在他手裡的確比較安全。」

韓孺子搖搖頭，「你的疑心太重了，照你這麼說，所有忠臣都是假裝的了？」

「嘿。」東海王露出不屑爭辯的神情，兜了一圈，來到韓孺子面前，「你的屋子還沒我的寬敞。」

「是嗎？我覺得夠大了。」韓孺子這是第一次住在左右都有暖閣的房間，一點也不覺得狹小。

東海王仍是一臉不屑，轉身走到門口，對坐在圓凳上的宮女說：「出去。」

孟娥連目光都沒動。

「她不用出去。」韓孺子站起身，他並不需要孟娥留在這裡，只是覺得東海王很不禮貌。

「你是皇帝，竟然為一名宮女說話！」東海王轉過身驚訝地說，「你到底明不明白……這些人的來歷？」

「她要留下。」韓孺子堅持道。

「你哪像是皇帝？」東海王膽氣漸壯，「你今天看到我舅舅了吧？所有人都對他客客氣氣，崔家還沒失勢。再看那個上官虛，一點小事就嚇得他瑟瑟發抖，簡直是爛泥扶不上牆。」

上官虛當時的確在抖，可韓孺子沒覺得東海王的舅舅表現得更好，崔宏總是躲在別人後面，連正面都不肯露出來。

「登基就是一場遊戲，遊戲結束，權勢從前在誰手裡，現在還在誰手裡。」東海王的聲音越來越大，猛地轉身，再次面對宮女，「別在我面前礙眼，滾……」

東海王不只動嘴，還動上了腳，他雖然只有十三歲，這一腳也不輕，若是踢中，宮女會連人帶凳摔倒。

結果倒的是東海王。他尖叫一聲，立刻爬起來，既憤怒又不服氣，「妳敢還手！」

孟娥站起身，在東海王腰上輕輕擊了一掌，東海王踉蹌奔出數步勉強停下，捂腰轉身，驚訝不已地說：

「妳、妳……我認得這招！」

韓孺子也認得，當初在太廟裡，一名長相頗似男子的宮女，就是用這一招讓東海王老實坐在凳子上的。

孟娥居然會武功，而且身手不弱，韓孺子比東海王還要驚訝。

東海王慢慢地遠離皇帝，疑惑地問宮女：「妳為什麼會武功？誰派妳來的？妳不會是刺客吧？呃……妳不用回答這些問題，只要認清目標就好。」

東海王本不想來服侍皇帝，可太后有旨，太監們非讓他來不可，卻又不肯陪同，東海王心中早有疑惑，待見到會武功的宮女，疑惑全化成了陰謀。

孟娥仍然不吱聲，坐回圓凳上，呆呆地看著自己的腳尖。

屋子裡安靜了好一會，東海王一會面露期待，一會驚恐不安，不明白宮女為何遲遲沒有下手，當敲門聲突然響起，東海王嚇得跳了起來。

韓孺子卻不在意，該來的事情總會到來，與其焦灼地等待，他寧願要一個俐落的結局。

孟娥打開房門，進來的是五名宮女和太監，端著茶飯與燭台，原來是晚飯時間到了，屋外已被薄暮籠罩，屋內更是昏暗，各懷心事的韓孺子和東海王根本沒有注意到。

與豐盛的午餐相比，晚餐簡單多了，兩葷兩素一湯，另有米飯和點心。韓孺子真是餓了，飯菜剛擺到几案上，就狼吞虎嚥地吃起來，全然不顧帝王的尊嚴。

一名太監在椅榻上多擺了一張小小的几案，安排碗筷，然後向東海王鞠躬。

東海王站在西暖閣的門口，遠遠地看了一眼晚餐，搖搖頭，表示不吃，即使肚子在咕咕叫，也不肯吃，他懷疑飯裡有毒。

晚餐的規矩少多了，韓孺子吃過飯、喝過茶，侍者過來收拾碗筷，韓孺子按住一碟桂花糕，「這個留下，晚上我要吃，味道很好。」

服侍的宮女忍不住笑了一聲，又急忙收斂，收起雜物迅速退出。

所有侍者都退下了，外面已經全黑，屋子裡不同地方點著三根蠟燭，非常明亮。

良久後，東海王伸手指著皇帝，「我明白了，我全想明白了。」

「明白什麼？」

「太后為什麼強迫我當你的侍從？這是她的詭計！」東海王也不管會武功的宮女了，滿腔悲憤，非得說出來不可，「太后要殺你，然後將弒君的罪名安在我頭上，借機將崔家滅族，栽贓嫁禍，這是栽贓嫁禍！」

韓孺子想了一會，「你說得好像有點道理。」

「只是有點道理？」東海王抬手敲打腦袋，然後大步走到皇帝面前，「你要被殺死了，明不明白？」

「明白，可是又能怎麼樣？」韓孺子看向門口的孟娥，總覺得危險並不來自於她。

「咱們是兩個人，她是女人，只有一個。」東海王毫無必要地壓低聲音，「太后不可能收買宮中所有人，咱們闖出去，到處嚷嚷，就說宮女刺駕，這是真事，然後……然後咱們去找中掌璽劉介尋求保護，讓他護送咱們出宮。」

「你剛才還說他假裝忠臣。」

「啊……拜託你能不能稍微減少一點記性？這可是生死存亡的關頭！」東海王抓住皇帝的胳膊，想將他拉起一塊對付守門的宮女。

韓孺子搖頭，「不，你欺騙過我一次，我不再相信你了。」

「你還記得衣帶詔的事？好吧，是我告的密，可那不能全怨我，景耀那個老太監將我看得死死的……再說，你不是沒事嗎？倒霉的是我，景耀沒抓住你和大臣的把柄，被太后訓斥了一頓，他就拿我撒氣，臭罵了我一頓，說我成事不足敗事有餘，我要是當了皇帝……算了，不說這個，我這回是真心的，絕對沒騙你，我、我指天發誓，要是再騙你，不得好死！」

「好吧，我相信你。」

東海王長出一口氣，轉身面對門口不動聲色的宮女，又有些猶豫，「你說咱們能打過她嗎？」

「沒必要打，她不是刺客。」

「你怎麼知道？」

「我能看出來。」

「哈，你太單純了，也難怪，你連師傅都沒有，沒人教你皇宮裡的事情。跟你說，皇宮是天下最骯髒的地方，在這裡，人命是最不值錢的玩意。」

「可你還是想進皇宮當皇帝。」

「這是兩碼事！」東海王被激怒了，甩開皇帝，大步走到宮女面前，「沒有外人，妳不用藏著掖著，說句實話，妳是不是刺客？」

東海王勸說皇帝的時候，孟娥就沒有過反應，這時更像是沒聽見，連睫毛都不肯動一下。

東海王等了一會，轉身說：「瞧見沒有，只有刺客能這麼鎮定，能一動不動地坐這麼久。她在等候時機，夜深人靜，沒準就是今晚，她會一刀殺死你，然後將帶血的刀塞到我懷裡，讓我百口莫辯。」

東海王越想越覺得事情必然如此，心中驚恐萬狀，突然間靈機一動，兩步跳到一根房柱的邊上，大聲道：「刺客，你和太后的詭計不會得逞，你敢對皇帝動手，我就……我就仿效劉介，一頭撞死在這裡，看你們怎麼栽贓給死人！」

同樣是以死捍衛皇帝，太監劉介顯得忠心耿耿，東海王則是在耍賴，孟娥沒有反應，韓孺子則笑出聲來，「刺客都是藏起來的吧，應該不會守在被殺者的旁邊。」

東海王想了想，「你太幼稚了，太后這樣做是防止意外，她肯定是刺客。」東海王並不真的想撞柱而死，向前邁出一步，稍稍靠近宮女，誠懇地說：「桓帝的兒子就剩下我們兩個了，我倆要是死了，天下必定大亂，上官家根基未穩，太后掌控不住局勢，關東各諸侯王蠢蠢欲動，這位刺客……姐姐，練武之人也要講武德吧，生靈塗炭的局面是妳想看到的嗎？我知道妳是被迫的，改邪歸正吧，妳還有機會。」

孟娥仍然沒反應，韓孺子道：「聽你這麼一說，我更覺得她不是刺客了。」

「你懂什麼？」東海王恨恨地瞥了皇帝一眼，「我在想辦法救咱們兩人的性命，你欠我一個人情。」

孟娥突然站起來，東海王嚇得後退兩步，貼壁而立，韓孺子的心也怦地一跳，老實說，他不是特別拿得準孟娥究竟想做什麼。

噗噗噗，門窗緊閉的房間裡，三根點燃的蠟燭接連熄滅，四周一片漆黑。

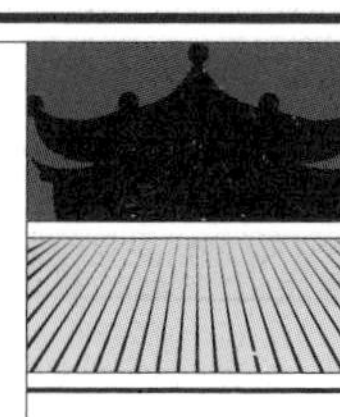

第十二章 刺客

房間裡有三根蠟燭，椅榻中間的几案上一根，就在韓孺子身邊，東西暖閣的門口各有一根，其中一根離東海王很近，門口孟娥所處的位置相對黯淡些。

三個人都沒動，也沒有風，蠟燭卻在同一時間熄滅。

東海王叫了一聲：「怎麼回事？」

東海王身邊的蠟燭突然亮了，只持續了極短的一會，彷彿一道失去了銳氣、軟綿綿的閃電，他發出第二聲尖叫，結果什麼也沒發生。

片刻之後，東暖閣門邊的蠟燭驟燃驟滅，東海王沒能控制住心中的驚恐，發出更響亮的尖叫，馬上將嘴捂住，屋裡正在發生詭異的事情，尖叫與權勢這時都保護不了他。

接下來的間隔稍長一些，離韓孺子最近的蠟燭被點燃了，韓孺子早已做好準備，睜大雙眼觀察，他覺得自己看到了模糊的影子，在他能夠完全肯定之前，蠟燭已經熄滅。

黑暗中，有人輕輕地哼了一聲。

東海王沒再尖叫，發出類似嗚咽的聲音，好一會後，顫聲說：「有鬼？」

韓孺子也有點拿不準，從小到大，他可是聽過不少鬼神故事，眼前的場景確有幾分相似，「孟娥，妳還在嗎？」

「你居然知道宮女的名字？」東海王有些吃驚，馬上發現了「真相」，大叫道：「她是鬼！宮女就是鬼！你注意到沒有，過來服侍你的那些太監、宮女都看不見她，只有咱們兩個……這是、這是太后的巫術！」

太監和宮女在皇帝面前總是互相漠視，韓孺子並不覺得奇怪，何況他親眼見過楊奉對孟娥說話，更不相信她是鬼怪，「別吵，屋子裡還有別人。」

「人……還是鬼？」東海王更害怕了，牙齒撞得咯咯響。

離兩人比較遠的那根蠟燭被點燃了，這回並未熄滅，孟娥站在旁邊，神情若有所思。

韓孺子鬆了口氣，「還好妳沒事，剛才是什麼東西？」

孟娥還是不肯開口，東海王觀察了一會，說：「不管妳是人是鬼，請妳千萬……千萬認準目標，我是東海王韓樞，坐在那邊的才是皇帝。」

孟娥原地轉了一圈，從左袖裡取出一柄很短的匕首，刃身只有三四寸長，柄端更是不到兩寸，無法把握，只能夾在食指和中指之間。

東海王倒吸一口涼氣，緊貼牆壁一動不動，本想衝進暖閣，可是裡面太黑，他不敢進去，至於之前說好的以死相挾，早就拋在了腦後。

孟娥迅速在屋裡繞行一圈，從暖閣門前經過的時候，東海王嚇得坐在了地上，半天沒有爬起來。

孟娥的目標卻不是他與皇帝當中的任何一人，回到門口縱身一躍，伸左手搭在房梁上，晃了兩下，跳回地面，小步疾行，突然再次上躍，如是三次，終於站穩，將匕首收回袖中。

韓孺子和東海王都看呆了，孟娥不只會武功，還是他們從未見識過的高深武功，最高的房梁離地丈餘，她跳上跳下卻極為輕鬆，東海王再也不覺得他與皇帝能聯手對付這名宮女了。

「休息吧。」孟娥總算說出一句話。

東海王慢慢站起身，小心地問：「今晚不動手了？」

孟娥打開房門離去，韓孺子發現一點異常，起身走到門口，伸手在深色的門板上抹了一下，果然，孟娥碰過的地方留有血跡，她受傷了。

東海王慢慢走過來看了一眼，顫聲道：「真有……刺客……」

「別亂猜。」韓孺子找來一張紙，擦去血跡，心裡其實也相信剛才有刺客來過。

沒多久，四名宮女走進來，分別去東西暖閣裡鋪床墊被。

韓孺子住在東邊，心裡憋著一肚子話希望向孟娥問個明白，結果今晚留下的卻是另一名宮女，對皇帝的一切提問只敢回以「是」與「不是」，好像根本就不知道孟娥是誰。

韓孺子在床上輾轉反側，好久沒能入睡。

有人敲門，然後不請自入，同樣沒睡著的東海王來了，對坐起來的宮女說：「躺下，沒妳的事。」躡手躡腳摸到床前，輕聲問：「醒著嗎？」

「嗯。」

「我猜你也睡不著，實在是……」東海王在黑暗中轉身，對著椅榻的方向說：「妳出去，今晚不用妳服侍。」

「啊？」宮女驚慌失措。

「啊什麼啊？我是陛下的隨從，當然可以服侍陛下，而且……我們要商談國家大事，小小奴婢怎可旁聽？」

這是一名普通宮女，被東海王一番話嚇到了，只得摸黑走出去，守在暖閣門口，不敢遠離。

東海王滿意了，坐到床沿上，認真地說：「我又想了一下，終於有點明白了。」

「你不覺得孟娥是鬼怪了？」韓孺子笑道。

「鬼不會像她那樣跳躍，只會飄來飄去，像風一樣，嗚——」東海王嘴裡發出風的聲音，發現皇帝不怕，感到很無趣，「那名宮女是人，是名武功高手，這可就奇怪了，皇宮裡怎麼會有這種人？」

「皇宮裡不能有武功高手嗎？」

「當然有，可大都是男的，更不用裝成宮女，在太廟裡，皇太妃帶去的那個宮女就很奇怪，倒像是男扮女裝，而且這兩個人都不懂規矩，不像是皇宮裡的人。」

「我也這麼覺得。」

「我已經說了，你當然這麼覺得了，關鍵不在於他們兩個，也不在於你，而是我。」

「你？」

「嗯。為什麼我會留在宮裡？當然不是因為你的一句話，太后為什麼讓我當你的隨從？今天晚上又為什麼非讓我來你這裡？」

「為什麼？」韓孺子是名標準的故事愛好者，很願意順著對方的講述發問。

「為了保護你。」

「你能保護我？」

「我不能保護你，我的存在能保護你。」

韓孺子是個很聰明的少年，可還是聽得暈了，「嗯……我沒明白。」

「聽我說。」東海王上床盤腿，興致高漲，「太后肯定是這麼想的：崔家不甘心失去帝位，所以要派人暗殺新皇帝，也就是你，為了保護你這個傀儡，就將我送來了，因為崔家總不至於把我也殺死。」

韓孺子想了一會，「你說的好像有點道理？」

「有點道理？明明是很有道理，這能解釋一切！」

韓孺子也坐起來，「之前滅燭，就是你們崔家派來刺客了？」

「當然不是。」

「怎麼又不是了？」

東海王靠近韓孺子，「你跟太后一樣愚蠢，她想錯了，我們崔家根本不可能派刺客。整件事的奇怪之處在這裡：那名古怪的宮女……」

「她叫孟娥，一點也不古怪。」

「別跟我爭，我在引導你思考問題。」東海王在床上捶了兩下，激動地說：「宮女發現刺客之後為什麼那麼鎮定？她應該大叫大嚷，喊來宮中的侍衛，這可是對付崔家的大好機會！不管刺客是誰派來的，都可以栽贓給崔家！」

東海王的眼裡只有崔家，在他看來，一切陰謀都是針對崔家，也就是針對他的。

「孟娥沒有大叫，是因為她沒有抓到刺客……」

「嘿，關鍵就在這裡，為什麼沒抓到刺客呢？太后既然猜到會有刺客，準備應該得很充分才對。」東海王急切地說。

「為什麼？」

「嘿嘿……等著瞧吧，太后有大計畫，沒準外面已經鬧翻天了，咱們在這裡什麼都不知道而已。太后想用這招翦除異己，崔家可沒那麼好對付。」

韓孺子半天沒吱聲，東海王納悶地問：「你在想什麼呢？」

「我在想，刺客或許就是你們崔家派來的……」

「我說不是就不是！」東海王怒道。

韓孺子不為所動，繼續道：「我還在想，除了提防你們崔家，肯定還有別的事情讓太后猜到今晚會有刺客。」

「什麼事情？」

「在此之前，皇宮裡曾經發生過刺殺事件。」

東海王一驚，「你說是……咱們的父親和兄長……」

「桓帝在位三年駕崩，上一位皇帝登基才幾個月，這不正常吧，他們的身體怎麼樣？」韓孺子對父兄極為陌生，說不出親切的稱呼。

「皇兄不知道，父皇的身體肯定是好的，登基前幾個月還帶著我出去打獵呢。可也說不準，病來如山倒，誰也預料不到……不不，你想得太多了，刺殺皇帝？不只一位？不可能，皇帝要是這麼容易被殺死，大楚江山早就改姓了。」東海王必須將話圓回來，否則的話，越說越像是崔家的陰謀。

韓孺子覺得自己就挺容易被殺，他還沒死，只是因為時機未到，太后不想讓他死得太早而已。

刺客似乎就躲在黑暗中的某處，兩人都不說話了，四周越安靜，氣氛越是可怕，韓孺子開口道：「還有比我更倒霉的皇帝嗎？好像人人都想殺我。」

「換成我當皇帝，就不會發生這種事，崔家會將我保護得萬無一失，而且所有事情都不會瞞著我。」

韓孺子突然想起楊奉說過的一句話，喃喃道：「咱們的祖父武帝也曾在宮裡遇險。」

「咦，你聽誰說的？我怎麼不知道？」

「只是……聽人隨口說了一句。」韓孺子的思緒已經飄遠。

「你、你想得太多了，哪來那麼多刺客？這次是意外，很可能是太后安排好的意外。」東海王拒絕接受韓孺子的思路，不停地搖頭。

韓孺子也不想猜下去了，與其胡思亂想，還不如一無所知，於是倒下睡覺，可心裡莫名地躁動，更加睡不著了。

東海王坐在床角，隔一會就喃喃一句：「太后究竟在打什麼主意？」

不知過去多久，兩人正處於似睡非睡的狀態，敲門聲突兀地響起，東海王嚇得連滾帶爬，躲在韓孺子身後，猛然醒悟皇帝身邊其實最不安全，急忙繞到床邊，跳到地上，蹲到床角處。

「時候到了，陛下。」是楊奉的聲音在門外響起。

第十三章 宮中的士兵

大門外燈火通明，路上站滿了頂盔貫甲的士兵，只留出一條極為狹窄的通道，就連見慣大場面的東海王也嚇得呆住了，止住腳步，不肯邁過門檻，拽著韓孺子的胳膊，顫聲說：「這不是宮裡的侍衛。」

韓孺子也有點猶豫，昨天登基的時候他曾經望見過大批的儀衛，相距比較遠，只看到無數色彩鮮艷的旗幟、盔纓、甲衣和兵器連成一片，像是堆積成山的花燈，威嚴有餘，勇猛不足。

此刻站在門外的這一批士兵不同，身上的甲片互相摩擦，發出極具威脅性的響聲，手中的刀槍在燈火的映照下熠熠閃光，明明離著十幾步，感覺就像是抵在了胸口，區區百餘人，比排列整齊的數千名儀衛更顯猙獰。

「他們是來保護陛下的。」楊奉輕聲道，擁著皇帝走出大門。

東海王急忙跟上，這種時候他可不想落單，可心裡仍然惴惴不安，也不管楊奉能否聽到，對韓孺子說：「他們都是從城外大營來的，不知道是北軍還是南軍——啊，肯定是南軍，一定是太后把她哥哥的軍隊調來了！我就說……」

外來士兵的數量不只這一百餘名，整座皇宮似乎變成了軍營，到處有三五成群的士兵駐守，平時隨處可見的太監與宮女這時全都不見蹤影。

東海王嚇得幾乎癱軟，要由兩名太監攙扶著前行，韓孺子開始時有些害怕，但很快就恢復坦然，無論楊奉所謂的「時候到了」是什麼意思，他都不在乎，一路上，他只關注各種各樣的目光，士兵們和宮裡的人不太一樣，他們的眼神清楚暴露出心中的想法，有疑惑與好奇，也有敬畏與興奮。

這群南軍將士中，或許還有劉介這樣的忠臣，只是沒機會表現出來。懷著這樣的希望，韓孺子的每一步都很穩定，拒絕了太監的扶助。

一行人很快到達太后居住的泰安宮，這裡聚集的士兵更多，裡三層外三層，將整座宮圍得水洩不通，韓孺子覺得自己是從人群中擠進去的。

庭院裡排列著士兵方陣，正房門口的廊廡之下，站立著一名將軍，全身裹甲，外面罩著一件繡花錦袍，一看到皇帝出現就在衛士的幫助下笨拙地跪拜，「臣救駕來遲，伏乞陛下恕罪。」

韓孺子知道輪不到自己說話，果然，跟在他身邊寸步不離的楊奉大聲說：「將軍平身，將軍甲冑在身，可以軍禮行事。」

將軍謝恩，又在衛士的幫助下起身。

韓孺子從他身邊經過的時候，認出這是太后的哥哥、南軍大司馬上官虛，東海王猜的沒錯，這的確是從南大營調來的軍隊。

屋子裡的人也不少，但是沒有士兵，正中的椅榻上坐著上官皇太妃，韓孺子也被送到椅榻上坐著，與皇太妃中間隔著一張小小的几案。左吉帶領六名太監守在東暖閣門前，太后還是不肯露面。景耀與十餘名管事太監分散各處，中掌璽劉介也在其中，個個面色凝重。

除此之外，還有兩名太監和兩名宮女守在角落，極不惹人注意，韓孺子看到了他們，覺得他們很可能跟孟娥是同類人，共同特點是很少看人，總是盯著某個空無一物之地，貌似恭謹，其實是在提防意外。

孟娥不知在哪裡。

東海王站在皇帝身邊，臉色蒼白，一句話也不敢說。

楊奉守在皇帝側前方，也不說話。事實上，屋裡的人雖然很多，卻異常地安靜，門外的上官虛好歹向皇帝跪拜了，這些人卻連表面上的客套都省卻了，皇帝安靜地進來、安靜地坐下，誰也沒有多看他一眼。

屋外天色漸亮，屋內蠟燭燃盡，安靜的氣氛終於被打破，南軍大司馬上官虛走進來，做勢欲向皇帝和皇太妃跪拜，景耀和另一名太監急忙將他扶住。

皇太妃對自己的哥哥說：「上官將軍不必多禮。」

上官虛站定，抱拳道：「宰相殷無害、太傅崔宏、兵馬大都督韓星、右巡御史申明志等奉詔進宮，已經到了。」

東海王難以抑制激動的心情，興奮地叫了一聲，只要舅舅崔宏在，他就什麼都不怕。

皇太妃點頭，景耀走到門口，高聲宣大臣進宮。

宰相殷無害第一個進來，腳步踉蹌，滿頭大汗，一進屋就跪下，向椅榻和東暖閣的方向連磕幾頭，顫聲道：「臣罪該萬死，臣罪該萬死！」

另外幾名大臣跟在後面，也都跪下請罪。

皇太妃一改平時的溫和，神情冷峻，一聲不吱，太監們也沒有請大臣平身，宰相等四人只能長跪不起，連頭都不敢抬。

相隔不到一天，上官虛已不是那個面對意外瑟瑟發抖的新貴，而是掌握兵權、第一個進宮護駕的將軍，面帶寒霜，扶劍站在門口，像是四位大臣的押送者。

接到進宮詔書的大臣不只這幾位，沒過多久，又有十位大臣進宮，全都跪在宰相身後，吏部尚書馮舉因為種種原因比其他顧命大臣晚了一步，五十多歲的人居然當眾痛哭流涕，摘下頭頂的帽子，請求重罰。

還有兩位大臣不知為何，非覺得自己罪孽深重，砰砰地磕頭，額上流血不止。

韓孺子驚訝地看著這一幕，這與他想像中的朝廷棟梁可不一樣，大臣們即使做不到劉介那樣寧死不屈，也該保持起碼的尊嚴，可是放眼望去，他只見到一個個發抖的後背和汗津津的額角。

皇太妃輕點下頭，景耀會意，揮手命手下的太監們扶起滿地的大臣，然後開口道：「諸位大人先不要忙著請罪，陛下登基第一天就有人進宮行刺，太后憂心如焚，聽聞消息之後，立即宣召南軍大司馬進宮連夜大搜，現已逮捕三百……」

景耀看向一名管事太監，太監馬上小聲提醒道：「三百八十四人。」

「嗯，現已逮捕三百八十四人，據目前所知的情況，行刺一事絕非偶然，宮中要查，宮外更要徹查到底，非得找出幕後主使不可。所謂養兵千日用兵一時，陛下遇險，國家危難，諸位大人可有良策？」

不管是真心還是假意，在場所有大臣都露出難以置信的吃驚表情，宰相殷無害帶頭，按官職大小一個接一個痛斥大逆不道的刺客。

韓孺子的震驚卻是真實的，昨晚的怪事發生才剛剛三個多時辰，他甚至沒看到刺客的影子，居然引發這麼大的動靜，不只城外的軍隊火速進駐皇宮，還抓起了將近四百人。

東海王說過太后有大計畫，可這計畫牽連之廣，還是超出韓孺子的想像。

大臣們的痛斥告一段落，宰相殷無害說出了第一句有用的話，「幸賴大楚列祖列宗保佑，陛下有驚無險，當時情形如何，陛下可否簡述一下？」

「我當時……朕……」韓孺子並沒有怕到說不出話，只是覺得這種時候應該謹慎一點，話說得越少越好，這是楊奉一直以來對他的提醒。

旁邊的東海王跳出來了，自從看到舅舅崔宏之後，他的膽子就大了起來，「陛下受驚過度，讓我來說吧。事情發生在昨晚二更左右，陛下與我正談論宗室諸侯，突然，照明的三根蠟燭一下子全都滅了，陰風陣陣，人影幢幢……」

所有人的目光都聚集在東海王身上，連韓孺子也不例外，東海王的講述繪聲繪色，刺客好像不只一人，而是許多，皇帝嚇得不知所措，全仗著東海王臨危不懼、指揮若定，叫來了貼身侍衛，才終於將刺客逐退，驚得群臣連呼「萬歲」。

東海王講畢，景耀上場，沒有太多的渲染，直截了當地說：「太后當機立斷，傳令宮中一切人原地待命，必須挨個說清事發之時的行蹤，少於兩人作證，皆有嫌疑，與此同時宣召南軍進宮，排查全部侍衛，此刻正在訊問相關人犯，很快就能有口供。」

景耀話音剛落，外面有聲音喧嘩，上官虛立刻出門查看，很快回來，嚴肅地說：「刺客的一名同夥招供了。」

「這麼快？」太傅崔宏脫口而出，馬上醒悟自己犯了大錯，急忙補充道：「太后英明，上官將軍行動迅速，刺客……這個必定被捉個措手不及……」

「可惜，沒能抓到刺客本人，只擒得數名同夥，兩人當場自殺，三人落網，其中一人已經招供。」上官虛倒是沒有見怪。

崔宏越發惶恐，一個勁點頭稱是。

「弄清刺客的身份了？」上官皇太妃問道。

上官虛點點頭，沒有立即回答，而是說：「刺客在宮中藏身多年，牽連甚廣，請陛下和太后允許我便宜從事，以將其連根拔起。」

韓孺子唯一能做出的表示就是嗯了一聲，上官皇太妃代替太后做出決定：「將軍儘管放手去做。」

上官虛掃了一眼屋子裡的十幾名太監，被看者無不惴慄，連中司監景耀和太后的心腹左吉也不例外。

上官虛並未指控任何人，揮下手，進來兩名重甲軍官，一言不發地從大臣們中間擠過去，抓住中掌璽劉介的雙臂，向外拖行。

「弄錯了，你們弄錯了！我跟刺客沒有關係，我連刺客是誰都不知道！」劉介被拖到門口時才反應過來，連聲大呼。

韓孺子再也無法忍耐，站起身，說：「且慢，朕有話要說。」

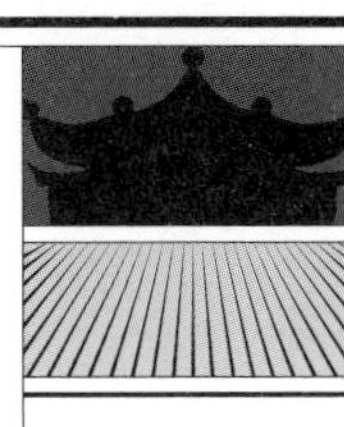

第十四章

學習

皇帝突然開口說話，這比中掌璽劉介被士兵拖走還令眾人驚訝，楊奉猛地轉身，已經來不及阻止了。

韓孺子不想再坐在一邊旁觀，他知道自己只是一名傀儡，無權無勢，說的話不會有人聽從，可他還是要為劉介說點什麼，因為這名太監曾經公開送他寶璽，就算那是一場戲，也該有始有終。

「朕……希望知道刺客是誰、為什麼要行刺，劉掌璽是宮中內臣，就在這裡審問他吧，諸位大臣……也有資格瞭解真相。」

屋子裡霎時間暗潮湧動，一道道躲躲閃閃的眼神、一幅幅波紋蕩漾的衣襟、一張張欲語還休的嘴巴……韓孺子既緊張又覺得好笑，等了一會無人回應，他坐下了，垂下目光，「當然，這只是我……只是朕的淺見……」

守在暖閣門口的左吉貼在門上聽了一會，大聲道：「太后有旨，皇帝所言極是，就在這裡即刻訊問劉介，務必查清事實。」

太后一發話，再無人反對，所有人也都鬆了口氣，上官虛叫進來一名文吏，宣讀刺客同夥的口供。

文吏來自南軍，從來沒料到有朝一日會在皇帝與眾多大臣面前講話，心中恐懼，跪在地上，聲音一直在發顫，好像他才是刺客同夥，「逆犯……沈三華，四十……四十三歲，齊國臨淄人士，身高……」

上官虛不耐煩了，「省去這些，直接說口供內容。」

「是是。」文吏手指划過數行，繼續道：「逆犯沈三華說，『武帝眾妙三十五年夏，裘繼祖進宮，送給我五兩紋銀，求我照顧』——陛下、諸位大人，裘繼祖就是刺客的姓名——『從那之後，裘繼祖時不時送禮，十年間累計紋銀三百四十餘兩，經我推薦，裘繼祖先後在洗衣局、御馬監、璽符監供職。本月十五，裘繼祖對我說、對我說……』」

「別含糊，有什麼說什麼。」上官虛鼓勵道。

「啊？大人，是逆犯沈三華說了兩遍『對我說』。」文吏太緊張，的確是「有什麼說什麼」。

上官虛臉一紅，向皇帝和皇太妃行禮，說：「供狀繁瑣，請大臣擇其簡要吧。」

皇太妃應允，「請殷宰相讀供狀。」

殷無害哆哆嗦嗦地接過供狀，湊在眼前一張張翻閱，動作僵硬，看得卻很快，十餘頁供狀沒多久就看完了，臉色大變，抬起頭，東張西望，最後看向了皇太妃，正聲道：「刺客裘繼祖向沈三華聲稱，他奉齊王之命潛伏宮中，迄今十年，賄賂金銀皆來自齊王資助，一個月前領命，意欲刺殺新帝、擾亂宮廷，以便齊王趁機作亂！」

此言一出，滿室驚動，顧不得禮儀，互相議論，句句不離「齊王」，只有韓孺子例外，等眾人稍稍安靜，他問道：「這與中掌璽劉介有什麼關係？他從刺客那裡得過好處嗎？」

宰相殷無害向皇帝躬身行禮，然後看向太監劉介，冷冷地說：「劉介是否得到過好處，尚無供詞佐證，但是劉介昨日午時在勤政殿鬧事，在大臣面前挑撥陛下與太后的母子親情，隨後裘繼祖於夜間二更行刺，一旦事成，則弒君之罪歸於太后，實是陰險至極。」

劉介臉色蒼白，一言不發，多年經驗告訴他，自己此次難逃一劫，昂首道：「裘繼祖乃璽符監雜役，如果他真是刺客，劉某有不察之罪，甘願伏死。可我絕無半點謀逆之意，忠肝義膽，日月可鑑，陛下……」

韓孺子正尋思著如何利用極其有限的權力保住劉介，外面突然傳來一陣騷動，有聲音大喊「刺客」，刺客居然大白天出現，眾臣大驚，上官虛大步出門，響亮地發出一道道命令。

皇太妃對楊奉說：「帶皇帝離開。」

楊奉躬身稱是，一把抓住皇帝的手腕，拽著他進入西暖閣，東海王跟著走出兩步，又停下了，發現這是天賜良機，趁亂走向舅舅崔宏。

西暖閣裡已有兩人，一個是孟娥，守在窗前，一個是曾在太廟中保護皇太妃的醜陋宮女，靜靜地站在角落，像是一尊被主人遺忘的雕像，兩人看到皇帝也不跪拜，對楊奉更是視若無睹。

「劉掌璽會被殺嗎？」韓孺子問道，當兩名宮女不存在。

「陛下若是再為他出頭，劉介必死無疑。」楊奉嚴肅地說，也不在意那兩人。

外間喧嘩聲不止，韓孺子卻不擔心刺客，「我覺得劉介不是壞人，他……」

楊奉打斷皇帝的話，聲音更加嚴厲，「我說過，需要陛下保護的人，都不值得保護，陛下若想逞一時意氣，自可率性而為，用不著徵詢我的意見，陛下若存長遠之計，需用長遠之人。劉介孤身護璽，可謂勇士，卻不是陛下眼下所需之人。」

韓孺子一時語塞，半晌才道：「我還有機會用到劉介這樣的勇士嗎？」

「別向任何人索要許諾。」楊奉語氣稍緩，「陛下要做的事情就是安靜地等待，機會不來，誰也不能幫陛下，機會來了，陛下得能抓得住。」

韓孺子扭頭看向孟娥，「跟她一樣？」

孟娥擅長等待，對周圍的一切干擾無動於衷。

楊奉點點頭，剛要轉身出去，韓孺子叫住他，「等等，告訴我一句實話。」

「陛下請問。」

韓孺子沉默了一會，他在這裡所說的每一句話肯定會傳到太后耳中，可他非問不可，「真有刺客嗎？齊王真的要造反嗎？」

「陛下若想要真相，問我無用，我知道得不比別人更多，陛下不如多想想別的事情。鄰家失火，有能力就提桶來救，沒能力就看好自己的家，或者混水摸魚，也不失為一種選擇。」楊奉頓了頓，「正是因為齊王，陛下才能順利登基。」

韓孺子瞪大雙眼，沒明白楊奉的意思。

「先帝駕崩之時，陛下與東海王皆有可能繼位，一連數日未有定論，是我去見當時的南軍大司馬崔宏，對他說傳聞齊王正在招兵買馬，要以匡扶宗室、翦除外戚為名起事，若不早定帝位，朝廷不安，崔氏有難。崔宏由此甘願上交印綬，將南軍大司馬之位讓給上官虛，太后外有兄長扶助，才決定選立陛下為帝。」

崔氏與太后之間的交易肯定不只這些內容，韓孺子沒有再問下去，他明白了一件事，楊奉是個混水摸魚者，而現在又是水渾的時候了，「楊常侍見諒，我不會再犯糊塗了。」

皇帝表現出同齡少年難得的自知之明，楊奉欣賞的正是這一點，「現在還不是陛下大展拳腳的時候，先讓我為陛下開闢道路吧。」

韓孺子嗯了一聲，隱約覺得兩人達成了一項交易。

楊奉就像一名忙碌的掮客，在不同勢力之間游走，幫助各方取得妥協，韓孺子有點納悶，楊奉不遺餘力地趟渾水，到底想摸什麼魚？

門開了，一臉不情願的東海王走進來，「刺客自殺了，真不錯，死無對證……」看到孟娥和另一名宮女，他急忙閉嘴。

「請陛下多聽少言。」說完這句話，楊奉回到吵鬧的人群中，皇帝需要靜待時機，他卻要一頭扎進漩渦。

「楊奉好大膽，居然敢用教訓的口吻對皇帝說話，你也不生氣？」相比之下，東海王的語氣更加不敬，「沒什麼好聽的了，反正齊王不是好人，將刺駕謀反的罪名安在他頭上肯定不冤，現在就看他敢不敢發兵起事了。皇宮裡還真是亂，刺客挺厲害，殺死七名侍衛、連過三道宮門才自殺，而且他在宮裡潛伏了整整十年！在這期間三位皇帝駕崩……嘿嘿，祝你好運。」

發現太后並未特意針對崔家，東海王輕鬆多了。

韓孺子沒吱聲，他真在聽，聽外面的聲音，他明白楊奉最後一句囑咐的含義：時機或許永遠不會來，萬一真的來了，他得保證自己是一名合格的皇帝，從現在起，他得利用一切時機學習帝王之術。

刺駕、謀反、宗室、外戚、大臣……大楚面臨一次巨大的危機，外間的混亂正是他絕佳的研習材料。好幾位大臣在演戲，韓孺子聽出來了，他們的驚慌失措與義憤填膺都是在躲避責任，等待別人做決定，自己見機行事，景耀等太監則在虛張聲勢，句句不離太后，拚命證明自己是最可信任之人，與刺客和劉介沒有半點關係。

韓孺子突然醒悟，他最需要關注的人不是大臣與太監，而是對面暖閣裡的皇太后，此時此刻她正代替皇帝面對一場謀反，上官家立足未穩、大臣離心離德……她所能採取的手段可不多。

如果換成自己會怎麼做呢？韓孺子邊聽邊想，發現真的很難。

東海王已經找地方坐下，在他看來事情十分簡單，「真不明白他們在爭什麼，派一名大將率軍十萬，足以平定齊國，齊王刺駕計畫失敗，我猜他根本就不敢起事，自殺謝罪還差不多。」

「你怎麼知道派去的將軍是要攻打齊國，還是要與齊王聯手呢？」韓孺子說出了心中的想法。

東海王皺起眉頭，「那就多派幾名將軍，互相監督，要不就派上官虛，他是太后的親哥哥，總該值得信任吧，可惜他是個假將軍，根本不會打仗。」

韓孺子搖搖頭，太后不會派出自己的哥哥，更不會隨便派出一群可疑的將軍。

外間突然安靜下來，一個陌生的女子聲音說：「只憑一面之辭，還不能確定齊王謀反。崔太傅治軍多年，乃是國之良將，就請崔太傅率軍，前去齊國查明真相。」

東海王從椅子上跳起來，低聲道：「太后居然派我舅舅去伐齊，她、她是怎麼想的？」

韓孺子一下子明白了太后的用意。

第十五章 奸詐是為了救人

外間的爭論還在進行，被委以重任的太傅崔宏百般推辭，其他大臣則全力舉薦，好像整個天下再沒有第二人能與崔太傅相提並論。

東海王側身緊緊貼在門上，聽了一會，後退數步，手摸下巴，皺眉沈思，「太后這一招真是陰險啊，表面上對付齊王，其實是想借機將我舅舅擠出京城，令崔家的其他人一下子成為人質，一箭雙雕。」

韓孺子搖搖頭，「這不是一箭雙雕，我猜太后是在向崔太傅示好，希望與他和解。」

「嗯？」東海王不滿地斜視韓孺子，「你懂什麼，權勢之爭比真刀真槍的戰場還要激烈，崔家和上官家……算了，你理解不了，你連太后長什麼樣子都不知道，卻在這裡猜她的想法，可笑。」

相隔只有一道虛掩的門，韓孺子真想出去看一眼決定他命運的太后長什麼模樣，可他沒動，聽從楊奉的囑咐，多聽少說，即使受到東海王的嘲諷，也不回嘴。

外面的爭論還在繼續，太后給出許多優厚條件，更多的軍隊、更大的權力，甚至允許崔宏在齊國獨斷專行，崔宏沒法再推辭了，但是能聽得出來，他答應得很勉強，心中疑慮不少。

「舅舅怎麼能答應下來呢？」東海王在暖閣裡著急，來回踱步，「他一走，太后就會對崔氏全族下手，在外面有再多的軍隊也沒用。不行，我得出去提醒他一聲。」

東海王推開一條門縫，側身溜出去，隨手掩門，韓孺子只看到一片攢動的人頭，瞧不見皇太后。

討伐齊國不只是任命一名將軍那麼簡單，是先禮後兵？還是長驅直入，直接攻入齊王宮城？大臣們意見不一，還有許多細節問題，比如徵調哪些地方的軍隊、各地諸侯哪個應該拉攏、哪個應該防備，諸如此類。陌生的地名、官名、人名以及諸多往事一個接一個冒出來，韓孺子根本來不及記憶，聽了好一會，才慢慢理出頭緒，對大楚江山有了粗淺的理解。

看樣子，禍端是武帝釀成的，他在晚年疑心極重，不願立太子，與此同時又給予幾乎每個兒子一點希望，桓帝繼位之後，這點希望變成了反叛的火種，桓帝早就想要解決這個大患，可惜短短的三年裡需要他處理的事情太多，一直沒能騰出手來。

大臣們討論的內容越來越瑣碎，韓孺子找張椅子坐下，尋思了一會，仍然覺得太后是在示好，而不是設計陷害崔家。

他感到有點頭暈，楊奉佈置的任務實在太難了，遠遠超出一名十三歲少年的極限。韓孺子閉上雙眼休息了一會，睜眼看向窗邊的孟娥，微笑道：「妳的傷沒事吧？」

或許是因為有其他人在場，孟娥比平時更顯冷淡，等了一會才勉強吐出兩個字：「沒事。」

韓孺子從懷裡取出一個紙包，放在几案上攤開，裡面是他晚餐時特意留下的桂花糕，自己拿起一塊，對孟娥和另一名宮女說：「妳們也餓了吧。」

孟娥挪開目光。

「妳們也得吃飯啊，外面的人忙得很，一時半會想不到這裡，隨便吃點填填肚子也好。」韓孺子衝角落裡的宮女笑了笑。

孟娥剛要張嘴說話，另一名宮女先開口了，聲音粗重，果然是名男子，很可能是沒有淨身的男子，「妹妹，別聽他的話，咱們不是宮裡的人，用不著討好皇帝。」

「原來你們是兄妹，你叫什麼？」韓孺子打定主意要將談話進行下去，他有事情要問。

男子上前半步，目光冰冷，「把你這一套用在別人身上吧，我們不參與宮裡的事情。」

「你們不是在保護我嗎？」

「我們只是奉命行事。」

「奉誰的命？」

男子又上前半步，窗邊的孟娥說：「他還是個孩子。」

男子可不這麼想，「你聽到太監楊奉說什麼了，這是個野心勃勃的孩子，是頭沒長大的狼，跟皇宮裡的其他人沒有區別，他若得勢，照樣是個昏君。」

孟娥沒再開口，韓孺子很驚訝，孟家兄妹如此厭惡皇宮，又為何進宮充當侍衛？

「我只是一個想活下去的『昏君』。」韓孺子沒有生氣，反而很欣賞孟娥兄長的直率，「跟你們一樣，我也不喜歡皇宮，寧願跟母親住在窮街陋巷，如果能給我一個選擇，我會毫不猶豫地拒絕當皇帝。」

韓孺子的話並不完全真誠，他有點喜歡當皇帝，但得是真正的皇帝，像現在這樣有名無實、時刻面臨生命危險，他的確更願意出宮當平民。

「前一刻還在學習帝王之術，這會就不想當皇帝了？」孟娥兄長看向妹妹，「皇宮裡的人都是這麼奸詐，妳一定要時刻小心，絕不要……」

有人推門進來，孟娥兄長退到牆邊，恢復活雕像的狀態。

東海王一眼看到了几案上的糕點，大步走來，抓起一塊往嘴裡塞，「餓死我了，大家光顧著討伐齊王，把我這個正經的皇子給忘得乾乾淨淨。」

「你跟崔太傅說話了？」韓孺子問。

東海王搖搖頭，咽下嘴裡的食物，「用不著，我與舅舅心有靈犀，使個眼色他就明白了，現在正跟太后提條件呢，想讓我舅舅冒險，可以，但是別想弄什麼『調虎離山』之計，老虎就算離山了，山裡也是老虎的地盤。」

外間的聲音小了許多，已經聽不太清，韓孺子想像外面的情形，對東海王說：「應該讓你舅舅把劉介帶走。」

「劉介？他死定了，帶走他做什麼？這種事情你根本不懂，別亂插嘴。」東海王晃了晃案上的茶壺，發現是空的，對兩名沉默的宮女說：「看樣子讓妳們幹點活兒是不可能了，嘖嘖，太后從哪找來的人？真是……獨立特行。」

韓孺子靠近東海王，「你去外面要壺茶水，就說是給我的，然後用眼神告訴你舅舅，讓他向太后索要劉介和刺客同夥，帶去齊國與齊王對質。」

東海王上下打量皇帝，「你瘋啦，真當我是隨從，居然讓我做這種事？崔家不會失勢，最後勝利的肯定是我們。」

「太后與崔太傅互相懷疑，僵持得越久，對雙方越不利……」

「應該讓步的是太后！」東海王怒氣沖沖地說，也不管那兩名宮女在場，「她在拿整個天下做要挾，舅舅當初若是不讓步，太后就要將咱們兩個全都殺死，給齊王一個造反的理由。她已經得逞一次，還想再來一次？不行，這回絕對不行。」

「太后會讓步的，之前太后手裡空空，所以拿整個天下做要挾，現在她已經將天下握在手裡，不會再冒險了。只要她同意將劉介和刺客同夥交給崔太傅，就表明她在讓步。」

東海王的眉頭越皺越緊，重新打量皇帝，「有人對你說什麼了？」

「沒有。」話是這麼說，韓孺子卻掃了一眼牆角的孟娥兄長，「刺駕一事疑雲重重，如今刺客自殺，只剩數名同夥和中掌璽劉介尚在，他們被誰掌握……」

「誰就能隨意解釋刺駕事件。」東海王終於醒悟，「太后若不肯交出刺客同夥，就表明她真想置我舅舅和齊王於死地，那就乾脆來個漁死網破，她若交出來，我舅舅手裡有了把柄，嗯……」

東海王盯著皇帝，好像要用目光將他的心掏出來，突然轉身走到門口，側身溜了出去，一名太監透過門縫向暖閣裡瞥了一眼，將門掩上。

外面恰好傳來太傅崔宏的聲音，「齊國地廣兵多，只憑關東各郡的駐軍，恐怕難以取勝，徒令朝廷蒙羞……」

崔宏還是不肯立刻就任，在找種種理由拖延時間，作為兩大外戚家族，崔氏與上官氏彼此間的忌憚太深，很難取得互信，反而是留在暖閣裡旁聽的韓孺子，看得更清楚一些：上官氏與崔氏好歹保持著平衡，雖然脆弱，一時間卻不會斷裂，遠在數千里之外、不受控制的齊國才是雙方面臨的最大威脅。

韓孺子畢竟不瞭解太后的為人，沒準她就是想同時解決內憂崔氏和外患齊王，可韓孺子必須做出這種假設，因為他仍然想救中掌璽劉介一命。

「有時候奸詐一點是為了救人。」韓孺子對孟娥兄長說。

劉介若是正常下獄，必死無疑，轉到崔宏手中成為把柄，或許能多活一陣，韓孺子只能做到這一步，楊奉告誡說不要插手，可他覺得，自己如果不為劉介做點什麼，不僅會於心不安，而且會更加受困於十步之內。

孟娥兄長搖了一下頭，「收買人心的手段我見多了，你還太嫩，劉介就算逃過一劫，感謝的也不是你。」

「我不奢望感謝，只是……母親曾經對我說過，『生活從來就不美好，你若認命，就更不美好了。』即使住在很小的屋子裡，母親也不讓我閒著，我想我是養成習慣了，無論怎樣，都得做點什麼。」

孟娥兄長看向妹妹，提醒道：「小心，皇帝要收買的不是劉介，是妳和我。」

韓孺子笑了，這裡的坦率直白與外面的猜疑試探對比鮮明。

東海王回來了，面沉似水，韓孺子心中一驚，「你沒法與崔太傅說話嗎？還是太后不同意？」

「舅舅一看我的嘴型就知道我想說什麼，太后也同意了。」東海王的神情越來越陰沉。

東海王喜怒無常，韓孺子並不在意，可這回不太一樣，東海王走近，低聲說：「你要有皇后了。」

「什麼？」韓孺子著實嚇了一跳。

「我舅舅的女兒，要進宮當皇后。」東海王的臉越來越紅，「她本來應該嫁給我的，你這個混蛋！」

第十六章 皇帝總是一無所知

韓孺子筆直地坐在椅榻上，目光追隨地板上的陽光，從早晨直到午後，樂此不疲，就連吃飯時，也經常分心瞧一眼。

整整五天了，他說過的話屈指可數，除了觀察光影變化，基本上無事可做。

孟娥兄妹沒有再出現，沒準已經離開他們根本不喜歡的皇宮。東海王倒是每天早晨跟隨皇帝前去給太后請安，一路上冷著臉，比皇帝還要沉默。楊奉則跟從前一樣神出鬼沒，好像早將照顧皇帝的職責忘在了腦後，偶爾現身也是匆匆忙忙，頂多問下起居，從不談及其他事情。

刺駕一案查得怎樣了？是否涉及到更多人？劉介是生是死？太傅崔宏出征了嗎？齊國那邊有何消息？娶皇后又是什麼意思？所有這些事情都與皇帝息息相關，可他卻連隻言片語的消息都得不到。

太監與宮女來了又走，大多數時候他們都待在其他房間，盡可能不接觸皇帝，韓孺子也失去了與他們交談的熱情，寧願呆呆地坐在那裡，或者在屋子裡來回踱步，心裡默默地數步數。

自己在這種生活中還能忍受多久？第五天下午，韓孺子開始自問，卻無法自答，甚至幻想自己瘋掉之後的情形：東海王一定會非常高興，太后不會難過，母親根本就不會知道宮裡的事情，楊奉呢？他說要去開闢道路，現在卻連人也不見了。

房門無聲無息地被推開，楊奉邁步進來，站立的位置正好擋住了斜射進來的陽光，韓孺子搖頭晃腦地想要找回陽光，好一會才發現中常侍正盯著自己。

「嘿！沒想到你會來。午餐有一道芹菜很好吃，我多吃了幾口，現在這個季節能吃到新鮮的蔬菜，真是難得，當皇帝還是有點好處的。」韓孺子微笑道。

楊奉向前走出幾步，離皇帝更近，「陛下這是在抱怨嗎？」

「我？抱怨？怎麼可能。咳……有這麼多臣子替朕分憂，朕心甚慰。」韓孺子認真地說。

這樣的謊言騙不過任何人，楊奉微微彎腰，說：「我還以為你值得培養，看來我得重新考慮了。」

「你所謂的培養就是丟下不管嗎？」韓孺子心中的火氣騰地躥上來，他在意的不是孤獨，而是消息封閉，那麼多的事情正在發生，他卻連個能打聽的人都找不到。

「我總得觀察一下，看看你能不能自己站穩腳步，否則的話，就算我是神仙也幫不上忙。」楊奉的語氣逐漸嚴厲，連「陛下」都不稱了。

韓孺子盯著楊奉，突然發現自己對這名太監一點都不熟悉，兩人的接觸其實很少，跟他交談的次數還沒有東海王多，可就是這個人，毫不客氣地聲稱在觀察他，還要他獻出完全的信任。

母親說過，別相信任何人，韓孺子輕嘆一聲，「我讓你失望了。」

「誰都會偶爾懈怠一陣，只要陛下還能振作起來就好。」

韓孺子站起身，伸伸胳膊、踢踢腿，「我已經振作了。」

「嗯。」楊奉點點頭，「請陛下說說看法吧。」

韓孺子莫名其妙，「說什麼看法？整座皇宮，就數我知道的事情最少。」

「皇帝總是一無所知。」

「以前的皇帝不可能像我這樣。」

「太祖逐鹿天下之時，數度被困，生死往往在頃刻之間，放眼望去，只見敵軍重重疊疊，身邊的將士越來越少，外面送來的消息一條比一條淒慘，盡是丟城亡將的噩耗。當此時，太祖比一無所知還要差，可他放棄思索和看法了嗎？不，他仍然堅信大楚必勝。」

韓孺子沉思片刻，「武帝呢？總不至於一無所知吧。」

「武帝知道得很多，應該說是太多了，從內宮到朝野、從王侯到庶人、從十步之內到千里之外，每個人都希望能向武帝傳達消息，這些消息彼此衝突、前後矛盾，好壞、勝負、善惡……幾句話就能發生改變，憑借這些消息，武帝也跟一無所知差不多。猜測、推演、靈機一動……每一位皇帝都要學會在最惡劣的環境中做出判斷。」

韓孺子辯不過楊奉，只好按他的意思想了一會，其實這些天來他想了許多，只是不願太快說出來，「崔太傅已經率軍去齊國了。」

「嗯，三天前出發的。」楊奉並不苛求細節，只聽大勢。

「劉介和刺客的同夥都被帶去齊國。」

「錯，他們被關在大理寺詔獄，接受各法司的會同審問。」

「劉介沒有被帶走？」韓孺子很是失望，馬上明白過來，「崔太傅只是借機揣摩太后的真實想法，達成目的之後，他還得取信於太后，所以將劉介等人留在京城。」

「嗯。」

「劉介有危險嗎？」

「別浪費精力去猜測那些不可猜測的事情。」

「這麼說……崔太傅的女兒，真的要進宮當皇后了。」

「陛下不高興嗎？」

「皇后是崔家的女兒，我……她多大了？」

「比陛下年幼一歲，芳齡十二。」

「她不會很快進宮吧？我們的年紀都太小了。」

「三天後下聘，沒有意外的話，討伐完齊國，崔太傅班師回京，陛下就將大婚。」

「可是……可是……」韓孺子還是覺得難以置信。

「前朝曾經有過八歲的皇后，十二歲不算奇怪。」

韓孺子無奈地嘆氣，「太后究竟有何用意？我以為……等事態穩定之後，她就會……她就會將我除掉，另立新帝。」

「新帝從何而來？」

「武帝的子孫還有很多，任何一個都可以吧，比如東海王。」

「東海王不行，崔家的勢力夠大了，不能再給他們一個皇帝。支系子孫各有根基，人數越多，競爭越激烈，這對大楚不利，對太后也不利，她現在比任何人都希望朝堂穩定。」

韓孺子想了好一會，「這可把我難住了，太后不會讓我這個皇帝一直當下去吧？」

「陛下年歲漸長，及冠之後太后就很難繼續掌握寶璽、臨朝聽政。」楊奉本想讓皇帝再多思考一會，突然發現自己犯了一個錯誤，皇帝才十三歲，無論多聰明，有些事情是他想不到的，「太后需要陛下誕下一位太子，只有未來的太子能夠毫無爭議地繼位，並且讓太后名正言順地繼續聽政。」

「我怎麼能誕下……」韓孺子覺得這是一個笑話，隨即恍然大悟，「所以太后要冊立皇后，可是……太急了吧，我和皇后……」

韓孺子想過許多事情，就是沒料到自己的最大作用居然是生兒子，而且這個兒子會要了他的命。

「太子不一定非得是皇后的兒子，不過有了皇后，事情就好辦了。」

「一點也不好辦。」韓孺子拚命搖頭，「反正我不會……怎麼才能生兒子？我應該提前預防一下。」

楊奉一向嚴峻的臉上露出一絲微笑，「陛下不用緊張，那是兩三年之後的事情，也就是說，陛下在這段時間裡是安全的。」

韓孺子不知是該痛哭還是慶幸，「我能做什麼呢？兩三年也沒有多久。」

「等待。」

「只是等待，什麼都不做？我怕我等不了兩三年就會瘋掉。」

「皇帝不會無所事事的，你不做事，事情也會找上你。」

韓孺子眼睛一亮，原來楊奉不只是來教訓皇帝。

「過去的幾天裡，至少五位大臣先後上書，建議太后盡早為陛下擇立師傅，這算是一個開始吧，陛下將能接觸到更多的大臣，還能學到許多身為皇帝必備的技藝。」

「是楊公促成這件事的吧？」韓孺子的眼睛更亮了，一想到能夠走出這間屋子，與太監和宮女以外的人接觸，激動得心跳都加快了。

「不，上書的大臣我一個也不認識。」楊奉不肯冒領功勞，「皇帝是宇內至尊，無論昏庸與英明，也無論獨立與否，哪怕只是一個傀儡，天下英豪也會想方設法圍上來，爭取功名利祿。武帝嫌多，不得不刀削斧砍，去蕪存菁；陛下嫌少，可也不至於無，如何利用這些機會，就看陛下與我的本事了。」

韓孺子的心跳得更快了，雖然還什麼都沒做成，他的熱情已經高漲到幾乎要衝破頭頂。

他讓自己冷靜下來，想了又想，決定將心中最大的疑惑問出來：「刺客究竟是怎麼回事？」

「我說過，請陛下不要問我真相，我無從得知。」

「我不要真相，只要楊公的猜想。」

楊奉在這個問題上含糊了，與單純的皇帝不一樣，他藏著太多的祕密，還遠遠不到將它們合盤托出的時候，「刺客是真的，但是對刺客的底細，大家各有看法。」

「楊公的看法是什麼？」韓孺子非要追問到底，太后的看法已經很清楚了：將刺客引向齊王，利用這次機會消除外患，與崔家和解，以便鞏固上官家的勢力。

「刺客很可能真是齊王派來的。」楊奉決定稍微透露一點自己的真實想法，「可我不會就此罷休，還要繼續追查下去。」

這正是韓孺子預料中的回答，「楊公也認為皇兄的駕崩另有內情，對吧？」

楊奉做出一個不太禮貌的動作，抬手在皇帝肩上輕輕拍了兩下，「別讓太多的消息干擾陛下的思路，有時候無知是福，陛下應該只關心那些最重要的事情。」

「最重要的事情肯定不是生太子。」韓孺子對這件事感到噁心。

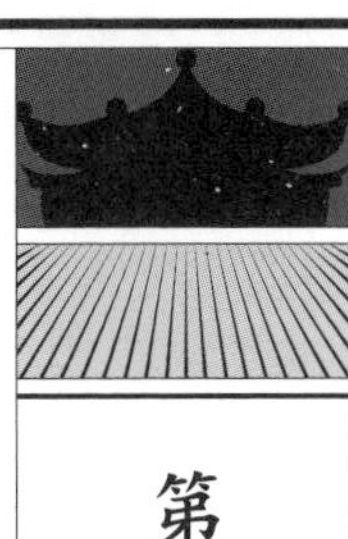

第十七章　凌雲閣上凌雲志

凌雲閣建在一座土山上，離空中的流雲還遠得很，卻足以俯視半座御花園，反過來，半座御花園裡的人一抬頭也能望見凌雲閣。

這裡就是皇帝的受教之所。

楊奉來過之後的第四天早晨，韓孺子去向太后請安，太監左吉一本正經地宣讀太后懿旨，篇幅很長，文字頗為古雅，左吉念得又很慢，經常停頓一會，若有所思地看著皇帝，足足用了兩刻鐘才告完結。

皇帝畢竟得讀點書，學一些必備的技藝。

早飯之後，韓孺子在三十多名太監的護送下，拐彎抹角前往凌雲閣，楊奉和左吉跟在身邊，後面是手舉黃羅傘的太監，再後面是東海王，他以侍從的身份陪讀。

進入御花園之後，又有一些侍從加入隊伍，大概十五六人，他們不是太監，而是勳貴子弟，年紀都不大，韓孺子一個也不認識，東海王倒是與其中幾人相熟，彼此點頭致意，沒有交談。

給皇帝當侍從並不輕鬆，每時每刻都有至少一名禮官監督，稍有不敬都可能遭到彈劾。

韓孺子注意到身邊的太監總是比侍從更多一些，太后顯然不信任皇帝，更不信任皇宮以外的人。

護送皇帝的隊伍浩浩蕩蕩，大多數卻都留在凌雲閣下，只有東海王入閣陪讀，由兩名太監貼身服侍。

房間模仿古制，沒有桌椅，東廂鋪設錦席和書案，只能跪坐，皇帝面朝正西，東海王側席，西邊也鋪著錦席、書案，不與皇帝面對，而是傾斜朝向東北。

皇帝的第一位授業師傅早已等在另一間房裡，等皇帝坐穩，由一名太監宣召入閣，另一名太監則主持師徒見面禮節。

皇宮裡的規矩多，多到三年多前進宮的楊奉和左吉皆無從掌握，只能交由經驗豐富的老太監處理。

前國子監祭酒、前太子少傅、前禮部祠祭司郎中郭叢，七十多歲的老人家，顫顫巍巍地從外面走進來，老眼昏花，卻能準確地判斷出皇帝坐在哪裡，站在那裡深深地吸了兩口氣，倏然展開雙臂，寬大的袖子如鳥翼一般下垂，停頓了一小會，雙手慢慢向胸前移動並合攏，用震耳的聲音說：「臣郭叢拜見陛下。」

雖然郭叢並未下跪，禮節卻顯得極為正式，韓孺子一下子就被唬住了，不知該如何應對，於是看向主持禮節的老太監。

老太監稍稍抬手，示意皇帝什麼也不用做，然後伸手指向東海王。

除了太后，皇帝不能向任何人行禮，但是必要的禮節不能省略，於是得由東海王代勞。

東海王陰沉著臉，長跪而起，呆板地說：「郭師免禮，賜座。」

守在門口的太監立刻轉身搬來一張小凳，郭叢太老了，沒辦法長久跪坐在席上，特意為他準備了坐具。

郭叢坐下，又沉重地呼吸了兩次，對他來說，這可能只是一瞬間，對於聽課的學生來說，卻是漫長的等待，幾乎將韓孺子的好心情給耗光了。

郭叢是天下知名的大儒，飽讀典籍，尤其精於《詩經》，也不拿書，開口就講，第一篇是《關雎》，「關雎，后妃之德也。『窈窕淑女，君子好逑。』言淑女以配君子，義在進賢，不淫其色……」

韓孺子急忙翻開書本，勉強跟上進度，無意中瞥了一眼，看到東海王的臉色似乎要沉出水來，「后妃之德」顯然觸動了他的心事。

郭叢很快就沉浸在講述之中，先釋義，再訓字，然後是義中之義、字外之字，將近一個時辰，連「窈窕淑女，君子好逑」八個字都沒講完，韓孺子沒多久就被繞暈，幾次想要提問，可老先生根本看不清皇帝的表情與手勢，只顧講下去，越來越起勁，完全不像衰朽的老人。

韓孺子只好放棄，盯著郭叢嘴角的一塊唾沫星子，納悶怎麼總也不掉下來。

上午的課終於講完，郭叢告退，兩名太監送行，韓孺子立刻站起來，活動一下僵硬的雙腿，長出一口氣，對東海王說：「老先生講經都是這樣嗎？我還以為……」

東海王重重地哼了一聲，起身就往外走。

「冊立皇后的事情你不能怨我。」韓孺子大聲說，雖然不信任也不喜歡這個弟弟，他卻不願意背負這條莫名的指責。

東海王頭也不回地下樓，兩名太監回來，請皇帝去另一間屋子裡用午膳。

跟往常一樣，這頓飯吃得味同嚼蠟，飯後，太監退下，韓孺子走到窗邊，欣賞御花園裡的景物，心情漸漸好了起來，目光隨意掃動，忽然看到了東海王。

侍從們不知在哪裡吃的飯，這時正聚在一座亭子裡聊天，東海王也在其中，他神采飛揚，每說幾句話都能引來哈哈大笑，於是就有禮官走來，嚴肅地示意眾人不可喧嘩。

東海王不怕，禮官一轉身，他就做出種種奇怪的模仿神情，引得眾侍從竊笑。

這才是十幾歲少年該有的生活。

韓孺子看了一會，努力記住數名最活躍者的面貌與身形，他從小就沒有過同齡玩伴，相比於說說笑笑，他更習慣於沉思默想。

下午換了一位師傅，比郭叢還要衰老，連話都說不清，講授的是《尚書》，天書似的古文從他嘴裡吐出來，就像是群蜂逃離被搗毀的蜂巢，各奔東西，全無目的，嗡嗡聲一片。

這就是太后為皇帝選擇的師傅，總共五位老朽，最年輕的也有六十多歲，分別講授「詩、書、禮、樂、易」，跟他們連正常溝通都難。

韓孺子沒有放棄學習，聽不懂他就自己看，遇見不認識的字用筆圈起來，心想總有機會問明白。一連幾天都是如此，他沒覺得自己從書中得到了多少教誨，全靠著強大的意志堅持下去。

這天中午，東海王沒有下樓去和其他侍從相會，而是留在皇帝身邊，跟他一塊吃飯，趁著太監收拾碗筷離開的時候，他終於主動開口說話：「已經下聘了。」

「嗯？」韓孺子反而有點不習慣。

「宮裡已經向崔家下聘了，等我舅舅從齊國回來，就要冊立皇后。」

韓孺子有點同情東海王，「你很喜歡她嗎？」

東海王雙眼噴火，「這不是喜不喜歡的問題，她是我的，從小說好了，母親和舅舅都同意。」東海王雙手握拳，一字一頓地說：「我的東西從來不給別人！」

「你天天跟那些侍從在一起，沒找人幫你給母親傳信嗎？或許她能幫你。」

東海王眼中的怒火一下子消失得乾乾淨淨，垂頭喪氣地說：「母親寫信將我罵了一頓，讓我老老實實留在宮裡，專心服侍太后和……你。變了，一切都變了，就因為我沒當上皇帝，母親和舅舅也都變了。」

韓孺子沒法安慰東海王，只覺得事情如此荒謬，他與東海王都想得到對方的生活，結果都不能如意，被困在自己的位置上，羨慕對方的處境。

「齊國那邊怎麼樣了？齊王肯認罪嗎？」

「怎麼，楊奉什麼也沒跟你說嗎？」東海王譏誚道。

楊奉太忙，又是一連幾天沒跟皇帝談話，韓孺子說：「如果齊國的事情不順利，冊立皇后也會生出變故。」

東海王尋思了一會，「那邊還在僵持中，齊王沒有立刻造反，他否認指控，聲稱受奸人陷害……但是沒用的，耽擱越久對齊王越不利，他必敗無疑，舅舅將會凱旋……算了，我知道這不怨你，可是你要記住，等

我……早晚我會奪回屬於自己的一切。」

韓孺子笑了，「祝你成功。」

韓孺子明白一件事，崔氏與太后鬥得越激烈，他的位置越穩定，什麼時候雙方相安無事，他就危險了，起碼在目前，東海王的鬥志對他利大於弊。

這天傍晚，韓孺子在屋裡閒坐，楊奉走進來，懷裡捧著一落書，全是皇帝在凌雲閣裡讀的典籍。

楊奉命宮女退下，將書放在桌子上，隨手打開一本，轉身對皇帝說：「陛下在上面畫了不少圈。」

韓孺子臉有點紅，「有些字我不認識。」

「嗯，我跟太后說了，太后允許我教你識字。」

「太好了！」韓孺子高興的不是識字，而是能與真正的大人交談。

楊奉將書又放下，走近皇帝，「識字只是小學，你的基礎沒打好，現在也只能亡羊補牢，沒什麼大用，我還要教你點別的。」

「楊公要教我什麼？」韓孺子對學習的熱情再次高漲。

「史書。」

「史書？」

「帝王以史為鑑，讀史本應是帝王最重要的功課之一，太后將它省去了，所以只好由我私下教授，此事陛下知道就好，不要外洩。」

韓孺子連連點頭，他一個字也不會洩露。

楊奉手頭上沒有史書，全憑記憶講授，他也不想給皇帝講授正史，先拿起一本書，指點皇帝認了幾個字，然後說：「陛下已經入閣讀書，接觸的外臣越來越多，不如我講一點太祖與臣子交往的故事吧。」

韓孺子很喜歡聽故事，可他覺得太祖的借鑑意義不大，「我沒接觸到什麼人……」

「別急，大家都在觀察，時機一到，自會有接觸，但我要先提醒陛下一件事。」

「楊公請說。」

「不要相信第一個主動接觸陛下的人，那必定是別有用心之徒。」

韓孺子愣住了，他記得很清楚，皇宮裡第一個主動接觸他的人，正是楊奉。

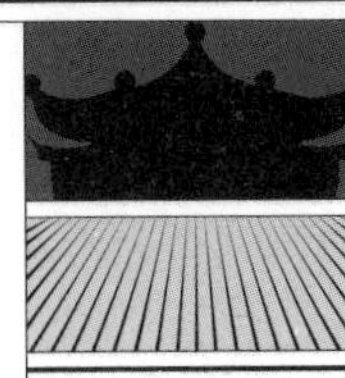

第十八章　太祖往事

大楚太祖姓韓名符，本是東海郡一介布衣，最終成為一代開國之君，關於他的傳說不計其數，韓孺子從小生活封閉，卻也聽過不少。

在這些傳說中，太祖的一生充滿了奇蹟，出生時有紅雲籠罩、雷聲宣告，成人之後更是奇遇連連，林中斬過狂龍、夜裡審過鬼卒、山頂遇過仙師、海底探過寶藏……爭奪天下時數度受困，陷入絕境，每次都有神人出手相助，從而轉危為安。

楊奉講述的是另一類故事，韓孺子從來沒聽說過。

太祖還只是韓符的時候，並非普通百姓，家中有些餘財，可他不事生產，也不喜當官，花錢捐了一名小吏，三天打漁兩天曬網，一點也不稱職，卻專愛結交各路豪傑，家中常常賓客盈門、整夜歡鬧，擾得四鄰不安，但是沒人敢告官，韓家的客人頗有一些亡命之徒，被惹惱了真會殺人。

韓家的那點產業經不起折騰，三五年光景就耗個精光，父親被活活氣死，兄嫂帶著母親分家另過，妻子每日以淚洗面，即使如此，韓符也不肯改邪歸正，沒錢就借，借不到就偷，偷不到就搶。

二十五歲那年秋天，偷搶事發，韓符從縣中小吏正式轉變為罪犯，為了躲避追捕，只得拋妻棄子，踏上逃亡之路。之前數年的結交這時帶來了回報，韓符由東到西，幾乎走遍了天下各郡，到處都有人接待，好酒好肉，地方豪傑慕名而至，願與他結為刎頸之交。

這不是逃亡，更像是巡視。

可這樣的生活只持續了不到五年，韓符的名聲越來越大，官府對他的追查也因此越來越嚴，最終，再大的豪傑也保不住這名逃犯，他不得不逃入荒野，與盜匪為伍，再不敢公開現身。

盜匪生活遠沒有想像中恣意暢快，倒是經常忍飢挨餓，時時擔心官兵的圍剿、不同團伙之間的爭奪地盤、內部的爭權奪勢，在荒野中，韓符與各地豪傑的聯繫日漸稀少，名字偶爾會出現在酒酣耳熱後的暢談裡，可也僅此而已。

幸運的是，韓符加入盜匪團伙的第一年就趕上了天下大亂，他不是第一個起事者，卻佔據兩大優勢：手下有一群亡命之徒，擴張勢力初期，他們起過極其重要的作用，至於其中一些人背叛太祖，則是後話了；結交廣泛，熟知天下郡縣形勢，帶兵走到哪，都能找到從前的朋友，從而迅速取得當地人的信任。

楊奉的故事就講到這裡，其中沒有明顯的奇蹟，然後他給皇帝留下一道題目：「你聽過太祖不少故事吧，它們不都是假的，裡面隱藏著一些真相，但是需要細心挖掘。給你三天時間思考一個問題：擅於結交朋友的豪傑成百上千，為什麼偏偏是太祖奪得天下？」

「我知道，因為太祖有神靈相助。」韓孺子脫口而出。

楊奉看了皇帝一會，搖頭說：「你不知道，好好想一想。」

韓孺子睡不著覺了，楊奉所講的故事吸引了他，可是內容太少，與母親、僕人曾經描述過的太祖形象大不相同，楊奉卻要求他將兩種說法結合起來，推導出太祖為何能奪得天下。這實在太難了，韓孺子輾轉整夜，早晨起床時雙眼紅腫，沒有想出半點眉目來。

接下來兩天，韓孺子常常在白天聽講時走神，反正也沒人在意，他盡可隨意遨遊在太祖的往事之中，楊奉講的故事、母親講的傳說、靜室中的戰爭圖畫，在他的心中進進出出，卻怎麼也無法協調在一起，就像是三個不同時代的不同人物。

第三天上午，他終於忍不住了，講詩的郭叢剛在凳子上坐好，張開嘴正要說話，皇帝先開口了：「郭師讀過不少書吧？」

老先生呆住了，這是他第一次聽到皇帝說話，裝糊塗混過去是不可以的，只好哼哼唧唧地說：「老臣畢生求學，讀書不輟，不敢說是很多，算是有一些吧。」

「那今天講講《詩經》以外的東西吧。」

郭叢想就這樣講下去，從而避開皇帝的請求，可韓孺子今晚就要回答楊奉留下的問題，聽不進詩句與逐字註解，伸手在書案上敲打，「學詩不爭一時，今天朕想聽點更有用的。」

「呃……這個……《詩經》才開頭，一篇《關雎》還沒講完。詩可以言志、可以動情、可以頌德、可以止邪，詩中自有大義，感天地，動鬼神，上至帝王、下至庶民，都該學詩……」

郭叢臉色驟變，「陛下，《詩經》大有用處，可以言志、可以動情……」

韓孺子繼續敲打書案，「太祖就不學詩，朕想聽太祖的故事，郭師讀過的書多，揀幾段說來聽聽。」

郭叢的臉變成了醬紫色，只好望向守在門口的兩名太監，太監也很慌亂，不敢給出任何提示，坐在側席的東海王瞪眼瞧著皇帝，既驚詫又迷惑。

「太祖……太祖的故事都記在國史之中，這個……陛下若是想聽，老臣倒是能推薦幾位專攻國史的國子監和太學的博士，他們……」

「找別人太麻煩了，朕也不是想聽全部，郭師選幾段能教益後世的故事就行。」

門口的一名太監匆匆離去，郭叢被逼到絕路了，只得勉強說下去：「太祖功高蓋世、亙古未有，能教益後世的故事實在太多了，這個……容老臣想想……」

郭叢呆呆地想了一會，臉色青紅不定，呼吸越來越粗重，突然一頭栽倒，居然暈了過去！

太監急忙上前攙扶，韓孺子大吃一驚，怎麼也想不到自己的一個簡單要求，居然會引發如此嚴重的反應。

東海王笑了一聲，「哈，郭叢這算是殉職吧，能死在皇帝面前，他這一輩子也算值了。」

「別瞎說。」韓孺子探身觀望，可不想有人因為自己的幾句話被逼死，「他怎麼樣？」

「郭老大人……還活著。」太監說，這時另一名太監回來了，兩人一塊將郭叢抬出去。

上午的課就這麼結束了。

「你怎麼突然對太祖感興趣了？」房間裡只剩下兩個人時，東海王好奇地問。

「我想起靜室裡的圖畫，還有母親講過的一些故事，所以想聽聽大臣們如何講述太祖，沒想到……會是這個樣子，太祖的故事有什麼忌諱嗎？」

「大家忌諱的不是太祖，是——你知道是誰——反正有人不希望你學史書，怕你野心膨脹。」東海王閉上嘴。

左吉進來了，看了幾眼，什麼也沒說。

這天晚上，韓孺子將白天的事講給楊奉，楊奉說：「陛下現在還不是讀國史的時候，我講的故事足夠多了，加上那些傳說，應該能得出結論，陛下再想想，等陛下想明白了，咱們再往下講。」

於是楊奉就只教皇帝認字，功課將要結束的時候，韓孺子問：「楊公從前是做什麼的？」

「從前我就是太監，服侍先帝十幾年，親眼看著他長大。」

「更往前呢？楊公肯定不是從小……就做太監的吧？」

楊奉搖搖頭，「當然不是，我曾經也是讀書人……陛下若是真對我的經歷感興趣，等我講到武帝的時候，或許可以說一些。陛下不要抱太大的期望，我的經歷非常簡單，用不上十句話就能說完。」

韓孺子相信，楊奉的過去絕不簡單。

郭叢再沒有出現，來講經的老師傅們越發謹言慎行，除了書上的內容，絕不多說一個字，韓孺子也沒興趣再逼他們講國史，每天就是發呆，翻來覆去地回憶太祖的諸多事跡。

四月中旬，關東傳來消息，齊王不肯接受朝廷的審訊，終於還是公開造反了，可惜時機已逝，曾經與齊王暗通款曲的諸侯與大臣，這時全都投向了朝廷，太傅崔宏——如今是平東大將軍，接連打了幾場勝仗，一路攻向齊王治所，平定叛亂指日可待。

東海王又喜又憂，喜的是舅舅立下大功，崔家的根基更加穩定，憂的是大將軍一旦得勝回京，表妹就要被冊立為皇后。

其他勳貴侍從則只有興奮，整日裡議論紛紛，全都遺憾自己不能上戰場建功立業，有時聲音能傳入凌雲閣，韓孺子就是從他們嘴裡瞭解到東方戰事的進展，至於楊奉，他好像一點也不關心遠方的戰爭，隻字不提，只專心教皇帝認字，督促皇帝思考。

齊國之戰影響到了皇帝的平靜生活，下午的講經取消，改為學習騎馬、射箭，這是為了有朝一日校閱凱旋的大軍。

韓孺子從來沒騎過馬，好在皇宮裡養著許多極其溫馴的馬匹，他很快就能穩坐在馬背前進，只是不能馳騁罷了。

射箭比較難學，兩天下來，韓孺子勉強能將箭矢射到靶子附近。

下午的學習有一個好處，韓孺子與勳貴侍從們的接觸更多了，甚至能叫出幾個人的名字，也有機會觀察他們的本事。

楊奉預言的「主動接觸者」還沒出現，侍從們都很謹慎，互相用眼神交流，卻極少看向皇帝。

學習騎射的第三天，皇帝與東海王又多了一項必修內容——拳腳與刀劍，太后仍然擔心會有刺客，因此希望皇帝能有點自保能力。

教師正是多日未見的孟氏兄妹，孟娥的哥哥恢復了男裝，也報出了本名，他叫孟徹。

正是從這對兄妹身上，韓孺子找到了線索，終於能夠回答楊奉留下的問題：那麼多結交廣泛的豪傑，為什麼只有太祖韓符奪得天下？

第十九章 進退

習武場所是一間長方形的屋子，四周擺滿了兵器架，刀槍劍戟俱全，可是都被牢牢地固定在架子裡，外面裹著棉布，銳氣盡失，像是一片需要扶植的藤蔓。

五名太監站成兩排，手裡捧著大大小小的盒子，據說都是皇帝必用之物，韓孺子一次也沒用到過，甚至不知道裡面裝的究竟是什麼。

陪練者還是只有東海王，其他勳貴侍從守在外面。

孟娥站得稍遠一些，極少說話，一切事宜都由哥哥孟徹負責。

當著眾多太監的面，孟徹不敢無禮，規規矩矩地跪拜，起身之後說：「天下武功浩如煙海，不知陛下要學哪一種？」

「呃……孟教師決定吧。」韓孺子事先得到過提醒，稱呼講經的老先生為「師」，傳武者則是「教師」，多一個字，以區分文武，地位也有差異，文師更加尊貴。

東海王曾經吃過孟氏兄妹的苦頭，對兩人印象極其不好，這時譏諷道：「說的好像你什麼都會似的。」

孟徹淡淡地回道：「若論精通，在下所會的不過三種，如果只是傳授一些基礎，在下不才，樣樣都會一點。」

「就選孟教師精通的吧。」韓孺子不在乎學什麼。

東海王嘿嘿笑了幾聲，上前道：「先說說你精通什麼。」

孟徹微點下頭，「拳、劍、內功。」

「倒是見過你拿劍，就是沒見你用過。」東海王左右看了看，「口說無憑，你練幾招讓我們見識一下。」

「太后既然讓兩位孟教師傳授咱們武功，身手肯定是不錯的。」韓孺子道。

皇帝的勸說令東海王更加堅持己見，「太后是至尊之體，陛下久居內宅，對江湖上的事情瞭解得少，容易上當受騙。我在王府裡有武師，雖然學得一般，眼光還是有的。」

孟徹道：「武學一道頗講究悟性，不在乎貴賤、先後、長幼，能得到東海王的指教，在下不勝榮幸。」

「指教不敢說，我不過是能分得清好壞，來吧，先練一套拳法看看。」

孟徹後退到寬敞地方，緊緊腰帶，扎了一個馬步，緩緩吸入一口氣，突然邁步向前，出拳、後退，再次前進、出拳、後退，然後挺身、垂臂、吐氣，看向東海王。

「這算什麼玩意？」東海王驚訝地說。

「倒是……挺快的。」韓孺子也沒看出門道。

「如果東海王想看花拳繡腿，抱歉，就這個我不會。」孟徹的語氣反而更驕傲了。

東海王冷笑道：「再看看你的劍法。」

「刀劍無眼，我就意思一下吧。」

東海王哼了一聲，他可記得當初在太廟裡孟徹手中握劍的情形。

孟徹又後退幾步，突然縱身躍出，一下跨越七八步的距離，右臂一伸一縮，像是刺劍的動作，旋即後退，兩步就回到原位，又是挺身、垂臂、吐氣，說：「請指教。」

東海王臉有些紅，惱怒地說：「你在逗我玩吧？」

孟徹搖搖頭，「陛下面前，誰敢無故戲耍？在下的拳劍就是這樣，重實戰不重套路。」

「不用說，你的內功更是沒有套路了？」
「當然。」
東海王鄙夷地撇撇嘴，扭頭看向太監頭目：「我想試試孟教師的本事，沒問題吧？」
楊奉今天沒來，左吉帶隊，微笑道：「不可動真刀真槍，別的事情，東海王隨意。」
東海王倒有自知之明，「那就好。孟教師，我年紀小，力氣也小，打不過你很正常，我去叫幾個人進來，試試你的『實戰』本事。」
東海王也不管孟徹同意與否，更不徵求皇帝的意見，徑直走出房間，不一會，將外面的侍從都叫進來，負責監督的禮官一臉驚惶，向左吉看了好幾眼，見他不反對，才沒有阻攔。
東海王叫出年紀最大的一名侍從，「這位是辟遠侯、鐵騎將軍張印的嫡孫……你叫什麼來著？」
侍從是名十七八歲的青年，臉上還殘留著稚氣，身體卻頗為健壯，個子也最高，光是站在那裡，就有一股躍躍欲試的勁頭，「微臣名叫張養浩。」
韓孺子很早就注意到這名侍從，這時記住他的名字，同時也想看看孟徹是不是有真本事。
東海王靠近張養浩，指著孟徹說：「這人的拳頭比較硬，你去給他一點教訓，讓他知道皇帝的武功教師不好當。」
「既然是陛下的教師，恐怕我不是對手。」張養浩還算謹慎，沒有立刻上場。
「沒事，就是玩玩，陛下也想看。」東海王瞧向皇帝，韓孺子點下頭。
張養浩重重地嗯了一聲，挽起袖子，邁步走到孟徹對面，身後的夥伴們小聲為他助威，一張張臉都顯得極為興奮，在皇宮裡當侍從是個無聊的差事，大家都希望能有熱鬧看。
「孟教師請賜教。」張養浩沒有按禮節抱拳拱手，他是將要繼承辟遠侯爵位的張家嗣子，沒理由對一名武師太客氣。

「張公子手下留情。」孟徹道。

張養浩出身於武將世家，從小習武，在小圈子裡頗有名聲，當下擺了一個架勢，等了一會，見對方沒有進攻的意思，輕喝一聲，大步上前，掄拳就打。

「百步拳，軍中第一拳，名不虛傳。」孟徹邊說邊躲，與張養浩保持五步以上的距離。

百步拳雖是拳法，卻極為重視下盤功夫，張養浩步法整齊嚴謹，雙拳虎虎生風，不愧是名將之子，旁觀的侍從們有幾位忍不住叫好，被禮官盯視之後，又急忙閉嘴。

一個打，一個躲，堪堪繞了半圈，東海王不耐煩了，大聲道：「孟教師，這就是你的本事嗎？光跑不打，陛下可學不來。」

孟徹也覺得夠了，開口提醒道：「張公子接招。」

「來吧！」張養浩打得興起，巴不得對方還招。

孟徹既沒止住腳步，也沒有擺出任何架勢，前一刻還在左躲右閃，下一刻已經衝到張養浩懷裡，擊出一拳，迅速後退到七步以外，挺身而立，冷面帶霜，眼內含冰。

張養浩僵在那裡，雙腿彎曲，雙臂一上一下，像是一棵被狂風吹伏的小樹，突然吐出一口氣，叫了一聲哎呦，捂著肚子，半天直不起腰。

「在下魯莽，出手不知輕重，請張公子見諒。」孟徹的神情恢復正常。

張養浩右手仍然捂著肚子，伸出左手搖晃幾下，啞聲道：「沒事，孟教師好拳法，我、我甘拜下風。」

侍從們的驚訝一下子轉為敬佩，七嘴八舌地發問，「這是什麼拳法？」「你用了幾成力道？」「你是哪個門派的？」「你認識桂月華嗎？他是我家的武師，在江湖上很有名。」

禮官連咳數聲，侍從們閉嘴，張養浩終於挺起腰，抱拳道：「不愧是御用武師，佩服佩服。」

「張公子客氣，在下的拳法乃是一人一身之拳法，比不上張公子的百步拳，乃是兩軍陣前斬將奪旗、建功立業的拳法。」

在軍中，百步拳只是用來強身建體，真到了戰場上，誰也不會赤手空拳地戰鬥，可孟徹這番話還是說得張養浩笑逐顏開。

東海王本想讓孟徹出醜，見識了拳法的威力之後，立刻改了主意，越眾而出，說：「嗯，你還真有點本事，你一個人能打幾個？」

「要看對手是誰。」孟徹道。

東海王看向侍從，覺得他們都不行，「宮裡的侍衛。」

「大內高手如雲，隨便挑出一個來，我恐怕也不是對手。」

「那就說戰場上，對面是敵國士兵，你能打幾個？」

孟徹想了一會，「如果對方訓練有素，頂多五個。」

「才五個！」東海王大失所望，「我還以為你能以一敵百呢。」

「世上沒有所向無敵的拳法，與兵法一樣，也分『通、掛、支、隘、險、遠』等地勢，地勢不同，可用的拳法也不同，我的拳法獨來獨往，如果敵人太多，我寧願逃跑，擇機再鬥，絕不以險試拳。」

東海王還想追問下去，韓孺子咳了一聲，他畢竟是皇帝，東海王只能閉嘴。

韓孺子對兩件事感到有些奇怪：孟徹看上去木訥，其實很會說話，還有，孟徹的拳法讓他想起了楊奉佈置的問題。

「孟教師與張公子比拳的時候，一擊即退，為何沒有趁勝追擊？」

東海王搶先道：「他是怕打傷了張養浩，不好交待。」

已經退回侍從隊列之中的張養浩臉上一紅。

韓孺子覺得原因不只如此，孟徹獨自演練拳法時，也是一進一退，從不站在原地連續出拳。

孟徹看著皇帝，微微躬身，「在下的拳法不是為了拚命，而是自保。攻守不可兩全，攻則全力，趁敵不備，直搗要害，無論成與不成，立刻退後防守，免中敵人誘兵之計。」

「張養浩哪會什麼誘兵之計？」東海王覺得孟徹想得太多了。

這天下午，孟徹沒有傳授真正的拳法，而是講了一些要訣，與江湖中常見的拳法頗為不同，眾人聽不出區別，見他身手不錯，於是一個勁點頭。

韓孺子心裡慢慢形成了一個想法，晚上一見到楊奉他就激動地說：「我想明白了！」

「陛下請說。」楊奉很鎮定。

「太祖敢進敢退，有機會進攻時，奮不顧身，形勢不利需要後退時，從不拖泥帶水，也不在乎一時的名聲，傳說中太祖每次遇到危機時都有神人相助，其實那不是神人，而是太祖——擅長逃跑。」

韓孺子停頓了一會，接下來他要說點對老祖宗不恭敬的話了，「太祖與豪傑結交的時候也是如此，敢進敢退，有人背叛太祖，其實遭到太祖背叛的人更多，太祖比別人更決絕，更冷酷無情，更會利用朋友，更懂得保護自己。」

韓孺子說完了，忐忑地等著楊奉評判。

楊奉陰沉的臉上露出一絲微笑，「好，我再給陛下佈置下一道題：天下人人皆有自私之心，比太祖還要冷酷無情的豪傑大有人在，為什麼他們沒能奪得天下呢？」

韓孺子語塞，又被難住了。

第二十章 仁義

楊奉又給皇帝講了兩段太祖開國時期的往事，以供借鑑。

前朝的末代皇帝荒淫殘暴，以至天下大亂，群雄並起，逐鹿問鼎者數不勝數，互相攻伐兼併，最後剩下三股最重要的勢力，太祖建立的大楚只是其中之一，還有兩伙勢均力敵的對手。

北方的趙國由莊垂創立，與太祖韓符一樣，莊垂也是豪俠出身，成名更早，地位也要高得多，在祖父那一代就以行俠顯名，到了他這一代，家族中的男子幾乎都以行俠為事業，莊垂名聲最響，還被稱為「江北第一豪俠」。

太祖逃亡期間，也曾是莊家的座上賓，與莊垂相談甚歡，彼此引為知己，卻在爭奪天下時反目成仇。

若論自私自利、心狠手辣，莊垂比太祖有過之而無不及，他有一個簡單粗暴的規矩：無論誰得到過莊家的幫助，哪怕是間接的幫助，就是欠下莊家一筆債，這筆債必須連本帶利償還，有時候要以命來還。

即使規矩如此苛刻，北趙在很長時間裡都是當時最強大的一股勢力，吸引眾多豪傑前來投奔，原因很簡單，莊家簡直就是出將帥的窩子，隨便拎出一名十幾歲的青年，都能帶兵打仗，大家寧願背負巨債，也願意追隨最有前途的主人。

等到塵埃落定，大家回過頭再看，發現莊王之所以會一敗塗地，最重要的原因之一就是子弟太多，阻塞了其他豪傑的晉升之路。

如今正在發生叛亂的齊國，當年也是一股強大勢力，與豪俠出身的韓、莊兩王不同，齊王陳倫身世高貴，祖上十世為侯，經營齊地數百年，早就被當地百姓認為是無冕之王，一呼百應，是最早稱王的勢力之一。

太祖視諸友為刀劍，用的時候不遺餘力，不用的時候棄之如敝屣。莊王視豪傑如欠債者，時刻催逼，非要榨出全部價值不可。與這兩人相比，齊王陳倫才是真正的王者，麾下的將帥幾乎都是世家子弟，至少有兩代人為陳氏效勞，外地豪傑投奔齊國，只能先從小吏做起，積功升遷，有過則誅。

齊國的失敗幾乎是必然的，陳王野心不大，只想佔據故土，然後趁著楚趙爭霸之際，稍稍向外擴張一點，結果太祖與莊王在鬥得最激烈的時候，竟然盡棄前嫌，聯手進攻齊國，只用了三個月，就將齊國徹底滅亡。

齊國的忠臣最多，追隨陳王自殺者不計其數，奇怪的是，許多自殺者根本就不是齊國人，而是外鄉豪傑，並未受過陳氏多少恩惠，卻也一批批地跟著刎頸或是跳牆。

總之，在三位王者當中，太祖韓符絕非最自私自利者，更不是最擅長拉攏豪傑的人，結果卻是他奪得了天下。

「明天陛下會迎來一位新師傅，他將講述國史，請陛下多聽多想。」楊奉是一位引導者，並不反對學生從別的地方獲得信息。

韓孺子又度過一個不眠之夜，次日上午聽課的時候，東海王一見到皇帝浮腫的眼泡就詫異問道：「你怎麼了？好像日理萬機似的，你可是天下最悠閒的皇帝。」

「我就是閒得睡不著覺。」韓孺子笑著說，好奇今天的新師傅會是哪一位老先生，太后竟然會同意講授國史，也是怪事一件。

新師傅來了，卻沒有那麼老邁，四十幾歲年紀，身材高瘦，相貌威嚴，目光銳利，狹窄的鷹鈎鼻像小刀一樣指向皇帝。

「草民羅煥章叩見陛下。」新師傅沒有特權，所以要行正式的跪拜之禮，令韓孺子意外的是，平時飛揚跋扈的東海王，居然避席還禮，比面對皇帝時要恭敬多了。

羅煥章自稱「草民」，那就是沒當過官，也沒有爵位，韓孺子想起東海王說過的一句話，脫口道：「你是東海王的師傅吧？」

羅煥章站起身，「草民曾經教過東海王殿下幾年，才疏學淺，沒能教出好弟子。」

東海王臉紅了，低頭不語，好像很害怕自己的師傅。

韓孺子越發納悶，雖說太后與崔家已經和解，畢竟仍存在競爭，她居然將東海王的師傅召進宮，實在是不合常理。

沒準楊奉會將這件怪事當成一道問題，韓孺子習慣性地開始思考，別的師傅都對皇帝的走神視而不見，羅煥章卻不是普通人，咳了一聲，說：「草民受命來講國史，陛下希望從哪裡講起？」

第一次被徵詢意見，韓孺子反而不適應，翻翻桌上的書，想了一會，說：「太祖，朕想知道太祖為何能夠奪得天下。」

「陛下睿智，提的問題很好。」

東海王的臉更紅了，不知為什麼，在這位庶民師傅面前，他特別老實，一個字也不敢多說。

太監搬來了小凳，羅煥章沒有坐，站著說：「前朝末帝荒淫，群臣乖亂，遂失其鹿，而群雄共逐之。太祖起於布衣，興於山林，數年間除暴安良，創立萬世基業，原因其實非常簡單。」

自己冥思苦想而不得的答案，大儒肯定早就有了定論，韓孺子豎起耳朵，生怕漏掉一個字。

「仁義。」羅煥章吐出兩個字，鄭重得像是太廟裡唱祝的禮官。

「能說得詳細一點嗎？」韓孺子有點失望。

「前朝所失，即是太祖所得。前朝視百姓如奴隸，以苛法繩之，側目者剜眼，腹誹者割舌，偶語者腰斬。

太祖龍興，反其道而行之，破殘賊之法，立仁義之道，省賦減刑，與民休息，五六年間，遂有天下。昔日，商湯出行，見捕者張網四面，其人曰：『從天墜者，從地出者，從四方來者，皆入吾網。』商湯收網三面，唯留一面，乃曰：『欲左者左，欲右者右，欲高者高，欲下者下，犯命者乃入吾網。』四十餘國皆曰：『湯之德及於禽獸矣。』往而歸之。以此言之，四面張網而捕一鳥，網開三面而獲諸國，仁義即是網開三面。」

羅煥章慷慨陳辭，東海王垂頭，像是在偷笑。韓孺子聽得似懂非懂，心裡更糊塗了，「太祖就是靠仁義打敗莊王和陳王的？」

羅煥章目光變得嚴厲，再加上那道小刀似的鼻子，沒一會就讓皇帝垂下頭，反思自己說錯了什麼話。

「陛下肯定聽過一些閒話吧，說什麼太祖心狠手辣，靠背信棄義奪得天下？」

韓孺子不願出賣楊奉，含糊地嗯了一聲。

「可曾有人對陛下說過這些事情：前朝擁兵百萬，耳目遍及閭巷，及至官逼民反，群雄並起，區區兩年間，末帝焚宮自殺，身殞而國滅，為天下笑；東齊地方千里，連城數百，陳氏十代為侯，可謂根深本固，待到楚、趙並攻，數月間齊國淪陷，隨齊王殉難者八百六十餘人；北趙地勢險要，莊王之強天下無雙，猛將上千，精兵三十萬，人人以一敵十，蹂躪諸侯、踐踏江山近五載，一朝戰敗，銳氣消亡過半，再敗，心中恍惚不知所出，三敗，莊王刎頸自殺，宗屬降楚，精兵猛將盡為太祖所用。」

「聽說過一點。」韓孺子輕聲道，有點明白東海王為何在羅煥章面前那麼老實了，這位大儒可不簡單，開口就像萬箭齊發，聽者根本來不及招架，沒等明白他說了什麼，就已束手投降。

羅煥章放緩語氣，伸出右手，慢慢握拳，「陛下請看，曲手為拳，握東西是不是更牢？」

「當然。」

「陛下再看，拳已成實，還能握住什麼？」

「什麼也握不住，實拳就是……實拳。」韓孺子開始明白羅煥章的意圖了。

「機謀權詐、好勇鬥狠即是握拳。」羅煥章一拳擊出，他不是武師，這一拳沒啥氣勢，「拳頭能打人，卻不能附人。太祖會用拳頭，莊王、陳王也會用拳，握得還更緊一些。可莊、陳二王一朝兵敗即如山倒，太祖雖屢戰屢敗卻總能東山再起，是因為太祖懂得鬆拳之道。百姓苦於苛法已久，太祖行仁義恰如久旱甘露，因此而得民心。」

「民心幫助太祖打敗了敵人？」韓孺子問。

羅煥章搖頭，「民心思安，不願打仗，太祖要靠自己的本事擊敗強敵，可太祖兵敗時，後方民心不亂，太祖所至之處，城門立開，糧草立至，往往能在旬月間再成一軍。陳王號稱能養士附眾，自殺殉難者眾多，可是沒有百姓願意恢復齊國。滅齊之戰，楚攻其南，趙攻其北，莊王兵鋒未至，百姓扶老攜幼，奔南歸楚，皆因太祖能行仁義之道。」

韓孺子喃喃道：「太祖善逃，是因為有處可逃，行仁義不是為了爭一時之勝，而是為以後鋪路，有些人不能幫你打仗，卻能在危險之際救你一命……」

羅煥章皺起眉頭，「到底是誰教陛下這些東西的？對太祖怎可如此不敬？」

「羅師見諒，朕從小失教，難得聽到聖賢之言，所以有時候會亂說話。」韓孺子急忙管住自己的嘴。

羅煥章沒再多問，東海王卻盯著皇帝多看了幾眼，顯然不太相信他的話。

這堂課比平時累多了，韓孺子根本沒機會沉思默想，羅煥章就像是一名經驗豐富的馴獸師，輕鬆就能控制猛獸的一舉一動。

羅煥章告退之後，東海王對皇帝說：「苦日子才剛開始，好好享受吧。」

韓孺子倒不覺得苦，反而獲益良多，可是心中生出的疑惑也更多，這些疑惑只能去問楊奉。

下午的武學比較平淡，孟徹說得多動得少，有些敷衍，侍從們也不在意，捉對比拚，玩得很開心。沒人敢跟皇帝動手，韓孺子就自己活動腿腳，幾次看向角落的孟娥，想跟她說句話，一直找不到合適的機會。

這天夜裡楊奉沒來，他總是忙忙碌碌的，名義上服侍皇帝，其實大多數時候都不在場，不知到哪裡為皇帝「開闢道路」去了。

接連幾晚失眠，韓孺子終於堅持不住，很快沉沉睡去，睡得正深，被一陣搖晃給推醒了。

眼前一片黑暗，韓孺子隱約看到床頭有人，像是服侍自己的宮女，「啊？什麼事？」

「你想學真正的武功嗎？」

韓孺子一下子清醒，騰地坐起來。

楊奉提醒過他，第一個主動接觸皇帝的人必定別有用心，韓孺子怎麼也想不到，這個人會是孟娥。

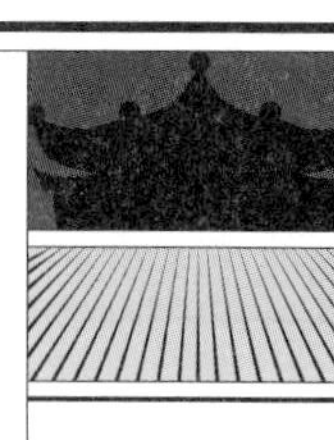

第二十一章 兵敗

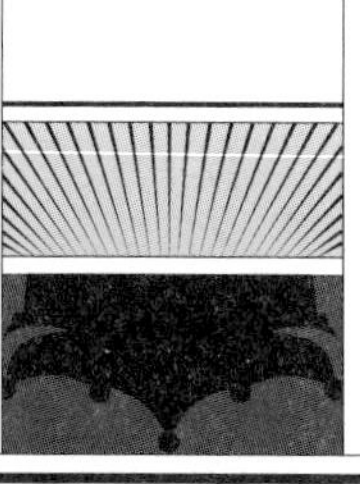

當楊奉說有人將主動接觸皇帝時，韓孺子想到的是那些勳貴侍從，或者某位講經師傅，從來沒想到會是宮裡的某人，更沒料到來者竟然是孟娥。

韓孺子不由得懷疑自己聽錯了，傾身靠近一些，低聲問：「是妳嗎？」

「是我。」這確定無疑就是孟娥冷冰冰的聲音。

韓孺子望向窗邊，雖然什麼也看不到，但他知道那裡睡著一名宮女，一點聲音就能將她驚醒。

孟娥猜到了皇帝的心事，「不用管她，她睡得很深，天亮之前都不會醒。」

韓孺子更加吃驚，理了理心緒，問：「妳要教我武功？」

「如果你想學，並且求我的話。」

這是一個奇怪的回答，明明是孟娥半夜三更主動找上門來，卻要皇帝「求」她傳授武功。

「呃……妳已經是我的武功教師了。」韓孺子小心地說。

「有真傳有假傳，從教師那裡只能得到假傳。伸出手。」孟娥說。

韓孺子抬起右手臂，很快有一張微涼的手掌按在他的手上。

「坐穩了。」孟娥道。

韓孺子嗯了一聲，心裡越發覺得詭異，又一想，孟娥若是真想刺駕，根本用不著叫醒他，於是踏實下來。

手掌上傳來一股巨大的力道，韓孺子一口氣喘不上來，五臟六腑像是被鈎子掛住，一下子拎到半空中，然後身體才跟上去。

韓孺子翻身倒在了床角處，坐起身，一口濁氣憋在胸腔裡，怎麼也吐不出來。

「別勉強，順其自然。」孟娥提醒道。

過了一會，那股濁氣終於消失，韓孺子深深吸進一口新鮮的空氣，驚詫地問：「這是什麼武功？」

「是你們都不感興趣的內功。」

孟徹自稱精通拳、劍與內功，包括皇帝在內，大家都對前兩者更感興趣，也有人問過內功的事情，孟徹幾句話就將所有好奇者嚇退了，「我練的是童子功，不近女色，十年有小成，迄今已練了十八年，稍窺門徑，尚未登堂入室。」

孟娥只用一招，就在皇帝心裡燃起對內功的極大興趣。

「我能練嗎？男孟教師說過……」

「你能練，內功也分很多種，我哥哥練的是童子功，我練的不是，如果你肯用心，三五年就能有所成。」

「我肯用心。」韓孺子跪在床上，倒不是要磕頭，而是太過興奮，「以後我也能像妳那樣一下子就跳到房梁上嗎？」

「內功是根基，築好之後再練輕功就比較容易了。」

「哇，三五年……如果我比較努力，還能更快一些嗎？」韓孺子怕自己等不了那麼久。

「難說，絕大多數人都需要三五年時間才能有所成就，除非你的悟性異於常人。」

「練成之後我能像妳一樣在皇宮裡隨意行走嗎？」

孟娥沒有立刻回答，像是在傾聽，韓孺子也豎起耳朵，可是什麼聲響也沒聽到。

「沒人能在皇宮裡隨意行走。」孟娥開口道，語氣中有一點指責的意思，「再厲害的武功也不是神仙，我能來找你，是因為今晚輪到我值守。」

「值守？原來妳一直在保護我。」

「沒時間閒聊，我傳你內功，但你要守口如瓶。」

韓孺子猶豫了一下，很快決定不對楊奉提起這件事，於是承諾道：「我一個字也不會洩露。」

「記住，我幫了你一個忙，以後你要報答我。」孟娥稍稍提高了聲調。

「當然，只要我能做到，妳想要什麼報答？」韓孺子覺得孟娥簡直變了一個人，這些話若是由楊奉說出來才比較正常。

「現在說出來也沒有用，等到你自己能做主的時候再說吧。時間不多，我得走了，三天後我會再來，傳你基本功。」

「等等……妳還在嗎？」韓孺子望著黑暗，慢慢伸出手觸碰，確認孟娥真的離開了。

韓孺子還有一件特別重要的事情沒問：既然武功不能來去自由，還學它幹嘛？阻擋刺客？外面侍衛攔不住的人，他肯定也打不過；奪回皇權？武功若有這種功效，孟娥兄妹就不會進宮違心事人了。

他心裡藏著一個小小的幻想，不是學會帝王之術成為真正的皇帝，而是逃出皇宮回到母親身邊。武功似乎能實現這個夢想，結果孟娥一句話就讓這個夢想破滅了。

「我不應該答應她。」韓孺子自語，倒下睡覺，決定三天之後告訴孟娥，他不想練什麼內功，也不會輕易許給她報答。

次日上午的功課很無聊，講《尚書》的老師傅坐在那裡嘀嘀咕咕，經常陷入長時間的停頓，好像連他自己也忘了該講什麼。

服侍皇帝的兩名太監對此頗為滿意，站在門口昏昏欲睡，東海王趴在書案上發出了鼾聲，韓孺子努力睜開雙眼，耳朵裡聽到的卻是窗外的風聲、樹葉沙沙聲和偶爾傳來的人聲。

那些勳貴侍從們不用忍受跪坐之苦，正在春風拂過的御花園裡交流感情，十年之後，大概就是他們把持朝政了。

韓孺子幻想著正常的皇帝會過怎樣的生活，起碼不會像他現在這樣孤立，肯定會成為侍從們爭相討好的目標，東海王也會老實許多，接著他又想到孟娥，自己的拒絕會讓她很失望吧，不知道她所謂的報答究竟是什麼，其實自己很願意幫助她，用不著傳授內功……

韓孺子快要睡著了，窗外突然響起一陣喧鬧，眾多驚恐的叫聲匯合在一起，像是兩伙人在打架。

沒人敢在御花園裡動手，禮官可以忽略勳貴子弟們的某些小動作，卻不能允許他們恣意妄為，因此這陣喧鬧極不尋常。

老師傅還在嘀咕古文，門口的兩名太監大驚失色，其中一人迅速下樓，東海王猛地坐起來，揉揉眼睛，問道：「怎麼了？有刺客？」

「東海王不要亂說，大白天的怎麼會有刺客？」門口的老太監臉色都變了。

講經的博士終於聽到了外界的聲響，茫然地四處張望。

東海王起身跑到窗邊，向樓下張望，「肯定發生大事了，有人坐在地上哭呢。」

「東海王殿下，請回座位。」老太監勸道。

東海王不理他，向樓下喊道：「怎麼回事？」

韓孺子坐不住了，爬起來也跑到窗邊，與東海王並肩向外望去，花園的一片空地上，三名侍從正坐在地上痛哭，辟遠侯的嫡孫張養浩揮舞拳頭，像是在對老天示威，其他侍從也都驚慌失措，禮官彈壓不住，眾多太監也不幫忙，一個個都在發抖。

東海王轉身向門口跑去，「一定是大事，不得了的大事。」

老太監堵在門口，「殿下不能出去，殿下……」

兩人正在門口推推搡搡時，太監左吉跑上來了，臉色蒼白，一臉的汗珠，東海王有點忌憚他，只好退到一邊去。

「陛下還在……那就沒事。」左吉鬆了口氣。

「我怎麼了？」韓孺子轉身問道。

「沒事，沒事，陛下留在這裡……我這就去見太后，不不，我留下，派個人去，不不，請陛下跟我一塊去見太后……」左吉慌了手腳，半天拿不定主意。

「究竟發生什麼事了，告訴我！」韓孺子大聲道。

左吉顫抖了一下，擦了擦額上的汗珠，說道，「平東大將軍崔宏大敗，齊王、齊王率軍西進，就快打到京城了！」

韓孺子這些天都沒在意東方的戰爭，突然聽到消息，心裡並沒有特別的感受，旁邊的東海王卻如遭晴天霹靂，躥到左吉面前，厲聲道：「你說什麼？我舅舅怎麼會戰敗？他明明高奏凱歌，就要攻下齊王治所了。」

左吉真是被嚇壞了，完全沒有平時的微笑，更端不起太后心腹的架子，呆呆地說：「我、我不知道，剛傳來的消息……」

韓孺子又向窗外望去，終於明白那群侍從為何驚恐悲泣，他們當中許多人的父兄都在軍中，戰事不利，許多人再也回不來了。

「我不信，我要去問個明白！」東海王氣勢洶洶地往外闖，左吉等人都不敢攔他。

外面有人將東海王堵了回來，楊奉大步走進屋，目光一掃，伸手抓住東海王的手腕，拽著他走到皇帝身邊，另一隻手握住皇帝的手腕，「請陛下隨我來。」

韓孺子很聽話，東海王卻使勁甩動手臂，聲音越來越響：「放開我！我要見太后！我舅舅……」

楊奉停下腳步，嚴厲地說：「崔太傅還活著，大楚江山也還牢固，請東海王自重。」

東海王冷靜下來，乖乖地跟著楊奉下樓。

左吉原地站了一會，突然醒悟過來，急忙追上去。

凌雲閣內只剩下講經的老博士，一個人站不起來，只能孤單地坐在圓凳上，發了一會呆，對著書案繼續講授《尚書》。

勳貴侍從們都被遣散了，在一群太監的護送下，皇帝和東海王匆匆回宮，沒有回自己的住處，也沒有去太后的慈順宮，而是來到另一座寢宮。

「這裡是上官皇太妃居住的慈寧宮，請陛下在此暫住。」楊奉解釋道，隨後匆匆離去。

很快，孟氏兄妹和四名帶刀侍衛到來，屋裡屋外檢查了一遍，其他人離開，只有孟娥留在房間裡，神情漠然地站在角落，對皇帝一眼也不看。

東海王出奇地老實，坐在一張椅子上，半天沒動，然後慢慢抬起頭，對皇帝說：「我舅舅怎麼會戰敗呢？」

「勝敗乃兵家常事。」韓孺子勸道，心裡仍然沒什麼感覺。

「不可能，齊王沒有這個本事。」東海王睜大雙眼，「齊王若是攻破京城……咱們兩個都會被殺死！」

房門打開，兩名宮女進來，分立左右，接著進來的是上官皇太妃，看了一眼東海王，目光轉向皇帝，說：「請陛下隨我去勤政殿，該是向天下人證明你是皇帝的時候了。」

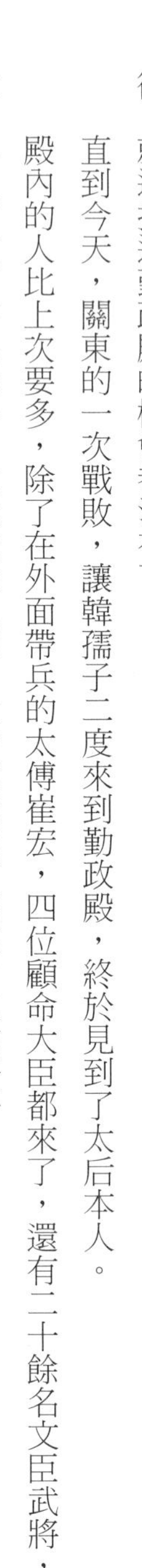

第二十二章 真假

勤政殿是皇帝與大臣處理政務的地方，韓孺子登基當天來過一次，趕上太監劉介以死護璽的意外，在那之後，就連接近勤政殿的機會都沒有了。

直到今天，關東的一次戰敗，讓韓孺子二度來到勤政殿，終於見到了太后本人。

殿內的人比上次要多，除了在外面帶兵的太傅崔宏，四位顧命大臣都來了，還有二十餘名文臣武將，南軍大司馬上官虛卻不見蹤影，值此危急之刻，太后竟然沒有召來自己的哥哥。

最不尋常的是，殿內的太監很少，只有楊奉、景耀、左吉三人，大臣在數量上佔據絕對優勢。

太后這回沒有躲在聽政閣裡，而是坐在寶座上，面朝大臣。事實上，太后每日參政，與大臣都已見過面，唯一沒見過太后真容的人只有皇帝。

太后看上去還很年輕，若不是神情莊重，並且身上的盛裝過於正式，說她不到三十歲也有人信。

東海王曾經私下裡抱怨說，只要太后在場，父皇的目光就不會看向別人，韓孺子現在覺得這句話過分誇張了，以他十三歲少年的眼光來看，太后的確很美麗，卻沒有美到讓人挪不開目光的程度，起碼滿屋子的大臣沒有一個人在意太后的容貌，全在激烈地互相爭論。

皇帝一現身，大臣們安靜下來，退到兩邊，按序列排位，由宰相殷無害帶頭，下跪磕頭。

太廟裡的牌位也能得到禮遇與崇拜，可它們終究只是一件件死物，並非先帝的化身，跪拜者走出太廟之後

就會將它們遺忘。眼下的韓孺子無異於一塊會動的牌位，由上官皇太妃攜手，親自送到太后身邊。

寶座很寬，足夠坐下三名成年人，韓孺子有意靠邊，卻被太后伸手拉了過去，兩人緊緊挨著，真像是一對相依為命的母子。

上官皇太妃站在太后身邊，一直抓著東海王的手腕，就這樣，上官氏姐妹將桓帝的兩個兒子緊緊掌握在手裡。

孟氏兄妹和三名太監分立左右，形成僅有的一層保護圈，孟徹這回沒有穿宮女的服裝，而是以侍衛的裝扮出現。

中司監景耀宣佈免禮，群臣起立，安靜了一會，好幾位大臣抬頭看向皇帝，目光滿是好奇與疑惑。

韓孺子同樣疑惑，自己畢竟是名義上的皇帝，又有太后坐在身邊，這些大臣何以如此無禮，而太后居然沒有任何反應？

慢慢地，大臣們又開始爭吵起來。

右巡御史申明志揮舞手中的笏板，衝著一名三十多歲的大臣叫喊，繼續之前的指責：「崔太傅領兵二十萬，徵發十郡民夫將近四十萬，齊王兵力不過十餘萬，孤守臨淄，孰強孰弱，一目瞭然。崔太傅久攻不下，已令天下驚疑不定，突然兵敗，一朝陷朝廷於傾危之地，此事大為可疑！」

被指責的大臣滿面通紅，卻不敢直接辯論，撲通跪下，衝太后磕頭，「太后明察，崔氏唯太傅一人領兵在外，眷屬皆留京內，太傅雖一時受困，必能重聚天兵，與齊王再戰，絕不會讓逆兵靠近京城，更不會令陛下與太后陷於險地。大將徵戰，內不信則外不立威……」

楊奉彎腰，輕聲向皇帝介紹道：「兵部尚書蔣巨英，崔太傅的親戚。」

韓孺子明白了，用餘光瞧了一眼太后，想看看她會怎麼解決這次危機。

母親的手總是溫暖而柔軟，太后的手卻是又濕又涼，被它握住很不舒服，韓孺子忍不住想太后是不是生病了。

太后沒有開口，大臣之間的爭吵逐漸擴大，有站在右巡御史申明志一邊對崔家大加斥責的，也有不少人替崔太傅辯護。

楊奉悄聲介紹大臣的姓名、官職與簡單背景，太后聽到了，沒有加以制止。

朝廷的大致格局逐漸浮現在韓孺子眼前，讓他感到奇怪的是，有幾位大臣明明應該是崔家的人，卻也義憤填膺的指斥太傅崔宏，比右巡御史申明志還要激動。

更多的大臣則持兩端，等待形勢明朗。

能決定對錯的人是太后，可她卻一直沒有顯露態度，偶爾開口，也是命令某位沈默的大臣說出自己的看法，最後她叫到了宰相殷無害：「殷宰相，你是百官之首，為何一直不肯說話？」

太后比許多大臣預料得更有執政經驗，想在她面前裝糊塗是不行的，殷無害與太后接觸較多，對此感受頗深，急忙躬身行禮，用老年人特有的顫聲說道：「臣不敢藏私，只是茲事體大，從齊國傳回來的消息不多，相互間又都矛盾重重，僅憑這點消息，似乎還不足以得出結論。」

「聖賢見微而知著，諸位大人都是先帝選立的社稷重臣，就算稱不上聖賢，也該接近吧。不管消息多少，齊國戰事不利總是真的，宰相乃陛下之肱股，垂手不言，是令陛下束手無策。」

殷無害急忙跪下磕頭請罪，顫音更重，「依臣之愚見，崔太傅一時不慎為齊王所敗，若能收聚殘部，似乎仍可再戰。齊王雖勝，傷亡不少，聲勢雖盛，未必就能長驅而至京城。還是再觀望……」

一名二十多歲的武將大步走到宰相身邊，怒聲道：「觀望、觀望，再觀望下去，齊兵就到城門口了。太后，給臣十萬精兵，臣願迎戰逆賊，不斬齊王頭顱，甘願受軍法處置！」

楊奉在皇帝耳邊只說了名字：「上官盛。」

不用說，這是太后的親屬，獲得官職大概沒有多久。

太后沒有回應，上官盛越發惱怒，用手中的笏板指向崔家的親戚蔣巨英，「臣只有一個條件，將崔家黨羽通通抓起來，不能給他們裡應外合的機會。」

這句話得罪的人可不少，大臣們七嘴八舌地反駁，更有人向太后不停磕頭，高喊「崔氏無罪」。

勤政殿裡一下子亂成一團，這不是韓孺子首次見到這種場面，他明白太后為何很少說話、遲遲不肯表明態度了，太后的心事難測，大臣們的立場更加難以判斷，每個人都在隱藏自己的想法，揣摩別人的想法，看似鬧劇的爭吵，其實隱藏著微妙的智慧。

韓孺子暫時還看不太懂，他得更頻繁地參與議政，才能摸出規律來。

景耀上前，將手中的拂塵揮動了幾下，這表示太后真的要發話了，而且將是眾人期盼已久的定論。大臣們馬上閉嘴，齊刷刷地跪下。

太后扭頭看了一眼皇帝，似乎在問他是否有話要說，韓孺子裝作看不見，緊閉雙唇，相較於滿屋子的老狐狸，他才是一隻剛走出巢穴沒多久的小獸，楊奉提醒得對，他現在唯一該做的事情就是多聽少說。

「召韓鈴上殿。」

太后此言一出，跪在下面的大臣們都吃驚地抬起頭，彼此交換目光。

楊奉對皇帝說：「齊王世子。」

韓孺子想起來了，當初他登基的時候，各方諸侯來賀，齊王稱病未至，代替他進京朝拜的就是這位世子韓鈴，刺駕案發之後，想必是沒來得及逃走。

景耀前去傳召，沒多久，兩名持戟武士押著一個人進入殿內。

韓鈴三十來歲，又高又胖，穿著紅色朝服，昂首而立，不肯下跪，看樣子被囚禁之後沒受多少苦頭，而且聽說了齊王大勝的消息。

太后沒有強迫齊王世子下跪，目光掃過群臣，說：「齊王聲稱當今天子乃是假冒，又說天子登基之後就被推入井中，齊王世子，你還認得皇帝嗎？」

皇帝登基之時，齊王世子是首批朝賀的諸侯之一，韓孺子不記得他，韓鈴卻認得皇帝，冷笑一聲，道：

「太后何必如此？假就是假，登基時是假，現在也變不成真的。」

韓鈴轉向殿中的大臣，「諸位大人可要看清楚嘍，別跪錯了人，大楚江山姓韓，不姓上官。」

上官盛大怒，起身就要撲向韓鈴，被太后看了一眼，又跪下了。

太后並未發怒，「你要怎樣才肯承認當今天子為真？」

「倒也簡單，太后將皇帝交給宗室長老，此子是不是桓帝之後，我們韓氏一查便知。」

太后沉默了一會，對顧命大臣之一的兵馬大都督韓星說：「韓卿家與武帝同輩，算得上宗室長老吧。」

韓星馬上道：「當今天子乃桓帝次子，譜籍所載，確定無疑，齊王父子妖言惑眾，罪大惡極。」

韓鈴大笑，「韓星老賊，上官家給你什麼好處，你連祖宗都給賣了？太后，妳將皇帝握在手裡，誰敢說個『不』字？要辨真假，太后先得退到一邊。」

太后仍不動怒，更不會退到一邊，「諸位卿家看到了，齊王父子冥頑不靈，非要置我母子於死地不可。前日齊王遣客刺駕，為保皇帝安全，因此長留禁內，每日與勳貴子弟同學文武之術。今日皇帝親臨勤政殿，誰有疑惑，儘管提出。」

大臣們沒有疑惑，韓鈴笑得更響，伸手指向太后身邊的少年，「你說他是皇帝？他連話都不敢說一句，算是哪門子的皇帝？」

太后正要開口，皇帝站起身，輕輕甩開她的手。

韓孺子本沒打算這樣做，他只想聽，不想說話的，可是突然間靈機一動，覺得這是一次難得的機會，他可以當著群臣說話，而不受太后的挾制。

「朕乃桓帝之子、武帝之孫，朕能證明。」

韓孺子的心怦怦直跳，但目光還是忍不住看向太后，就在他甩開太后手掌的一剎那，分明看見她的手腕上有傷。

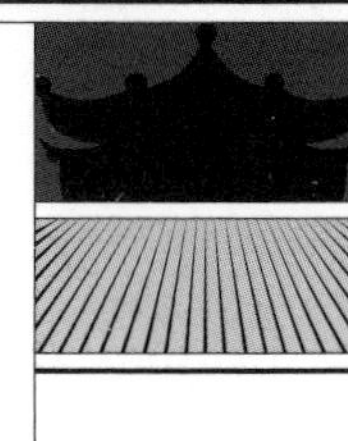

第二十三章 武帝與皇孫

韓孺子能感覺到背後的目光，像是一條條無形的手臂，要將他拉回去，又有些猶豫不決，他沒有因此停下腳步，等他走下三級台階，背後的目光變得柔和了，這可能只是他的錯覺，從這裡開始，他離大臣們更近了。

他能從大臣的眼中看到太后目光的折射：一開始大臣們顯露出恐懼，這意味著太后對皇帝感到意外而不滿，很快，大臣們變得困惑，因為太后並沒有阻止皇帝，最後，他們恢復臣子該有的謙卑狀態，垂下目光，看著皇帝的腳尖，表明太后默許了皇帝的行為。

韓孺子的心還在狂跳不止，但他並不後悔自己的決定，繼續向前走，離齊王世子韓鈴越來越近。

「陛下……」宰相殷無害稍稍挺身，想要阻止皇帝接近危險人物，可是向寶座的方向望了一眼之後，又重新跪下。

大臣們跪在地上慢慢調轉方向，保持時刻面朝皇帝。

所有人當中，數韓鈴最為驚訝，看著皇帝走近，一句話也說不出來。

「朕還小的時候，曾經來過這裡。」韓孺子停下，四處打量，「不記得是幾歲了，只記得那是一個夏天的下午，朕就是在這裡第一次見到武帝。外面很熱，殿內很涼爽，也很陰暗。朕就站在……這裡。」

韓孺子指著門口的一根殿柱，所有的目光隨著他的手指望過去，連韓鈴也不例外。

「當時殿裡沒有別人，只有朕和武帝，武帝一個人坐在……那裡。」韓孺子轉過身，看向太后所坐的位

置，太后稍稍垂下目光，看著台階下方，在寶座的左右，東海王等人都用驚訝的目光看著他。

「武帝沒有看見我。」韓孺子的腦海裡真的出現一幅畫面，與勤政殿完美地結合在一起，他努力去想，忘了自稱「朕」，「武帝在想什麼事情，我沒敢走過去，就在柱子後面偷看，然後我聽到武帝說話，他還是沒看到我，所以那句話是說給他自己聽的，他說——」

韓孺子更加努力地去想，那句話就在腦海中盤旋，像風中起舞的柳絮，像水面上飄浮的羽毛，終於，他一把抓到了，「武帝說：『朕乃孤家寡人。』」

勤政殿內一片安靜，突然有人抽泣了一聲，一下子吸引了所有的目光。

抽泣者是中司監景耀，他原本站在寶座前的第二級台階上，這時轉身衝著寶座跪下了，不是面朝坐在上面的太后，而是衝著寶座本身，「這的確是武帝說過的話啊，當武帝以為……以為周圍沒人的時候，或者是想事情太投入的時候，偶爾會說出這句話，除了個別內侍，絕對沒有外人聽到過！」

原本半信半疑的大臣們，這時差不多都信了，只有韓鈴還固執己見，「嘿，虧你能想出這種把戲：正好你一個人，碰到武帝也是獨自一人，唯一能作證的還是名太監。」

景耀的作證不在韓孺子的預料之中，他指望的是另一個人，再次伸手，指向宰相殷無害，「我記得他。」

殷無害嚇了一跳，張著嘴，全身顫抖，不知該承認還是不承認。

「不是在殿內。」韓孺子補充道，腦海中的畫面越來越清晰，「我沒敢走到武帝面前，悄悄退了出去，在門口遇見了殷宰相，我那時不知道他是宰相，只記得撞在了他腿上，看到他身上繡著一隻大鳥。我坐在地上，是殷宰相把我扶起來的。」

大家的目光又都落在宰相身上。

殷無害本來是跪著的，這時坐在地上，好幾十歲的人，居然放聲大哭起來，「是我，的確是我，眾妙三十六年六月，武帝召見所有兒孫，陛下當時才四五歲吧，不知怎麼獨自留在勤政殿裡，當時我不是宰相，而是右

巡御史……」

這回再沒有人懷疑了，韓孺子繼續道：「後來武帝走出勤政殿，看見我之後哈哈大笑，說我……說朕『孺子可教』，朕的小名就是這麼來的。」

母親一遍遍講過的故事，這時也變得清晰了。

勤政殿內哭聲一片，人人都想起了剛毅無畏的武帝，若他還活著，一聲咳嗽就能讓任何一位諸侯王從千里迢迢以外馬不停蹄地跑來跪拜，相隔僅僅不到四年，朝廷的軍隊居然敗給了區區一位齊王。

韓孺子看著韓鈴，說：「朕乃桓帝之子、武帝之孫。」

韓鈴臉色忽青忽紅，欲言又止，然後他跪下了，低著頭，卻不肯說話，更不肯口稱「陛下」。

這樣就夠了，韓孺子轉身走向寶座，兩邊的大臣還在抽泣，在地上匍匐得更低了。

寶座上，太后向邊上稍讓了一點，韓孺子坐在她身邊，心臟突然間跳得更快，兩條腿像是虛脫了一樣，軟弱無力。

「做得好。」太后低聲道，然後向階下的大臣們說：「哀家希望，這是唯一一次，也是最後一次，有人質疑皇帝的身份。」頓了頓，太后嚴厲地補充道：「再有妖言惑眾者，罪不容赦。」

事實上，除了齊王父子，沒人公開提出過質疑，大臣們互相爭議的是該如何迎戰齊兵，以及太傅崔宏是否該為戰敗負責，可太后還是抓住了問題的關鍵：必須讓大臣們信服，才能讓他們盡力。

勤政殿裡的爭議化於無形，當太后命令群臣起身說話，所有人的矛頭都指向了齊王，仍然跪在那裡的齊王世子韓鈴成為眾矢之的，不只一個人舉著笏板要衝過去狠狠打上幾下，太后不得不下令將他帶走。

有人出謀劃策，有人舉薦猛將，有人願當退兵說客……大臣們終於形成一股力量。

韓孺子的心漸漸平靜下來，又一次感到所有事情與己無關。

沒過多久，楊奉指出陛下似乎有些疲倦，得到太后的首肯之後，楊奉親自攙扶皇帝回皇太妃的慈寧宮休息。

「陛下不該這麼做。」一進到房間，屏退其他太監與宮女之後，楊奉就嚴厲地表示反對。

「不該怎樣？」韓孺子問。

「不該引起太后與大臣的注意，更不該參與朝廷與齊王之間的戰爭，置身事外才是最好的選擇。」

韓孺子拒絕承認錯誤，「你說過，因為我是皇帝，所以會有人主動接觸我，你指的是那些勳貴侍從吧。」

「已經有人接觸陛下了？」

「沒有，一個都沒有，甚至沒人向我做出暗示。所以我想，我總得做點什麼，讓大家知道我是值得接觸的皇帝，就像楊公，也是覺得我多少還有一些希望，才願意幫我的吧。」

楊奉愣住了，這不是他第一次被皇帝的早熟聰慧所震驚，可皇帝的成長速度還是超出了他的預期，一時間竟然無話可說。

「陛下……還是冒進了一些，太后從此會更加忌憚陛下。」楊奉不想鼓勵皇帝冒險。

「有利有弊，看以後的情況吧，或許利更大一些。」

楊奉輕嘆一聲，「陛下說的那些事情……都是真的嗎？」

「我有一些模糊的記憶。」韓孺子不想對楊奉撒謊，於是誠懇地說：「老實說，我不記得殷宰相，只是覺得他很可能會幫我圓場，景耀的反應出乎我的預料——那句話真的印在我的記憶裡，可我不記得是誰說的。」

「『孺子可教』呢？」

「母親總對我說這個故事，我想應該是真的吧。」

楊奉又嘆了一口氣，「請陛下在這裡安心休息，我去叫人安排膳食。」

「以後我都要住在這裡？」韓孺子嗅到了濃重的香氣，不是很喜歡。

「嗯，這是為了保護陛下的安全。」

楊奉轉身要走，韓孺子還有事情要問，急忙道：「東海王的師傅羅煥章向我講了仁義之道。」

「羅煥章是位了不起的儒生，陛下應該多聽他的課。」

「可他說的東西跟你不一樣。」

已經不能再將皇帝當成純粹的小孩子了，而且在皇太妃的寢宮裡，他們以後私下交談的機會也不會太多，楊奉決定不繞圈子：「以仁義觀之，權謀只是一時之手段；以權謀觀之，仁義不過是冠冕堂皇的旗幟；以我觀之，兩者皆有偏頗，心無罣礙才能隨心所欲，一旦分出了權謀與仁義，免不了處處留下痕跡，騙不了自己，更騙不了他人。太祖強於莊王、陳王的地方，就在於不執一端，暢遊仁義與權謀之間。」

韓孺子沒法完全理解，「我不太明白……比如說我究竟該怎麼應對那些勳貴子弟？」

「陛下只需記住一點：陛下可以是自私的，但自私有一個底線，那就是不要自私到以為別人是不自私的。陛下若能以己所欲推及天下，便無往而不利。」

楊奉走了，韓孺子更糊塗了，「我怎麼會以為別人不自私呢？」

慢慢地，他有了一點體會。

房門悄沒聲地打開，進來的不是送膳食的太監，而是孟娥，她被派過來保護皇帝，或許早就到了，一直沒進屋而已。

「我現在就可以教你內功。」孟娥說。

韓孺子就是在這一瞬間醒悟的，孟娥想傳他內功，是因為看出他有可能成為真正的皇帝，她可不是所謂的忠臣，她有私心，很大的私心，所以才會進入皇宮當一名女侍衛，才會主動提出傳授內功。

「我想學，但是我們得先彼此取得信任。」韓孺子要弄清她的私心究竟是什麼。

孟娥顯出幾分困惑，她一直以為皇帝應該苦苦哀求自己才對，「怎麼才能彼此信任？」

「妳先告訴我，太后手上的傷是怎麼回事？」

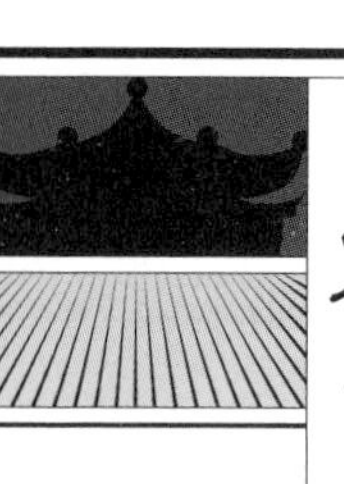

第二十四章 不變的年號

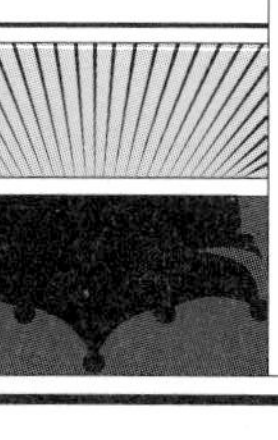

孟娥盯著皇帝看了好一會，「你想讓我出賣太后？」

「我只有成為真正的皇帝，才能給予妳所期望的報答，可是除非我對太后的瞭解更多一些，否則我永遠不會變成真皇帝。我是在請妳幫我的忙，這樣一來，妳想要的報答也會更穩妥。」

「哥哥說得沒錯，你跟他們一樣奸詐。」

韓孺子本想反駁，話到嘴邊突然改了主意，「沒錯，而且我要比他們更奸詐，只有這樣我才能爭回皇帝之位。」

孟娥垂下目光想了一會，突然笑了，這是她第一次在皇帝面前笑，很淺，只是嘴角動了兩下，「我在做什麼啊？你還只是一個孩子，我居然相信你能做成大事。算了，不要再提這件事了，當我從來沒找過你吧。」

韓孺子一愣，沒想到拉攏孟娥的嘗試就這樣失敗了，忍不住問道：「我到底哪裡說錯了？」

「你想當奸詐的人，就不要一開始表露出善良的一面，你的奸詐只是孩子氣。」

韓孺子不好意思地笑了，「我還在學習，有時候……請妳不要在意，妳真不打算要我的報答了？」

孟娥又想了一會，「你是皇帝，或許就該奸詐一點，可我是江湖人，講究一言即出駟馬難追，做過的承諾寧死也要實現。」

「妳有一言即出駟馬難追，我有天子一言九鼎，算是平手吧？」

「我也是走投無路……好吧，我不知道太后手上的傷是怎麼回事，我和哥哥以宮女的身份被帶進皇宮，三年多的時間裡無所事事，直到前皇帝駕崩那天晚上，才被召到太后和皇太妃身邊，那時她手上就已經有傷了。」

「新傷？」

「別問我太多事情，我們兄妹二人追隨的是太后，你只是……只是……」

「我只是備用，以防萬一。嗯，要是我也會這麼做的。」

「你倒有自知之明。」

門又開了，這回來的是真正的侍者，送來了遲到的午膳，一有外人在，孟娥再不說話，站在一邊當擺設。

一頓飯還沒吃完，東海王被送回來了，面無表情，也不客氣，坐到皇帝對面一塊吃飯，幾口吃罷，往椅榻上一倒，一副懶得開口的冷淡神情。

侍者們俐落地收拾碗筷離去，服侍皇帝與東海王的人不少，可是沒有一個人留下來，兩人早已習慣，也不見怪。

孟娥留下了，她是侍衛，不是侍者。

東海王騰地坐起來，死死地盯著皇帝，「你撒謊了，對不對？」

「什麼撒謊？」韓孺子端起茶細品慢咽。

「別裝糊塗，在勤政殿裡你說的那個故事，全是你編造的，對不對？」

「景公和殷宰相替我作證了。」

「哈，他們兩個是想討好太后，所以才配合你編故事，你的膽子夠大啊，還是有人提示你？楊奉，肯定是楊奉，他讓你這麼做的，肯定沒錯。」

「你錯了。」韓孺子搖搖頭，「我當時說的都是心中實話，當初武帝召見兒孫，你肯定也參加了吧？」

「當然。」東海王站起身，像是要發怒，隨後又坐下，困惑地說：「我知道有這麼一件事，可我什麼都不記得了，你只比我大幾天而已，怎麼可能記得這麼清楚？」

「那不僅是我第一次見到武帝，也是第一次離家，印象怎麼會不深？」韓孺子坦然地說，發現對東海王撒謊比對孟娥容易多了。

在孟娥面前，他總是先想一下要不要使手段，念頭一動就被看出破綻，對東海王，他卻一點愧疚之意也沒有，也就不需要掩飾。韓孺子終於開始明白楊奉那些話的含義：糾結於仁義與權謀，只會令自己門戶大開。

東海王半信半疑，看到皇帝露出沉思之色，又覺得自己上當了，「反正你是個騙子，但你只能騙一時，太后看穿了你的把戲，現在你還有用，等到齊國之亂平定，我舅舅班師回朝，你就沒用了，到時候，哼哼。」

韓孺子笑了一聲，「齊國之亂會被平定嗎？」

「你是騙子，大臣也不是好人，個個都有私心，被你一通胡說八道，他們終於肯盡心盡力，廷議還沒結束，就又湊出了二十萬軍隊。後來又有消息傳來，齊王雖然打了勝仗，損失也不少，攻到洛陽就停下了，離函谷關和京城還遠著呢。大家都說齊王想要……我跟你說這些幹嘛？」

「齊王想要趁勢聯絡各方諸侯和天下豪傑，併力西進。」韓孺子替東海王把話說完。

東海王盯著皇帝，過了一會站起身，「以後你會死得很慘。」說罷走進東邊暖閣。

天很快就黑了，飯是幾樣點心，東海王不肯出來，命令侍者端進自己的房間，孟娥不吃飯也不喝水，就那麼一動不動地站在角落，好像已經完全忘了與皇帝之間還有一場未完成的交談。

慈寧宮前後兩進，皇太妃住在前院，皇帝與東海王住在後院，房間很充足，可是為了便於保護，兩人還是共享正房的兩間暖閣。

入夜不久，孟娥退去，她是皇宮侍衛的一員，必須按時輪值，不該她在的時候一刻也不能多留。

孟娥前腳剛走，上官皇太妃來了，帶來兩名太監和兩名宮女，「以後就由他們專門服侍陛下和東海王。」

皇帝身邊的侍者經常更換，這回像是要固定下來，四個人都很年輕，尤其是兩名小太監，都是跟皇帝差不多年紀的少年，兩名宮女稍大一些，也不超過二十歲。

東海王不敢在皇太妃面前無禮，從暖閣走出來拜見，裝出很高興的樣子，問道：「你們叫什麼名字？這些天換的人太多，我一個也沒記住。」

「奴婢趙金鳳。」

「奴婢佟青娥。」

「奴才梁安。」

「奴才張有才。」

宮中的名字都很樸素，東海王也不放在心上，笑著對皇太妃說：「太后真是沉得住氣，也只有太后能鎮住這些大臣，若是沒有太后，不知道朝廷會亂成什麼樣子。」

皇太妃與太后的容貌頗有幾分相似，只是經常微笑，顯得柔和許多，「可也有不少人說，就是因為太后，朝廷才會這麼亂。」

「誰說的？抓起來關進大牢，劾他一個大不敬。」東海王像是真被氣到了。

皇太妃笑容更盛，隨後嘆了口氣，「抓是抓不完的，眼下正是用人之際，更抓不得了。」

韓孺子沒有參與談話，可他有一種感覺，皇太妃是為他而來的。

東海王東拉西扯了一番，最後終於說到他真正關心的事情：「要說朝廷裡誰是忠臣，肯定是太傅崔宏，這跟他是我舅舅無關，我在舅舅家住過很長時間，親眼看到舅舅不分日夜地為國家操勞，他經常說：『崔氏以外戚取得富貴，若不盡忠盡責，日後有何面目去見武帝與武皇后？』」

「咱們都知道崔太傅的一片忠心，否則的話，太后也不會將平定齊國的重責交給崔太傅。」

「可氣的是那些大臣，居然污蔑我舅舅與齊王勾結，這怎麼可能？我舅舅官至太傅、爵至古陽侯，親屬皆在京城為官，齊王若是得逞，崔家首先倒霉。」

皇太妃笑著點頭，「東海王年紀雖輕，見識倒多，可嘆那些大臣，還不如你一個孩子看得明白。」

「大臣各懷心事，沒準想著投靠齊王升官發財呢。」

皇太妃沒接這句話，看向一直不開口的皇帝，「陛下今天的表現非常好，沒想到陛下還能記得那麼久以前的事情。」

東海王真想高喊一聲「皇帝是騙子」，卻不敢吱聲，只得悻悻地退到一邊，雖然與皇帝共住一間正房，他在皇太妃面前卻沒有坐下的資格，只能像太監、宮女一樣站著。

「別的事情朕也不懂，可是齊王世子懷疑朕不是桓帝之子，絕不可忍。」韓孺子答道，抬頭瞥了一眼東海王，看到他露出鄙夷至極的神情。

「那次聚會我也有印象。」皇太妃微微仰頭，「那是武帝唯一一次召見所有兒孫，記得那天早晨，我和太后一塊送你們的皇兄出府，那時候他還不是皇帝，連皇太孫都不是。回來之後他很高興，說皇帝爺爺很喜歡他，將他抱在懷裡說了好多話。」

皇太妃的聲音裡滿是溫情，韓孺子和東海王卻不敢接話，自從進宮以來，這還是第一次有人向他們提起皇兄。

皇太妃長嘆一聲，「對了，先帝的謚號已定，思帝，道德純一曰思、大省兆民曰思、外內思索曰思、追悔前過曰思，對我和太后來說，這是思念的思。」

韓孺子和東海王更沒法回應了。

「還有陛下的年號，太后有一個想法，以為陛下是思帝之弟，兄終弟及，不算繼承，而是代立，所以年號沒必要更改，還是『功成』，功成元年、功成二年……一直用下去，陛下覺得怎麼樣？」

韓孺子甚至沒料到這種事情還會徵求自己的意見，於是點頭，「這樣挺好。」

皇太妃笑了笑，起身道：「陛下安歇吧，有什麼需要，告訴侍女直接通知我就好。」

韓孺子點頭，沒明白皇太妃來這一趟有何用意。

兩名太監和兩名宮女送皇太妃出門後，東海王躥到皇帝面前，極小聲地說：「你沒弄明白太后和皇太妃的用意嗎？」

「什麼用意？」

「年號『功成』，是從《道德經》摘出來的，用在前皇帝身上，是『功成弗居，夫唯弗居，是以不去』的意思，用在你身上——那是告訴你『功成身退』，太后就要收拾你了！」

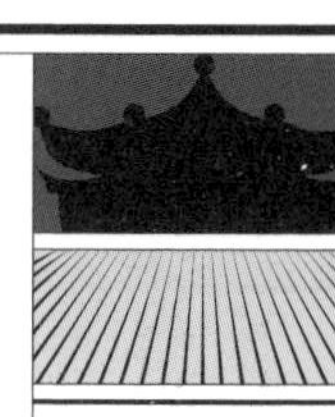

第二十五章　奇怪的宮女

宮女佟青娥留在東暖閣服侍皇帝，很快就鋪好了被褥，幫皇帝換上睡覺時的小衣。

韓孺子早已習慣受侍者擺布，木然地配合，腦子裡胡思亂想，太后、東海王、孟娥、楊奉等人輪番登場，不給他一點空閒，以至於好一會才發現佟青娥仍站在床邊，可他已經換好小衣，只等躺下睡覺，用不著別人服侍了。

「還有事嗎？」韓孺子客氣地問，心裡卻想，名字裡有「娥」的宮女一定不少，孟娥、孟徹沒準都是化名。

佟青娥莫名其妙地有些臉紅，輕聲說：「奴婢服侍陛下就寢。」

韓孺子從來沒見過哪位宮女像她這樣害羞，微笑道：「妳已經服侍過了。」

「嗯。」佟青娥沒有動。

「妳是第一次服侍別人嗎？」韓孺子很願意與人聊天，之前是求之而不得，那些太監和宮女跑得一個比一個快，誰也不願意留在皇帝身邊，這還是第一次有人忙完自己的活兒之後不肯離開。

佟青娥點點頭又搖搖頭，「這是奴婢……第一次……服侍陛下。」

「我沒有特別的要求，這樣就可以了，別的侍者通常睡在那邊的榻上，妳若是嫌小，去別的房間睡也可以，我晚上睡得沉，從來不叫人。」韓孺子倒希望自己的臥室裡沒有外人。

佟青娥的臉更紅了，聲音也變得更低，「我可以……可以……睡在陛下的床上。」

韓孺子扭頭看了一眼自己的床，這是一張很寬大的架子床，幾乎能當間小屋子，可是一名宮女提出這樣的要求似乎有些太過分了，韓孺子尋思了一會，問道：「妳不習慣睡椅榻？」

佟青娥低頭不語。

「也是，那張椅榻很小，我躺上去還要蜷身，妳睡著就更小了。」

佟青娥比十三歲的皇帝大了五六歲，個子高出半頭，略顯豐腴，的確更佔床鋪。

「好吧，妳睡在我的床上。」韓孺子同意了，他從小就沒對任何僕人頤指氣使過，進宮之後更是不會，「但是不要告訴別人，妳知道，宮裡管得嚴，若是被人發現妳不守規矩，很可能會受到懲罰。」

韓孺子還記得那兩名只因沒看到皇帝偷偷寫信就被狠狠打了一頓的太監。

佟青娥輕輕點頭，緩緩坐在皇帝身邊，離他很近，近得幾乎能聽到彼此的呼吸聲。

「那就休息吧，睡個好覺。」韓孺子站起身，向佟青娥笑了笑，邁步走到桌邊，吹熄蠟燭，摸黑來到椅榻前，躺在上面，那裡有宮女早就備好的小枕薄被，天已不算太冷，蓋著正合適。

「陛下……」大床那邊傳來佟青娥驚訝而困惑的聲音。

「妳睡我的床，我睡椅榻。沒關係，我從前睡的床比椅榻大不了多少，睡大床還真不習慣呢。哦，記得明天早點叫醒我，咱們好換過來，免得被人發現。」韓孺子翻身入睡，心想這真是一名古怪的宮女，不過願意說話甚至敢向皇帝提要求，終歸是一件好事。

很快，他又開始想其他事情了，究竟是「功成身退」，還是「功成弗居是以不去」？沿用前皇帝的年號，有過這種先例嗎？想得多了，他總覺得「功成」兩個字似乎有些不祥的意味。

然後他就睡著了，本來還以為半夜會被孟娥推醒，結果一覺睡到次日凌晨。宮女佟青娥將皇帝喚醒，服侍他穿衣，然後通知外間的小太監，小太監又叫來早已等候在屋外的更多太監與宮女，開始為皇帝梳洗打扮，準備去給太后請安。

韓孺子發現一件奇怪的事，佟青娥的神情似乎有些抑鬱，對皇帝的讓床之舉不僅沒有感激，好像還很失望。

身邊圍繞的人太多，韓孺子沒法過問，只是覺得這名宮女比孟娥還要奇怪、還要難以討好，要不是怕連累她，真該問問楊奉這是怎麼回事。

楊奉今天根本沒有出現，平時他都是先護送皇帝去給太后請安，有時候還會送皇帝去凌雲閣聽課，然後才去忙其他事情，今天他卻消失了，徹底將皇帝留給了上官皇太妃。

吃過早飯前往凌雲閣的時候，楊奉仍然沒有出現，在御花園裡，與皇帝匯合的勳貴侍從一下子由十五六人增加到將近五十人，排成數行，在禮官的引導下，恭敬地向皇帝跪拜。

皇帝的勳貴侍從多達四五百，大都見不到皇帝本人，之前太后選擇了十五六名與皇帝年紀相仿的少年進入御花園，這回增加到三倍名額，年紀最大的有三十來歲，其中數人隆鼻深目，很像是遠方之國入侍的王子。

奇怪的感覺在韓孺子心中越來越深，他能明顯感覺到這些侍從比平時更顯敬畏，人數雖多，跪拜的時候卻是鴉雀無聲。

相應地，護送皇帝的太監與侍衛也增加到百餘人，御花園的甬路都有些擁擠了。

「楊公去哪了？」韓孺子忍不住問身邊的左吉。

左吉也不像平時那樣總是微笑，低聲答道：「楊公被太后委以重任，出京去了。」

韓孺子大吃一驚，停下腳步，身後的一長串隊伍也急忙停下，後面的人收勢不及，撞在了一起，好在沒人摔倒。

「出京？去哪了？」韓孺子覺得自己像是被拋棄了，沒有楊奉，他有點不知所措。

左吉也吃了一驚，後悔自己多嘴，但是話已不能收回，只得說：「太后招募使者，前往關東各諸侯國傳諭聖旨，楊公應詔，與右巡御史申大人昨晚就出發了。」

韓孺子更加吃驚，轉身看了一眼東海王，發現他和自己一樣意外，楊奉出京顯然是昨天晚些時候決定的，至於是主動請纓還是被迫受命，就不得而知了。

「什麼聖旨？」韓孺子問。

左吉越來越尷尬，皇帝居然不知道自己頒布的旨意，這可有些不成體統，他只好用更低的聲音說：「陛下在勤政殿龍顏一怒，令齊王世子俯首乞饒，陛下傳旨詔告天下，命令各諸侯國即刻出兵，共伐逆齊……」

「朕知道了。」韓孺子邁步前行，他幫了太后一個大忙，如果能因此擊敗齊王，就是利大於弊，可他真希望楊奉此刻能在身邊，再給出一些指點。

今天講課的是羅煥章，就連他也顯得客氣了一些，但是沒有請皇帝點題，直接開講：「關東戰事未盡，草民給陛下講講上一次的諸侯之亂吧。」

韓孺子的高祖、武帝的祖父，烈帝在位時，大楚曾經發生過一次諸侯叛亂，規模比這一次更大，共有五大諸侯國共十七郡參與。

烈帝一度惶恐，甚至做好了遷都南方的打算，可戰爭只持續了不到四個月，看上去氣勢洶洶的諸侯聯軍，被堵在函谷關外，才打了幾場不分勝負的小仗，諸侯軍就分崩離析。楚軍趁勢發起決戰，一舉得勝。

戰後，烈帝借機削藩，諸侯國領地就是從那時起縮小的，如今的齊國只有當初的一半大小。

韓孺子收束心事，認真聽講，問道：「諸侯軍一擊即潰，是因為諸侯王不行仁義之道嗎？」

東海王偷笑了一聲，羅煥章嚴厲地瞧了他一眼，東海王馬上低頭，專心看書。

「彼時五諸侯王禮賢下士、減民租賦、尊老養幼，可算是仁義之道。」

「那為什麼戰敗之後還是無處可逃呢？」

「譬如有刀，壯士揮刀，以一敵十，稚兒揮刀，傷及自身。仁義乃天下利器，匹夫行之，利於鄉里，王侯行之，惠及一國，天子行之，澤被蒼生。五諸侯之仁義不如烈帝之仁義，兵敗身亡乃是必然。陛下身居至尊之位，仁義之於陛下，恰如利劍之於烈士、良鞍之於寶馬，相得益彰，利之大不可言喻。」

韓孺子覺得羅煥章也有點迂腐了，突然感到有凌厲的目光射來，扭頭看去，東海王已經低頭。韓孺子明白了什麼，再向門口的兩名太監看去，他們什麼都沒聽懂，正站在那裡發呆。

羅煥章才是第一個主動接觸皇帝的外臣，雖然用詞頗為隱諱，韓孺子還是聽懂了。

他不知道該怎麼回應。

羅煥章沒有再做進一步的試探，接下來講述的全是烈帝除五王的往事。

上午的課比平時短，離午時還有多半個時辰，左吉進來，請皇帝移駕。

韓孺子又來到了勤政殿，從這一天起，他每天上午都要抽出時間，來勤政殿坐一會，旁觀大臣們處理政務。他知道自己的地位，身邊多得不正常的太監們時刻提醒他這一點，因此從不多嘴多舌，只是看與聽。

這起碼比被困在宮內一無所知要好多了，他能瞭解到一點關東的戰事進展、全國的兵力部署和郡縣的風土人情。

但是這一天他沒能弄清楊奉具體的去向，以及什麼時候才能回來。

下午的武學照常，孟徹越來越有老學究的架勢，說得多做得少，偶爾擊出一拳一劍，讓皇帝和侍從們吃上一驚也就夠了。

韓孺子第一次感覺到皇帝的生活是忙碌的，可惜這忙碌只是假象，他從中所得甚少，直到這天晚上，才有一件事需要他親力親為，無法讓外人代勞。

當時他已經很累了，洗漱完畢、換好衣裳，只想快點睡覺，至於是睡床還是睡椅榻，他都不在意。服侍他的宮女還是佟青娥，臉仍然很紅，笑容卻與昨晚不太一樣，說出的話更是不可思議，「陛下即將大婚，對夫妻之道不感興趣嗎？」

韓孺子的第一個念頭，是想起了羅煥章的「仁義之道」。

第二十六章 呼吸

「夫妻之道？」韓孺子首先想到的是羅煥章一直在講的「仁義之道」，以為這又是皇帝必學的經典，打量宮女幾眼，疑惑地說：「妳也是太后選派的師傅？」

佟青娥笑著點點頭，「算是另一種師傅吧，陛下即將大婚，奴婢來教陛下如何……行夫妻之道。」

韓孺子怎麼都覺得這名宮女不像是普通的師傅，想了一會，終於醒悟，「哦，夫妻之道，我明白了。」

「陛下明白了就好，那……」佟青娥也鬆了口氣。

「『窈窕淑女，君子好逑。』淑女以配君子，義在進賢，不淫其色……夫妻之道就是郭師講過的后妃之德吧。」

佟青娥一愣，只好走到皇帝面前，紅著臉說：「大臣只是說說而已，奴婢……奴婢……是以身傳授。」

韓孺子這回才真的明白了一點宮女的用意，警惕地退後兩步，想起了楊奉曾經做過的提醒：太后希望皇帝能盡快誕下太子，以當作更好擺布的傀儡。

「哦，這麼說來妳比郭師還要厲害，妳跟誰學的？」韓孺子開始裝糊塗，臉上露出微笑，走到椅榻邊坐下。

佟青娥誤解了皇帝的話，急忙道：「是前輩宮娥傳授奴婢的，奴婢從來……沒跟別人嘗試過，陛下……是第一個。」

「這樣不好吧，老師傅們都是飽學鴻儒，門下弟子沒有一千也有八百，妳一個人都沒教過，怎麼能教朕呢？還是算了吧。」

「這種事怎麼能教太多人呢？夫妻之道符合自然之理，陛下試過就會明白。」佟青娥被逼得沒辦法，顧不得羞怯，緩步走向皇帝。

韓孺子打了個哈欠，「朕睏了，就算要教，也等明天吧。」

「夫妻之道……就是睡覺的時候才好學。」佟青娥坐在皇帝身邊，去抓他的手。

韓孺子跳著站起來，跑到大床一邊，心中越來越警惕，一旦生下太子，他就連傀儡的價值都沒有了，到時候真的就只能「功成身退」，「妳這個宮女好生無禮，朕已經說過不想學……別再過來，要不然……我叫人啦，梁安和張有才就在外面。」

皇帝覺得自己受到了逼迫，佟青娥也是身不由己，起身笑道：「他們兩個很懂事，不會進來打擾陛下的。陛下無需緊張，試一下無妨，陛下若是不喜歡，以後不再試了就是。」

韓孺子將心一橫，大聲道：「我現在就不喜歡，妳逼我也沒有，不要過來，我命令妳停下。」

皇帝的命令本來就沒人聽從，現在更是無效，佟青娥笑吟吟地走到桌前，吹滅了蠟燭，「陛下感覺好一點了嗎？」

韓孺子的感覺一點也不好，心中只有一個念頭，絕不能中計，絕不能生太子，他後悔沒跟孟娥兄妹學點武功了，否則的話也不至於如此窘迫，被一名宮女逼得無處可逃。

「妳再過來，我叫東海王啦。」韓孺子真的沒有辦法了，明知東海王絕不會多管閒事，還是將他當成救星。

屋子裡很黑，對面沒有聲音，佟青娥似乎沒再走近，韓孺子等了一會，稍稍鬆了口氣，心想佟青娥大概也是奉太后之命行事，沒有別的選擇，於是道：「不如這樣吧，明天妳告訴太后，就說……就說妳已經教我夫妻之道了，有人問起，我也這麼說，只要咱們兩個守口如瓶，別人是看不出破綻的，妳就不會受到懲罰了，怎麼樣？」

韓孺子不知道這個計畫的漏洞有多大，還以為這是最好的辦法，等著佟青娥同意，結果對面仍是一點聲音也沒有，佟青娥好像跟著燭光一塊消失了。

「喂，妳還在嗎？」韓孺子輕聲問，聽了一會，自語道：「難道去睡覺了？」

話音剛落，黑暗中有一條胳膊伸過來，韓孺子像是被蜜蜂螫了一下，騰地跳起來，連退數步，撞在床邊，倒在了床上，事已至此，他只能孤注一擲，縱聲大呼：「東……」

那隻手跟過來的卻快，一指頭點在胸前，韓孺子只覺得一股濁氣憋在體內，說不出話來，好一會才將濁氣吐出來，驚喜地說：「是妳？」

「嗯，是我。」這是孟娥冷淡的聲音。

韓孺子高興極了，「還好妳來了，真是救了我一命。」

「沒人想殺你。」

「妳不明白，太后要的是一個嬰兒太子，我一旦做到了，她就會除掉我！」

「別跟我說這個。」孟娥的語氣中顯出一絲厭惡。

「哦，妳不想聽太后的壞話，好吧，我不說了。妳把佟青娥怎麼樣了？」韓孺子沒明白孟娥厭惡的是什麼。

「我讓她睡覺去了，明早才會醒。」

「妳是怎麼做到的？」

「一點江湖上小把戲。」

「能教我嗎？」

「你現在學不了，而且學了也沒用。」

韓孺子真心覺得這一招大有用處，可孟娥不願教，他也就不再勉強，「那妳以後每天晚上都來一趟，讓佟青娥早點睡覺吧。」

「不行，不到輪值，我沒辦法靠近慈寧宮，而且總讓她這麼睡下去，遲早會引起懷疑。」

韓孺子大失所望，「那妳快教我武功吧，這樣我就能自保了。」

「你真想學？」

「想學。」韓孺子原本覺得武功的用處不大，孟徹的身手很不錯了，據他自己說，在戰場上頂多能抗衡五名訓練有素的士兵，跟指揮千軍萬馬的將軍沒法相提並論。透過這一晚的經歷，韓孺子改變了看法，想掌控十步之外，得先從十步之內做起，楊奉、羅煥章傳授的大道只對真皇帝有用，對現在的他來說，還只是紙上談兵。

皇帝答應得如此乾脆，孟娥反而沈默了，等了一會才說：「你要知道，這就意味著你欠我一個報答，以後等我開口的時候，你必須同意。」

「妳現在就可以提出來。」

「不行，現在提出來也沒用，等你真正掌握大權的時候再說吧，但我可以保證，那不是特別困難的事情，肯定在皇帝的能力範圍之內。」

韓孺子逐漸冷靜下來，又能正常思考了，「你們兄妹幫助太后也是為了同樣的報答吧？可太后已經掌握大權——她拒絕給你們報答嗎？」

「別亂猜，我不會給你回答。還有，來找你是我自己的主意，我哥哥不知情，不要在他面前洩露。」

「好。」

孟娥又沉默了一會，正當韓孺子以為她走了，孟娥說道：「我這一派的內功比較複雜，要內外兼修……」

「妳是什麼派？」韓孺子問道。

「不許提問題，按我教你的方法修煉就是了。」

這是一位嚴厲的師傅，比起羅煥章有過之而無不及，韓孺子重重地嗯了一聲。

「你的情況比較特殊，不能大張旗鼓地練功，有一套簡化的功法正好適合你。」
「簡化的功法是不是比較弱啊？」韓孺子沒忍住，又提出問題。
「是強是弱看你的悟性與努力，你非得學最強的功法嗎？」
韓孺子想學武功只是為了在必要的時候能有一點自保能力，確實不需要太強，於是道：「妳說得對，繼續吧。」
「我的時間不多，今天先教你一點入門功夫，很容易，只要你能堅持下去就行。」
「我能堅持。」
「好，我先教你呼吸之法。」
「呼吸？這個人人都會吧。」
「想學我的功法，就不要問東問西。」
「好吧，妳說。」
「呼吸人人都會，但那是自然之呼吸，修煉內功有逆順兩法，先行逆法，找到經脈之後再行順法，你試著收腹時吸氣、鼓腹時呼氣。」
這與正常的呼吸方式正好相反，但是並不難，韓孺子試了兩次就做到了，笑道：「這個的確容易。」
「難就難在堅持，以後你走路的時候要練、坐著的時候要練，睡覺的時候也要練。」
「睡覺？」韓孺子警惕起來，突然想到孟娥也是女子，比佟青娥大不了多少，還是太后的手下，要說別有用心，孟娥更可疑。
黑暗中一個巴掌拍在皇帝的頭上，「不准胡思亂想，專心練功。」
韓孺子收回猜疑，又試了幾次，「我學會了，每天要練多久？」
「越久越好，但是不必強求。」

「好，接著教吧。」

「今天就到這。」

「就這麼一點？」韓孺子很失望。

「修煉內功要循序漸進、日積月累，過些日子等你有了進展之後，我再傳你下一階段的功法。」

「行。」

「還有，你要想辦法讓我哥哥教你百步拳，內外兼修效果更好。」

「百步拳不是很普通的拳法嗎？」韓孺子沒法不提問題，他還記得侍從張養浩用的就是百步拳，據說那是楚軍士兵用來強身健體的拳法。

「我不能教你本門的外修拳法，你學了就會用，懂行的人一眼就能認出底細來，尤其是我哥哥。百步拳雖然普通，用來外修也足夠了，你只需記得一件事，不管別人怎麼說，你在練拳的時候都要盡量堅持逆呼吸之法。」

「我記住了。」韓孺子等了一會，發現對面悄無聲息，孟娥已經走了。

「不知多久才能練成，明天晚上我怎麼辦呢？」韓孺子呆呆地坐在床上，楊奉不在京內，孟娥不能隨時過來，他真的變成了孤家寡人，隱隱覺得黑暗中似乎有怪獸在盯著自己。

第二十七章　在劫難逃

佟青娥睜開雙眼，發現自己睡在大床上，外面一層衣裙整齊地擺在枕頭邊上，扭過頭去，看到皇帝坐在椅榻上，一臉初醒之後的倦容。

她急忙起床，穿上衣裙去服侍皇帝，腦子裡渾渾噩噩，怎麼也想不起昨晚發生過什麼，趁著還有一點時間，忍不住低聲問道：「陛下昨晚……睡得好嗎？」

「還好。」韓孺子打了個哈欠。

「陛下……」

韓孺子端正神色，「昨晚的事情朕不想再提，希望妳也能夠忘記。」

「是，陛下，我會忘記……」佟青娥腦中還是一片茫然，不知道自己該忘記什麼。

韓孺子故弄玄虛，昨晚他將佟青娥搬到大床上，自己睡椅榻，練了一會逆呼吸，沒多久就睡著了，醒來之後呼吸正常，也不知那點練習有沒有用處。

佟青娥開門叫進其他太監與宮女，從這時起，她就不能再與皇帝隨意說話了。

韓孺子用餘光觀察，看到一名沒見過的老太監，別人都端著洗漱之物，只有他一手持筆，一手托著簿冊，像是要記錄什麼，佟青娥衝他猶豫不決地搖搖頭，老太監二話沒說，轉身離去。

韓孺子不知道此人乃是專門記錄皇帝起居事宜的宦官，但是猜出了一件事：他的故弄玄虛沒有起到效果，佟青娥能記起昨晚的事情，今天晚上很可能還會想方設法傳授夫妻之道。

這成為韓孺子面臨的一大難題，比其他事情都要急迫。

上午的課是另一位老先生來講，令人昏昏欲睡，這些天來，兩名太監也懈怠了，沒別的事情就靠著門框悄悄打盹，東海王乾脆趴在書案上睡著了。

韓孺子跪在錦席上，用一本書輕輕將東海王捅醒。

東海王猛地坐起來，擦擦嘴角的口水，扭頭惱怒地看著皇帝。

「你昨晚睡得怎麼樣？」韓孺子極小聲地問。

對面的老先生雙目微閉，搖頭晃腦，嘴裡含含糊糊地吐出一句句古文，無論是窗外的風聲、屋裡的鼾聲，還是少年的說話聲，都影響不到他。

「睡覺……而已，跟平時一樣，就是起得太早，有點犯睏。幹嘛，你想告狀？這種課誰能聽得進去？」東海王的聲音拔高，馬上又降低。

「不是，我的意思是說昨晚誰在房間裡服侍你？」

「一個宮女，我哪知道是誰。」東海王問過名字，早忘得乾乾淨淨。

「趙金鳳。」韓孺子倒還記得。

「是吧，你到底想說什麼？」

「沒什麼，無聊而已。」韓孺子改變主意，向東海王求助絕不是好主意，可能惹來更多的麻煩。

東海王滿臉疑惑，沒多久又趴下睡了。

勤政殿裡也沒有新鮮事，戰爭比皇帝之前想像得要複雜，大臣們說來說去全是徵發民夫、運送糧草、修築道路、調集馬匹這類事情，真正與戰爭相關的事情卻沒有多少，聽他們的意思，至少需要半個月的準備，才能與齊軍一戰，齊國也是如此，正在洛陽以東屯兵待援，暫時無力向西進發。

因此韓孺子倒是有大把時間用來悄悄練習逆呼吸之法，大半天下來，除了肚皮有點僵硬，沒有任何感覺。

下午，韓孺子提出要學百步拳，得到侍從們的一致贊同，他們已經厭倦了孟徹的長篇大論和偶爾鋒芒一露的拳法，都想動手實踐，哪怕是很普通的拳法也行。

孟徹沒理由不同意，於是請出辟遠侯的孫子張養浩演練拳法。

張養浩的祖父和父親都在太傅崔宏軍中，臨淄城外戰敗的時候受了傷，這兩天沒有新消息傳來，全家人都懸著心，張養浩精神不振，打拳的時候三心二意，頻頻出錯。

孟徹只好親自上陣，他打拳比較慢，一邊練一邊講解，「百步拳易學難精，有兩種練法，一種用來打架，求的是穩準狠，一種強身健體，求的是四體協調、筋骨伸展。諸位出身世家，學文則經典、學武則兵法，皆是千人敵、萬人敵之術，像拳法這種小術，用來強身健體即可，犯不著花費太多心思……」

話是這麼說，眾侍從大都是少年心性，對強身健體不感興趣，才學了幾招，就互相尋找對手，你一拳我一腳，打得越來越快，最後連招數都不顧了。

孟徹使眼色，與妹妹孟娥在眾人中間行走，阻止侍從們打得太激烈，更不允許有人受傷。

韓孺子記得孟娥的話，因此選擇強身健體的練法，動作舒緩沉穩，只是學會的招數比較少，一下午才三五招，翻來覆去地練習，暗暗運行逆呼吸法，發現這居然很難，呼吸與動作總是沒法做到協調。

皇帝身邊沒什麼人，只有東海王留在十步之內，他對拳法完全不感興趣，動動腿腳，開始觀察皇帝，沒多久笑道：「陛下的拳法真是特別，不像打架，也不像強身健體，倒像是……」屋子裡畢竟還有外人，他壓低聲音道：「像是烏龜翻身。」

韓孺子不理他，有難度反而是件好事，起碼表明孟娥沒有拿空話騙他。

孟娥從來不靠近皇帝。

練拳讓韓孺子忘掉了許多煩惱，可太陽終有下山的時候，他還是得回到慈寧宮，準備接受今晚的挑戰。

雖然肚子很餓，韓孺子吃晚飯時卻是心不在焉，很快就放下碗筷，趁著東海王在吃飯，屋裡的太監、宮女比較多的時候，他用平淡的語氣說：「張有才，今晚你來服侍朕安寢。」

張有才是名十二三歲的小太監，又瘦又矮，長著一張機靈的臉孔，聽到皇帝說話，立刻跪下口稱「遵旨」。

韓孺子猜想，當著這麼多人的面，佟青娥不會提出反對。

他沒猜錯，佟青娥老老實實地站在一邊，連頭都沒抬起，發聲的是另一個人。

一名韓孺子沒怎麼注意過的老太監從隊列中走出來，先是下跪，然後起身道：「陛下對侍寢的宮女不滿嗎？老奴立刻更換。」

「不不，她很好。」韓孺子最不想看到的事情就是有人因他受罰，「朕……這兩天起夜比較頻繁，需要多一個人服侍。」

老太監點點頭，轉向小太監，嚴厲地說：「張有才，小心謹慎！」

張有才剛站起來沒一會，馬上麻利地又跪在地上，「奴才盡心侍奉陛下，不敢有半分大意。」

老太監滿意了，退回原位，韓孺子鬆了口氣，臥室裡多了一個人，佟青娥應該不會再傳授夫妻之道了吧。

東海王一邊吃飯，一邊瞧著皇帝，似乎看出了一些端倪，沒一會就又專心咀嚼，雖然沒怎麼動彈，他可餓壞了。

睡覺的時候到了，老太監命人在暖閣椅榻邊安排地鋪，小太監張有才只能睡在這裡，韓孺子十分過意不去，全是因為他的一道命令，導致張有才不能安穩地睡在床上。

張有才倒不在意，反而很高興，甚至有點興奮過頭，盯著皇帝的一舉一動，雙手時刻端在身前，總想上去幫忙，像是一根會動的拐棍。

佟青娥老老實實地鋪床、服侍皇帝更衣，不說話，連目光接觸都沒有，恢復為一名再普通不過的宮女。

韓孺子終於鬆了口氣。

絕不能生太子，這就是他的決心與底線，具體計畫，就是不能與任何宮女睡在一起。

這一夜平安度過，韓孺子覺得自己獲得一次勝利，次日一整天的心情都很好，連老先生講的《周易》都聽得津津有味。

但是在這場暗中進行的戰鬥裡，皇帝處於完全的守勢，對方卻能隨時改變戰術，再次發起進攻。

當天傍晚，一回到慈寧宮，東海王就得知自己搬出了正房，要住進東廂的一間屋子裡，他不喜歡與皇帝分享同一間房，更不喜歡被攆走，可是不敢直接發作，只能對飯菜挑三揀四，夾起肉不往嘴裡送，打量幾眼就扔在地上，立刻有宮女上前收拾。

韓孺子覺得這是不祥之兆，可小太監張有才還在，一副興高采烈的猴急模樣，將服侍皇帝當成一項了不起的成就。

夜色降臨，眾人退下，東海王不情願地去東廂的房間，走的時候哼哼了兩聲，那意思很明顯：他才是正房的主人，早晚要將失去的東西搶回來。

張有才和佟青娥分頭忙碌，椅榻邊上擺了地鋪，韓孺子放心了，看來自己的計畫生效，今晚又能夠躲過一劫了。

他高興得太早了，正當一切都收拾完畢可以睡覺的時候，來了一位不速之客，太監左吉又一次不請自來，連門都不敲，站在屋子中間四處打量，張有才和佟青娥立刻識趣地退出去。

「你有事嗎？朕要休息了。」韓孺子希望能用剛得到不久的一點皇帝權威將他嚇退。

左吉卻只是笑了笑，那是隨意而親切的微笑，同時也充滿了不懼、不敬之意，「陛下有疾病在身嗎？」

「嗯？我身體很好。」

「那陛下為何對女色如此抗拒？」

由於左吉問得過於直白，韓孺子臉紅了，「關東叛亂未平，朕……年紀尚小，哪有心情想這種事？誰派你來的？」

左吉笑著搖搖頭，「陛下憂國憂民之心，令人欽佩。可關東之亂盡可交給大臣處理，朝廷內外有太后坐鎮，萬無一失。盡早行夫婦之禮，就是陛下最大的職責。」

「朕會考慮的，但不是今晚。」韓孺子能拖就拖，希望能等到楊奉回來。

左吉臉上的笑容消失了，「就是今夜，不能再等。」

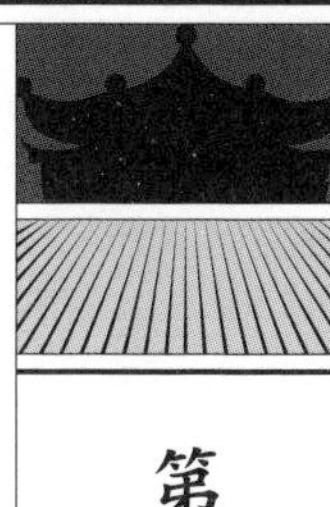

第二十八章　皇太妃的暗示

左吉看著皇帝，面帶微笑，信心滿滿，確信皇帝一定會屈服，他甚至不想採取更多的手段，只是看著皇帝，好像在勸無知的小孩子把最後幾口飯吃掉，不要浪費辛苦得來的糧食。

進宮兩月有餘，作為一名傀儡，韓孺子感受最深的是孤獨和不被重視，可就在這一刻，他感受到了屈辱，這本是意料之中的事情，之所以晚來了一會，僅僅是因為它並非太后的當務之急。

周圍沒有大臣，甚至沒有太監，皇帝的威嚴被扯下最後一層面紗，露出虛假與無力。

韓孺子心潮洶湧，但他忍住了，甚至沒忘了悄悄運行逆呼吸之法，他保持沈默，耐心地品味這其中的苦澀，尋找一切可用的自保手段，最後發現他唯一能用的「武器」就是左吉本人。

「左公是要親自教朕夫妻之道嗎？」

左吉臉上的笑容消除了一些，「當然不是我，夫妻之道並非難學之事，陛下無需擔心，順其自然就好。太后千挑萬選，在宮中擇出三名佳麗……」

「三名？」韓孺子心中的屈辱感更深了。

左吉沒有停頓，繼續往下說：「相者、醫師都看過了，此三人性格溫婉、體態豐潤，將來必能產下貴子，陛下有後，則大楚無憂矣。」

「你和太后也無憂了吧。」

左吉臉上最後一點笑意也消失了，「多說無益，請陛下就寢，盡情享受無邊歡愉，陛下今夜食髓知味，今後只怕會嫌三名佳麗太少呢。還請陛下放心，我與內起居令就守在門外，記錄今夜之事，日後也好留個證據。」

韓孺子沒太聽懂太監的話，心中的厭惡卻是油然而生，前行兩步，說：「左公年歲多少？不到三十吧。」

左吉微微一愣，「二十五。」

「左公是從小淨身嗎？」

「陛下問這個做什麼？」左吉的臉色有些難看。

「朕聽說太監是行不了夫妻之道的，左公說得這麼好聽，朕想知道是過來人的感受呢，還是道聽途說？」

左吉臉皮漲紅，上前一步，與皇帝相距咫尺，「陛下是在戲耍我嗎？」

左吉沉不住氣，很容易被激怒，韓孺子打算利用他這一弱點，至於後果如何，他預料不到，也不願多想，反正他寧願大鬧一場，也不會束手投降。

「怎麼敢，朕還仰仗左公的照顧呢，只是少不更事，不免有些緊張，所以想問得清楚一點。」

左吉糊塗了，弄不清皇帝的求知態度是真是假，臉色稍稍緩和，「我在十六歲淨身，有些事情沒做過也聽說過，陛下不必緊張，我去叫宮女進來。」

「等等。」韓孺子在想怎樣才能讓左吉立刻勃然大怒，「還有一件事，最後一件事。」

「陛下請說。」

「太后手上的傷……是你弄的嗎？」韓孺子實在沒什麼可說的，未經考慮就將這句話拋了出來。

效果立竿見影，左吉臉色驟然大變，厲聲道：「你怎麼知道……你聽誰說……」

左吉轉身向外面跑去，過於慌亂，險些在門口摔倒。

屋子裡靜了下來，韓孺子回到床邊坐下，心想這回自己是真的惹下大禍了，可這是早晚會發生的事情，太后從來沒將他當成真正的皇帝，一旦有了新傀儡，就會將他拋棄，與其坐以待斃，不如鬧上一場。

可他還是有點恐懼，心潮起伏不定，忘記了逆呼吸之法，想起了許久未見的母親，想起了遠在千里之外的楊奉，甚至想起了神出鬼沒的孟娥……他太需要有人來幫忙了。

一道身影輕輕地踅進來，靜靜地站在床邊。

韓孺子抬頭看向小太監張有才，「左吉讓你來看著我的？」

張有才茫然地搖搖頭，「奴才是來服侍陛下的。」

韓孺子勉強笑了一下，「你不該進來，這會給你帶來麻煩。」

「奴才不怕，奴才既然被派來服侍陛下，就要盡心盡力。」

這是又一名忠宦劉介，還是別有用心的試探者？韓孺子疲倦得不願再想下去，「你去……請皇太妃來。」

韓孺子隨口一說，張有才卻真當成了聖旨，稱了一聲「是」，轉身就走。

小太監估計連皇太妃的面都見不著，韓孺子甚至不知道找來皇太妃有什麼意義，她是太后的妹妹，跟太后是一伙的，比左吉更難對付。

可他沒有收回命令，決心要將所有手段都用上，事到如今，他所爭的不是行不行夫妻之道、生不生太子，而是能不能守住底線。

外面傳來環佩叮噹的響聲，上官皇太妃竟然真的來了。

兩名宮女將皇太妃送到椅榻上，隨後退下，張有才沒出現。

「陛下為何抑鬱不樂？」皇太妃問道。

兩人相隔較遠，燭光昏暗，使皇太妃與太后更相像了。

「為什麼非要選我當皇帝？」

「陛下應該知道原因。」

「因為我母親勢單力薄，沒有根基，所以我比較好操縱嗎？」

「這是一部分原因。」皇太妃頓了頓，「不管外人怎麼說，太后選立陛下是為大楚江山著想，崔氏已然權傾朝野，再出一位皇帝，韓氏宗族危矣。桓帝在世的時候就要清除崔氏，可惜一直沒騰出手來。思帝繼承父志，本已制定計畫，誰知……於是重任就落在太后肩上，她不得不使些手段，不得不先與崔氏和解，這都是為以後做準備。」

「既然太后的目標是崔氏，為什麼……為什麼急著讓我行夫妻之道、生育太子呢？」

皇太妃露出一絲微笑，馬上又變得嚴肅，「陛下一日無子，東海王就有接替陛下的資格，崔氏的野心就不會消失。陛下是在擔心自己的安危吧，陛下儘管放心，有了太子之後，陛下的位置只會更加穩當。」

皇太妃的話比左吉有說服力，可韓孺子還是覺得哪裡不對，半天沒有說話。

「不過太后也是心急了些，陛下畢竟年紀尚小，這種事情怎麼能夠強迫呢？我會與太后談談，勸她別太著急，來日方長，東海王就在宮內，崔氏一時不敢囂張，等陛下能夠親理政務，再對付崔氏不遲。」

事情居然談成了，韓孺子心情放鬆的同時，也感到大惑不解，難道自己誤解太后和皇太妃了？難道一直以來楊奉都在誇大其辭？

「妳們不會再逼我……」

「太后通情達理，會聽我的勸說，宮女留下來，但是不會再對陛下有任何逾禮之舉。」皇太妃面露微笑，顯然也覺得這樣的事情有點荒謬。

韓孺子終於放心，「我向左吉問起太后手上的傷，可能得罪太后了。」

「皇帝不會得罪任何人，太后更沒有那麼容易被得罪。」皇太妃起身，準備告辭了，「陛下勉力，終有親政的一日。」

韓孺子不知說何是好，「謝謝……」

皇太妃一笑，「陛下不必謝我，太后所做一切都是為大楚江山著想，這江山早晚會交到陛下手中。」

皇太妃走了，留下韓孺子一個人茫然若失，這道難關度過得似乎太容易了些，既然如此，太后之前又何必派遣左吉來呢？

張有才和佟青娥進來服侍皇帝安歇，這一夜平靜無事。

韓孺子睡著得比較晚，做了許多稀奇古怪的夢，早晨起床的時候腦子裡一片渾沌，卻突然想明白一件事：皇太妃回答了許多疑問，卻偏偏在太后手傷的問題上一帶而過，不，根本連提都沒提。

這天上午，在勤政殿上，韓孺子明白了太后與皇太妃為什麼要向他讓步。

關東的戰爭勝負未分，朝廷大部分精力都用在調兵遣將上，可是有一些人不受大勢的影響，謹守本分，像看家犬一樣緊盯最細微之處。

宰相殷無害有意等到皇帝到來之後，才拿起一份奏章，嘆了口氣，命人送進聽政閣交給太后，然後對同僚說道：「第九封了，禮部、太常寺、太學、國子監都有人上書，現在連御史台也有奏章送來。」

「這件事跟御史台有什麼關係？誰這麼大膽，先參他一個逾職之罪。」一名官員說。

殷無害搖頭，「御史台狂人不少，參了一個，就會有十個撲上來，還是謹慎些為好。」

韓孺子跟往常一樣安靜地坐在那裡當擺設，沒聽懂大臣們在說什麼，很快，上官皇太妃從暖閣裡走出來，代表太后說話，解開了皇帝心中的疑惑。

「只是沿用先帝的年號而已，為什麼這麼多大臣反對？」皇太妃晃了晃手中的奏章，「按這裡的說法，不換年號就會導致陰陽失調、上下動搖，比齊王叛亂的威脅還要大。」

參政的幾位大臣都看著宰相。

殷無害無奈，只得上前道：「祖宗立下的規矩，做臣子的不敢隨意更改，新帝新年號，歷來如此，舊年號頂多沿用一年，再久就不合適了。如果今天改了一個規矩，以後別的規矩也可以更改，朝廷的根基……」

皇太妃搖搖頭，「規矩那麼多，改一兩條又能怎樣？難道武帝、桓帝就從來沒改過規矩？我也不跟你們爭，年號是皇帝的，就讓陛下自己定奪吧。」

殷無害臉上露出明顯的吃驚表情，在皇帝面前提出年號一事，本來是他的策略之一，沒想到皇太妃居然主動請皇帝定奪。

韓孺子一點也不吃驚，終於明白太后為何會放自己一馬，唯一沒弄懂的是：年號改與不改有這麼重要嗎，以至於大臣與太后發生對立？

不管怎樣，他知道自己的回答很重要，重要到可以拿來做交易。

第二十九章 大婚在即

皇太妃與大臣們都期待地看著皇帝，他曾經在齊王世子面前有過驚人的表現，雙方都相信，這一次皇帝仍會做出正確的選擇。

「容臣斗膽一問，陛下知道年號是怎麼回事吧？」一名大臣上前道。

此人五短身材，在一群官吏當中極不顯眼，韓孺子記得他，這是左察御史蕭聲，東海王曾經說過蕭聲是崔家的人，可是上次廷議的時候，他卻與其他大臣一道斥責崔太傅的戰敗。

蕭聲並非顧命大臣，全是因為右巡御史申明志前去諸侯國宣旨，他才臨時被叫來參政。

「略知一二，蕭大人可否再介紹一下。」

蕭聲看了一眼皇太妃，前趨跪下，「歷朝歷代的帝王皆有年號，前朝的皇帝常有多個年號，每有所謂的天降祥瑞，就會改變年號，大楚定鼎，太祖立下規矩，從《道德經》選取年號，每位皇帝終其一生只立一個。民間常以年號稱呼皇帝，比如武帝被稱為『眾妙帝』，桓帝是『相和帝』，思帝是『功成帝』。兩帝共用一個年號，不僅壞了太祖立下的規矩，也會令天下百姓迷惑，不知所從。」

「可是新帝通常會延用舊年號一段時間吧？」韓孺子說。

皇太妃在一邊旁觀，臉上神情不變。

「最多沿用至次年正月，有時候年中就可更改。」蕭聲當著皇太妃的面說這些話，膽子算是很大了，其他大臣不吱聲，但是看神情都比較支持左察御史的說法。

韓孺子向大臣們點點頭，表示自己明白了，又向皇太妃點點頭，表示一切放心。

由於事前不知道會遇到這樣的場景，韓孺子不可能對接下來要說的話深思熟慮，只好放慢語速，盡量多做斟酌，「思帝乃朕之皇兄，不幸英年早逝，天人共悲，功成之年號，自該沿用至明年正月。眼下才剛剛五月，況且太后悲戚未消，關東叛亂未平，諸事繁雜，不宜再興事端，年號之事，十二月再議。」

皇太妃臉色微顯僵硬，左察御史蕭聲也不滿意，還想再爭，宰相殷無害搶先道：「陛下所言極是，年號並非急迫之事。齊國叛逆，天下震動，北方匈奴、南方百越、西方羌種、東方各諸侯，皆有亂相，非得盡快平定不可。」

話題由此又轉回戰事上，皇太妃也沒有固執己見，退回聽政閣內，再沒有出來。

傍晚時分，皇太妃來到皇帝的住處，屏退眾人，盯著皇帝看了好一會，笑道：「太后和我都看錯了陛下，陛下不是普通的孩子啊。」

「太后好像並沒有將我當孩子看待。」韓孺子做好了準備，要與皇太妃來一場論戰，他心裡有了點底，太后還沒有完全收服朝中的大臣，絕不敢無緣無故地除掉剛剛登基不久的皇帝。

「嗯，那是太后的錯。」皇太妃沒有生氣，「外面的大臣倒是將陛下當大人看待，恨不得陛下立刻親政。」

為了不給任何一位大臣惹麻煩，韓孺子拒絕接話。

「大臣可不簡單，陛下與太后握著權力，大臣卻有本事讓權力走樣，尤其是他們手裡握著的筆。陛下是什麼樣的人，不重要，太后是什麼樣的人，更不重要，落筆為字，說你是什麼就是什麼，名聲一旦傳出去，再想改變就難嘍。」

韓孺子還是不開口。

「有時候我會想，大臣們真的需要一位活生生的皇帝嗎？過去的幾年裡，三位皇帝駕崩，朝廷的格局卻沒有多大變化，桓帝在世的時候，曾經很努力地想要做些改變，提拔了一些人，貶退了一些人。可是不知不覺間，那些被貶退的人回來了，提拔的人卻消失了，他們沒有死，只是很難在奏章中出現，偶爾一問，才得知他們已經被派到京外當官，至於原因，兩個字——慣例。」

皇太妃好像忘了皇帝的存在，雙眼眯起，眉頭微皺，「慣例實在太多了，據說整個朝廷都靠慣例運行，沒有慣例整個大楚就會崩塌，所以只要皇帝沒盯住，慣例就會發揮作用，悄無聲息地改變皇帝最初的意思。」

「皇帝也不總是正確的，所以需要慣例來調整。」韓孺子心裡很清楚，現在所謂的皇帝其實是太后，而不是他。

「這麼想也可以，但是如此一來，江山究竟是誰的呢？所以我總懷疑大臣並不需要活生生的皇帝，他們要的是一塊牌位、一個偶像，不會說話，也沒有心思，一切都由慣例做主，而操作慣例的則是大臣。」

皇太妃站起身，她不是來教訓皇帝的，無意多費口舌，「陛下休息吧。五月十八乃是良辰吉日，皇后會在那一天進宮。」

韓孺子吃驚地站起來，「可是齊國之亂還沒結束。」

「太后覺得冊立皇后一事不應該與崔太傅的勝敗相關，既然已經下聘，大婚越早越好。而且這不全是太后的主意，禮部諸司一直在推進此事，已經準備就緒。這也是慣例，只要沒人阻止，就會順利進行下去，無需陛下操心，一切自然水到渠成。」

皇太妃走了，韓孺子回房休息，躺在床上想了一會，做出一個冒險的決定：不能就這樣屈服，太后今後必定得寸進尺，因此必須與大臣取得聯繫，爭得他們的幫助。

這和東海王曾經建議過的「衣帶詔」不是一回事，那時候他對大臣一無所知，大臣對新皇帝也沒有瞭解，貿然求助只會惹來麻煩。事實證明他當時的判斷是正確的，不僅東海王告密，接到「密詔」的禮部尚書元九鼎也主動向太監楊奉交出了紙條。

可現在不一樣了，皇帝與大臣之間互相有了一些瞭解，雖然不深，卻足令大臣相信皇帝的行為是認真的。

楊奉會怎麼想？韓孺子在心裡搖搖頭，楊奉肯定不會贊同皇帝的做法，可是楊奉遠在關東，而且這名太監隱藏著太多祕密，誰能保證他的所作所為都是為皇帝著想？

主意就這麼定了，韓孺子踏實入睡，默默練習逆呼吸之法。

做決定容易，執行起來卻是難上加難，「衣帶詔」這種事情絕不可行，韓孺子希望能與大臣當面交談，第一個困難是選擇哪一位大臣。

從第二天開始，韓孺子充分利用每天上午留在勤政殿的那一點時間，仔細觀察每一位大臣的言談舉止。

宰相殷無害首先被排除掉了，他太老、太圓滑了，偶爾表現得與太后不合，卻從來不會堅持到底，不值得依賴。

兵馬大都督韓星也被排除，身為宗室長輩，韓星對維護皇帝的利益不感興趣，所謂的兵馬大都督也是虛銜，手下無兵無將。

左察御史蕭聲、吏部尚書馮舉陸續被排除，前者與崔家的關係不清不楚，後者是個沒主意的傢伙，連分內事都做不好。

還有一些大臣輪流來勤政殿參議，有兩位表現得頗為耿直，可是不常露面，與皇帝沒有任何接觸的可能。

幾天之後，韓孺子的目光轉向了那些侍從。

皇帝的侍從都是勳貴子弟，也是未來的朝廷棟梁，他們暫時還沒有官職，父祖卻都是高官重臣。

又經過數日的觀察，韓孺子選中了張養浩。

張養浩的祖父辟遠侯剛剛帶傷回京休養，許多官員都去探望，種種跡象顯示，辟遠侯性子高傲，與崔氏、上官氏的交往都不多，在朝中的聲望很高，有一定的號召力。

韓孺子採取迂迴手段接觸張養浩，每天下午找侍從對練百步拳，直到第五天才換到張養浩。

張養浩的心情比前些天好多了，拳頭舞得虎虎生風，但是在皇帝面前不敢放肆，處處留有餘手。

兩人才過了三招，皇帝還沒來得及露出示好的笑容，張養浩被人擠走了。

東海王陰沉著臉，等張養浩訕訕地退開，他低聲說：「恭喜你啊，還有三天就要娶皇后了。」

皇帝大婚在即，東海王的脾氣越來越不好，韓孺子早已習慣，也不在意，一邊擋開東海王軟綿綿的手臂，一邊說道：「你瞭解我的想法。」

東海王的拳頭舞得更急一些，「你能有什麼想法？遇到這種好事，順水推舟唄。」

韓孺子覺得東海王簡直不可理喻。

孟徹走過來，盯著皇帝與東海王，兩人閉上嘴，裝模作樣地揮拳踢腿。

另一邊有兩名侍從弄假成真，扭打成一團，孟徹過去拉架，東海王靠近皇帝，說：「怎麼不拿出你拒絕宮女的勁頭了？你堅決不同意，太后拿你沒辦法。」

「原來你知道！」

「慈寧宮裡誰不知道，大家裝糊塗而已。老實說，你是不是已經在宮女身上試過……就等著用在我表妹身上！」東海王眼裡都快噴出火來，他這輩子從來沒有隱忍這麼長時間，終於要爆發了。

「你胡說什麼。」韓孺子慶幸自己沒找東海王幫忙，這個傢伙實在是太沉不住氣了。

「我胡說？你胡作非為，就不許我胡說？」東海王合身撲上來，韓孺子早有提防，一拳打在東海王肚子上，招式是用對了，不過勁道比孟徹差遠了，東海王叫了一聲，卻沒有被擊退，雙手掐住皇帝的脖子，糾纏在一起。

眾人初時還以為皇帝和東海王是兄弟鬧著玩，過了一會發現不對勁，無不大吃一驚，孟徹兩步躍來拉架，不敢太用力，其他太監與侍從也慌張地跑過來，七手八腳地將兩人分開。

拉扯東海王的人更多一些，這讓他覺得不公平，憤怒地大叫：「你們都是奸臣，都是奸臣！等我……」

有人堵住了他的嘴巴。

下午的武學草草結束，皇帝被送回慈寧宮，東海王不知被帶到何處。

韓孺子感到氣憤難平，回房之後良久不能平靜，來回繞圈，張有才和佟青娥跟在後面，想替皇帝更衣，一直找不到機會。

終於，韓孺子稍稍冷靜下來，打算脫掉練武時的衣裳，也不要太監和宮女幫忙，自己去解腰帶，一伸手從裡面摸到一塊小紙包。

竟然有人將「密詔」這一招用在了皇帝身上。

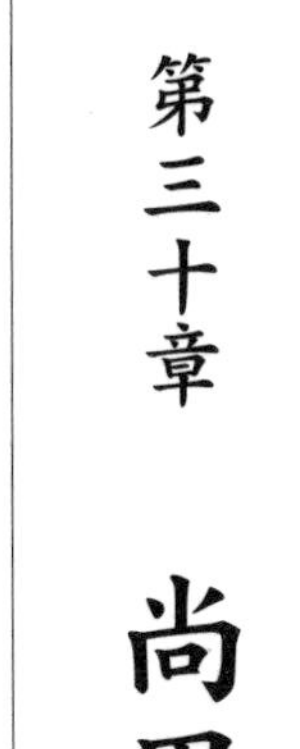

第三十章　尚思肉否

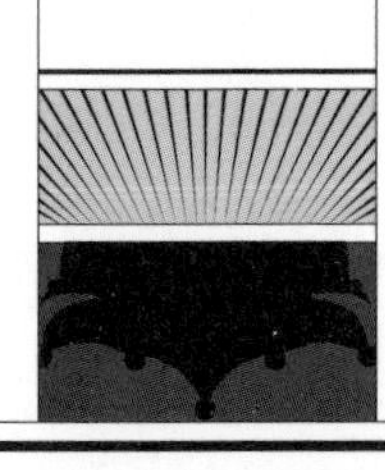

直到即將熄燭睡覺的時候，韓孺子才有機會打開紙條飛快地瞥上一眼，上面只有四個字：尚思肉否。

韓孺子明白紙條的含義，這不是一句提問，跟他當初寫的「我想吃肉」一樣，只是一次探路。禮部尚書元九鼎當時交出了紙條，表明此路不通，韓孺子則緊緊握住紙條，不打算交出去。

蠟燭熄滅，佟青娥睡覺時幾乎不發出聲音，張有才畢竟年輕，不久就發出輕微的鼾聲，韓孺子不覺得吵鬧，反而感到踏實，閉上雙眼，開始思考最重要的問題：紙條來自何人？

塞紙條的行為肯定發生在下午的打鬥過程中，一群人上來拉架，誰都可能在皇帝腰帶裡塞點東西而又不惹人注意。

東海王會是知情者甚至配合者嗎？上一次就是他假裝摔跤，給皇帝提供了塞紙條的機會。

韓孺子用力攥緊紙包，否決了這種可能，紙包頗為陳舊，顯然已在主人身上藏了一段時間，那人一直在等待機會，湊巧趕上東海王打架而已。

張有才的鼾聲突然消失，韓孺子睜開雙眼，等了一會輕聲問：「是妳？」

「嗯。」

「妳可好久沒來了。」

「這裡是皇宮，我又不能來去自如。」孟娥沒將少年當成皇帝看待，命令道：「坐起來。」

韓孺子起身，想起自己這些天來沒怎麼練習逆呼吸法，心中不由得有些緊張，孟娥可不是好說話、好唬弄的人。

「你專心練功了嗎？」

「練了，可是最近事情比較多……」

「你練的不是童子功，娶皇后對你沒有影響，想學高深內功，專心比什麼都重要，像你現在這樣，一百年也練不出元氣。」

「我得……我得先保命啊，否則我學了內功也沒法報答妳。」

孟娥拍出一掌，韓孺子摔倒又坐起來，知道她在測試自己的練功結果，心中不免惴惴，「我才練沒多久，會這麼快產生效果嗎？」

「你有特別的感覺嗎？」孟娥問。

「沒……有，就是胸口被妳打到的地方有點疼。」

「那就是沒效果。」孟娥沉默片刻，「沒辦法了，只能採取這一招。」

「『這一招』是什麼？不會有危險吧？」

孟娥卻不回答，說道：「你能感覺到自己的耳朵嗎？」

「什麼意思？我的耳朵就在這。」

「你的耳朵能動嗎？」

韓孺子越聽越糊塗，但還是努力控制耳朵，「有點困難。」

黑暗中孟娥將一件細長的東西夾在皇帝的右耳上，「這回再試試。」

「好像容易了些。」

那是一枚簪子，孟娥收回來，說：「你明白了吧，得先有感覺，才能練習，才能增強，逆呼吸之法並非練功，而是讓你能感覺到氣的存在，但是你沒能做到。」

「抱歉，我的確……沒太用功，總是分心。」

「也不能全怪你，本門內功極為繁雜，由外而內共有皮、肉、筋、骨、血、髓、氣七個層次，正常練法應該是齊頭並進，你的練法過於簡略，確實很難產生效果。」

韓孺子不敢埋怨孟娥教得不好，「那妳教我正常練法吧。」

「不行，你是皇帝，身邊的人太多，沒法練功，還會被我哥哥認出來。只有一個辦法可行。」

孟娥剛才就提過「這一招」，韓孺子隱隱有不祥之感，急忙道：「我也不是非練內功不可，只要妳肯保護我，以後我會報答……」

「我不能一直保護你，你想報答我，就要先欠我一個足夠大的人情。張嘴。」

韓孺子不想張嘴，對面又拍來一掌，胸內濁氣上升，衝入喉嚨，他不由自主地張嘴，覺得有什麼東西進嘴，沒等嘗出味道，就囫圇咽了下去，再想吐已經來不及了，「妳餵我吃了什麼？」

「好東西，我這些天一直在想辦法收集藥材，好不容易才練成三枚丹藥，你先吃一枚，過幾天再吃第二、第三枚，到時若是還不能產生氣感，就是真的不能練內功。」

「吃藥就能有氣感？」

「只是可能，與正常練法相比，這是旁門左道，我再給你一點幫助。」孟娥也不徵求同意，在皇帝身上飛快地點了幾指，「好了，接下來的幾天，你可能會有打嗝、腹痛、腹洩、體熱、頭暈等各種症狀，別擔心，忍住，盡量運行逆呼吸。」

「可我馬上就要大婚，還有要事在身……喂，妳還在嗎？」韓孺子覺得眼前有東西一閃，等了一會，確信孟娥已經走了。

他真希望孟娥能多留一會，在這座險惡的皇宮裡，冷冰冰的孟娥反而是最能帶來溫暖的人。

他躺下了，練了一會逆呼吸之法，沉沉睡去，沒有體驗到孟娥所說的種種症狀。次日起床，還是一切正常，韓孺子以為自己幸運，也就沒再放在心上。

東海王沒像往常一樣過來與皇帝匯合、去給太后請安，韓孺子直到前往凌雲閣聽課的時候，才在御花園裡看到他。

東海王跪在花園的甬路邊，以額觸地，身上背著一根三尺多長的木棍，數十名侍從站在他身後，個個神情緊張，連大氣都不敢喘。

韓孺子完全沒預料到這樣的場景，一下子愣住了，問身邊的左吉：「這是怎麼回事？」

自從上次勸說皇帝行夫妻之道失敗之後，左吉就很少露出笑臉，今天也是一樣，「東海王忤逆不敬，這是在向陛下負荊請罪。」

「快讓他起來。」昨天的打架並不嚴重，韓孺子連擦傷都沒有，東海王雖然不討人喜歡，可是讓他當眾蒙受如此羞辱，實在有些過頭了。

讓東海王負荊請罪的人不是皇帝，能讓他起身的自然也不是他，左吉搖搖頭，輕聲道：「按慣例，負荊請罪至少得跪半天，陛下先去凌雲閣，這裡的事情無需陛下操心。」

又是慣例，韓孺子突然有點明白皇太妃那些話的意思了，一種被稱為「慣例」的東西代替皇帝掌權，韓孺子之前感受不深，是因為他連最基本的權力都沒有掌握。

韓孺子沒有再爭，他手裡那點籌碼都用來與太后鬥智鬥勇了，犯不著浪費在東海王身上。

這天上午，皇帝一個人在凌雲閣裡聽課，窗外的花園比平時都要安靜。

今天講課者是羅煥章，對舊弟子的遭遇隻字不提，站在皇帝面前，仰頭想了一會，問道：「草民上次講到哪了？」

羅煥章的國史是韓孺子唯一愛聽的課，記得很牢，馬上答道：「恰好講完太祖的事蹟。」

「沒錯，太祖已經講過了，接下來該是成帝。太祖戎馬一生，成帝從小好儒，繼位之後大行仁義之道，太祖奪得天下，成帝守住了天下……」

身為讀書人，羅煥章顯然很崇拜成帝，讚不絕口，越說越興奮，華麗的句子像是一隊隊訓練有素的儀衛士兵，盔甲亮得耀眼，旗幟迎風飄揚，氣勢磅礴，看得久了，卻不免令人覺得有些無聊。

羅煥章正變得與其他老師傅沒有區別，韓孺子漸漸地失望了，他還能勉強睜著眼睛聽下去，門口的兩名太監卻已開始打盹。

足足半個時辰之後，羅煥章的讚美終於結束，突然話鋒一轉：「成帝雖是太祖嫡子，卻不受喜愛，幾度遭貶，險些被廢，全賴帝母與數位大臣拚死保全，才能登基稱帝，此乃成帝之幸、大楚之幸。」

羅煥章是正統的儒生，從不直接指摘皇帝的錯誤，偶爾提及也要盡量隱諱，他在講太祖的時候沒提過太子的事情。

韓孺子稍稍提起一點興趣，「成帝有好母親、好大臣。」

羅煥章搖搖頭，「成帝有好母親，好大臣卻未必。」

韓孺子坐正姿態，更感興趣了，「不是大臣保護了成帝嗎？」

「有人支持成帝，自然就有人支持其他皇子，尤其是太祖最喜歡的中山王，上書請求更立太子的大臣可不少，成帝登基的頭幾年，都在解決這個問題。」

「成帝將那些大臣貶退了？」

「當初支持中山王的大臣太多，成帝殺掉了幾個，貶退一些，都不多，成帝非常聰明，很快就發現一個真相。」

「什麼真相？」

羅煥章瞥了一眼門口打盹的太監，緩緩道：「那些提議更立太子的大臣，他們討好的並不是太祖，更不是中山王。」

「那會是誰？」韓孺子驚訝地瞪大眼睛。

「皇帝。」羅煥章停頓片刻，繼續道：「大臣追隨的是皇帝，誰在其位，大臣追隨誰，那些曾經討好太祖的人，其中一些後來也是成帝最堅定的支持者。」

「大臣這樣做……不太符合仁義之道吧？」

「當然，佞臣就是佞臣，對國家無益，對皇帝也沒有幫助，所以成帝還是砍掉了一些人的腦袋，但是對大多數人，成帝採取另一種手段，改造他們、教化他們，將他們引入仁義之道。」

韓孺子略有所悟，「因為這樣的大臣比較容易改造。」

「陛下聰慧，一點即透，君子行仁義，也需小人跟從。成帝之智，在於找到了大臣值得信任的一面，順水行舟，終成大業。」

韓孺子點點頭，猛然明白了什麼，呆呆地看著羅煥章，不太確定地問：「是你？」

「陛下尚思肉否？」

韓孺子大驚，想不明白紙條怎麼會來自羅煥章，兩人從未有過肢體接觸。

羅煥章用鼓勵的目光看著皇帝，韓孺子慢慢挺起身體，正要說話，突然腹痛如絞，哎呦一聲，捂著肚子倒在錦席上。

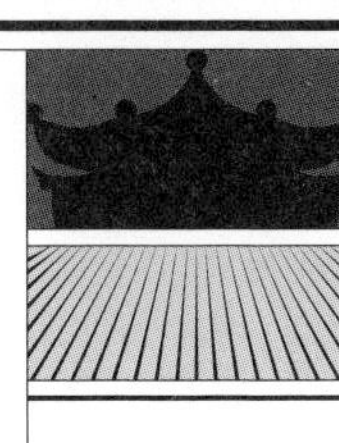

第三十一章 聯繫者

皇帝肚子疼是多大一件事？韓孺子算是知道了。

守在門口的兩名太監一聽到皇帝的哀叫，立刻從半夢半醒中睜眼，挺身抬頭，像是聽到腳步聲的看家犬，警覺而又茫然。

他們的反應都沒有另一個人快，羅煥章兩步走到席上，單腿跪下，抱起皇帝，盯著他的眼睛。

韓孺子事後才明白過來，羅煥章是在查看皇帝的疼痛是真是假，也難怪東海王的師傅會有懷疑，他剛說出至關重要的祕密，皇帝就倒在席上翻滾，實在是太巧了。

當時的韓孺子沒想這麼多，只覺得疼，疼得他不敢伸直腰，只能蜷成一團，額頭滲出大粒的汗珠，嘴裡呻吟不止。

只看一眼，羅煥章就確信皇帝並非假裝，向太監說：「去傳御醫。」

兩名太監慌了手腳，急忙止步，互相圍著繞了半圈，然後一個留下，一個往外面跑。留下的太監比較年輕，跪在地上，全身瑟瑟發抖，也不知道是怎麼想的，突然撲向皇帝，好像要同歸於盡似的。

羅煥章雖是書生，身體卻不軟弱，騰出左手，一把將太監推開，厲聲道：「慌什麼，去通知太后。」

太監嗚咽了一聲，連滾帶爬地也向門外跑去。

「怎麼回事，有人暗害陛下嗎？」羅煥章神情嚴峻，像是一名威猛的將軍，而不是滿腹仁義之道的書生。

韓孺子知道這是怎麼回事，孟娥讓他吃的丹藥生效了，症狀比預料得更猛烈，腹內擰著勁地疼，「不是，可能……可能是吃的東西不對，沒事，一會就能好。」

「此事絕不簡單，陛下……」羅煥章話說到一半，門外傳來急促的腳步聲，他壓低了聲音，加快語速，「朝中大臣都支持陛下親政，很快就會有人聯繫陛下，請勿疑心。」

韓孺子剛想問清楚昨天是誰暗塞的紙條，左吉和幾名太監跑進來了，跪在地上圍成半圈。

「陛下……陛下……」左吉從來不是一個沉穩的人，早晨時還保持著冷淡態度，現在變成了受驚過度的可憐蟲，汗如雨下，好像會比皇帝更早暈過去。

如果皇帝真有三長兩短，太后的寵信也保不住他。

腹內的疼痛不那麼明顯了，化作一團熱氣，四處尋找出路，那感覺就像是吃多了辣椒，韓孺子勉強坐起來，剛一伸出手，就有巾帕主動送到手中，他擦擦汗，覺得又好了些，說：「沒事，朕覺得好多了，可能是吃壞了肚子。」

「御膳監要對此事負責！」左吉幾乎是喊出了這句話。

羅煥章跪著退後，「也可能是習武時用力過度，以致氣息不順。」

「啊！沒錯，陛下天天下午練功，我早就說過這樣不行。」左吉急著推卸責任，推給誰都行。

韓孺子不想將事情鬧大，擠出一個微笑：「只是一個小小的意外，不值得大驚小怪，尤其不要驚動太后。」

「不需要通知太后嗎？」左吉茫然道。

韓孺子搖頭，「天下大事這麼多，已經夠太后操心的了，朕縱然不能為太后分憂，也不該再添麻煩。」

左吉一下子明白過來，太后疑心頗重，事情真鬧上去，宮裡的一大批人要倒霉，自己的責任也不小，急忙扭身對一名太監說：「快去將那兩個傢伙追回來，別多嘴多舌到處亂說。」

太監領命下樓，左吉對其他太監道：「這件事大家都擔著干係，誰也不准亂說，明白嗎？」

沒人願意擔這個責任，眾太監一塊點頭。
左吉還不放心，膝行來到皇帝面前，「陛下真的沒事嗎？萬一……萬一……」
韓孺子站起身，深吸一口氣，「瞧，朕已經復原了。你們都下去，請羅師繼續講授國史。」
大部分太監都離開了，左吉留下來，不錯眼地看著皇帝，即使皇帝皺下眉，他也會屏息寧氣緊張一會。
剩下的課羅煥章講得中規中矩，目光望向窗外，沉浸在成帝的完美盛世之中。
該是前往勤政殿的時候了，皇帝起身，向師傅告辭，兩人終於有了一次眼神交流，韓孺子眨了一下眼睛，羅煥章極輕地點了一下頭。
羅煥章說很快會有人聯繫皇帝，這個人會是誰？韓孺子心中充滿了好奇與興奮，他預料得沒錯，大臣們支持皇帝，只是選擇羅煥章當傳信者有些出人意料，轉念一想，又覺得合情合理。
羅煥章一介平民，是東海王的師傅、崔家的西席，可能是最不受太后懷疑的人，除了他，還真沒有別人能給皇帝傳信。
可昨天塞紙條的人又是誰呢？
韓孺子心中疑惑不少，卻不能細想，體內的那團熱氣游走得越來越急，他得專心運行逆呼吸之法，才能勉強彈壓住，如此一來，再沒有精力思考複雜的問題。
皇帝一進勤政殿就受到大臣們的拜賀，關東剛剛傳來吉訊，重聚殘兵並且得到各郡支援的太傅崔宏，在洛陽城外打了一場勝仗，齊軍大潰。
這場勝利是否能夠徹底擊敗齊軍，尚還難料，但是所有人都相信，這會是一個轉折，自此之後，齊國再不是緊迫的威脅，接下來需要考慮的問題是確保一個不落地抓住全部叛逆者，尤其是齊王，如果讓他逃脫法網超過一個月，都是朝廷的奇恥大辱。
還有趁火打劫的四方蠻夷、不自量力的江湖盜匪、立場搖擺的各方諸侯，該準備與他們一個個算帳了。

韓孺子只是旁聽，逐漸發現自己此前對大臣的看法有些偏差，包括宰相殷無害在內，這些大臣沒有一個真是無能之輩，隨口就能說出某郡太守甚至某縣令長的姓名與優缺點，至於當地的特產、風俗與地勢，更是不在話下，天下大勢都裝在這些大臣的腦子裡。

他曾經以為吏部尚書馮舉是個沒主意的傢伙，事實卻證明，馮舉的主意最多，他知道何地的盜匪不足為懼、何地需要良將、何地需要精兵，基本上他的建議總能一致通過。

朝廷已經佔據絕對優勢，他們沒理由再隱藏自己的能力。

韓孺子開始理解成帝為什麼放棄向太子時期的反對者復仇了，沒有這些大臣的輔助，治理天下將是一件極其困難的事情，光是記住數不盡的地名與人名，就會耗去皇帝不少精力。

若能得到這些人的支持，自己一定能鬥過太后，韓孺子信心漸增，迫切地希望羅煥章所說的那個聯繫者快些出現。

吏部尚書在證明自己的治國能力之後，再次展現他的諂媚之才，在殿內手舞足蹈，連呼萬歲，然後說道：「此乃蒼天護佑，陛下大婚在即，逆兵一潰千里，以此觀之，後日冊立皇后，或許就是齊王落網之時。」

這些話是說給太后聽的，韓孺子面無表情，他可能不得不違背心意迎娶皇后，但是絕不會在太后的操控下生育太子，無論誰當皇后也沒用。

下午的武學取消了，理由是皇帝需要休息，為大婚做準備。

其實沒什麼可準備的，和登基不一樣，這一次的主角是皇后，崔家的女兒早就在接受禮部、太常寺以及宮內女官的培訓，確保嫁入皇宮的時候每一步都不出差錯。

韓孺子回到慈寧宮，焦急地等待那名聯繫者，看誰都有可疑，就連服侍他的張有才和佟青娥，偶爾看來的目光中似乎也藏著什麼祕密。

沒去練武也有好處，韓孺子的肚子下午又疼了一次，這回他有了準備，沒表現出太明顯的疼痛，一個人默默地運行逆呼吸法，一點雜念也不敢有。

傍晚時分，皇太妃帶著東海王一塊來吃晚膳。

皇太妃坐在對面，微笑著看兩人吃飯，自己不動筷。

東海王神情沮喪，一進來就向皇帝磕頭認錯，並表示要痛改前非。

皇帝能怎麼做呢？這是他的弟弟，至親之人，總不至於為一點小事反目成仇，韓孺子原諒了東海王，邀請他同席進膳，在皇太妃的注視下，兄弟二人和好如初。

東海王剛在眾多勳貴子弟面前出醜，胃口大減，只吃了幾口就放下碗筷，代替侍者為皇帝端送菜餚，弄得眾人不明所以，看到皇太妃並未制止，反而微微點頭，太監和宮女們放心了。

「這道菜是清炒蓮藕，據說能夠通氣消熱、養胃安神，陛下應該多吃點。」東海王熱情洋溢，簡直有點撒嬌的意思，可是當他將菜放在几案上，背對眾人的時候，臉色一沉，向皇帝露出威脅的目光，一轉身又歡快欣喜地去端另一盤菜。

韓孺子不覺得可怕，只感到可笑，心事也不在東海王身上，全當沒看見，正常吃飯，然後放下筷子，表示膳畢。

太監和宮女們忙碌起來，韓孺子又看到「慣例」的影子，可這慣例好處多多，沒有皇帝想加以改變。

想到「慣例」，韓孺子看向皇太妃，皇太妃也正笑吟吟地看著他。

皇帝回以笑容，他不怕皇太妃，東海王野心勃勃，背靠強大的崔家，這是他的優勢，也是軟肋，很容易受到太后和皇太妃的要挾，不得不做出違心之事，韓孺子一無所有，反而極少有可被要挾之處。

侍從們退下，東海王也告退，皇太妃站起身，沒有馬上離開，緩步走動，似乎在檢查皇帝住得舒不舒服，等到完全沒有外人之後，她停下來，扭頭對皇帝說：「羅煥章聲稱陛下已經做好準備，是真的嗎？」

韓孺子大吃一驚，猛地站起來，氣息不順，腹內又開始作痛，「妳……怎麼會是妳？」

皇太妃臉上的笑意慢慢消失，「如果你瞭解太后是什麼樣的人，就會明白我的選擇了。」

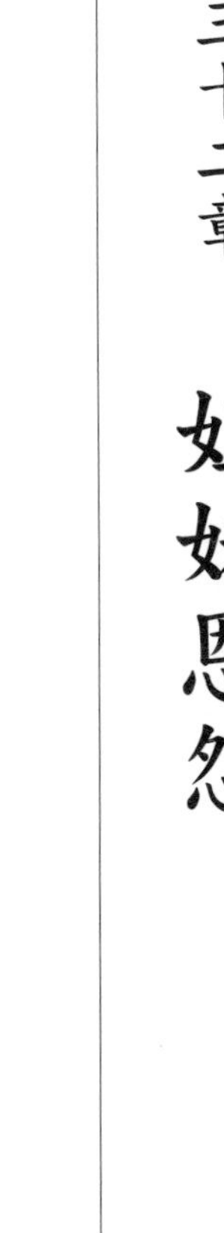

第三十二章 姐妹恩怨

上官家不是崔氏那樣的大族，卻也不是尋常門戶，祖上斷斷續續有人當官，最早能追溯到前朝的鼎盛時期，高則郡太守，低則縣令，可算是標準的官宦世家。

武帝眾妙二十六年，上官家十五歲的長女嫁給當時的東海王鍔，出閣之日，姐妹撒淚分別，姐姐許下諾言，以後一定要將妹妹接到自己身邊。三年後，這個諾言實現了，妹妹也嫁入王府，成為一名良人。

上官氏家教甚嚴，給女兒起的名字全不帶脂粉氣，長女名顯，次女名端，在府裡，她們分別被稱為顯良人、端良人。

東海王鍔本有一位王妃，可惜娶過門沒多久就過世了。當時他還不是太子，被封在偏遠的海濱，遠離宮廷，每年只能在春季進京朝拜，十日之內就得離京返國，受到武帝寵愛的可能性很低，因此沒有顯貴人家願意將女兒嫁給東海王當王妃。

在王府，王妃的名號卻是數位良人激烈爭奪的目標。

端良人一進府就明白了形勢，誰能首先生下兒子，誰就是王妃，這幾乎是一定的，姐姐將她召進府，就是為了增加得勝的機會。

這是一場殘酷無情的鬥爭，參與各方除了美色與懷孕，再沒有別的武器，顯良人的容貌沒得挑剔，而且多才多藝，能吟詩、能起舞，偶爾還能陪東海王聊聊天下大勢與朝廷格局，早就獲得寵愛，唯一的遺憾是入府數

年尚未生育。

眾妙二十九年秋，上官氏姐妹迎來幸運的一刻，兩人先後受孕，妹妹端良人早了半個月。

一開始，這是皆大歡喜的事情，王府上下無不笑逐顏開，就連幾位競爭的良人，也心甘情願接受敗局，東海王賞賜內外人等的金銀布帛一次就價值萬兩白銀。

幾個月後，上官氏姐妹之間的關係卻變得微妙起來，妹妹端良人無意競爭王妃之位，可事情由不得她們兩人做主，也不全由東海王決定。東海國有朝廷派駐的官吏，還有遠在京城、只憑文書與慣例行事的宗正府，在他們看來，東海王的喜愛無關重要，是姐姐還是妹妹影響也不大，母以子貴乃是唯一的原則，誰先產下王子誰就是王妃，沒什麼可爭論的。

那年冬天的一個夜裡，姐妹二人做了一次長談，一個月後，妹妹端良人不幸小產，又過了幾個月，姐姐顯良人順利誕下一子，名正言順地成為東海王妃。

端良人從不向任何人提及那次談話的內容，即使已是皇太妃，面對皇帝，她也是幾句話帶過。

韓孺子卻聽得心驚肉跳，「可是……萬一太后生的是女兒呢？」

「她願意冒險，重要的是她不能輸給我。」皇太妃用平淡的語氣講述往事，沒人能看出她心底有多少波瀾起伏。

「皇太妃當時可以拒絕啊，太后不會……不會下狠手吧？」韓孺子不是特別肯定。

「當然不會，我可是她的親妹妹。」皇太妃笑了，隨後笑容慢慢消失，像是遭到遺棄的深井，偶爾有枯葉飄入，波紋一蕩，再無餘聲，「我是她的親妹妹，為了那句承諾，我三年未嫁，等到十七歲進入王府，姐姐的要求對我來說比父母之命還重要，她就算讓我自殺，當時的我也會毫不猶豫地照做。」

自從有了第一位王子之後，東海王的運氣越來越好，次年進京朝拜，兄弟十餘人得到特許，可以留在京城，這是武帝第一次廢除太子的先兆，許多人都看明白了，包括權傾朝野的崔氏。

崔氏將自家的一個女兒嫁給東海王，甚至不求王妃的名分，只當一名良人，可是傳言甚囂塵上，都說這是權宜之計，崔良人早晚會取代上官王妃的位置。

也就是從這時起，姐姐上官顯開始發生變化，越來越多疑，覺得王府裡的所有人都已被崔家收買，唯一值得信任的人只有妹妹端良人。

剛滿週歲的王子被交給端良人撫養，上官王妃則想方設法纏住自己的夫君，皇太妃不願對少年皇帝說得太細，她強調一點：「思帝是我養大的，我一直當他是我的兒子，代替我失去的那一個。思帝也只認我，反而對親生母親十分陌生。」

韓孺子能想像出當時的情形。

上官王妃成功了，東海王鍔本來就寵愛她，這時更是專寵於一人，對別的良人，包括崔良人，都看不上眼。可他畢竟是男人，偶爾還是會臨幸王妃以外的女人，每到這時，上官王妃都會緊張萬分，如遭重病，抓著妹妹的手哭訴，要妹妹發誓日後一定會好好照顧王子。

幾乎所有被東海王鍔臨幸過的良人與宮女，不久之後都會接到端良人親自送來的養身湯，與善妒的姐姐不一樣，端良人性格溫和，在王府中的口碑很好，沒人懷疑她別有用心。

「湯裡有墮胎藥，當年我喝過，藥方還留著，我不知道自己到底打掉過多少胎兒，我就是姐姐手中的鋤鎬，不僅除掉雜草，連正經的禾苗也不留。我做這些事情，不全是為了我姐姐，更是為了思帝，他在我的呵護下長大，我也不希望他有太多競爭者。」

皇太妃說這些事情的時候毫無愧疚之意，真的像鋤鎬一樣冷酷無情。

韓孺子感到體內冒出絲絲寒意，然後疑問產生了：他和東海王為何沒有被除掉？

兄弟二人的出生源於一連串的意外與巧合。

上官氏姐妹能控制王府裡的幾乎所有人，只有一個例外，那就是崔良人，她有龐大的家族做後盾，身邊的奴婢都是自己帶來的，別人動不得。

崔良人從不掩飾自己對王妃之位的覬覦，公開聲稱崔家會將東海王鍔推上帝位，唯一的條件就是她要當未來的皇后。

崔良人瞧不起任何人，尤其是上官氏姐妹，因此當她懷孕的時候，端良人送湯的招數用不上了。

東海王鍔其實很少臨幸崔良人，還沒當上太子的時候，他就不太喜歡飛揚跋扈的崔家，在王妃的影響下，他對崔良人的印象也越來越差，甚至後悔將她娶進門，可退回去是不可能的，只能盡量不見面。

就跟普通夫妻一樣，東海王與王妃之間有時候也會鬧矛盾，起因都不大，通常與王妃的嫉妒有關，每次都以王妃的梨花帶雨和東海王鍔的回心轉意為結局。

可是那一回，兩人鬧得比較僵，一連持續了半個月，即使到了現在，上官皇太妃仍懷疑東海王鍔當時故意製造矛盾，目的是暫時離開王妃的監視，心安理得地臨幸別的女人。

「桓帝是一位好夫君、好皇帝，也是一個男人，不出外偷腥就算不錯了，家裡的腥總不能一點不沾。」看著茫然不解的皇帝，皇太妃笑了，「我也是糊塗了，居然跟你說這些。」

就是在那次鬧矛盾期間，東海王鍔臨幸了幾名良人與侍女，其中兩人懷孕，前後相距不到十天，引發了王府裡的一場大戰。

懷孕的良人是崔家的女兒，侍女就是韓孺子的母親。

上官王妃大鬧了一場，可是沒用，東海王鍔再喜歡她，也不會除掉自己的子女。上官王妃改變戰術，發動所有人說崔良人的壞話，這倒不難，崔良人囂張慣了，留下不少把柄，終於，東海王鍔指天發誓絕不會更換王妃，不久之後就為王子爭取到世子的身份。

事情算是告一段落，王府內戰期間，懷孕的王姓侍女無人關注，她也一直沒向任何人透露懷孕的消息，等到孕相再也掩飾不住的時候，她做了一個極其大膽的舉動：挺著肚子去見王妃，磕頭認罪，請王妃發落她與肚子裡的胎兒。

王妃沒有別的選擇，既然不能除掉崔良人肚中的孩子，在一名侍女身上下功夫就有些多餘了。王妃好言相勸，當眾宣稱要將王侍女的孩子視如己出，而且在得知王侍女很可能比崔良人早懷孕幾天之後，王妃更要將孩子留下了。

韓孺子聽得心驚肉跳，原來自己還沒出生就已遭遇生命危險，難以想像母親當時承受著多大的壓力，又是以怎樣的智慧與膽量直接面見上官王妃。

韓孺子想念母親，想得心口微微疼痛。

東海王鍔的兩個兒子順利出生，一個叫韓松，一個叫韓樞。

崔良人擔心自己的兒子遭王府的人毒害，找盡藉口將兒子送到崔家，每次一待就是幾個月。

王侍女的娘家不在京城，無依無靠，生下兒子之後遲遲未得名分，只是不用再當侍女，被王妃安排住進一座小院子裡，過著囚徒一般的生活。

韓孺子對那座院子還有印象，而且是美好的印象。

眾妙三十六年，武帝召見全體兒孫，這次韓孺子也去了，留下一段晦暗不明的記憶，其實那也是一場鬥爭的結果。

韓孺子出生之後很長時間沒有被列入宗室譜籍，對皇家來說，他是個不存在的人。王侍女不知從哪裡得知武帝召見兒孫的消息，傾其所有，收買了一名奴婢，奴婢轉託她在府外的家人，向宗正府告密，說東海王鍔還有一個兒子。

宗正府查實了，將皇孫韓松列入譜籍，同時下達一份敕令，指責王妃善妒無德，命她即刻改悔。

韓孺子終於能夠進宮拜見祖父武帝，在那之後，他的位置穩定下來，母親卻受到王妃的一連串報復，能活到現在，實屬不易。

「太后是個記仇的人，一旦掌握全部權力，她還會繼續報復。」皇太妃說。

韓孺子越聽越驚，疑惑也越來越重，問道：「妳呢，就是為了報十幾年前的墮子之仇嗎？」

皇太妃搖搖頭，「我有兒子，不是我一時糊塗狠心墮掉的那個，而是我一手撫養長大的思帝——我要為他報仇。」

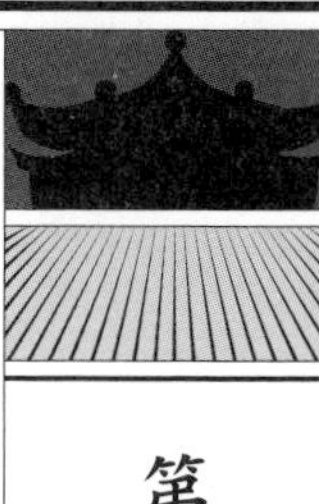

第三十三章　兄弟之約

勤政殿裡，大臣們賀拜皇帝次日大婚，說了許多奉承的話，韓孺子心不在焉，餘光總是忍不住瞥向聽政閣，太后就在裡面，她真是皇太妃所描述的那種人嗎？她真的連親生兒子都捨得殺掉嗎？

每思及此，韓孺子都感到不寒而慄。

關於思帝之死，皇太妃沒說太多，當時天色已晚，她不能在皇帝的房間逗留太久，臨走時說：「陛下明察，我說這些往事不是為了翻舊帳，只是想告訴陛下，我願意站在陛下這邊，朝中的大臣也願意。」

韓孺子沒法不相信皇太妃的話，他自己的經歷就是證據，他還記得小時候的生活環境是多麼狹小，從未經過師傅教導，都是母親教他認字。

對於一名皇室宗親來說，這都是極不尋常的遭遇，完全不合禮教，從前他並不覺得特別，進宮之後才漸漸明白自己的一生都受到欺壓，只是在母親的細心呵護下，他才毫無察覺。

他仍然沒有完全相信皇太妃，尤其是關於朝中大臣的說法，往事畢竟已是往事，大臣們的態度才是目前的決定性力量。

韓孺子更希望能與某位大臣直接交談，可機會實在難得，在勤政殿裡他甚至不能與大臣有眼神交流。

這天上午沒有功課，聽政的時間也很短，接受大臣們的賀拜之後，皇帝被帶去演練大婚流程。

對皇帝來說，大婚並非複雜的事情，絕大部分禮儀都由皇后執行，從早到晚，要花掉整整一個白天的時間，比皇帝登基還要複雜些。在此期間，皇帝只需在太廟敬祖、慈順宮拜見太后，以及最後入洞房的時候出現即可，其他時間裡不是無所事事，就是坐在一座偏殿裡接受王公大臣的輪番賀拜。

演禮很快完成，吃過午飯之後，皇帝來到了泰安宮。

泰安宮是皇帝的正規住處，韓孺子因為尚未大婚，才會幾天換一個地方，等到明日完婚，他就將一直住在這裡。

泰安宮也是洞房所在，新婚的皇后將在此居住三日三夜，然後搬到后妃居住的區域，從此就像大臣一樣，與皇帝按禮儀見面。

韓孺子站在新房裡，看著華麗鮮艷的錦被與帷幔，心思仍然不在眼前，他必須找個辦法驗證皇太妃的說法，機會不能錯過，可也不能隨便上鈎。

母親提醒過他，進宮之後不要相信任何人，也不要得罪任何人，後一條很難做到，前一條必須牢記。

皇太妃與王美人不熟，說得不多，可是提及的幾件事都令韓孺子對母親刮目相看，越發覺得她的提醒肯定有用。

韓孺子轉過身，正迎上東海王嫉憤交加的目光。

主意就在這一瞬間蹦了出來。

「你們退下，朕要在這裡單獨待一會。」

隨行的十幾名太監與禮官退出房間，皇帝管不了國家大事，這點小要求還是可以滿足的。

韓孺子在床上坐了一會，怎麼樣都覺得明日的成婚是件荒謬而可笑的事情，可是卻有這麼多人一本正經地為此忙碌，這也是「慣例」的力量，他心想，無聲地笑了一下，叫道：「東海王進來！」

過了一會，東海王一臉狐疑地走了進來，只要沒有外人，他就不肯行禮，也不掩飾心中的憤恨，冷冷地盯著皇帝。

「我都不知道皇后叫什麼名字。」韓孺子說。

東海王眼中的憤恨剎那間達到頂點，全身緊繃，像是要撲上來，門口有太監探頭看了一眼，東海王躬身答道：「皇后姓崔，名暖，字小君。」

「崔暖？好……特別的名字。」韓孺子不知該說些什麼，門口又一次有太監探頭。

「表妹在家裡備受寵愛，所以起名為暖。」東海王莫名發怒，扭頭喝道：「看什麼看？我與皇兄談話，也是你聽得嗎？滾遠一點！」

再沒人探頭了。

韓孺子笑了笑，有些事情還真需要東海王這樣的人來做，「我知道你很喜歡崔家表妹，不想讓她當我的皇后。」

東海王不吱聲，他可不想再被抓到把柄，負荊請罪那種事做一次就夠了。

韓孺子站起身，緩步走向東海王，「其實我也不想。」

「不想娶皇后？」東海王一點也不相信。

「皇后不是我選的，一切都不是我決定的，我當然不願意。」

東海王垂下目光，「用不著跟我說這些。」

「我想還是說清楚一點比較好。你跟羅師還有聯繫吧？」

東海王馬上警惕起來，「你聽說什麼了？誰在說閒話？我什麼都不知道。」

「羅煥章從前不是你的師傅嗎？師徒相見，肯定有話要說吧。」

「當著你和太監的面，我們敢說什麼啊？」東海王瞪大眼睛，一副死不承認的架勢，沒多久就洩了氣，

「羅師曾經給我一封信，在信裡將我罵了一通，說我……你不會告訴太后吧？」

「不會，而且我也見不著太后。」

「羅師很不滿意我在宮中的表現，說我驕橫無禮，不守臣子之節，早晚會給崔家惹下大麻煩，他讓我老老實實服侍你——我已經夠倒霉了，沒得到同情，還挨了頓罵，現在你能明白當皇帝和不當皇帝的區別了吧。」

韓孺子早就明白了，他問這些話的目的不是打探隱私，而是要確認「尚思肉否」的紙條與東海王有沒有關係，羅煥章和皇太妃都沒說紙條是怎麼塞到皇帝腰帶裡的。

幾句話問過，韓孺子越發相信東海王與此事無關，羅煥章和皇太妃都是極為小心的人，斷不會將如此重要的任務交給東海王。

韓孺子卻正好相反，他沒有別人可以托付，東海王是唯一的選擇，「我有一個想法。」

「你有想法幹嘛跟我說？」

「這個想法跟你有關。」

「我不感興趣，我就是倒霉的命，老老實實當侍從得了。」

「還跟你的表妹有關。」

東海王眼裡又閃現出怒意，他就像馬蜂窩，被捅一下就做出反擊，全然不考慮那是示好還是示威。

「我是假皇帝，你的表妹也可以是假皇后。」韓孺子道。

「你不是假皇帝，你是傀儡……假皇后是什麼意思？」

「明天就是大婚之日，皇后與我會在泰安宮裡住上三日，我保證什麼都不對她做，以後也不做。」

「你只比我大幾天，表妹比我小一歲，都是小孩子，你能對她做什麼？」東海王一臉不屑。

老實說，韓孺子也不知道自己能做什麼，想了一會，說：「太后派了一名宮女教我夫妻之道，你應該聽說過吧？」

都住在皇太妃的慈寧宮裡，東海王當然不會毫無察覺，嘴角抽搐了兩下，「你真能做到……什麼都不做嗎？」

「這沒有多難，全看我想不想。」

東海王的嘴角又抽搐了一下，「你若是撒謊，表妹肯定會告訴我。」

「當然。」

東海王開始認真考慮皇帝的想法了，「你想拉攏我和崔氏，幫你對抗太后嗎？這個我得考慮考慮。」

韓孺子笑了，羅煥章和皇太妃都沒拉東海王入伙，他更不會，「沒這麼複雜，我只想讓你幫我一個小忙。」

「哦。」東海王看上去有些失望，「其實只要我開口，崔家肯定會幫你的，但是你給的好處太少了，怎麼也得將皇位……」東海王學謹慎了，沒將剩下的話說出來，衝皇帝點點頭。

「我不想對抗太后，只想打聽一下母親是否平安，如果可能的話，捎帶一封信。」

「你的母親不就是太后嘛。」東海王譏諷地說，看到皇帝神情認真，他改口道：「你真的只有這點要求？」

韓孺子點點頭，「傳信的時候不要借助羅師。」

「那是當然，他肯定不同意，沒準當場就把信撕了。嗯，讓我想想……俊陽侯的小兒子花虎王跟我關係最好，他也在宮裡當侍從，倒是可以讓他幫這個忙。」東海王走到皇帝面前，十分認真地說：「你是皇帝，君無戲言，保證不碰皇后，就是一個指頭也不能碰。」

「保證。」韓孺子沒覺得這有多難，猶豫片刻之後補充道：「可皇后要是……像宮女那樣糾纏我……」

「不可能。」東海王乾脆地否認，「你只要看住自己就行了。」

「我母親住在……」

韓孺子剛要說出地址，東海王一揮手，「要是連這點小事都打聽不出來，俊陽侯一家就枉稱『侯門豪俠』了。太祖封的列侯現在沒剩下幾家，俊陽侯算最穩固的一家。算了，說了你也不懂。」

韓孺子的確不懂，但是將俊陽侯和「侯門豪俠」的稱謂記在了心裡，「盡快。」

「今天不行，明天也不行，後天……最晚大後天，我跟花虎王說這事，然後可能需要幾天才能有回音，你得寫封信，或者給我點信物什麼的。」

「我會給你的。花虎王，這是他的真名？」韓孺子覺得這不像是侯門子弟的名字。

「誰知道是不是真名，他姓花，大家都叫他虎王，我們這些好朋友……這點事你不用管，準備好信物，等著接信就是了。」

韓孺子沒再問下去，他的目的達到了，楊奉不在，孟娥只會武功，只有母親能給予他直接指導。

唯一的問題是東海王，迄今為止，他還沒做成任何事，倒是惹下不少麻煩。韓孺子嚴肅地說：「我母親的信若是落在別人手裡，或者消息洩露出去，就不要怪我無情。」

「你還能怎樣？」

「我就要跟皇后行夫妻之道，讓她給我生太子。」韓孺子實在沒有別的辦法能威脅住東海王。

東海王神情變幻，最後有些心虛地說：「你敢。」

第三十四章 新婚之夜

早晨，在太廟裡，韓孺子第一次見到了皇后崔暖崔小君，她在家裡已經接受冊封，算是正式的皇后了，華麗繁複的寬大朝服遮掩不住瘦小的身材，頭上的碩大鳳冠搖搖欲墜，越發襯得她還是個孩子。

珠簾擋住了整個面容，韓孺子沒看到她的樣子。

事實上，兩人根本沒機會互相觀看，他們並排站立，中間隔著七八步，抬頭凝望上方的牌位，耳中聆聽禮官以抑揚頓挫的語調唸誦告祖祭文，在一片肅穆的氣氛中，比木偶還要僵直。

第二次見面是在慈順宮，皇帝與皇后來此拜見太后，跟在太廟裡沒什麼區別，依然是被一群人簇擁著，行走跪拜全都按照禮官的要求執行。太后露面了，但是沒有親自開口，由身邊的女官代勞，勸勉了皇后一番。

接下來，皇后另有儀式，皇帝則前往勤政殿，接受王公大臣的正式賀拜。規模比登基時小多了，收的禮卻不少，而且非常直接，全是黃金與白銀，數量與爵位或官職高低掛鈎，就算本人不能前來，禮金也必須到，禮官一項項都要讀出來。

韓孺子坐在那裡無聊地想，如果自己是真正的皇帝，事後一定要去看看這些金銀是否真的存在，現在的他連皇家的倉庫在哪都不知道。

在第二撥賀拜者名單中，韓孺子聽到了俊陽侯花繽的名字，掃了一眼，在規定的位置上看到一名身材偉岸的美髯公，看上去從四十歲到七十歲都有可能，在幾排列侯當中頗為醒目。

韓孺子想不出哪一位侍從與此人容貌相似。

勤政殿比較小，每次進來的人不多，因此賀拜持續了很長時間，韓孺子無事可做，就默默地運行逆呼吸法，腹痛早已消失，體內隱隱有氣息流動，這或許能讓孟娥滿意了。

傍晚時分，皇帝回泰安宮，進行大婚的最後一道儀式，與皇后同席飲食，然後就可以入洞房了。

皇后已經到了，在錦席上正襟危坐，皇帝入席，坐在正位，仍由禮官大聲喊出兩位新人的每一個舉動，韓孺子從一名女官手裡接過酒杯，與皇后碰盞，然後硬著頭皮喝下去。

沒人在意皇帝是否會喝酒，一切都按照規矩進行，好皇帝絕不會突發奇想改變規矩，傀儡皇帝更不會。

三杯酒下肚，皇帝與皇后象徵性地吃了幾樣寓意豐富的菜餚，酒席撤去，儀式卻沒有結束，十名中年女官輪流上來往新人身上撒落花果，嘴裡唱著奇怪的歌謠。接下來，兩男一女三名巫覡上場，用更加奇怪的歌謠祛除邪祟。最後是一名男禮官和一名女禮官分別代表皇帝與皇后，向天地眾神許諾並立誓，聽上去皇后要遵守的誓言更多一些。

韓孺子心中的誓言只有一個，那就是不碰皇后一下。

天色已暗，燈燭明亮，冗長的儀式終告結束，女官們簇擁著皇后進入洞房，然後退出，排成兩行，恭請皇帝進房。

房門在身後關上的剎那間，韓孺子忽然明白過來，他有點害怕這一刻，白天壓抑得越厲害，現在的懼意就越深，崔小君和傳授夫妻之道的宮女不一樣，乃是正式的皇后，與皇帝拜過堂，喝過合巹酒。

他們是真正的夫妻！

韓孺子不知道自己為了什麼而恐懼，皇后比宮女佟青娥瘦小多了。

在門口站了一會，韓孺子才發現佟青娥就站在皇后身邊，正用困惑的目光看著皇帝。

皇帝也很困惑，「妳……為何留下？」

「奴婢……為皇后請鳳冠。」

韓孺子鬆了口氣，的確，皇后頭上的鳳冠又大又沈重，一個人拿不下來。

「可以嗎？」佟青娥問。

「呃……可以。」

佟青娥小心翼翼地幫助皇后摘下鳳冠，放在旁邊的一個盤子裡，又分別幫助皇后、皇帝脫下厚重的婚服，仔細疊好，然後雙手捧著鳳冠離開。

從這時起，就再也沒有人為新人代勞了。

房間裡的蠟燭大都已被吹滅，只在床邊還剩一根，燭光搖曳，映得新娘的面容模糊一片。韓孺子在原處站了一會，邁步走到床前，與皇后面面相對。

那是一個臉色蒼白的小姑娘，幾縷頭髮濕搭搭地垂在臉頰上，眼睛很大，目光中盡是茫然，說不清是惶恐還是冷淡。

對視片刻，皇后垂下目光。

尷尬的感覺像藤蔓一樣向上爬行生長，逐漸勒住韓孺子的脖頸，逼得他必須說點什麼以緩解氣氛，他張開嘴好一會終於吐出一句話：「妳累嗎？」

皇后輕輕地嗯了一聲，沒有抬頭。

韓孺子仍然張著嘴，準備說出第二句話，結果出乎意料——他打了個嗝。

嗝很輕，也很短，韓孺子急忙閉嘴憋氣，沒多久，第二個嗝執著地從他的嗓子眼裡冒出來，從此一發不可收拾，一個接著一個，他越努力想要憋回去，嗝聲越頻繁。

皇后抬頭，疑惑地看著皇帝。

「對……呃……不起……呃……我可能……呃……有點……呃……」韓孺子說不下去了。

皇后抿嘴一笑，「陛下太緊張了。」

韓孺子使勁搖頭，他明白這是怎麼回事，全怪孟娥給他吃的丹藥，前幾天引發腹痛，現在又帶來打嗝，

「我……呃……待會……呃……就好。」

「桌上有水……」

韓孺子急忙轉身跑到桌前，拿起茶壺倒了一杯水，一小口一小口地喝下去，還是沒用，有一次差點將水噴出來，他悄悄運行逆呼吸法，果然有點效果，打嗝沒有停止，但是不那麼頻繁了。

一隻手輕輕撫摸他的後背，韓孺子嚇了一跳，急步躲開，對皇后說：「別過來。」

皇后崔小君舉著右手，迷惑地說：「是，陛下。陛下真的不需要幫助嗎？」

韓孺子搖頭，一緊張，打嗝又變得嚴重了，他一隻手按在桌面上，閉上眼睛，更加專心地逆呼吸，努力追尋體內的氣息走向，打嗝越來越少，偶爾還會再來一次。

他睜開眼睛，看到皇后仍站在旁邊，哈欠連天。

「抱歉。」韓孺子很是過意不去，「妳肯定累壞了，呃，去睡覺吧。」

「陛下也休息吧。」

「我……呃……要站一會，妳先睡。」

「是，陛下。」皇后走到床邊，掀開被子的一角，輕輕鑽進去，躺在那裡一動不動。

韓孺子吹熄最後一根蠟燭，摸黑走向椅榻，搬走上面的几案，合身躺在上面，沒有被褥和枕頭，他也不在意。一片寂靜當中，他覺得自己聽到一聲極輕微的嘆息，那不是失望與遺憾，而是放鬆與釋放。

年輕的皇后跟他一樣緊張。

韓孺子有心事，睡得也不舒服，因此次日起得很早，躡手躡腳走到床邊，借著朦朧的日光，與一雙略顯惶恐的大眼睛對上了。

皇后也沒敢多睡。

兩人對視片刻，韓孺子悄聲說：「待會有人要進來催咱們起床，我得……呃……」打嗝沒有完全停止。

皇后微微點頭，往床裡蹭了蹭。她睡得顯然十分老實，被子幾乎沒怎麼變化。

韓孺子躺進被窩，心裡想著對東海王的承諾，發現打嗝又有要變嚴重的趨勢。

敲門聲響，「陛下，可以起床了。」

等到第二次敲門，韓孺子說：「進來。」

眾多宮女魚貫而入，皇帝與皇后再次進入行動木偶般的生活，穿衣，去不同的房間沐浴，換新衣，熏香，打扮得整整齊齊，一塊去給太后請安。

皇后在新婚第一日拜見太后，禮節還是很重的，慈順宮的庭院裡擠滿了女官與執事太監，皇帝與皇后先在門外跪拜，皇帝留下，皇后單獨進屋，接受太后的訓導。

韓孺子希望皇后學到得越少越好。

人群中沒有東海王的身影。

剛剛大婚的皇帝也要去聽政，表示以萬民為本。關東又有消息傳來，戰事跟預料得一樣順利，但是叛兵遠未被肅清，齊國境內頗有幾座城效忠齊王，堅守不下，最關鍵的是，首逆者齊王本人尚未落網，自從洛陽兵敗後，他一下子消失了，太傅崔宏分出大量兵力追查齊王下落，線索不少，全都無疾而終。

跟往常一樣，韓孺子在勤政閣裡沒待太久，總共不到一刻鐘的時間裡，他頻繁聽到一個陌生的名字——淳于梟，聽上去不像是朝廷官吏，也不是地方豪傑，有幾分像是齊王的軍師，還有點法師的意思。

太監請皇帝起駕回宮時，韓孺子終於忍不住了，開口向宰相問道：「這個淳于梟……呃……是什麼人？」

皇帝極少提問題，打著嗝說話更是前所未有，宰相一時有些發愣，簇擁皇帝的太監們也頗為緊張，直到聽政閣內遲遲無人出來阻止，殷無害才一躬到地，顫聲道：「淳于梟乃關東望氣之士，就是他蠱惑齊王起事，實為謀逆之主。陛下放心，淳于梟絕不會逍遙法外太久。」

望氣之士，韓孺子第一次聽到這個稱呼，不是很理解，但是沒再多問。

皇后不在泰安宮，不知被帶到哪去了，整個白天都沒回來，韓孺子反倒安心，沒別的事做，就一直運行逆呼吸法，壓制打嗝的衝動。

下午，上官皇太妃來了，監督一群太監與宮女收拾新房，只有很短的時間能與皇帝私下交談。

「好好對待皇后，以後她會很有用。」

韓孺子關心的不是「以後」，小聲問：「那天到底是誰將紙條塞給我的？」

皇太妃不太想回答，尋思片刻才說：「張養浩，是羅煥章選定的人。」

解決一個疑惑，韓孺子又問道：「妳說太后害了思帝，有證據嗎？」

皇太妃正是為此而來，回答得很乾脆，「有，左吉就是證據，陛下若能收服左吉，就能知曉真相。」

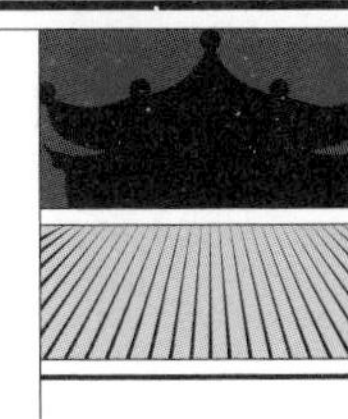

第三十五章　侍從之爭

左吉有一個軟肋，可以用作要挾，皇太妃沒說具體內容，而是請皇帝做好準備，只有在他願意採取行動的時候，皇太妃才會透露詳情。

韓孺子不打算立刻動手，他必須先進行另一項計畫，先與母親取得聯繫。

婚後第七天，皇帝的生活已經恢復正常，在凌雲閣裡進午膳的時候，趁貼身太監不在，韓孺子遞給東海王一枚珍珠。

珍珠不大，顏色黯淡，東海王拿在手裡看了一會，「這是我家扔掉的東西，被你揀去了嗎？」

「這是我進宮時鑲在帽子上的一顆珍珠，母親親手縫上去的，一定會認得，當作信物吧。」韓孺子笑道，不願在東海王面前流露傷感。

東海王將珍珠收起，「你從前可真是……窮人，我都有點可憐你了。」

「我寧可回到從前。」韓孺子指了指桌上的菜餚，又望向窗外的花園，「珍珠起碼屬於我，皇宮裡有哪樣東西真的歸我所有？」

東海王無言以對，他的處境比皇帝還要更慘一些，連表面上的名號都沒有，過了一會他問：「你確實沒碰皇后吧？」

「你可以去問她。」韓孺子問心無愧，接連幾個晚上，他一直睡在椅榻上，皇后崔小君開始有點迷惑，後來就接受了，一句也沒多問，看樣子她也不喜歡與別人同床共枕，四天前她搬往皇后專用的秋信宮，兩人再沒見面。

「她住在秋信宮，身邊一大群人，裡面肯定有不少太后的耳目，我現在還不能接近她。不過有你的保證就夠了。」

「我保證，你也得快點行動？」

「快點去見皇后？」

「不是，快點找人將珍珠交給我母親。」

「哦。就是一顆珠子，沒有別的書信、口信什麼的？」

「用不著，我也沒什麼可說的。」韓孺子謹慎行事，萬一計畫敗露，不至於給母親惹來太大的麻煩，接著他想起此前在勤政殿聽到的一個詞，問道：「望氣之士是做什麼的？」

「你連望氣都沒聽說過？」東海王驚訝地瞪大眼睛，「望氣嘛，就是看你頭頂上有什麼氣，吉氣、貴氣、凶氣一類的，選住宅或是墳塋也用得上，據說厲害的望氣者能看到幾年甚至幾十年以後的事情。我剛出生不久，就有望氣者說我有朝一日貴不可言……」

東海王閉嘴，全天下貴不可言的人只有一個，那就是皇帝。

韓孺子沒想那麼多，但總算明白齊王是被什麼人蠱惑了，只是還有些疑惑，一名望氣者真有那麼大的說服力嗎？

下午的武學，孟氏兄妹都沒來，換了一位新教師，姓劉，據稱是南軍的刀槍教師。他為人豪爽，在皇帝面前也能表露出幾分，「『教師』不敢當，請陛下叫卑職『劉教頭』，或者就叫『老劉』、『劉黑熊』。」

皇帝笑了，侍從們也笑了，雖然還沒看到劉教頭的真本事，大家都覺得他比孟徹可親可愛。

與孟氏兄妹的江湖功夫不同，劉教頭傳授的是步兵技能，第一天只學一個動作，左手持小盾向上格擋，然後右手握短刀向下劈砍。

刀盾都是木製的，比較輕便，一開始大家都覺得這是兒戲，可皇帝在場，誰也不好說什麼，等到兩刻鐘之後，再沒人敢說刀盾輕便了，手裡的木片越來越沉，揮舞也越來越難。

「學這個……幹嘛？」東海王忍不住發出抱怨。

劉教頭飽經風霜的臉上總是笑咪咪的，從不急躁，可也不放鬆對弟子們的監督，「是啊，刀盾有什麼用呢？遠有弓弩，近有槍戟，追亡逐敗、拔城奪寨更用不上刀盾，可事情總有萬一，打仗的時候意外尤其多，說不定什麼時候兩軍狹路相逢，弓弩一時用不上，槍戟也施展不開，這時就要依靠身邊的刀盾了。」

「那還不如學輕功，轉身就跑，拉開距離再用弓弩。」東海王是唯一敢在眾太監的注視下開口說話的人。

劉教頭仍然笑咪咪的，一點也不生氣，「若是江湖好漢，跑也就跑了，回頭再戰，打贏就是英雄。諸位都是世家子弟，日後統率千軍萬馬，槍林箭雨面前露出一點怯意都可能導致軍心渙散，轉身撤退？不等拉開距離，手下的將士先都跑光啦。」

「敢比我跑得快，一律軍法處置。」東海王只是嘴上不服氣，又練了一會，實在腰疲腿疼得厲害，小聲對皇帝說：「既然要統率千軍萬馬，還不如學習兵法，練這個有什麼用？咱們還真能上戰場跟敵人拚殺不成？」

韓孺子也很累，可他從小就被母親教出一個脾氣，別人不開口，他自己絕不喊停，而且每一下都很認真，一點也不偷懶，氣喘吁吁地說：「練這些……是讓咱們……知道普通將士的辛苦吧。」

劉教頭恭恭敬敬地向皇帝行禮，「陛下能有這樣的想法，實是我大楚百萬將士的幸事，不枉我等一片忠君之心。」

「馬屁精。」東海王小聲說道，實在忍受不住了，便拋下刀盾，嚷嚷道：「以後我不當將軍，就不用練這些了吧？」

劉教頭只是微笑，並不阻止。

東海王帶了頭，其他侍從也跟著住手，心裡都是同樣的想法：憑自己的出身，幹嘛非得從軍呢？安安穩穩當文官豈不是更好？

只有少數人還跟著皇帝一塊揮汗如雨，他們大都來自武將世家，必須表現出尚武之氣。

辟遠侯的孫子張養浩就是其中一個，他年紀大些，平時一直習武，身體很健壯，揮刀舞盾不在話下。

韓孺子還注意到一名侍從，身材勻稱，看上去不是很壯，動作卻極為靈活，揮舞刀盾時比張養浩還要輕鬆，此人平時總是跟幾名外國送來的質子待在一起，大概也是某國的王子。

他猜得沒錯，東海王正跟一群放棄練刀的侍從站在一起，這時大聲喊道：「張養浩，別光自己練，跟匈奴的小子打一架！」

張養浩和匈奴王子同時停下，互相看著，沒有動手的意思。

劉教頭忙笑道：「這只是第一天，不用對練，以後有的是機會。」

東海王不依不饒，「我們是第一天練習，匈奴人可不是，瞧他得意的樣子，不教訓一下，他還以為大楚無人呢。」

匈奴王子並沒有得意，不過在一群臉色蒼白的侍從當中，臉不紅、氣不喘的他確有幾分特別。

劉教頭站在兩人中間，仍然搖頭，「打不得，打不得……」

韓孺子納悶東海王為何無事生非，向他望去，馬上明白過來，東海王又用上老招數，想要趁亂執行計畫。

站在東海王身邊的少年侍從大概就是花虎王，皮膚白晰、眉眼清秀，跟身軀偉岸的俊陽侯一點也不像，更沒有「虎王」的氣概，韓孺子之前沒怎麼注意過他。

「朕有些累了，不如讓他們比試一下，木刀木盾，不會有事吧。」韓孺子知道，沒有皇帝的許可，劉教頭斷不肯允許比武。

劉教頭十分為難，正沉吟未決，張養浩卻覺得自己接到了皇命，掄刀舉盾，繞過教頭，衝向匈奴王子。

匈奴王子也不示弱，舉刀盾迎戰，兩人你來我往，鬥在一起，劉教頭只得退開幾步，隨時監視，以防出現意外。

匈奴王子年紀小些，空揮刀盾還好，遇上硬碰硬的打鬥，很快就吃不消了，步步後退，張養浩寸步不讓，逼得越來越緊。

幾個回合之後，韓孺子終於看明白了，東海王並非隨意指定兩人打鬥，張養浩與匈奴王子明顯有仇隙，全都咬牙切齒，一副拚命的架勢，好像手裡拿著的是真刀真盾。

「可以了，住手吧。」韓孺子及時叫停。

劉教頭早等著這句話，立刻閃身衝進戰團分開兩人，身上為此挨了兩下打，臉上還是笑呵呵的，讚道：「不愧是名門之後。」

旁觀者都不太滿意，尤其是張養浩和匈奴王子，互相怒目而視，顯然都在強壓怒火。

直到最後也沒人向皇帝介紹匈奴王子的名字。

一塊回內宮的時候，韓孺子對東海王小聲說：「你不該挑唆他們兩個打架，匈奴王子是外國人……」

「對外國人更不能軟弱，陛下知道匈奴人有多壞？齊王叛亂，匈奴人一直在邊境蠢蠢欲動，要不是我舅舅及時打敗叛軍，此刻匈奴人已經大兵壓境啦。別擔心，匈奴的小子不敢惹事，出宮之後張養浩、花虎王那群人會收拾他的。」

韓孺子再次察覺到自己的無知，表面上和和氣氣的勳貴侍從，彼此也有著明爭暗鬥，從小生活在深宅的他，根本無從瞭解。

東海王輕輕撞了一下皇帝，眨眨眼睛，表示事情辦成，花虎王已經收下珍珠。

韓孺子的擔心才剛剛開始，花虎王畢竟只是一名十幾歲的孩子，如果將這件事告訴家裡人，俊陽侯很可能做出與禮部尚書元九鼎一樣的選擇，將珍珠交給宮裡的某位太監。

侯門怎麼會出豪俠？韓孺子對俊陽侯一家不可能特別信任。

可事情已經做了，覆水難收，他只能默默等待結果。

今天的帶隊太監還是左吉，從後面趕上來，向皇帝微笑道：「陛下今晚應該臨幸秋信宮，不如就在那邊進膳吧。」

又來了，韓孺子煩不勝煩，卻不能表露出來，飛快地瞥了一眼東海王，東海王掩飾得倒好，臉上毫無表情，韓孺子說：「有勞左公安排。」

左吉含笑退下，韓孺子忍住好奇，他在宮內孤身一人，絕不能再魯莽了，必須先得到母親的提示，再決定是否對這名太監採取行動。

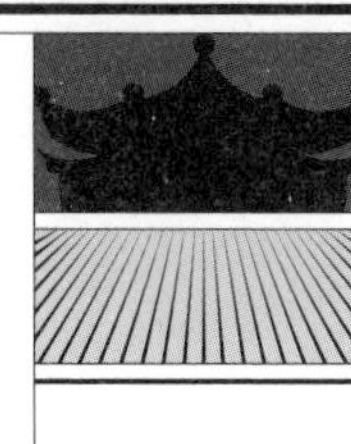

第三十六章　憤怒的皇后

每個月逢五的日子，皇帝必須去皇后所在的秋信宮過夜，據說「五」是天地交合之數，這一天人間的帝后要做表率，否則會擾亂宇宙中陰陽的運行，小則引發火災，重則星象失序，那就是天譴了。

韓孺子很想問一句，皇帝成為傀儡會引發多大的災難？但他只能安靜地吃飯，而且是依照古人的習慣，跪席而餐。

皇后跪坐在側席，從前每道菜由宮女端到皇帝面前的桌案上，現在多了一道程序，皇后接在手中，稍稍轉身再放下，以示尊敬，皇帝則點頭表示感謝，平白浪費許多時間，沒吃多少他就飽了，可菜餚還是一道道擺上來，由不得他說不吃。

儀式終於結束，看著幾乎沒怎麼動過的菜餚被端走，韓孺子莫名其妙地又感到飢餓，只好忍耐，盼著這一夜快點過去。

這個簡單的願望注定難以達成。

太監與宮女大多都離去了，卻有三個人留下，一位是太監左吉，一位是宮女佟青娥，一位是名四十歲左右的女官。

皇帝與皇后被請進臥房，在床上並肩而坐，左吉與佟青娥分侍左右，女官站在對面，施禮之後笑吟吟地看著新婚不久的兩個人。

韓孺子預感到事情不妙，皇太妃看來沒有完全說服太后，他又要被迫行夫妻之道。

果不其然，女官一開口就說了一通天地、陰陽、乾坤等等大道理，最後歸結到夫婦之禮，「陛下與皇后同房而不同床，或同床而不同枕，違背夫婦之禮，上愧列祖列宗，下惑四方百姓，更是忤逆太后一片苦心……」

韓孺子越聽越驚，忍不住打斷女官，「妳知道……我們沒有同床？」

他還感到憤怒，以為有人在偷偷監視自己，看向站在皇后身邊的佟青娥。

女官微微一笑，「新婚數日，陛下與皇后睡過的被褥乾乾淨淨，那自然就是沒有同床了。」

韓孺子越聽越糊塗，不過總算知道佟青娥不是奸細，於是嚴肅地說：「朕明白了，朕與皇后年紀還小，等過幾年再說。」

女官顯然有備而來，輕易不肯屈服，笑道：「若是沒有皇后，陛下自可再等幾年，既然有了皇后，就該遵守禮儀，不該讓皇后枯等、讓太后憂心。今日即是良辰，請陛下與皇后圓房，若有不懂的事情，本官與宮女佟青娥都可代為解答。」

韓孺子越聽越怒，作為傀儡，他已經很聽話了，很少惹麻煩，還幫太后度過難關，可是這樣還遠遠不夠，仍要被迫做自己不喜歡的事情，於是沉下臉來，「朕最近身體不適，無意圓房，妳們退下吧。」

女官笑容不改，「陛下縱不以大楚江山為念，也該想想皇后的感受。陛下若是執迷不悟……」

「沒錯，我就是執迷不悟。」韓孺子被逼到絕路，沒有別的辦法，乾脆耍賴，反正他沒什麼可怕的，「我就是不在乎天地運行、陰陽失調，太后憂不憂心我也不在乎，妳在這裡一本正經地說這些……這些事情，不覺得臉紅嗎？」

女官被說得愣住了，但她並不臉紅，反而很生氣，「陛下居然說這種話，怎麼對得起太后？陛下令本官沒有選擇，只好——用強了，佟青娥，該妳動手了。」

韓孺子以為用強就是打架，聽到女官叫佟青娥，不由一愣，這名宮女雖然比他大幾歲，畢竟是名女子，女官實在太瞧不起人了，心中大怒，騰地站起身，正要開口，吃驚地發現並肩而坐的皇后先他一步也站起來了。

皇后臉色鐵青，因為激動而聲音發顫，「左一個太后，右一個太后，我天天拜見太后，怎麼沒聽太后親口說過這種話？妳說這是太后的意思，好，咱們這就去見太后，當面問個清楚，太后若說是，我當眾和皇帝做給妳們看，太后若說不是，妳該當何罪？」

女官神情大變，喃喃道：「這種事情怎麼能問太后？」

皇后更怒，「妳也知道這種事情問不得、說不得嗎？怎麼敢在陛下面前出言不遜？我雖然年幼，沒讀過多少聖賢書，可也知道皇宮是天下最講規矩的地方，什麼時候輪到幾名奴才教皇帝閨闈之事了？內起居令呢？怎麼不在？讓他把妳的話記下來，也讓後世看看，大楚皇宮裡的奴僕張狂到什麼程度！」

女官的神情變得驚恐了，撲通跪下，她一跪，佟青娥也跟著跪下，兩人啞口無言，全都瞧向左吉。

左吉臉色也是微變，勉強笑道：「皇后言重了，宮裡有太后和陛下，誰敢張狂？都是她不會說話……」

「她不會說話，你來說，左公既然是太后侍者，應該最懂太后的心意，你說吧。」皇后雖是個小女孩，這時卻有幾分霸氣。

左吉張口結舌，轉向女官，怒道：「混帳東西，讓妳來勸說陛下而已，誰讓妳說這些無禮的話？還不向陛下和皇后請罪！」

女官有口難辯，只得不停磕頭。

韓孺子愣了好一會才反應過來，揮手道：「朕不計較，你們退下吧。」

女官如蒙重赦，膝行退到門口，起身就跑。

左吉尷尬不已，邊退邊說：「陛下休息。」

退至門口，左吉心有不甘，對皇后道：「崔家教出一位好皇后。」

「太后不也教出一位好奴才？」皇后冷冷地說。

左吉嘿了一聲，轉身退出，崔家的勢力還很大，連太后都要讓幾分，他暫時惹不起，也是他一時糊塗，光想著如何控制皇帝，忽略了年輕的皇后。

屋子裡還剩下一個佟青娥，她本應服侍皇帝和皇后休息，現在卻嚇得跪在地上不敢動。

「妳也退下吧，今晚不用妳服侍。」韓孺子並不怪罪佟青娥，作為一名宮女，她同樣身不由己。

佟青娥應聲是，同樣膝行後退，然後倉皇跑出房間，將門關上。

韓孺子扭頭看向皇后，發現這個小姑娘與最初印象完全不同，既聰明又果敢，而且懂得比他多，他只是憤怒，皇后卻已想到與太后對質。

皇后的神情恢復正常，稚氣，還有一點羞怯，露出一個無奈的微笑：「他們真是太過分了，我沒想到宮裡的人會是這樣。」

「妳怎麼猜到左吉是背著太后行事呢？」最讓韓孺子佩服的是這一點。

「其實我沒猜到。」皇后又笑了一下，「可我覺得，這件事就算真是太后安排的，她也不會承認，不會當著咱們的面提起，更不願被記錄下來。」

韓孺子一點就透，他很聰明，可有些事情單憑聰明是解決不了的，必須得是熟知情況、瞭解細節的人才能看出那些隱藏的破綻，「有些事情做得說不得，左吉他們是奴，可以不要臉面，太后是主，必須守禮。」

緊接著，韓孺子又明白了另一件事，「只有妳威脅去見太后才有用，妳是崔家的人，在宮外有照應，事情能鬧大，若是我去——太后會讓人打我一頓，外面的人根本不會知道。」

韓孺子坐下，越想越覺得自己不能再等，皇后暫時安全，他還處在危險之中，左吉明顯是要立功討好太后，早晚還會再強迫他行夫妻之道。

他抬起頭，發現皇后仍站在那裡，神情比滿懷心事的他還要憂鬱。

「妳怎麼了？」韓孺子驚訝地問。

「沒什麼。」話是這麼說，皇后卻突然跪下，一隻手臂放在床上，抬頭看著皇帝，問道：「陛下是不是因為我是崔家的女兒，所以才會……才會……獨睡一邊？」

「妳想多了，其實是因為……」韓孺子不想現在就提起東海王，嘆了口氣，「其實是為了保護我自己，我聽人說，太后急著要太子，太子一誕生，我就沒價值了。我不僅躲著妳，還得躲宮女，唉——」

韓孺子長嘆一聲。

皇后轉憂為笑，雖然比皇帝還小一歲，她懂得卻稍微多些，離家之前也聽長輩婦女說過一些必要的事情，「別的皇帝因為後宮嬪妃太多而被稱為昏君，陛下居然連一個都嫌多，可稱是至明之君了。」

韓孺子也露出一個苦笑，他甚至不覺得自己真是皇帝，哪來的「明君」？「休息吧，妳也應該累了。」

韓孺子起身，要向另一頭的椅榻走去，皇后輕聲道：「陛下還是睡床吧。」

「我跟妳說了，這樣很危險！」

「床足夠大，我睡一邊，陛下睡一邊，只要咱們不接觸，就不會有事。」

「不接觸就沒事嗎？不是同床共枕就會懷上小孩嗎？」韓孺子不太肯定。

皇后低頭笑了兩聲，然後正色道：「咱們同床，但是不共枕，陛下可以安心了吧。」

韓孺子聽出皇后話中的嘲笑之意，臉色微紅，他可以在一個陌生的環境中迅速察覺危機所在，對男女之情卻連最基本的瞭解都沒有，只記得故事裡的夫妻同床共枕之後就有了孩子。

「真的沒事？」

皇后肯定地點點頭。

「好吧。」韓孺子也不喜歡睡椅榻。

兩人幾乎同時轉身，難得一次自己動手脫掉外衣，皇后先上床，過了一會說：「我躺好了。」

韓孺子先去吹熄蠟燭，然後摸黑上床，靠邊而臥，默默地躺了一會，心想皇后懂得多，於是小聲問：「為什麼被褥乾淨，他們就知道咱們沒同床呢？」

「我也……不明白。」

皇后聲音裡有一絲猶豫，韓孺子相信她知道而不想說，那或許也是不適合直接說明的事情，他不再追問，開始琢磨如何對付左吉。

這意味著他來不及等母親的回信了，還意味著他只能選擇信任皇太妃。

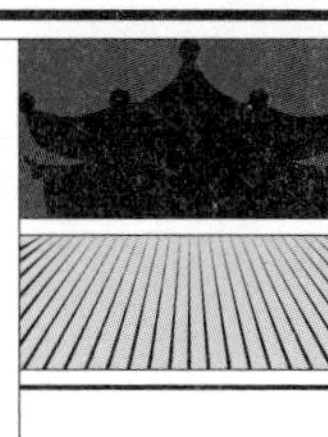

第三十七章 翻窗

又過了兩天，韓孺子才找到機會與皇太妃單獨交談。

名義上，內宮的總管人是皇后，可崔小君也跟皇帝一樣有名無實，一切權力都在太后手中，當太后忙於與大臣爭權奪勢的時候，內宮就交歸皇太妃管理。

皇太妃每天都來皇帝居住的泰安宮巡視一圈，可是想屏退眾多隨從卻也不易，總得有個理由。太后就是唯一的理由。

「小皇后一怒，太后有點擔心你會倒向崔家了。」這天傍晚，皇太妃終於可以不受懷疑地屏退太監與宮女。

「有東海王在，我怎麼會……哦，這也是太后將東海王留下的原因之一吧。」韓孺子明白了，東海王差不多就是崔家的天然屏障，時刻提醒韓孺子，崔家不可能接受別的皇帝。

「太后只是有點擔心，我相信陛下不會倒向崔家，崔家勢力太大，朝野矚目，也是太后盯得最緊的一塊。」

「想都沒想過。就算我願意，崔家也不願意。」韓孺子的確沒想尋求崔家的支持，「羅煥章是怎麼回事，他是東海王的師傅，應該算是崔家的人吧？」

「羅先生不只是崔府西席，還是東海名儒，教過不少弟子，其中也包括太后與我。」

桓帝還是東海王的時候，力推仁義治國，為作表率，延請國內知名的儒生進府教化後宮，時間不長，隔簾授學，先生與弟子相互間只聞其聲不見其人，眾多名師當中，羅煥章給府內諸人留下的印象最深。

羅煥章不願做官，卻喜歡教書，基本上來者不拒，上至王侯將相下至販夫走卒，都有他的弟子，交遊遍及天下，許多友人甚至是崔家的仇敵，他也從不避諱，而是公開交往，崔家為搏名聲，反而還要小心侍候這位教書先生。

朝中大臣不乏羅先生從前的弟子，大都是正統的保皇派——不管皇帝是誰，只要正式登基，就是他們保護的目標，當他們想要與深宮裡的皇帝取得聯繫時，很自然地想到了正在教授國史的羅煥章。

羅煥章則想到了上官皇太妃。

皇太妃還是東海王府裡的端良人時，負責養育王子，為此傾盡心血，王子需要良師教授時，她第一個就想到了羅煥章，派人以重金延請。

羅煥章卻是個大忙人，當時正在外地雲遊，等到重返東海國的時候，王府已為王子請到師傅，但是隨時都願為羅師換人，羅煥章聽聞之後，立刻離去，甚至沒在家過夜，絕不願奪人之美。

即便如此，端良人和東海王妃仍將羅煥章視為王子之師，王子從八歲起就給羅煥章寫信討教疑難，羅煥章無論身在何處，接信必回，直到東海王被封為太子，王子成為皇太孫，羅煥章中斷聯繫，不再回信。

王子的信裡一定是透露了某些細節，羅煥章很早就猜出上官氏姐妹之間暗藏矛盾，可能比當事人察覺得還要早，他視之為自己不該瞭解的祕密，從未向外人透露，可是當他要在皇宮內找一位聯繫者時，馬上想到了皇太妃。

兵行險招，羅煥章此舉冒著生命危險，如果他此前猜錯了，或者皇太妃與太后早已合好如初，他的試探就是在往自己脖子上架刀。

他猜對了。

「羅師與我都不求顯達，他為仁義，我為報仇，陛下事後獎賞那些暗中支持您的大臣即可，至於羅師，連名字都不要提。」

回想羅煥章的形象，韓孺子由衷地說：「東海王真是幸運。」

皇太妃微笑道：「是崔家幸運，當時羅師正在京城訪友，這位友人恰好得罪崔家，羅師為了救人才同意進府擔任西席一職，不過他不是崔家的人，從前不是，現在更不是，羅師和他教出的弟子們，向來都反對外戚干政。」

韓孺子心中的信任又多了幾分，終於問到最重要的事情：「我要怎樣才能制伏左吉？」

皇太妃沉默了一會，「左吉的事情太醜陋，我不想說，我只能告訴陛下：每天上午送陛下前往凌雲閣之後，左吉都會去附近的仙音閣休息，陛下若能出其不意闖進去，十有八九會捉到他的把柄，只需威脅說要將事情捅到太后那裡去，左吉就會老實聽話。」

韓孺子撓撓頭，皇宮裡總有「能做不能說」的事情，這讓他困惑不已，「左吉的把柄連太后都不知道，皇太妃怎麼會知道？」

皇太妃笑道：「登高望遠，卻偏偏看不到山下的風景。太后盯著的是崔家、是朝堂、是遠在數千里之外的齊王，卻忽略了身邊的左吉。知道左吉把柄的人除了我還有幾個，可是誰也不會向太后告密，因為太后一怒之下，會連告密者一塊收拾掉。」

皇太妃臉上的笑容消失，身為親妹妹和最受信任的人，她在太后面前也沒有太多的安全感。

皇帝不用擔心太后的憤怒，因為他本來就是太后早晚要除掉的傀儡。

韓孺子想了想，「仙音閣，我只要突然闖進去，就能抓到把柄？」

「我不保證十拿九穩，陛下進入凌雲閣兩刻鐘後再去闖仙音閣，最有可能撞到左吉的醜事。」

「醜事……究竟有多醜？」

皇太妃微笑著搖搖頭，有些話她怎麼也說不出口。

兩人不能聊得太久，皇太妃起身，「我會告訴太后，說陛下感激小皇后的幫助，但是對崔家仍無好感。」

「好。」韓孺子開始考慮如何才能在聽課中途硬闖仙音閣，雖然兩處相隔不遠，對於皇帝來說，卻不啻於一場千里奔襲，皇太妃已經走到門口了，他突然想起自己還有一句話沒問：「最後妳要怎麼報仇？大臣要怎麼處置太后？」

皇太妃微微躬身，「奪走太后的權力就是我想要的報仇，至於如何處置——等陛下親政，就由陛下一人決定了。」

十步以外、千里之內即是皇權所在，十三歲的韓孺子不禁怦然心動，他知道自己要做的第一件事是什麼，不是處置太后，也不是追捕齊王，而是將母親接到身邊，還有，要將劉介放出來，讓他繼續掌管寶璽，如果他在牢裡還活著的話。

夜裡睡覺的時候，韓孺子幾次從夢中醒來，以為能聽到孟娥冷冷的聲音，結果都是錯覺。他真希望孟娥能出現，好從她那裡現學幾招輕功，他幻想自己能在大白天飛檐走壁，直闖仙音閣。

恐怕孟娥本人也做不到這點，她和兄長孟徹好幾天沒出現，或許是被太后派去執行任務了。

皇太妃指出一條路，卻沒有指明如何繞過關卡，皇帝得自己想辦法。

辦法不會說有就有，次日一整天韓孺子都在思索，結果一無所得，他甚至想讓東海王幫忙，不過很快就放棄了這個打算，他與東海王的交易只限一次，絕不能再有第二次。

皇帝生母那邊還沒有回信，花虎王已經找出王美人的住址，卻沒有合適的藉口前去拜訪，只能等待一陣子再說。

這天夜裡，宮女佟青娥在幫皇帝更衣時，手掌總是停留不去，像是在撫摸，韓孺子再年輕也明白這是什麼意思，所以換小太監張有才過來幫忙，同時打定主意得盡快動手了。

他並未斥責佟青娥，宮女的每一個動作都那麼笨拙且生硬，顯然是被迫做這種事。

左吉不僅自己做醜事，還要強迫別人跟他一樣醜陋，韓孺子隱約明白皇太妃所謂的「醜事」是什麼了，心中厭惡，卻越發堅定了要收拾左吉的決心。

辦法就像是不小心丟失的隨身物品，千尋萬尋不見，目光隨意一掃，發現竟然近在咫尺，韓孺子想了兩天也沒制定出完美的計畫，第三天上午聽課的時候靈機一動，找到了辦法。

講課的是位老先生，功力深厚，只用了一刻鐘就將東海王和兩名太監講得昏昏欲睡，韓孺子突然站起身，向門口走去，老先生茫然地看著皇帝，嘴裡還在背誦《樂經》片段。

韓孺子衝老先生點點頭，指指自己的肚子，示意要去出恭。

老先生沒有反對，東海王趴在書案上就要睡著了，門口的兩名太監倒是馬上清醒過來，韓孺子腳步不停，徑直往外走，右手在肚子上揉了兩下。

老太監示意年輕太監跟隨皇帝，他留下繼續打盹。

隔壁房間裡，年輕太監端來淨桶，皇帝解小手，辦法一下子從心裡蹦出來，「桶沒倒過嗎？為什麼味道這麼大？」

「啊？」年輕太監平時盡量不與皇帝說話，這時頗為惶恐，怕的卻不是皇帝，「奴才這就去……」

太監抱著淨桶匆匆下樓，房間裡只剩皇帝一人。

後窗開著。

再多考慮一會，韓孺子可能就會放棄這個主意，可太監很快就會回來，他需要馬上行動。

凌雲閣有兩層，講課是在樓上進行，翻窗出去之後能踩在一樓的屋檐上，離地面還挺高，不過附近有幾株大樹，其中一株的樹枝正好伸到窗邊，韓孺子仍然沒有細想，跳上樹枝，抓著更高些的枝條，幾步跑近樹幹，慢慢爬下去，落葉簌簌，他也不管，如果被太監發現，就當是一場胡鬧好了。

離地面不遠，韓孺子跳下去，心中稍安，一轉身，發現數名侍從正用難以置信的目光看著他。

翻窗爬樹的皇帝，他們連聽都沒聽說過，今天卻親眼看到了。

沒人說話，沒人敢說話，只有落葉還在輕輕飄落。

「隨朕來。」韓孺子說，如果這些人不聽命令，他就只能承認慘敗了。

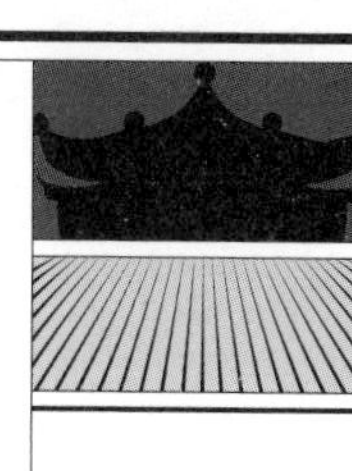

第三十八章　撞門

凌雲閣裡，皇帝聽老先生講課昏昏欲睡，凌雲閣外，眾侍從更是百無聊賴。勳貴子弟入宮隨侍是歷朝歷代通行的做法，設計這套制度的核心與初衷都是為了討好皇帝，可沒人考慮過侍從們該如何打發時間。

他們不能離得太遠，必須隨叫隨到，哪怕一輩子輪不到一次，也得時時做好準備，當然，無聊的生活是有回報的，這是他們入仕的開始，只要不出意外就是功勞，積累幾年後，就能憑此當官，運氣好能被皇帝記住的話，甚至有一步登天的可能。

如果服侍的皇帝恰好是一名傀儡，前景可就黯淡多了，忍受無聊的耐力自然也會下降許多。

五名侍從躲在凌雲閣後面的樹下，偷偷地擲骰子賭博，不敢大聲喧嘩，大多數時候只用手勢比劃，還有一名侍從守在附近望風，防備禮官或太監走近，可是他們怎麼也想不到，抓賭者是從樹上爬下來的，而且是皇帝本人。

地上散落著幾粒骰子和一張寫滿字的紙，進宮沒必要帶金銀，他們都是先記帳，出宮再算。

侍從們蹲在地上，抬頭呆呆地看著皇帝，沒有下跪，也沒有吱聲。

韓孺子認得骰子，沒看到錢幣，以為這些人只是在玩遊戲，根本不知道其中的輸贏最少也有三五十兩，多的時候甚至能達到上千兩。

「隨朕來。」韓孺子的目光落在其中一名侍從身上。

辟遠侯嫡孫張養浩愣住了，左右掃了一眼，確認皇帝盯著的真是自己，向前一撲，改蹲為跪，「遵旨！」

其他人終於反應過來，也跟著跪下。

「噓。」韓孺子示意他們小聲，「朕要欣賞春景，你們陪朕走走。」

時至初夏，春景不再，御花園卻更是萬紫千紅，頗值得賞玩，當然，沒人相信皇帝的話，可是在百無聊賴的日子中，冒險有著不可抵禦的吸引力。

「是，陛下。」張養浩應道，搶先將骰子和記帳的紙張塞進懷裡，「等等，陛下，還有一個人。」

張養浩起身，快步走到一塊石頭後方，伸手拍了一下，從那裡慢慢站起另一名侍從，看年紀只有十來歲，他是在這裡望風的。張養浩的想法倒也簡單，既然要陪皇帝冒險，就要大家一起參加，免得事後有人告密。

凌雲閣建在一座小山上，山不是很高，前面是一道斜坡，後面是一片陡直的假山怪石，沒有多高。前面人多，自然不能去，六名侍從護著皇帝從後山慢慢爬下去，到了地上全都興奮得脹紅了臉，可是心中也越發惴惴，覺得冒險到這個程度就可以了，再多一點，他們就得以死勸諫皇帝回頭。

好在皇帝沒有更多要求，在御花園裡信步閒逛，看到新奇的花草樹木總要問個名字，張養浩等人懼意漸去，越來越放鬆。

韓孺子每天來凌雲閣走的都是固定路線，大致知道仙音閣離此不遠，真走的時候卻找不到路，於是隨口問道：「仙音閣在哪？聽說那是個好地方。」

年齡最小的侍從搶著道：「臣知道，臣給陛下帶路。」

張養浩沒搶到帶路的機會，靠近皇帝介紹道：「仙音閣是聽曲的地方，臨著太掖池，入夜之後讓歌伎泛舟池上，陛下在閣內開窗細聽，方有味道，白天只是一間空房子而已，沒什麼意思，不如去……」

「仙音閣離得近，逛完之後朕還得馬上回凌雲閣。」

張養浩馬上收聲。

仙音閣果然很近，拐幾個彎就到了，路上沒遇到任何人，想必左吉也喜歡此地的僻靜。

太掖池是座大湖，仙音閣建在岸邊，門窗緊閉，好像沒人。

韓孺子發現自己大意了，他應該在聽課的時候往窗外望一眼，確定左吉不在樓下再行動，現在走回去是不可能了，他停下腳步，對六名侍從說：「你們留下，嗯……張養浩陪朕去仙音閣裡看一眼。」

侍從們都沒意見，張養浩還有點激動，走在皇帝身邊，腿抬得比平時要高一些。

走出十幾步之後，韓孺子對張養浩說：「謝謝你，朕會記得你的功勞。」

張養浩明顯一愣，馬上躬身道：「臣盡職而已，怎敢言功？」

皇太妃說過，是張養浩將「尚思肉否」的紙條趁亂塞給皇帝的，可是看他的反應好像有點不對，韓孺子想問個明白，轉念改了主意，張養浩常見，以後機會多得是，眼下最重要的事情是抓左吉的現形。

離仙音閣很近了，裡面隱約有嬉笑聲傳來，張養浩也聽到了，驚訝地小聲說：「陛下，裡面有人。」

「是嗎？咱們進去看看。」韓孺子大步向前。

從這時起張養浩開始覺得不妥，卻找不到理由勸說，見皇帝已經走到門口，急忙跟上去。

仙音閣裡果然有人，而且不只一個，像是兩個人在互相逗趣，笑聲卻有點怪，張養浩年紀更大，立刻明白了這是怎麼回事，臉色驟變，攔住皇帝，小聲說：「陛下不要進去，我馬上去找人將他們拿下。」

韓孺子可不能丟掉到手的機會，命令道：「把門踹開。」

張養浩又是一愣，終於回過味來，皇帝並非信步閒游，而是有備而來，一不小心，自己居然捲入了宮內的陰謀，心中大駭，攔不敢攔，跑不敢跑，臉色變得蒼白，身子瑟瑟發抖。

無需再調查，韓孺子已經可以確定當初塞紙條的人不是張養浩，皇太妃撒謊了，可他仍然要衝進仙音閣，就算裡面的人不是左吉，也要進去看個究竟。

「張養浩，朕命令你撞門。」韓孺子年紀小了幾歲，個子也矮了半個頭，這時的語氣卻是不容回絕的，即使只當了幾個月的傀儡皇帝，他也學會了如何展示威嚴。

張養浩只是一名勳貴侍從，皇宮的祕密對他來說太遙遠、太隱晦，明知皇帝是名傀儡，也不敢違逆，咬咬牙，上去一腳踹在門上，隨即哎呦一聲倒地不起，雙手抱腿，像是受了傷。

韓孺子知道張養浩在假裝，卻沒有過問，仙音閣不是住人的地方，門板不厚，張養浩那一腳未用全力，也將裡面的門閂踹折了，韓孺子和身一撲，整個人撞了進去。

由陽光明媚的室外進入屋子裡，眼前顯得很黑，韓孺子還沒看清人影，裡面的人先看到了他。

「誰這麼大膽？」是左吉的聲音，十分憤怒，馬上又變得驚慌與困惑，「陛、陛下……快走！」

後兩個字不是對皇帝說的，韓孺子看到一道身影向自己衝來，眼看就要擦肩而過奪門而出，證據就要溜走，他大聲喝道：「我認得你！」

身影嚇得一個趔趄，竟然停下了，扭頭看著皇帝，顫聲道：「陛下饒命。」

這麼一照面，韓孺子還真認出來了，「梁安？」

當初有四名侍者被分派給皇帝與東海王，張有才、佟青娥服侍皇帝，梁安、趙金鳳服侍東海王，東海王脾氣大，沒幾天就將這兩人攆走，身邊的侍者像走馬燈似地換個不停。

韓孺子還記得梁安，此人與皇帝、東海王年紀相仿，是名俊俏的小太監，這時卻變了模樣，衣裳不整，鞋沒穿，光著膀子，滿臉的恐懼，淚水漣漣，與皇帝對視片刻，撲通跪下了。

左吉跑過來，同樣也是衣裳不整，卻不像小太監那麼驚恐，他已經度過最初的慌亂，開始冷靜下來，「陛下不在凌雲閣聽課，來這裡做什麼？」

韓孺子心中十分不解，這兩人都是太監，能做什麼「醜事」？臉上卻一點也不表現出來，腦筋轉得飛快，琢磨左吉為什麼不怕，昂首道：「朕來捉奸，朕不是一個人來的。」

左吉對前一句話無所謂，卻被後一句話嚇了一跳，向屋外探頭看了一眼，只見門口地上坐著一名侍從，遠處還有幾名，正向仙音閣這邊張望。

左吉迅速縮回頭，看了一眼已經嚇癱的小太監梁安，強自鎮定，「陛下胡說什麼，我、我只是來仙音閣休憩片刻，打個盹而已，梁安過來服侍我……」

「在太后面前你也會這麼說嗎？」韓孺子沒明白這裡究竟發生了什麼，但是記得皇太妃的提醒，只有抬出太后，才能鎮住左吉。

皇太妃撒過謊，可大部分話還是真的，左吉聞言臉色巨變，「太后？關太后……什麼事？」

「我哪知道？明天早晨給太后請安的時候我問問。」

左吉終於明白過來，皇帝此來並非偶然，他蒙不過去，一下子也跪下了，「陛下饒命，我……奴才就這一次，再不敢了。」

仙音閣不是審問的地方，凌雲閣那邊十有八九已經發現皇帝失蹤，韓孺子得抓緊時間，對趴在地上的小太監說：「梁安出去。」

梁安爬行出去。

韓孺子向屋裡走了幾步，防止外面的張養浩聽到，低聲問：「太后手上的傷是怎麼回事？」

左吉一哆嗦，皇帝一開口就提到致命的問題，他的心裡亂成一團，失去了考慮後果的能力，再次跪倒，「是、是先帝劃傷的。」

「哪個先帝？」

「思帝……陛下，千萬不要再調查這件事了，讓它過去吧，陛下惹不起太后。」

韓孺子還有許多疑惑，但沒有馬上問，他已經牢牢抓住左吉的把柄，用不著步步緊逼，嗯了一聲，便走出仙音閣。

小太監梁安還在路上爬行，站都站不起來，張養浩抱著腿，頭低低埋下，生怕被太監認出來。

「走了。」韓孺子大聲道，越發確信塞紙條的人不可能是張養浩。

第三十九章　願效犬馬之勞

眾多太監與侍從守在凌雲閣外無所事事，或坐或站，三五成群，低聲交談，就連專門負責維持秩序的禮官也放鬆警惕，隨意遙望，欣賞園中景致，忽然看到數名侍從從遠處匆匆走來，眉頭不由一皺，這些勳貴子弟太不守規矩了，進宮是盡職責，不是來遊玩，皇帝還在聽課，他們居然四處閒逛。

禮官眯著眼睛仔細觀瞧，要看清對方的身份之後再決定如何處置，這一看不得了，發現其中一名侍從的服飾與眾不同，不是侍從常用的紫色，而是帝王的黃色，心中不由得大驚，再看一會，大驚變成了大恐、大惑。

不只禮官一個人發現異常，很快所有人都看到了從遠處走來的皇帝。

沒人能理解這究竟是怎麼回事，凌雲閣裡明明有一個皇帝，外面為何又走來一個？

直到大家看到太監左吉跟在來者身邊亦步亦趨，終於明白這是真皇帝，忽啦啦全都跪下，禮官高聲道：「臣等參見陛下，陛下……」連他也不知道這種情況下該說什麼，只覺得頭暈目眩，眼中的天地都要顛倒了。

韓孺子目不斜視，匆匆從眾人中間走過，獨自進入凌雲閣，至於如何解釋，就交給左吉了。

與閣外眾人的驚訝、迷惑不同，凌雲閣內的兩名太監都快急瘋了，樓上樓下地找了幾遍，房梁上、桌子下都看了，就是沒有皇帝的蹤影，又不敢出去求助，老太監一邊找一邊抬手拍打年輕太監，「死定了，這回死定了……」

韓孺子從兩人身邊走過，說：「園景不錯，你們也該去看看。」

皇帝快步上樓，兩名太監目瞪口呆，年輕太監一下子坐倒，抱著老太監的大腿，「我的媽呀……」

東海王伏案酣睡，老先生還在喋喋不休地講述「宮、商、角、徵、羽」的深刻含義，對皇帝的進出好像一無所知。

韓孺子坐下聽講，一點也不犯睏，諸多疑惑此起彼伏。

護送皇帝前往勤政殿時，左吉明顯比平時恭順，幾度欲言又止，韓孺子相信，左吉今晚就會來找自己私下交談。

勤政殿裡，大臣們向皇帝恭賀。

齊王落網了，他帶領少數親信與家人逃至海邊，打算乘船出海，可惜在最後時刻選人的眼光不怎麼樣，齊王的三個兒子、兩名侍妾分別透過不同的管道向官府通風報信，引來追兵。齊王想要自殺，卻被衛兵按下，交了出去。

首逆被抓，齊國叛亂至此算是告終，太傅崔宏很快可以班師回京，由各地官吏繼續抓捕從犯。

韓孺子更關心楊奉的去向，可是沒人提起他，如何處置齊王才是大臣最關心的問題，而這要由太后決定。

太后大概是故意等皇帝到來，好讓自己的旨意無懈可擊，這時派出女官宣佈她的決定：齊王逆天妄為，罪不容赦，敕令自殺，以庶民之禮埋葬，國除；齊王世子追隨逆父且無悔意，按律處罰；齊王其他幾個兒子，貶為庶人；齊國吏民，受脅迫者無罪，主動追隨齊王者抵罪，蠱惑齊王者皆領極刑，罪及三族。

對韓孺子來說，這又是一課，首逆者齊王受到的懲罰並不重，甚至保住了幾個兒子，普通吏民也得到寬恕，唯有「蠱惑者」罪大惡極，不可原諒。

大臣們基本上沒有異議，但是都覺得對齊王的懲罰太輕，與太后來回爭論。

韓孺子坐了一會，沒聽到結果就被送回內宮，由於下午要習武，他一般不回泰安宮，而是在御馬監的一間屋子裡進午膳，這裡的規矩較少，服侍的人也不多，吃飯比較隨意，東海王是服侍者之一，但其實是與皇帝同桌進餐。

東海王已經聽說了齊王落網的消息，一臉得意，「還是我舅舅厲害吧。哼，當初我舅舅一時大意敗給齊兵的時候，還有人要將崔家滿門抄斬呢，這回沒話說了吧，不知太后會封我舅舅什麼官？」

現在還沒到論功行賞的時候，韓孺子將太后的旨意大致說了一下，然後道：「『法網恢恢，疏而不漏』，大概就是這個意思吧，那些蠱惑者的確最可恨。」

東海王笑著搖頭，將嘴裡的菜嚥下去，「你太沒有經驗了，你以為這就是寬大為懷嗎？」

「不是嗎？受脅迫的吏民無罪，只有追隨者和蠱惑者才受重罰。」

東海王連連搖頭，「朝廷嘛，總得做出寬大的樣子給天下人看，真到動手的時候，下面的人誰敢寬大？寬大就是對皇帝不忠。」

韓孺子很驚訝，「難道大臣們還會違背聖旨不成？」

「當然不會。」東海王扒拉幾口飯，放下碗筷，「誰是追隨者？誰是蠱惑者？齊王說要造反，你沒公開反對，算不算追隨者？齊王打了一次勝仗，你跟著大家一塊祝賀了幾句，算不算蠱惑者？還有最重要的一句，『罪及三族』，你沒事，可是你的某個多年沒來往的親戚參加了叛軍，還是會受到連坐。這種事有先例，不誅殺萬人以上，就是相關大臣辦事不力，回朝會受處罰。」

「萬人以上！」韓孺子震驚了。

「嘿，死再多人跟你也沒關係。」東海王起身伸懶腰，「上午睡得好，下午精神才足。」

韓孺子與外界的接觸極少，因此對最終株連多少人不是很在意，他震驚的是朝廷旨意與實際執行之間的偏差，太后顯然很瞭解這些「慣例」，因此草擬了合格的旨意，而大臣們的一些反對意見，其實是在揣摩太后真實的心意，等到具體執行的時候，心裡就大致有數了。

韓孺子忍不住想，如果自己果真執掌大權的話，一定不是合格的皇帝，他需要楊奉那樣坦率直接的教導者，而不是一群只會背書的老朽，就連講課比較精彩的羅煥章，也沒有大用。

真的能鬥敗太后親自執政嗎？韓孺子怦然心動，畢竟他已經邁出了第一步，只是皇太妃的一句謊言讓他耿耿於懷。

下午的習武「被消失」了，沒有什麼原因，皇帝被送回泰安宮，是由左吉護送的，他一進屋就將所有人都攆出去，然後走到皇帝面前，神情嚴肅地說：「陛下受誰指使？」

左吉想明白了，皇帝不可能自己發現「姦情」，必然是得到了幫助。

韓孺子知道什麼是虛張聲勢，微笑道：「誰能指使皇帝？左公稍安勿躁，朕又沒說一定會將此事告訴太后，齊國戰事方平，需要太后處理的事情很多，朕也不想再給太后添麻煩。」

左吉立刻就服軟了，心軟腿也軟，撲通跪下，哭喪著臉說：「到底想要怎樣，陛下就明說吧，奴才再也不強迫陛下行夫妻之道了，除非……除非……」

「除非太后下令。」

左吉無奈地點點頭。

「放心，朕只是想與你聊聊。」韓孺子坐到椅榻上，居高臨下地看著跪在地上的太監。

「聊什麼？」左吉知道要聊什麼，他早已悔恨萬分，不該在仙音閣裡洩露太后的祕密，可是當時太慌張，沒能管住嘴巴。

「太后手上的傷。」

「奴才已經說過了……」

「朕要聽詳細經過，當時是怎樣的情況？你是親眼看到，還是聽別人說的？」

左吉咬著嘴唇，半天沒說話，韓孺子也不急，坐在那裡安靜地看著他。

「陛下準備得怎麼樣了？」左吉終於開口。

韓孺子微微一愣，沒想到左吉會問出這樣一句話，平靜地回道：「只差一點證據。」

這是一句含糊的回答，左吉按自己的思路理解，將心一橫，說：「早在大臣們圍攻太廟的時候，奴才就知道太后堅持不久，上官家勢單力薄，即使掌管了南軍，也不足以震懾群臣。陛下既然有心，奴才願效犬馬之勞。」

韓孺子的計畫是一點點地問出真相，令左吉有所忌憚，結果這名太監的反應完全出乎他的意料，前一刻還在虛張聲勢，下一刻就表態願當先鋒。

跟齊王一樣，太后也信錯了人。

「朕從來就不擔心外面的大臣。」韓孺子仍以虛言回之，究竟有哪些大臣站在皇帝一邊，他還一無所知。

「陛下在勤政殿折服齊王世子，同時也折服了諸位大臣，消息早已傳遍京城，大家都說陛下聰明英武，必是一代聖君。」

左吉開始拍馬屁了。

韓孺子靜靜地聽完，「告訴朕真相。」

「是。」左吉匍匐在地磕了一個頭，仰頭說道：「那是今年二月二十三前後，思帝與太后大吵了一架，沒有外人在場，奴才也只是聽到寥寥幾句，思帝離開之後，奴才進屋，看到太后手上流血，於是幫太后包紮。太后流淚，說思帝不孝。幾天之後，思帝得了重病，月底就駕崩了。」

「這麼說你沒有親眼見到思帝動手？」

「肯定是思帝啊，思帝剛走奴才就進屋，太后手上已經流了不少血，總不至於是自傷吧。」

「你沒撒謊？」

「奴才怎敢？只求陛下念奴才立過一點點功勞，日後能給奴才留一條活路。」

「只要你不是首惡之人，朕不會追究。」韓孺子也學會怎麼在話裡留一手。

左吉沒聽出來，急忙道：「奴才不是首惡，奴才連協從都不算，思帝之死與奴才一點關係沒有。」

「太后為何要對親子下手？」

「奴才真不知道，不過太后與思帝一向不親密，完全不像母子，流言說皇太妃才是思帝生母，當初是為了爭奪王妃之位，才讓給太后。」

韓孺子點點頭，沒提皇太妃，問道：「太后不可能沒有幫手，你覺得會是誰？」

「楊奉，肯定是楊奉！」左吉脫口而出，「思帝病重的三天，只有楊奉一個人在寢宮裡晝夜服侍，御醫和貼身的太監、宮女進去待不了多久就會被攆出來，奴才一早就懷疑楊奉，只是沒有直接證據。」

韓孺子並不相信左吉的指控，可是的確有一件事不好解釋：楊奉忠於思帝，卻在思帝駕崩之後，得到太后的信任。

見皇帝不語，左吉以為自己說得不夠，馬上又道：「還有一名宮女，思帝的湯藥都是她送進去的，就算不是從犯，也能知道點什麼。」

第四十章　回信

盛夏將臨，齊王落網的消息令京城又熱了幾分，成隊的官吏乘車騎馬馳往關東收拾殘局，兵來將往的戰鬥已近尾聲，掘地三尺、刨根問底的戰鬥才剛剛開始，不著片甲的文吏們磨刀霍霍，信誓旦旦地要挖出每一名叛逆者。

小規模的戰鬥已經在京城開始，幾乎每天都有大臣遭到逮捕，深藏的往事都被翻了出來，某年某月某日與齊國某人的一次交談、一封書信，就是罪證。

除奸之戰如火如荼，逐漸向齊國、向天下各地擴展，甚至深入到皇宮內部，韓孺子發現，跟隨自己的太監更換得越發頻繁，每天都有新面孔出現，舊面孔則變得更加謹慎小心，原來還能偶爾偷偷懶，現在一群人站在凌雲閣外，半天沒有一個人敢說話，更沒人敢擅離職守，張養浩等人已經幾天都沒碰過骰子了。

見過左吉的第三天下午，韓孺子找到機會與皇太妃進行了一次交談。

「左吉說有一名宮女可能瞭解思帝的死因，可他不知道姓名。」

「我知道，她叫陳安淑，思帝駕崩不久，她就跳井自殺了，據說是受到楊奉的逼問，心中恐懼過度。」

韓孺子故意不提楊奉的名字，皇太妃卻主動說出來，然後輕輕揮下手，「楊奉忠於思帝，甚至願意為思帝而死，他肯定是懷疑事情有鬼，所以追查不休，太后或許就是因此將他派出京城。」

韓孺子本來就不相信楊奉會是弒君之人，皇太妃的話更讓他放心了，同時還有一點小小的嫉妒，楊奉真心想要輔佐的是思帝，幫助現在的皇帝乃是不得已，所以才會三心二意吧。

「接下來該怎麼做？」韓孺子沒說張養浩的事情，而是留了一個心眼，打算走一步算一步。

「這麼說陛下肯相信我了？」

韓孺子點點頭，老實說，他對思帝之死不是特別感興趣，但他現在相信皇太妃與太后真的有仇。

皇太妃等了一會，壓低聲音說：「朝中大臣人心惶惶，都想盡快起事。」

「妳說的這些大臣都有誰？」韓孺子問。

皇太妃笑笑，「我只負責在皇宮裡與陛下聯繫，危急的時候保護陛下的安全，外面的事情由羅師聯絡，陛下聽課時不妨問一問，他即使不能明答，也會給一些暗示。」

韓孺子又點點頭。

「計畫也是羅師制定的，想要奪權，關鍵不在太后，而在南軍大司馬上官虛，這段日子，他一直留駐南軍籠絡軍心。大概半個月之後，太傅崔宏將會班師回京，上官虛肯定會去迎接，大臣們打算趁機起事，同時剝奪兩人的印綬。」

「崔太傅的也要奪？」

「崔家權勢太盛，又剛立下大功，若不奪權，只怕會是第二個太后。」

韓孺子再次點頭。

「可是只奪印綬不行，沒有陛下的聖旨，大臣和軍中將士不會聽從起事者的命令。」

「要我寫聖旨嗎？可是皇帝寶璽不在我手裡，只有我的字恐怕沒用吧。」

「這就是陛下與我要做的事情，咱們得想辦法拿到寶璽，寫出一份真正的聖旨，如此裡應外合，大事可成。」

這聽上去是個很可能成功的計畫，韓孺子卻猶豫了，或許是因為皇太妃撒過謊，他的信任不多，想了一會，說：「讓我考慮一下。」

「陛下，機不可失，眼下齊亂方平，內外洶洶，陛下一呼百應，正是奪回權力的大好機會，再過一段時間，一旦局勢完全穩定下來，大臣們就沒那麼容易呼應了。陛下每日前往勤政殿時沒有發現一件事嗎？幾乎每天都有新官上任，多半是上官虛和他的黨羽推舉的，長此以往，上官氏就是下一個崔家。」

「上官虛也是妳的兄長吧。」

皇太妃冷笑一聲，「整個上官家族的眼裡只有太后，不過我還是要為他們求個情，事成之後，請陛下將上官氏貶為庶民，饒他們一命。」

「我要考慮一下，不是還有半個月嗎？應該來得及。」

「寶璽如今由景耀親自掌管，想拿出來一用可不容易……」話說到一半，皇太妃改了主意，微笑躬身，「謹慎方得長久，陛下應該考慮一下，陛下若是做出決定，通知我就行，由我想辦法弄來寶璽，聖旨則要由陛下親筆寫成。」

皇太妃告辭。

上床躺下睡覺的時候，韓孺子突然明白自己為何不信任皇太妃，不只是因為她撒過謊，還因為楊奉曾經提醒過他：最早主動接觸皇帝的人必定別有用心。

到目前為止，已有幾個人主動接觸皇帝：孟娥想要一份只有太后或皇帝才能給予的報答，具體是什麼卻不肯說；佟青娥的「用心」簡單而直接，而且是被迫的；羅煥章和皇太妃呢？這兩人所圖最大，所求卻最少，不為名、不為利、不為官，一個從仁義出發要匡扶皇室，一個要報姐妹之仇。

不可信，韓孺子對自己說，這不可信，如果楊奉在這裡，肯定能一眼看出兩人真正的目的是什麼，他卻只是覺得可疑而已。

他比任何時候都希望得到母親的回信。

次日上午的授課人正好是羅煥章，他已經講完成帝，開始述論大楚第三位皇帝安帝和第四位皇帝烈帝。

安帝體弱多病，在位四年駕崩，建樹不多，兒子烈帝卻大有作為，若不是後來被武帝奪美，他會是大楚戰功最為顯赫的皇帝。

烈帝治國十六年，時間不是很長，期間平定了諸侯之亂，北逐匈奴、南伐百越，在內鏟除了當時的外戚馬氏。

「馬氏專權，僭越無度，甚至有官員自稱『馬氏吏』，以顯尊榮。烈帝睿智，看出群臣並非盡為馬氏所用，於是順勢而為，一紙令下，十日之間，馬氏黨羽伏法，無一逃脫。」

「馬氏既然專權，為何還有大臣不肯依附？」韓孺子問道，自從上回跳窗後，入閣服侍皇帝的太監達到了四名，但他們聽不懂國史，也不感興趣，只是不錯眼地盯著皇帝。

「所謂『名不正則言不順，言不順則事不成』，馬氏權越大，其名越不正，每安排一名『馬氏吏』，就會得罪一批『帝王吏』。依附馬氏者為求榮華富貴，自然樹倒猢猻散，心繫皇帝者，所念是大義，所行是大仁，前仆後繼，雖死不退，只因皇帝乃是唯一名正言順的主宰天下者。」

羅煥章的話不無道理，中掌璽劉介不就是一位以死追求「名正言順」的忠臣嗎？可韓孺子心中總有另一句話迴蕩——人不能自私到以為別人不自私——楊奉不在，他的影響還在，韓孺子仍然想知道羅煥章和皇太妃的私心究竟是什麼。

這堂課上得有些尷尬，羅煥章不能說得太直白，只能不停地讚美烈帝的當機立斷，以此勸說皇帝。

在勤政殿，韓孺子注意觀察了一下，的確有一些官員在調動，或升或貶，無論舉薦者是誰，聽上去都與上官虛無關，可大臣們在拿起某份奏章的時候，偶爾會皺眉頭，或者互相交換一下目光，卻沒有提出任何反對意見。

這才是皇太后將太傅崔宏支出京城最重要的原因，趁他不在的時候，在朝廷內外廣泛安插己方勢力，太后就不怕崔宏真的投降齊王嗎？韓孺子忽然覺得太后很喜歡冒險，從一開始與大臣對抗，直到現在的每一步，太后幾乎步步行險，而拿來作賭注的不只是她自己的地位與性命，還有大楚的江山。

韓孺子心裡也有點著急，大楚江山名義上是他的，若是毀在太后手裡，他的損失最大。

可他仍然要等，起碼得等到母親的回信。

這一等就是三天，關東每天都有捷報傳來，太傅崔宏的軍隊正以雷霆之勢消滅剩餘的小股叛軍，京城派出的官吏也是高奏凱歌，挖出一個又一個隱藏的謀逆者，正如東海王所預料的，齊王的蠱惑者多得無法想像，尤其是他身邊的人，幾乎個個都是蠱惑者，蠱惑者又引出新的蠱惑者和追隨者，才六七天的工夫，牽連的案犯已達千餘人。

這天下午，韓孺子終於接到母親的回信，沒有經過東海王轉交，俊陽侯的小兒子花虎王直接將一封折疊的信悄悄塞給皇帝。

當時劉教頭正在教大家更多的刀盾技能，侍從們對關東的戰事更感興趣，互相打聽、傳遞新消息，場面頗有些混亂，花虎王得以趁機接近皇帝。

花虎王的目光看向別人，故意避開皇帝，塞信的同時，小聲說了一句：「花家效忠陛下。」

俊陽侯花繽以豪俠聞名天下，據說頗受齊王牽連，之所以還沒有被抓，是因為許多大臣力保。

這是第一位主動表示支持皇帝的大臣，花繽的私心顯而易見，比較可信，韓孺子唯一不確定的是花家與羅煥章有無聯繫。

下午的練武韓孺子心不在焉，傍晚回宮中進膳時更是食不知味，終於在掌燈時分得到機會，取出信紙，迅速打開。

那不是母親的信，而是花虎王寫下的幾句話：數日前派人至府，現今人去樓空，下落不明。

韓孺子心中騰地升起一股怒火，太后居然將他的母親抓走了。

第四十一章 聖旨

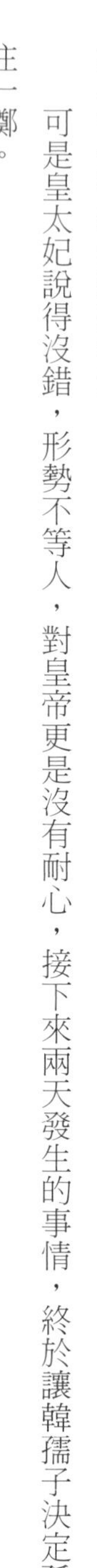

王美人被太后派人帶走，下落不明，即使知道了這個消息，韓孺子也沒有立刻決定行動，反而更加謹慎，擔心會傷害到母親的性命。

可是皇太妃說得沒錯，形勢不等人，對皇帝更是沒有耐心，接下來兩天發生的事情，終於讓韓孺子決定孤注一擲。

第一件事是小太監梁安突然消失，他本是皇帝身邊眾多捧匣太監之一，每日隨眾前往凌雲閣，自從被皇帝撞見與左吉在一起之後，他變得老實多了，從不離隊。可是這天上午他沒跟來，韓孺子進凌雲閣的時候特意轉身瞧了一眼，在規定的位置沒有看到這名小太監，放眼整支隊伍，也沒有他的身影。

從此梁安再也沒有出現過，也沒人提起他的名字。

當天傍晚，韓孺子回泰安宮休息的時候，發現連他的貼身侍者張有才和佟青娥也不見了，代之以完全陌生的兩個人。

他隨口問了一句，得到敷衍的回答之後再沒有多問，他早就明白了一件事：沒有保障的關心更害人，他自保尚難，越關心誰，誰越是倒霉。

他由此得知，左吉動手了。

左吉的效忠一點也不可靠，老實了幾天後，他發現皇帝似乎沒有想像中那樣準備充分，於是開始採取行

動，先將「罪證」梁安除掉，然後追查向皇帝告密的人，他暫時沒有懷疑到皇太妃，而是將皇帝身邊的侍者抓走。

張有才和佟青娥對皇帝的事一無所知，左吉早晚會採取更激烈的手段。

韓孺子做出這些推論之後，覺得自己不能再等下去了，寧願以未知的危險代替已知的危險。

皇太妃和羅煥章就是未知的危險。

功成元年六月二十日，張有才和佟青娥被帶走的第三天，細雨連綿，從早下到晚，皇帝休息一天，下午申時左右，提筆準備草擬聖旨，皇太妃站在一邊口授。

皇太妃是太后的妹妹，她屏退眾侍者，不會受到任何懷疑。

「朕以幼沖，奉承鴻業……」皇太妃緩緩念誦，先替皇帝自謙一番，然後回憶太祖、烈帝、武帝三位祖先的豐功偉績，次又感慨桓帝、思帝相繼崩殂，筆鋒一轉，指出大楚朝廷遭奸人把持，岌岌可危，皇帝以韓氏列祖列宗的名義號令群臣護駕。

韓孺子一聽就猜出這是羅煥章的文筆，覺得過於冗長，還是一筆一劃地照寫不誤。

終於進入實質階段，皇太妃背道：「南軍大司馬上官虛，行事悖逆、心懷不軌，不宜掌管禁軍，其上印綬，革職為民。」她停下來，指著皇帝的筆尖，「請陛下在這裡留出四五個字的空白，然後寫『骨鯁重臣，先帝所信，朕任以南軍大司馬，便宜行事』。」

韓孺子照寫了，放下筆，抬頭問道：「也就是說拿到這張聖旨的人，可以讓任何人成為南軍大司馬？」

皇太妃點頭嗯了一聲。

「我不需要知道是誰嗎？」韓孺子沒有拿筆。

皇太妃輕嘆一聲，說：「陛下瞭解自己處境之險嗎？」

「當然，一旦太后有了更合適的傀儡，就會將我換掉，甚至——殺掉。」

「可陛下瞭解太后已經進行到哪一步了嗎？」

韓孺子搖搖頭，他知道自己的結局，對太后的具體計畫卻一無所知。

「太后需要一名更年幼的傀儡，陛下若能產下太子最好不過，如若不然，還有東海王。」

「東海王？」

「東海王也是桓帝之子，他的兒子自然也有資格繼位。」

韓孺子無言以對，原來他連當傀儡都不是唯一的。

皇太妃繼續道：「陛下知道宮中有內起居令一職吧。」

「嗯。」韓孺子當然知道，內起居令是名太監，曾經來記錄皇帝的夫妻之道，結果失望而歸。

「如果陛下有機會看到他所寫下的內起居注，將會看到斑斑劣跡，任何一項都足以證明陛下不宜稱帝。」

韓孺子瞪大雙眼，「劣跡？我什麼都沒做……」他的確做過一些不合體統的事情，但是稱為「劣跡」實在是種誣陷。

皇太妃微笑道：「陛下做過什麼不重要，筆在內起居令手中，而他只接受太后的旨意。內起居注通常祕而不宣，但是會定期向史官移交一部分，這部分將記載於國史之中，後人看時，只知道陛下是名行為不端的皇帝，被太后不得已廢除。」

「嘿，我倒巴不得被廢除。」如果不能當真皇帝，韓孺子希望回到從前的生活中去。

皇太妃笑得更明顯一些，「被廢除只是一種說法，歷朝歷代的廢帝可沒有一個能長壽。」

這又是慣例，就跟太后擬定的聖旨一樣，表面上寬大，實際上苛察，自然會有人替太后行弒君之舉。

「這些我都明白，可還是想知道外面支持我的大臣究竟都有誰。」

皇太妃臉上笑容慢慢消失，「陛下身處死地，不得不自救，朝中的大臣卻是主動赴湯蹈火，一旦敗露，罪

及九族，承擔的風險更大。他們願意為陛下冒險，卻不想冒無謂的風險。羅師必須盡一切可能保護他們，究竟有哪些大臣參與，他也沒有告訴我。」

「也就是說，此事成與不成，都維繫在羅煥章一人身上，而我只能相信他。」

「我相信羅師。」皇太妃退後兩步，「這支筆握在陛下手中，寫與不寫、怎麼寫都由陛下決定，陛下若是懷疑每一個人，那麼也就不需要任何人的幫助了。」

韓孺子重新拿起筆，皇太妃說得沒錯，他並沒有更多的選擇，可他還是說了一句：「我知道傳遞紙條的人不是張養浩。」

皇太妃微微一愣，「張養浩……親口對陛下說的？」

韓孺子搖搖頭，「有些事情用不著說，羅煥章不會任用張養浩那樣的人，僅此而已。」

「還是那句話，此事關係甚大，並無必成把握，陛下深處內宮，知道得越少越好。」

韓孺子繼續寫下去，心裡卻很反感那句「知道得越少越好」，如果他們不相信皇帝的能力，又何必冒險拯救皇帝呢？

剝奪上官虛的印綬並賦予不知名的某人，只是短短幾行字，接下來皇太妃又讓皇帝寫下一大段冠冕堂皇的話，這樣一來，真正有用的內容只佔據聖旨中間一小段。

「妳要用這張聖旨欺騙景耀？」韓孺子寫完之後馬上就明白了其中的用意。

皇太妃笑道：「陛下真是聰明，從景耀那裡盜取寶璽是不可能的，我經常在勤政殿幫助太后處理政務，擬好的旨意會由我拿給景耀加蓋寶璽，我希望能趕上旨意很多的時候，將陛下的聖旨夾在其中。」

「景耀不會發現嗎？」韓孺子有點吃驚，皇太妃的這個主意很簡單，風險卻也很大。

「景耀的眼睛只盯著寶璽，從來不看旨意內容。如果他真的看了，我就是第一個為陛下盡忠的殉難者。」

韓孺子無話可說了，他在冒險，皇太妃冒的危險更大。

或許自己真是過於多疑了，或許這世上真有獻身仁義而不求回報的人，韓孺子又想起以死護璽的劉介，信心更多了一些。

同樣的聖旨又寫了一遍，皇太妃解釋道：「以防萬一，上官虛非常警覺，萬一密詔被發現，還有備用。」

然後皇太妃口述第三張聖旨，開頭與結尾幾無變化，最關鍵的中間段落卻是免除崔宏的太傅與將軍之職，命他待罪聽命，印綬轉給何人仍然是空白。

還有第四張聖旨，這回免除的是內廷中郎將的職務，中郎將負責指揮皇宮宿衛，換人是為了及時保護皇帝的安全。

這就夠了，京城還有北軍、巡城等力量，沒必要全部奪下，至於朝中文官，只要皇帝掌握了軍隊，他們自會過來參拜。

聖旨寫畢，皇太妃折起仔細收好，準備告辭，「太傅崔宏即將還京，請陛下靜候佳音。」

韓孺子到床邊坐下，聽著外面淅淅瀝瀝的雨聲，心裡空落落的，他真的做了，開弓沒有回頭箭，接下來的事情就不再受他的控制：成，他就是真皇帝，能將母親接到身邊；敗，他將是「劣跡斑斑」的廢帝，並被記在國史裡。

「皇帝……」韓孺子喃喃自語，腦海中突然出現一副畫面：大殿陰森，根根紅色的柱子高得幾乎看不到頂，不小心照進來的陽光失去了銳氣，只剩唯唯諾諾、生怕破壞這裡的肅穆氣氛，面目模糊的老皇帝坐在高高的寶座上，自以為附近無人，用落寞的聲音說：「朕，乃孤家寡人。」

皇帝總是孤獨的，傀儡如此，明君也不例外，偉大如武帝，也逃脫不掉孤獨的籠罩。

韓孺子已經分不清這副畫面是自己的想像，還是確有其事，他坐在那裡，空落落的心裡逐漸又盛滿了某種東西，他想，自己不能只是等待，太后在冒險，皇太妃在冒險，羅煥章在冒險，那些不知是誰的大臣也在冒險，皇帝怎麼能在這裡「靜候佳音」呢？

房門開了，進來的是太監張有才和宮女佟青娥，臉上有傷和淚水，顫抖著站在皇帝面前。

左吉又改主意了，他在向皇帝示威。

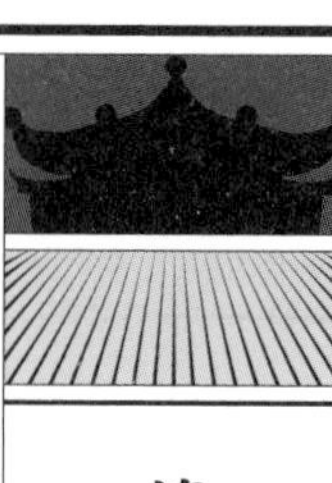

第四十二章 第二次腹痛

勤政殿的氣氛正在發生微妙變化，大臣們最初保持沉默，往往一問三不知，看似無能卻是在給太后一個下馬威，讓她明白朝廷離不開大臣，等到齊王敗局已定，大臣們又變得活躍，爭相獻計以顯示自己並非真的無能，現在，他們開始互相警惕、互相提防，說話越來越小心，以免成為齊王的下一個陪死者。

掌權者對叛逆行為向來沒有容忍度，採取報復手段時絕不留情，歷朝歷代如此，某些皇帝甚至會對尚處於萌芽狀態的叛逆大開殺戒，這種事情大臣們都能接受，有時候還會借機鏟除異己。

然而太后的野心卻超過了之前的大多數帝王，在發佈一道表面寬大的詔書後，她對捉拿齊王餘黨的監督一直沒有放鬆，甚至有越來越嚴的趨勢，就連最為嚴苛的酷吏也不能令太后滿意，她不停地追問細節、下達新旨，要求將每一位參與叛逆的人挖出來，生要見人、死要見屍，上至王公大臣，下至平民百姓，誰也不能豁免。

最讓大臣們感到不安的是，勤政殿迎來了新人。

勤政殿是議政、擬旨的地方，能來這裡辦公，意味著進入權力的核心圈，人數沒有定員，少則一人，多則十幾人，通常宰相必定是其中之一，然後是皇帝指定的其他大臣。

從桓帝登基之日起，勤政殿內的格局就沒怎麼變過，武帝選中的五名顧命大臣成為這裡的常客，有時也會

召來其他大臣，都是為了解決某一事，事畢遣散。

上官虛是太后的哥哥，一步登天成為南軍大司馬，在勤政殿也只是待了幾天就去常駐軍營，太傅崔宏和右巡御史申明志奉命離京，另有大臣臨時替代，早晚還是會離開，算不得正員。

太后打破舊格局，引來一位新人。

韓孺子認得的大臣不多，此人算是一位，禮部尚書元九鼎，曾經親自向皇帝演示登基之禮，並接受了皇帝的第一份「密詔」——轉頭他就將紙條交給了太監楊奉。

元九鼎消失了一段時間，韓孺子還以為他受到了打壓，沒想到反而平步青雲，成為太后信任的大臣。

作為一名新人，元九鼎很少說話，大多數時候只是點頭，可其他幾名大臣卻感到如芒在背，大家心裡清楚得很，有新人進來，恐怕就得有舊人出去。

韓孺子在勤政殿只是象徵性地坐一會，通常不超過兩刻鐘，就在這短短的時間裡，他也能感受到大臣們之間的緊張與猜疑。

太后壓迫得太緊，或許真有許多大臣支持皇帝，他思及此，心中更踏實一些。

皇太妃也在，經常從聽政閣中走出來，替太后詢問幾個細節，給中司監景耀送去一落落詔書。景耀的位置就在聽政閣門口，守著一張桌子，寶璽擺在上面。

韓孺子的心跳有些加速，不由得佩服皇太妃，她沒流露出任何緊張，隨手將詔書放下，等景耀蓋過璽章，再隨手拿起，粗略地檢查一遍，交給不同的太監，太監再轉給大臣，大臣也要檢查一遍，然後由書吏繼續檢查，沒有問題之後才送到殿外分發給相關衙門。

除了聽政閣裡的太后，殿內每個人的動作都在眾目睽睽之下進行，韓孺子想不透皇太妃要如何才能瞞天過海。

很快，韓孺子不再關心皇太妃和元九鼎，今天，他有自己的事情要做。

皇帝在勤政殿只是件擺設，很少受到關注，只有新人才會忍不住偶爾向皇帝那邊望一眼。

禮部尚書元九鼎在一次快速掃視中，發現了異常，他沒敢吱聲，馬上收回目光，繼續嗯嗯地點頭，可心中的疑惑與好奇已經生根，由不得他無動於衷，於是又望了第二眼、第三眼，覺得自己再也不能裝糊塗了。

元九鼎用手指戳身邊的吏部尚書馮舉，「陛下……」

馮舉很不耐煩，可是朝寶座的方向望了一眼之後，他也不能保持鎮定了，於是戳另一邊的兵馬大都督韓星，韓星立刻伸手去戳宰相殷無害。

殷無害定力深厚，就像沒有感覺一樣，還在念叨兩個字詞之間的區別，直到被戳了三次，才緩緩轉身，抬頭望去，瞇著雙眼，半天沒反應。

大臣們都不吱聲，可他們的怪異行為引起了太監的注意。

勤政殿裡一度有過許多太監，環繞著皇帝，不許大臣接近，如今已經少多了，只剩寥寥七八人，還沒有殿內的書吏多，對皇帝仍負看護之責。

左吉很少進勤政殿，離皇帝最近的是名中年太監，回頭看了一眼，嚇了一大跳，腿一軟，差點坐倒在地上，隨即發出孩童般的叫聲：「啊……景公、景公。」

終於，所有人的目光都看向皇帝。

皇帝在流汗，雖已入夏，殿內卻還涼爽，皇帝臉上如豆粒般大小的汗珠，肯定不是炎熱造成的。

大臣能裝糊塗，景耀不能，先是揮手命一名太監去通知太后，自己匆匆跑到皇帝身邊，用一種奇怪的語氣問道：「陛下……不舒服嗎？」

韓孺子捂著腹部，啞聲道：「肚子疼。」

「肚子……怎麼會疼？」景耀的聲音發顫了，萬一皇帝的疼痛是某人故意造成的，他離得這麼近可就是一個巨大疏失，萬一皇帝真的倒在這勤政殿裡，又將掀起一場腥風血雨，不知自己還能不能躲過去。

「沒事。」韓孺子擠出微笑，他的疼痛是真實的，自從吃了孟娥給的藥丸之後，他就經常出現腹痛、打嗝等症狀，只有頭兩次比較嚴重，等他熟練地掌握了逆呼吸之法後，症狀幾乎不會顯露出來，可是從昨晚開始，他就停止逆呼吸，有意引發腹痛，在進入勤政殿之後達到頂點。

他的樣子看上去一點也不像是「沒事」。

景耀不知怎麼應對才好，站在那裡手足無措，不敢再多問，生怕皇帝說出自己不該知道的事情。

皇太妃從聽政閣裡快步走出，來到皇帝面前，急切地問：「怎麼回事？」

皇太妃不瞭解皇帝的小把戲，流露出的關切是真實的。

韓孺子眉頭緊擰，「肚子疼，沒關係，這不是第一次，待會就能好。」

「不是第一次？上次是什麼時候？」皇太妃的聲音抬高了一些。

「一個多月前吧，應該是……皇后進宮前的幾天。」韓孺子彎腰蜷起，疼得連說話都困難了。

皇太妃眉毛漸漸豎起，轉向景耀，「如此大事，為什麼沒人通知太后？」

景耀茫然，「老奴不知此事，是寢宮裡的奴才們知而不報吧？」

韓孺子費力地搖搖頭，「不是寢宮，是在淩雲閣……哎呦……不怪他們，是朕不想讓太后擔心，哎呦……」

疼痛實在太難忍了，韓孺子不得不開始運行逆呼吸，嘴裡叫得卻更加淒慘。

發現皇帝的疼痛似乎與陰謀無關，大臣們全都圍上來，在寶座下方跪成半圈，七嘴八舌地慰問。

「召御醫。」皇太妃命令道，大家的反應從這時起變得正常了，立刻有兩名太監飛奔出殿。

「陛下為何獨自忍受腹痛？」太后從聽政閣裡出來了，跪在地上的大臣和太監膝行分開，讓出一條通道。

韓孺子抬頭看著太后，真想衝過去質問，自己的母親被帶到哪裡去了，可他只是用虛弱的聲音說：「孩兒尚能……忍受，以為那只是一時之痛，不願、不願讓太后憂心……哎呦。」

太后走到寶座台階下，盯著皇帝看了一會，轉身道：「傳左吉。」

左吉已經聽說殿內發生的事情，正守在門口，聽到太后的聲音，立刻撲了進來，四肢著地，爬行數步，連連磕頭，嘴裡一個勁地說：「奴才知罪。」

殿內大臣和太監們的心又都提了起來，誰都知道左吉乃是太后的心腹之人，他有意隱瞞皇帝第一次腹痛，似乎有點陰謀的味道。

「好大膽的奴才，你既知有罪，當初為何隱瞞不報？」太后真的發怒了，跪在兩邊的大臣、太監頭垂得更低，身體縮得比皇帝還要彎曲。

「真的不怪左公，是朕……堅持……」韓孺子為左吉辯解。

左吉自己卻不敢辯解，這裡是勤政殿，有大臣在場，將責任推給皇帝只會更顯罪大惡極，「奴才知罪，奴才一時糊塗，奴才以為陛下只是偶爾……」

「你以為？你是御醫嗎？」太后更怒，她好不容易才將局勢牢牢掌握在手中，絕不允許一點小事引發眾多懷疑，「掌嘴，狠狠地打。」

在宮裡，沒有幾個人敢動左吉一根毫毛；在勤政殿，他卻只是一名背景複雜的太監，立刻就有兩名太監走上前去，一人按肩，一人掌嘴。

沒一會工夫左吉臉上就已鮮血淋漓，嘴裡含糊不清地喊「該打」，他心裡清楚，太后非得在眾人面前狠狠地收拾他，才能堵住悠悠眾口。

可他就是不明白，皇帝的一時腹痛怎會再度發作，又偏偏是在勤政殿裡？

御醫很快趕到，先向太后磕頭，然後跪在皇帝面前為他診脈，「陛下早膳吃了什麼？」

韓孺子的腹痛不那麼嚴重了，聲音還顯虛弱，「不記得了，與平時好像沒有兩樣。」

「嗯，陛下體內氣息有些紊亂，可能是積食不暢外加勞累過度所致，今後幾天宜食清淡之物，多臥床休息，微臣再開幾副藥，吃過之後應該不會復發了。」

「不是食物的問題嗎？」皇太妃問道，她比任何人都要關心皇帝的安危。

御醫不敢說死，「應該不是，不過微臣可能要去御膳監問過之後才能確認。陛下不宜在此久駐，應該回宮休息。」

數名太監搭手將皇帝抬出勤政殿，很快有轎子抬來，韓孺子平時都是步行回宮，今天第一次乘轎。

皇帝的腹痛將引起一場不大不小的風波，韓孺子最在意的卻是身邊人的反應。

當天夜裡，張有才和佟青娥第一次真心實意地向皇帝下跪，露出敬畏的神情。

韓孺子終於有了兩名可用之人。

第四十三章 無恙

接下來的幾天裡，韓孺子享受到無微不至的照顧。他整天躺在床上，衣來伸手，飯來張口，藥來搖頭——可是沒用，滿屋子都是濃郁的藥香味，每隔一個時辰就會有新藥端來，不喝不行，太監們跪在地上哀求，皇太妃好言相勸，皇后臨床垂淚……

皇太妃一天至少要來三趟，每次都要詳細打聽皇帝的情況，確認沒有任何異常之後才會離開。

東海王次日一早趕來，一臉的不情願，可是沒辦法，他得盡兄弟之誼，不僅要來看望，還要親自嘗藥、試菜才行。

湯藥雖苦，嘗一小口倒還能忍受，東海王受不了的是試飯，平時一塊進膳的時候他從來不客氣，總是搶著吃，等到必須提前吃一口的時候，他覺得受到了羞辱，「你又沒中毒，肚子疼跟崔家也沒關係，為什麼讓我試吃？這是奴僕的活兒。」

每次屋裡只剩下兄弟二人的時候，東海王都會低聲追問：「肚子疼是假的，對不對？你是怎麼做到的？告訴我。」

韓孺子只能笑著搖頭，「我哪有這個本事？御醫已經看過了。」

御醫解不開東海王的疑惑。

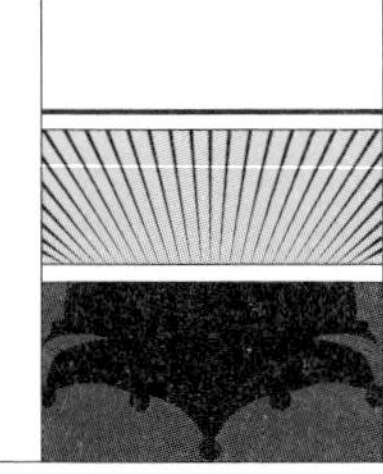

又過了一天，皇后從秋信宮匆匆趕來，一進屋就流淚，因為這麼大的事情她居然是最後一個知道的。

一聽到門外的通報，東海王立刻從床邊退開，乖乖地跪在一邊，行臣子之禮，皇后沒有理睬這位表兄，坐在床邊，淚眼婆娑地看著皇帝。

東海王輕聲告退，皇后仍然沒回頭，東海王訕訕地退出房間，不用再為皇帝嘗藥、試飯了。

韓孺子有點同情東海王，只是一點。

在諸多前來看望皇帝的人當中，有一位最奇怪，既沒有御醫的望聞問切，也不做侍者的各種雜活，只是偶爾進屋站一會，很快就出去。每當他在的時候，皇太妃必然要提起太后，東海王不敢流露出絲毫不敬，就連皇后的淚水也更多些。

此人是內起居令，專門記錄皇帝在內宮裡的一舉一動。

韓孺子不瞭解宮裡的規矩，可是覺得內起居令來得似乎太頻繁了一些，在他的筆下，皇帝不知會是怎樣一個昏庸無道之人。

正是在內起居令的監視之下，所有人的關切都顯出幾分虛假，他又一次離開，皇后還在抽泣，或許她的悲傷有幾分真實，可韓孺子不明白這是為什麼，他跟皇后很少接觸，除了曾經並肩對付過左吉，沒有別的經歷。

最關鍵的是皇后姓崔，若非如此，韓孺子倒是很想將她也拉攏到自己這邊。

無論內起居令在與不在，真心實意服侍皇帝的人只有兩個。

張有才和佟青娥此前在左吉那裡吃了不少苦頭，可兩人真的什麼都不知道，因此又被放了回來，結果次日就傳來消息：左吉在勤政殿內被掌嘴，血流滿面，回宮之後臥床不起，比他們兩人還慘。

造成這一切的是皇帝，雖然張有才和佟青娥也不明白皇帝的腹痛怎麼會如此湊巧，但是他們相信一件事：皇帝替他們報仇了。由於不在勤政殿現場，只是耳聞當時的場景，他們的這種想法更加牢固。

兩人想得沒錯，皇帝的確是為他們報仇，但不是平白無故的報仇。

太傅崔宏正在回京的路上，皇太妃雖然從來沒有再提起過，但是看她的樣子，那四道聖旨必定已經蒙混過關加蓋寶璽，並交到了羅煥章手裡。

與太后的決戰即將到來，韓孺子做不到更多，只希望事情發生的時候，自己身邊能多兩個可信的人，不至於完全依賴皇太妃和羅煥章的保護。

佟青娥是名柔弱宮女，張有才不到十五歲，又都不會武功，危急時刻所能提供的保護微乎其微，韓孺子這樣做只是想表明自己並非坐以待斃。

腹痛的第五天，御醫以十足的把握宣佈陛下無恙，一切恢復正常，所有人都為此鬆了口氣，連自知沒病的韓孺子也是如此，他已經厭倦了躺在床上受別人服侍，迫切希望到屋外透透氣。

他只能在泰安宮的庭院裡走幾圈，身邊跟著一大群人，個個伸出雙手，好像皇帝是名正在學習走路的孩子，需要他們隨時攙扶。

黃昏時分，多餘的人都離開了，吃過飯之後，韓孺子早早上床躺下，翻來覆去，發現自己睡不著，張有才和佟青娥這幾天累壞了，一沾枕頭就發出鼾聲。

韓孺子默默計算，頂多再有五天，太傅崔宏就能回京，百官出城迎接，南軍大司馬上官虛肯定也在其中，拿到聖旨的大臣們會在那一刻起事，宣佈剝奪兩人的印綬。與此同時，另一隊大臣會來皇宮，免除中郎將的職務，接管皇宮宿衛，然後兵分兩路，一路保護皇帝，一路囚禁太后……

這是韓孺子自己想像出來的計畫，他猜羅煥章的真實計畫很可能更巧妙一些。

他突然想到孟氏兄妹，這兩人武功高強，只效忠太后一人，會是一個麻煩，如果太后手下還有更多孟氏兄妹這樣的高手，麻煩就更大了，羅煥章對此有準備嗎？他一定從皇太妃那裡有所瞭解……

韓孺子越想越亂，更睡不著了，煩躁地翻個身，看到不遠處有東西晃了一下，片刻之後，張有才和佟青娥的鼾聲變得輕微。

「妳？」韓孺子一下坐起來。

「嗯。」還是那個冷冰冰的聲音。

「妳去哪了，這麼久沒來？」韓孺子不自覺地帶上埋怨的語氣。

「太后派我出宮。」孟娥的聲音裡沒有半點感情，「還好我及時趕回來，讓你吃第二粒藥。」

「及時？如果不及時會發生什麼？」

「沒什麼，第一粒藥白吃，前功盡棄而已。張嘴。」

韓孺子一肚子話想說，可是剛一張嘴，就有藥丸被彈進來，他只好嚥下去。

「聽說你在勤政殿做了一點表演？」孟娥當然知道真相是什麼。

「妳什麼時候回來的？去哪了？還會再出去嗎？」韓孺子問的卻是其他事情。

「以後不要再做這種事，可能會引起我哥哥的懷疑。」

「妳是替太后出宮殺人嗎？被殺的……是誰？」韓孺子想起了自己的母親，不能不擔心。

兩人答非所問，同時沉默了一會，孟娥先開口：「練內功需要專心，不可多管閒事，宮裡以強欺弱的事情多得很，犯不著非得為這兩人報仇，你這樣做可不像皇帝。」

「皇帝就該無情無義，坐視身邊的人被欺負嗎？」

孟娥又沉默了一會，「總之你不要再管閒事。」

「內功不能讓我活下去，也不能助我成為真正的皇帝。孟娥，妳自己就在多管閒事，為什麼非要幫我？我掌權的機會比成為……天下第一高手還要低。」

孟娥的回答是在皇帝身上連戳帶拍，然後她走了，留下了一句話，「我傳你內功，是要給你增加一點機會，也是給我自己一點機會，或許……這是同病相憐吧。十天之內我會再來。」

同病相憐？韓孺子想不出孟氏兄妹到底遇到什麼困難，非得需要大楚太后和皇帝的幫助。孟娥有祕密瞞著他，他也有祕密瞞著孟娥。她說十天之內會再來，可是五天之內他們就可能成為敵人。

不知孟娥用的是什麼手法，韓孺子感覺到體內的氣息比從前順暢多了，只是不能持久，在某處突然出現，流動一會又在某處突然消失。

這就是內功嗎？他沒覺察出有什麼好處，腦子裡卻清靜不少，很快就睡著了。

次日，皇帝的生活恢復正常，但是沒去凌雲閣聽課，而是早早前往勤政殿，待了整整一個上午。勤政殿裡受召前來議政的大臣也比平時多，將近二十人。

太后要向群臣顯示皇帝安然無恙。

韓孺子看到了右巡御史申明志的身影，他是顧命大臣之一，前些日子出使關東各諸侯國，剛剛回京，跟他一塊出京的楊奉還是不見蹤影。

申明志稟述了出使經歷，關東諸侯初時還持觀望態度，朝廷使節到來之後，大都轉變立場，紛紛出兵助戰，太傅崔宏能在洛陽擊敗齊軍，有各諸侯的一份功勞，不過也有幾名諸侯陽奉陰違，表面接旨，卻以種種藉口推遲出兵，直到齊軍潰散，才匆匆派出軍隊。

如何對待這些三心二意的諸侯，大臣們意見不一，爭論了多半個時辰，太后選擇了其中一人的主意：暫不追究，先集中精力將齊國的叛逆者一網打盡。

申明志提到了楊奉，中常侍留在齊國追捕望氣者淳于梟。

淳于梟被認為是蠱惑齊王叛逆的首犯，齊王已經伏法，此人卻消失得無影無蹤。

韓孺子覺得奇怪，楊奉心懷大志，為何對追捕一名江湖術士這麼感興趣？

申明志對這件事說得不多，很快轉到今天上午最重要的一件議題上：他從北方趕回京城，帶來確切無疑的消息，齊王雖敗，匈奴各部卻不肯退卻，頻頻派出斥候入塞觀察，熟知虜情的邊地將領們一致認為，今年秋天，匈奴肯定會大舉入侵。

大楚與匈奴已經保持了十幾年的和平，看來又要打破了。

朝廷的慣例發揮作用，許多大臣都經歷過武帝時期的戰爭，知道如何應對這種事情，於是提出各種建議，由太后定奪。

將近午時，皇太妃從聽政閣裡走出來，準備宣佈太后的決定，在別人眼裡她很正常，韓孺子卻看出了一絲驚慌。

他很快就明白了原因。

「太后以為，與其守城待戰，不如趁勝出擊。太傅崔宏新定齊亂，大軍未散，即刻前往北地屯兵，擇機出塞，與匈奴一戰。」

大臣們都有些意外，韓孺子心裡卻是咯噔一聲，在這個節骨眼太后不許崔宏回京，可不是好兆頭，或許她察覺到了危險。

第四十四章 犧牲

皇太妃經常來探望皇帝，跟在自己的寢宮裡一樣自在，盤腿坐在椅榻的一邊，宮女在旁邊的几案上擺好自帶的茶水、香爐、扇子、珠串等小物件，陸續退出，在此期間，皇帝反倒像客人一樣站立著。

皇太妃如太后，目前還極少有人懷疑這一點。

張有才和佟青娥也退出房間，皇太妃隔幾天就會與皇帝單獨交談一次，眾人早已習慣。

皇太妃怔怔地坐了一會，任憑几案上的茶水逐漸涼卻，輕聲說：「難道她察覺到了什麼？」

「會不會是有人告密？大臣也不都可靠。」韓孺子坐在幾步以外的一張圓凳上，這是他第一次看到皇太妃流露出不自信。

皇太妃像是沒聽到，過了一會才看向皇帝，「大臣？有可能，不過太后懷疑的人是陛下。」

「我？」韓孺子很意外。

「嗯，她讓我來這裡試探，看陛下是否知道一件事。」

皇太妃沒往下說，韓孺子卻已猜出她的話，「我知道，太后派人帶走了我母親。沒人主動告訴我，我只好自己打聽。」

皇太妃點點頭，「那是因為我不想讓陛下過於擔心。這麼說陛下果然還有另一條通道與宮外聯繫。」

「不用告訴太后這件事吧？」

「必須得告訴她。」

「為什麼？」韓孺子站起身，太后只是懷疑而已，沒必要主動交待真相。

皇太妃盯著皇帝，「太后已起疑心，消除疑心最好的辦法就是給她一個結果。」

韓孺子愣住了。

「如果太后以為自己扼殺了一起陰謀，或許就會收起疑心，將太傅崔宏召回京城。」

「有必要非得等崔太傅回來嗎？可以先解除上官虛的兵權，然後慢慢解決崔家，太后就是這麼做的。」

皇太妃露出微笑，「我之前的想法跟你一樣，可羅師說不行，他在崔府教書，瞭解崔家的勢力有多龐大，崔宏在外面帶兵，京城一旦發生變局，崔家恐慌之下會做出什麼事誰也預料不到。一定要將崔宏和上官虛同時拿下，才能保證事後平穩，陛下方可無憂。」

韓孺子對朝廷的局面瞭解不多，無法反駁，只能問道：「太后不是一直在安插上官家推薦的官吏嗎？還沒有削弱崔家的勢力？」

皇太妃笑道：「崔宏帶兵打仗，不給他一點甜頭，他怎麼會盡心盡力？上官家每任命一名官吏，崔家至少也要安排一名，相比從前，崔家的勢力不僅沒有削弱，反而更強了，若非如此，崔宏也不會同意率軍北上。眼下的局勢是兩家外戚並強，共同蠶食大臣的地盤，只動一家，另一家絕不會坐視。」

皇太妃又陷入沉思，「太后做出決定之前甚至沒有告訴我，難道……不，不可能，她不會懷疑我。但她這一招的確高明，第一，擾亂了羅師的計畫，第二，推遲論功行賞，阻止崔家勢力繼續擴大，第三，與匈奴的戰爭不是一天兩天能打完的，崔宏就算戰勝，也要將軍隊暫留邊境，隻身回京。」

韓孺子想不到這麼多，只是更覺得太后是名強大的對手，「這麼說來，太后支走崔宏很可能與咱們的計畫沒有關係，只是巧合而已，更用不著將我的事情告訴太后了。」

「不能大意，太后還沒有特別關注陛下，這是好事，可她哪怕只是掃了一眼，也要給她一個回答，如果我問不出真相，她就會派別人來，恐怕到時候會問出別的祕密。」

「你以為我守不住你們的計畫嗎？」

皇太妃笑著搖頭，「我相信陛下，但我更相信太后的手段，陛下的母親還在她手裡呢。而且，做出犧牲的不只陛下一個人。」

「還有誰？」

「陛下前日寫了四道聖旨。」

「嗯。」

「有兩道是一樣的，都是要將上官虛免職。」

「嗯。」

皇太妃停頓片刻，「羅師要交出其中一道。」

韓孺子大吃一驚，「什麼？」

「而且那上面會寫上名字，好讓太后有人可抓。」

韓孺子更吃驚了，「真有這個必要嗎？太后……對咱們的計畫應該不知情吧。」

「陛下深居宮中，對外面的事情瞭解不多。借著鏟除齊王餘黨的勢頭，太后在朝中廣散耳目，到處打探消息，陛下或許還不知道，如今勤政殿只是擬旨之所，太后每日下午在廣華閣召見另一群大臣，專門商討捕賊事宜。那幾位大臣皆是有名的酷吏，人稱『廣華群虎』，沒有他們探聽不到的祕密。」

韓孺子當然不知道這些事，但他終於明白勤政殿裡的大臣們為何忐忑不安了，「由誰交出聖旨？那上面要寫誰的名字？」

「羅師親自交出聖旨，以此換取太后的信任，同時也要承擔天下罵名。至於上面的名字，羅師沒有告訴我，他說，此人自願為陛下盡忠，死而無憾。」

韓孺子無可反駁，大臣已經準備好犧牲，他實在沒有理由藏私，可是就這麼出賣曾經幫助過自己的人，實在太難，他猶豫了好一會仍不能拿定主意，最後問道：「羅煥章交出聖旨，豈不是將我也出賣了？太后一看就知道那是我寫的。」

「沒錯，可陛下暫時承受得起，太后需要陛下以穩住群臣，除了將陛下看得更緊些，暫時不會採取嚴厲手段。」

「上面的璽印呢？怎麼解釋？」

「那張聖旨本來就是備用，我沒有拿去加蓋寶璽。太后將會知道的事情是這樣：陛下寫好聖旨，交給羅師，羅師猶豫之後沒有轉交給大臣，而是交給中司監景耀。」

「聖旨上寫誰的名字，誰就是將母親被抓的消息轉給我的人，這應該很合理吧。」

皇太妃尋思片刻，稍點下頭，笑道：「合理，陛下口風如此之嚴，我們更沒什麼可擔心的了。」

韓孺子稍稍鬆了口氣，起碼不用出賣東海王和花虎王，那位大臣既然自願盡忠，那就將責任全推到他一個人身上吧。事成之後，如果此人還活著，韓孺子希望能重重獎賞。

「我會盡快與羅師聯繫，告訴他陛下的計畫，我想他會同意的。」

「妳是怎麼與羅煥章聯繫的？他幾天才進一次宮，而且只到御花園裡的凌雲閣。」韓孺子好奇地問，他為了得到母親的消息而費盡心機，皇太妃卻好像能隨時聯繫到宮外的羅煥章。

「我的口風也很嚴。」皇太妃笑道，起身準備告辭，「用不了多久，陛下就將掌握生殺予奪之權，幾句話決定千萬人的生死，請陛下習慣某些人不得已的犧牲。」

皇太妃離去，宮女們進屋收拾東西，對皇帝看也不看一眼。

韓孺子坐在圓凳上，也不看他們，越想越覺得心裡堵得慌，一名無辜的大臣就要為他做出犧牲，唯一的目的只是吸引太后的注意，解除她的疑心，韓孺子不知道決定千萬人的生死是什麼感覺，但他相信，那跟眼下的處境完全不同。

其他人都退下了，只剩張有才和佟青娥過來服侍皇帝就寢，韓孺子盯著兩人，問道：「朕可以信任你們嗎？」

太監與宮女互視一眼，目光中既有驚訝也有坦然，好像早就知道會有這麼一刻，兩人同時跪下，佟青娥道：「奴婢願為陛下赴湯蹈火。」張有才急促地說：「小奴早就等著陛下這句話，陛下說吧，小奴什麼都敢做。」

韓孺子反而意外，笑道：「你們這是怎麼了？」

佟青娥低頭，眼中含淚，張有才抬頭憤憤地說：「左吉恨上我們了，這兩天派人警告我們，說是等他傷好再來算帳。梁安已經被左吉逼得懸梁自盡，反正是個死，我們願為陛下而死。」

嚴格來說，梁安自殺，皇帝要負責任，因為他去「捉奸」才導致左吉驚恐，為抹去罪證而逼死梁安，想到這一層，韓孺子心中反而鎮定，皇帝就像是行走在鬧市的巨人，落下的每一腳都可能踩死某個人，或者導致人群慌亂自相踐踏，即便如此，人群還是會主動擁到巨人身邊。

犧牲是難免的，關鍵是讓犧牲有價值。

「朕要讓你們做一件事。」

張有才和佟青娥匍匐在地，韓孺子想了一會，覺得還不能給予兩人太重要、太危險的任務，他們的忠誠尚未經受考驗，而且好不容易拉攏到兩人，不能隨便浪費掉，「事情很簡單，也不著急，你們慢慢打聽，不要引起別人的注意。」

「陛下放心，我們都是從小進宮的，知道這裡的規矩。」張有才興奮得臉有點紅，佟青娥沉穩多了，止住眼淚，認真地看著皇帝。

「皇太妃身邊的某人，或者是皇太妃經常聯絡的某人，能隨時與皇宮以外聯繫，朕想知道是誰。」

「能隨時與宮外的人聯繫，這可是不小的本事。」張有才顯得很迷惑，馬上叩首道：「三日之內，小奴和青娥姐一定找出此人。」

佟青娥年紀大，比較謹慎，「此人恐怕不是普通宮奴，有可能是宿衛將領，咱們應該多去那裡打聽。」

「不要冒險，不限時日，你們想著此事就行。」

張有才笑道：「陛下無需擔心，宮裡的奴婢自有渠道，絕不會讓皇太妃或是太后發現的。」

韓孺子對這個「渠道」很感興趣，但是沒有追問，互相取信要一步步來，不能操之過急。

這一晚，他睡得很踏實，次日一早醒來，想到的第一件事還是那名自願犧牲的大臣，腦中突然冒出一個念頭：那人真是自願的嗎？

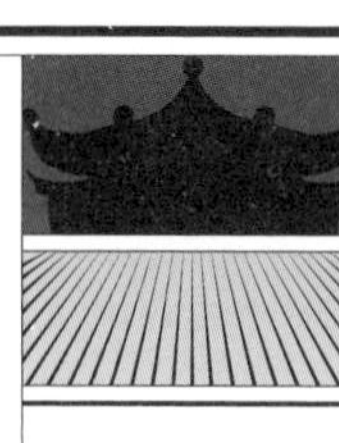

第四十五章　母親的話

羅煥章緩步走進房間，步履威嚴，一身布衣，卻有扶劍持弓的大將軍氣勢，他向皇帝行禮時從不一躬到地，而是一腳在前一腳在後，微微躬身，雙手在眼前作揖，既簡單又莊重，還有一絲古意。

今天來的太監比較多，八個人在門口站成兩排，不行禮，也不吱聲，頗顯倨傲。東海王很吃驚，目光警惕地掃來掃去。

中司監景耀走進來，小步趨至東海王身前，低聲道：「殿下跟我走。」

「去哪？」東海王雙手握拳，按在書案上。

「請跟我走。」景耀加重語氣。

東海王不太情願地起身，看了一眼皇帝，撇了一下嘴，跟著景耀走了。

韓孺子正襟跪坐，直視羅煥章，很明顯，那道備用的聖旨已經交上去了。

「今天，草民為陛下講一段和帝的事跡。」羅煥章開口道。

和帝是烈帝之子、武帝之父，承前啟後的一位皇帝，在位期間天下無事，府庫充盈、百姓安樂，邊境雖有小患，和帝也只是命令地方固守，從未主動挑戰。

和帝是一位明君，畢生卻有一件憾事。

和帝並非烈帝生前指定的太子，而是烈帝死後由大臣們從各方諸侯當中選出的繼位者，登基之初，秉持謙

讓，極少與大臣發生爭執，並且謹守烈帝的遺志，刻意壓制外戚的勢力，無論太后怎樣哀求，舅家無一人封侯得官，只是賞賜大量金錢而已。

和帝在位第七年，太后離世，生前長嘆：「外戚皆憑后妃而貴，獨花家因我而處卑位，待我死後，以布蒙面，無顏見父母於地下。」

和帝聞言大慟，即於病床前封花氏三人為侯、五人為郎。

花太后含笑而逝，和帝卻一直引以為憾，終其一生優待舅氏一家。歷經武帝、桓帝、思帝，及至今上，花家仍有俊陽侯一支留存。

「孝子惜時，莫待父母長辭方才悔恨，惟陛下再三思之。」羅煥章行禮，上午的課算是告一段落。

韓孺子聽得也比平時都要認真，問道：「有功者封賞、有能者擢升、有德者褒獎，非此三者，怎可為官以助天子治國？和帝於床前盡封舅氏，令太后含笑，置大楚江山、韓氏列祖列宗於何地？」

門口的兩排太監臉色微變。

羅煥章目光微垂，馬上又抬起來，正色道：「孝出於心，唯孝者可與論大義，帝王之孝惠及天下……」

韓孺子知道羅煥章要說什麼，不客氣地打斷他：「如此說來，朕貴為天子而棄生母於不顧，實乃天下最不孝之人。」

太監們臉色大變，羅煥章是皇帝之師，按禮可以不跪，這時卻跪下，恭恭敬敬地磕了一下頭，起身說道：「孝發乎心而守於禮，於禮，太后即是陛下的母親。」

韓孺子抓起案上的一本書向羅煥章擲去，大聲道：「羅煥章，你有何面目再見弟子親友？」

太監們再不旁觀，前排四人一擁而上，按住皇帝。

羅煥章不動，任憑書卷砸在胸前，冷冷地說：「羅某弟子無數，未有如陛下之不肖者。辟遠侯已承認罪行，陛下反思，此舉可對得起太后、對得起天下人？」

韓孺子在太監們手中大嚷大叫，演了一場好戲，沒人讓他這麼做，他只是覺得這樣更真實一些，而且他需要一場發洩。

原來被犧牲掉的大臣是辟遠侯，他從關東戰場回來沒有多久，正在家養病，平時交友極少，因他而受牽連的人或許也會少一些。

皇帝沒有去勤政殿，被送回了泰安宮，房裡時刻都有至少四名太監守著，張有才和佟青娥只能偶爾進來一趟，做完事情立刻就得退出。

韓孺子不再折騰，躺在床上，好奇太后接下來還會採取什麼手段。

午膳被取消了，算是給皇帝的一點小懲罰。

傍晚，佟青娥端進來一盤飯菜，太監們檢查之後才允許她送到皇帝面前。韓孺子很快吃完，怒氣沖沖地對佟青娥說：「賤婢，是妳壞朕的大事？」

佟青娥慌張退下，但是抬頭飛快地掃了一眼，表示明白皇帝的用意，在目前這種情況下，皇帝對誰凶惡誰就越安全。

韓孺子吃飽了飯，衝著幾名看守太監大聲道：「你們敢將名字報出來嗎？朕記得你們的長相，日後……日後……」

他在回想東海王的語氣與用詞，這時門外進來一人。

左吉的臉上還有青腫，沒辦法露出他那討人喜歡的微笑，面對皇帝，他也不想笑。

兩人對視了一會，韓孺子心中多少有一點惴惴，要說皇宮誰最恨皇帝，非此人莫屬。

「陛下膽子不小。」

「不如左公。」

「陛下不怕祖宗之法嗎？」

「左公不怕梁安夜裡托夢嗎？」

左吉哼了一聲，「陛下省下伶牙俐齒吧，我帶陛下去見一個人。」

韓孺子心中一動，「誰？」

左吉沒有回答，轉身帶路，幾名太監走來，像押送犯人一樣護在皇帝兩邊。

韓孺子邁步跟上，屋外，張有才等十餘人跪在地上，全都噤若寒蟬。

泰安宮外還有一隊太監和侍衛，將皇帝圍在中間，他更像囚犯了。

一隊人步行，拐彎抹角，經過一道又一道門戶，離泰安宮越來越遠，卻沒有前往太后居住的慈順宮。

韓孺子的心怦怦跳，隱約猜到自己要見誰了。

在一條幽深的小巷盡頭，皇帝被送入一間狹小的屋子裡，屋內擺設簡單、燭光昏暗，比普通人家還要樸素，一名婦人正坐在燭光下發愣。

韓孺子顧不得許多，撲到婦人面前跪下，抱住她的腿泣不成聲。

「陛下莫哭。」這是母親的聲音，卻有幾分冷淡。

左吉就站在門口，冷冷地看著母子相見。

「母親。」韓孺子抬起頭，想不到當日一別，居然會在這樣一個地方再見。

「陛下又長大了一些。」王美人的聲音仍有一些冷淡，卻不由自主地抬手要去撫摸兒子的臉，堪堪碰到時又縮了回去，微笑道：「陛下是大人了，怎麼還哭得像個孩子似的？」

韓孺子擦去眼淚，「孩兒讓母親受苦了。」

「陛下萬不可說這種話，陛下至尊之體，應以天下為念。太后仁慈……」

韓孺子將手從母親膝蓋上收回，「太后……母親見過太后了？」

王美人點點頭，「見過了，是太后將我接進宮的。」

「讓您住在這種地方？」韓孺子左右打量，屋子裡的擺設實在過於簡單，連張床都沒有。

王美人笑了笑，「我是今天才搬到這裡的，陛下……陛下若是真的關心我的生活，就該當一名好皇帝。」

「什麼是好皇帝？」韓孺子越來越覺得母親的話怪異。

「好皇帝會聽太后的話，不會背著太后做任何事情。」

「然後呢？等著太后將咱們母子……」韓孺子說不下去。

王美人搖頭，「太后不是陛下所想的那種人，她很仁慈，所做的一切都是為陛下著想，再等幾年，陛下就能親政，到時太后將會退居內宮，我也能……我也能經常見到陛下了。」

韓孺子根本不相信太后的許諾，可是當著左吉的面，他不能反駁，「母親，我該怎麼做？」

「不要再叫我母親，太后才是陛下的母親。」王美人的聲音在發顫，停頓一會，再開口時恢復正常，「從今以後，陛下要聽太后的話，大楚需要一位繼嗣，陛下……陛下雖然年幼，也當勉力為之。」

站在門口的左吉冷冷地插上一句，「王美人請陛下回去之後早行夫妻之道，為大楚誕下太子。」

韓孺子扭頭憤恨地看了左吉一眼，對母親說：「孩兒……盡力。」

「不是盡力，一定要做到，唯有如此，陛下與我才有再聚之日。」

左吉催道：「話已經說清楚了，陛下請起駕吧。」

韓孺子仍跪在地上，兩名太監從外面進來，攙扶皇帝的雙臂。

「母親，我一定會接您到身邊。」

王美人露出笑容，眼看著兒子被帶走，大聲道：「記住為娘的話，一定要記住。」

韓孺子鄭重地點頭，推開太監，自己走了出去。

皇宮裡的深夜跟外面也沒有什麼區別，只是提燈籠的人更多一些，有一股不知名的花香在巷裡飄浮，若有若無，韓孺子深深地吸進一股空氣，暗暗發誓，就算死，也要與太后放手一搏，他要成為這裡真正的主人。

只有他能聽懂王美人的弦外之音，「為娘的話」不是指今天所說的一切，而是當初韓孺子被楊奉帶走時，母親貼在耳邊囑咐的話：不要相信宮裡的任何人，也不要得罪任何人。

此時此刻，前一句話比後一句話更重要，母親進宮了，所以她的話也不能相信，太后不會放過他們母子，他必須反抗，而且得盡快。

左吉跟在皇帝身邊，輕聲道：「陛下滿意了嗎？」

韓孺子咬著嘴唇走出一段路，扭頭對左吉說：「帶我去秋信宮見皇后。」

左吉傷勢未癒的臉上擠出一個醜陋的微笑。

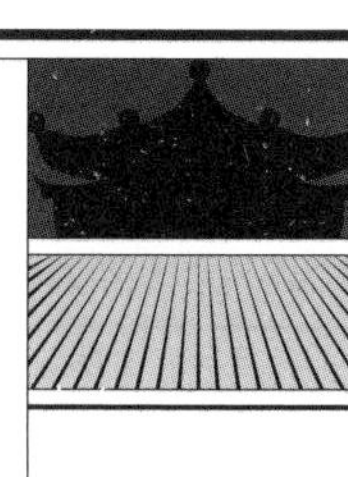

第四十六章 背上的字

皇帝在秋信宮過夜是件大事，不能說去就去，韓孺子先回泰安宮沐浴更衣，左吉一直留在皇帝附近，來回逡巡，偶爾懶洋洋地打個哈欠，不耐煩地斥責張有才或者佟青娥：「動作快點，賤婢，宮裡養的狗也比妳聽話。陛下安心，我會替陛下教訓他們的。」

左吉自說自話，沒人應聲，他因此越發得意。

趁著左吉不注意的時候，張有才向皇帝微微搖頭，他還沒有打探到皇太妃是如何傳遞消息的。這才是第一天，韓孺子並未寄予太大的希望，於是眨下眼睛以示安慰。

佟青娥專心幫皇帝更衣，沒有做出任何暗示，卻於最後一刻在皇帝背上飛快地寫下一個字，怕皇帝感覺不出來，她又寫了第二遍。

這個字的筆劃不多，韓孺子卻沒認出來，而且左吉在場，也不能開口詢問，只好裝作懂了，出發前往秋信宮。左吉攔住佟青娥和張有才，揚著眉毛說：「用不著你們了。」

佟、張二人退後，留在皇帝的寢宮裡，面面相覷。

皇后已提前得到消息，正在秋信宮中盛裝等候，兩人入座，對面吃了幾杯酒，數名宮女輪流上前拜賀，儀式雖然簡單，也持續了小半個時辰，然後兩人方能進房休息。

脫掉外衣，皇后身上最後一點成年人的氣質也消失了，她只是一名乾瘦的小女孩，坐在床邊扭捏不安，全

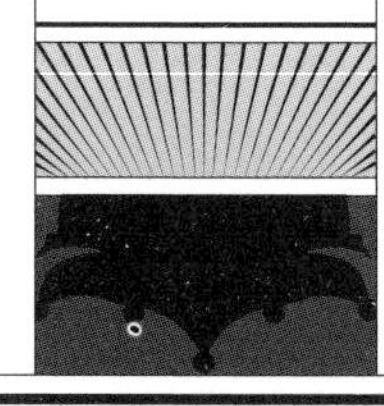

沒有當初質問左吉與女官時的幹練與豪氣。

韓孺子側身坐在床邊，離皇后有一段距離，盯著她看，心中猶豫不決。

皇后扭頭瞧了皇帝一眼，被他臉上的神情嚇到了，皇帝擰著眉、咬著嘴唇，像是在深思熟慮，又像是要跟誰拚命。

「陛下……」

韓孺子被叫醒，「啊……抱歉，我在想……我在想……」他不知該如何開口，轉念一想，自己實在沒必要拐彎抹角，大不了在險境中陷得更深一些，「我能信任妳嗎？」

皇后先是困惑，隨後露出堅毅的目光，點頭道：「我是陛下的皇后，永遠都是，陛下可以信任我。」

「好。」韓孺子還是沒有馬上開口，起身走到門前，側耳傾聽了一會，外間悄無聲息，宮女在這種時候應該不敢亂動，更不敢偷聽。

他走回床邊，「告訴我，崔家到底有何打算？」

皇后更困惑了，也站起身，比皇帝矮了一小截，「崔家……我家……陛下是在懷疑什麼嗎？」

「只是有些事情想不明白，希望妳能給我一點提示。」

崔小君才只有十二歲，可她受過良好的教育，懂得的事情不少，大致明白皇帝的意思，認真地說：「我知道，崔家的勢力太大，已經影響了朝堂的穩定。我是大楚皇后，無論陛下想做什麼，我都會站在陛下一邊。」

韓孺子微微一笑，「我現在能做什麼？問題是……有人對我說過，一個人可以自私，但不能自私到以為別人不自私。」

皇后也笑了，「對陛下說這種話的人可有點膽大妄為，不過我明白他的意思。」

「所以我感到疑惑，我知道太后和大臣想要什麼，還知道其他很多人的想法，可我不知道崔家在想什麼。崔太傅……妳父親帶兵在外，將妳送入皇宮，明知道太后在步步緊逼，他好像一點也不著急。」

崔小君靜靜地看著皇帝，這名少年不僅是大楚天子，也是她的丈夫，在她受過的所有教育當中，順從都是核心之義，在家從父，出嫁從夫，她全盤接受，從未想過為什麼，現在更不會想。

「我有三個哥哥、一個弟弟，父親曾經有過野心，想將他們培養成為了不起的人物，結果——在我出嫁的頭天晚上，兩個哥哥喝醉了酒，當眾廝打，誰也勸不住，母親不得已，從後堂出來，哭著求他們住手。這樣的兄長，陛下以為他們能有什麼深謀遠慮？崔家希望一直掌權，為的是享樂，聽說我要當皇后，全家人興奮至極，掛在嘴上的只有一句話『崔家又能穩當十幾年了』。」

「他們不知道妳要嫁給一名傀儡皇帝嗎？」韓孺子難以想像太后一直當成大敵對待的崔家會是這樣一群人。

「他們只在意皇后兩個字，然後就專心享樂去了，家族中倒是有幾個明白人，但也成不了大事，只有我父親……」

「據我所知，崔太傅是太后唯一忌憚的人。」

皇后輕嘆一聲，「父親總是不滿足，他倒沒有更大的野心，只是總覺得崔家的地位不穩固，常說富貴得之太易，失之必速，如不預作謀劃，只怕崔家將會一敗塗地，可是家裡只有父親一人憂心忡忡，每每感嘆四個兒子都白生了，不如一個外甥。」

「外甥……是東海王嗎？」韓孺子有點吃驚，心裡猛地一震，全身出了一層細汗，他想起來了，佟青娥在他背上寫的就是一個「東」字。

「嗯，是他。」皇后臉色微沉，似乎不太喜歡提起這位表兄。

「真是東海王？」韓孺子又問一遍，上前一步，心裡感到難以置信，同時又有無數念頭冒出來，告訴他這就是真相。

「他很聰明，父親非常欣賞他，可要我說，他聰明得過頭了。」

韓孺子越來越驚訝，呆呆地說：「東海王很喜歡妳。」

「呸呸。」崔小君往地上啐了兩口，小臉漲得通紅，皇后的端莊一下子消失了，「他在胡說八道，他……就因為母親隨口說過一句要親上加親，他就當真了。可他是個混蛋，我們姐妹幾個，還有親戚家的姐妹，都被他看中了，他說……等他當皇帝了，要將我們都接進宮當皇后和嬪妃，大姐前年成親的時候，他還發了一通脾氣。而且他最喜歡的人不是我，是三姐，他說要讓三姐當皇后，我不肯順著他，所以只能當妃子。」

韓孺子能想像出東海王發脾氣的模樣，可他還是不明白，「崔太傅……妳父親賞識東海王這樣的人？」

皇后點點頭，「說得更準確一點，父親賞識的是東海王的母親、我的姑母，父親常說他這個妹妹是家裡最聰明的人，當年就是她看出桓帝有機會成為太子，因此執意要嫁過去，即使不當王妃也願意。東海王的脾氣古怪了一點，但是跟姑母一樣聰明，過目不忘，主意也多，羅師當年本不想在我們家教書，可是與東海王見過一面之後，就決定留下了。」

韓孺子腦子裡轟轟地響成一片，開始還不敢相信，逐漸清醒過來，越來越相信皇后說的都是真話。

「怪不得我說不碰妳的時候，東海王立刻就同意了，還強調個不停，他怕妳對我說出真相！」

「陛下不想碰我？」崔小君睜大本來就很大的眼睛，總算明白皇帝為何一直不肯靠近自己。

韓孺子臉色微紅，「那是為了對付太后……」

「姑母和母親的確一再叮囑我，在皇宮裡不要對任何人提起東海王，可是對陛下，我不能隱藏。」皇后堅定地說。

韓孺子感激地笑笑：「哦，羅煥章是從東海王母親那裡得知太后與皇太妃……」

事情一下子變得清晰了，東海王常年住在崔家，他的母親卻一直留在王府裡，直到桓帝登基，才不得已搬出皇宮，她肯定看出上官氏姐妹暗中不合，沒準早就與皇太妃有過聯繫。

還有那四道聖旨，韓孺子心中一緊，知道自己犯下了大錯。

一道聖旨已被交給太后，緩解她的疑心，令皇帝更加孤立，很可能還要借此打擊崔家的敵人。

「崔家跟辟遠侯有仇嗎？」韓孺子問。

皇后茫然地搖搖頭，「我不知道，父親不對家裡人說外面的事情。」

韓孺子越想越明白：羅煥章手裡還剩下三道聖旨，罷免太傅崔宏的聖旨根本不會拿出來，它就是用來蒙蔽皇帝的，另外兩道聖旨才是他真正想要的，一道解除上官虛的兵權，一道接管皇宮宿衛，然後一切水到渠成——崔家將會再度掌握大權，這回的根基更穩，因為皇帝將是在崔家長大的東海王，皇后還會是崔家的女兒，至於哪一個並不重要。

「原來如此。」韓孺子喃喃道，崔家以退為進，其實已經在太后身邊藏著一把刀，皇太妃與羅煥章之間的聯繫者就是東海王，每次在凌雲閣聽課之後，他都走在後面，完全有機會與羅煥章互傳信息。

於是，每個人的私心都暴露無遺。

皇太妃不只要報仇，還要代替姐姐當太后，可她怎麼能讓崔家得勢之後還能遵守承諾呢？東海王有自己的母親，用不著像韓孺子一樣認別人為母。

羅煥章立下大功，號稱不願做官的他，將成為新皇帝最感激的人之一，他是繼續以布衣的身份輔佐皇帝，還是一步登天、位極人臣？

韓孺子挺了挺身子，忽然想起佟青娥，皇太妃當作祕密的事情，宮女卻只用一天時間就打聽到了。

韓孺子頭有點痛，抬手輕輕敲了兩下，張有才說過，宮裡的奴僕自有渠道，連太后也不知曉，或許他們能幫皇帝？

孟娥說她很快會再來送第三粒藥丸，在皇帝最危險的時候，她願意出手換取更穩妥的報答嗎？

還有皇后，雖然是崔家的人，卻已證明自己願意站在皇帝一邊，或許也能做點什麼。

韓孺子越想越亂，不由得說道：「楊奉究竟在做什麼啊？」他迫切地需要指引。

同一時刻，楊奉也想著皇帝，歸心似箭。

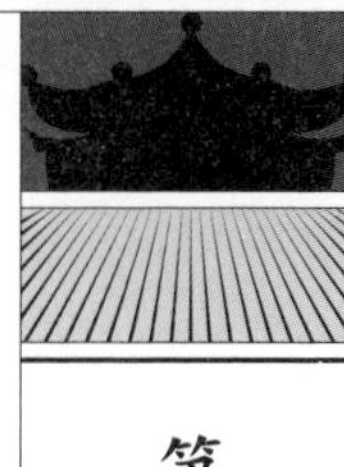

第四十七章 追捕

白馬縣比鄰齊國，地勢一馬平川，最近幾個月可不太平，先是齊王派人來徵兵，縣令閉城自守，膽戰心驚地捱到齊王兵敗，又要防備餘賊入界，不等穩定下來，朝廷派出的捕賊大吏趾高氣揚地來了——這些人在京城是無名小卒，到了這裡就是大吏。

縣令焦頭爛額，心中頗有不滿，總覺得能保住縣城應該是大功一件，沒受到獎賞也就算了，反而還要接受刀筆吏的輪番盤問，好像犯了大罪一樣，他真想大聲發問：齊軍勢如破竹的時候，你們在哪？

然而縣令並不敢開口，連想一想都要選在夜深人靜的時候，今天，他尤其要堆出滿臉笑容，迎接一位特殊的客人。此人並非官吏，而是一名太監。

午時剛過，官道上馳來一隊人馬，大概二三十人，沒有旗幟、也沒有開道的鼓樂，速度極快。不像是上方欽差，倒像是傳送急件的驛卒，可看他們的穿著確實是一隊太監，其中或許還有一些侍衛，很少進京的縣令認不出來。

「這麼快？」縣令從剛搭成不久的路邊涼棚下走出來，吃驚不小，他早晨才接到上司公文，自以為動作很快了，沒想到這邊剛剛準備好，欽差就到了，還好出來迎接得早，不然就犯下大錯了。

縣令匆忙整理官服，命令手下趕快列隊，揮手示意師爺將棚內的茶水撤掉，絕不能讓欽差以為他在這裡只是喝茶而已。

欽差隊伍到了，數十匹馬驟然停止，揚起的灰塵逐漸擴散、降落，縣令不敢躲避，帶領眾人在塵土中跪下，「白馬縣恭迎欽差……」

「免禮。」馬上的聲音冷淡而高傲，倒是頗符合欽差的身份。

楊奉不記得自己到過多少地方了，這些天來，他風塵僕僕地四處奔波，為了節省時間盡快上路，只帶了二十幾名隨從。

他在追捕一個人，在楊奉眼裡，此人十分關鍵，甚至比叛逆的齊王還重要。為了這名逃犯，楊奉不得不暫時放棄皇帝，他還有一個想法，想看看皇帝能否在宮中自立、是否值得他以後付出更多心血。

「弓手備齊了嗎？」楊奉坐在馬上問道，他沒時間跟地方官吏周旋，必須做出居高臨下的架勢，才能做到速戰速決。

縣令接到這個要求時就感到疑惑，但不敢多問，馬上道：「齊了，就在那邊待命。」

楊奉看到了，拍馬向前，隨從跟上，只有一名太監留下，下馬向縣令展示文書，讓他簽字蓋印，盡快完成該有的程序。縣令手忙腳亂，他已經安排好筵席與禮物，可是都在縣城裡，怎麼也想不到欽差是個急性子。縣令的官印不在身邊，只得命師爺即刻去取，心想這位太監欽差不是來打秋風的，要辦的事情肯定不小。

百餘名縣兵列隊而站，隊伍參差不齊，很多人的穿著與普通農夫沒有區別，身無片甲，手裡倒是都握著硬弓，斜掛的箭囊裡存著七八支箭矢。

楊奉並不意外，他所過之處，各地兵卒大都如此，像樣一點的精兵都被徵發，跟隨太傅崔宏去北方迎戰匈奴了。

縣尉匆匆跑來，他跟縣令待在一起，因為沒有馬而落後，迎著揚塵，他氣喘吁吁地對馬上的欽差說：「上差……咳咳……這些都是……咳……從各鄉調來的……咳……箭士，還有一些正在趕來，到今晚……」

「有這些人就夠了。」楊奉求快，對眾縣兵大聲道：「待會每人試射三箭，平直穩重，可達八十步者，賞銀五兩。」

本來茫然無措的縣兵一下子興奮了起來，縱聲歡呼，縣尉紅著臉揮手，命令士兵閉嘴，不得在欽差面前無禮。

楊奉不在乎，他已經見慣地方上的隨意與混亂，白馬縣算是不錯的了，數名隨從前去擺放簡易箭靶，楊奉問縣尉：「你熟悉本地人物風俗嗎？」

縣尉連連點頭，「熟悉，下官就是本縣人氏，為吏二十餘年，地方上的縉紳，沒有我不認識的。」

楊奉撥馬走出一段距離，給縣兵騰出射箭的地方，然後停下，對跟上來的縣尉說：「我要打聽的人不是縉紳，是位豪傑。」

「豪傑……不知是哪一位？」

「趙友。」

「趙友？」縣尉面露茫然。

「人稱千金璧的那個趙友。」

「哦，白馬趙千金，當然認識，上差為何打聽他……」

楊奉敏銳地注意到縣尉目光中的一絲慌張，這就是他為何一定要速戰速決的原因，地方官吏與豪傑大都有交往，晚一步，消息就會被洩露出去。

「趙友窩藏欽犯，我奉皇帝之命親來捉拿，違逆者滅族，通風報信者，死罪。」

縣尉臉色一下子變得蒼白，「白馬縣民風淳樸，沒人敢與欽犯勾結……我再去調些兵馬。」

「不用，這些人足夠。」楊奉看向正在輪流射箭的縣兵，重賞之下，頗有幾位射得既遠又直，是否能中靶他倒不在意。

縣尉臉上青紅不定，終於壯起膽子說：「上差或許有所不知，趙友人稱『千金璧』，乃是雙臂有千斤之力的意思，並非千金之璧玉，他是為了附庸風雅才改為『璧玉之璧』。」

「我聽說過。」楊奉早已摸清趙友的底細。

縣尉更顯恐慌，「不僅趙千金力大無窮，他還有一群兄弟，慣常舞刀弄劍，這個……這個……可不好對付啊。」

「江湖功夫，不足為懼，只要你們聽從命令就行。」

「聽，下官就算有一百個膽子，也不敢違令。」

楊奉冷淡地嗯了一聲，等了一會說：「若能拿住趙友窩藏的欽犯，大功一件，賞銀至少千兩，若是拿下主犯，十萬兩，官升數級不在話下。」

縣尉立刻笑逐顏開，原本還有幾分猶豫，現在就算是去抓捕自己的親兄弟也顧不上了。

試射很快結束，勉強湊足六十名合格的士兵，隨從太監立刻分發賞金，每人五兩，得到的人昂首挺胸，沒得著的人垂頭喪氣。

楊奉一行共有二十六人，馬匹卻有四十匹，便分一匹給縣尉命他帶路，前去圍捕白馬縣豪傑趙友，卻暫時不告訴縣兵們去處。

欽差帶著士兵揚塵而去，縣令站在路邊，捧著公文茫然遙望，弄不清這究竟是怎麼回事，也不敢離開，只好留在原地，等師爺將官印取來。

趙友家在城外七八里的莊上，縣尉熟門熟路，一點遠道也沒繞，望見莊園之後，楊奉停下，等後面的縣兵跟上。

縣尉道：「兵太少，圍不住莊園，不如讓下官獨身進莊，勸說趙友投降，交出欽犯，倒也省事。」

「不必，你帶兵在正門前列陣，聽我命令，齊射即可，其他事情不用你們管。」

楊奉扭頭示意，大部分隨從下馬，分批出發，把守莊園四方，只有六人留下保護中常侍。

縣尉再不敢插話，隱隱感到這名欽差與眾不同，雖是宮內的太監，對江湖上的事情卻好像很熟。

縣兵跟上來，在正門前站成兩排，彎弓搭箭，莊裡已經發現異常，大門緊閉，偶爾有人探頭，但很快就縮回去了。

縣尉急於立功，得到欽差的許可之後，催馬上前，大聲道：「趙千金，你犯事了！速速投降，交出欽犯，或可饒你不死，若不然……哎呦。」

莊園牆頭有人影一閃，縣尉抱頭，調轉馬頭疾跑回來，一手捂臉，鮮血從指縫中流出，「賊人用暗器。」

賊人不只用暗器，莊園大門突然敞開，十餘人揮舞刀槍衝出來，嘴中呼喝，帶頭的是一名壯士，三十歲左右年紀，光著上身，胳膊上刺有龍形，雙手各握一柄大鐵錘，怒聲大叫：「擋我者死！」

趙千金在白馬縣頗為知名，連縣尉都懼他幾分，一見他衝出來，心中立生怯意。

楊奉卻不在意，他得到確切消息才趕來此地，知道莊裡沒有多少人，他也不想與這些亡命之徒比試拳腳刀劍，當即下令：「彎弓。」

欽差監督，又剛領過賞銀，縣兵們即使心裡恐懼也不敢後退，馬上拉開弓弦，等待發射的命令。

楊奉眼看著趙友等人張牙舞爪地撲來，已經進入八十步之內，也不肯下令。

一名縣兵太緊張了，手一鬆，放出一箭，沒有準頭，從敵人頭頂飛過去。

楊奉喝道：「穩住！待命！」

十幾名江湖豪傑越迫越近，其中一人不停揮手，擲出飛刀，射到楊奉身前的暗器都被隨從侍衛攔下，縣兵就沒有這麼好的待遇了，兩人中鏢，倒地慘叫。

楊奉仍不下令，縣尉嚇得臉色又白了。

相距不過四十步，趙千金身上的龍紋都能看得清清楚楚，楊奉終於喝道：「放箭！」

五十幾箭應聲而發，這個時候準頭不重要，箭矢如雨，頃刻間就射倒了七八人，剩下的六人愣了一下，其中五人轉身逃跑，趙千金卻將雙錘舞得更快，繼續前衝。

「彎弓！放箭！」楊奉的第二輪命令下得快，縣兵們幾乎跟不上，只有三十多人及時射箭，但已足夠，趙千金連中數箭，撲通倒下，逃跑者也中箭，跑出沒多遠，迎上埋伏的欽差侍衛，一刀一個都被殺死。

整個圍捕過程不到兩刻鐘，只有縣尉和兩名士兵受傷。

楊奉帶來的侍衛早已翻牆進莊，沒過多久，持刀衝出大門，拖著一名男子。

縣尉很好奇什麼樣的欽犯能讓宮裡特地派人來追捕，一眼看去，那人寬袍大袖，不像是亡命之徒，也不像本地人。

楊奉跳下馬，走到犯人面前，盯著他看了一會，說：「你不是淳于梟。」

犯人大笑，「家師神通廣大，你們永遠也抓不到他！」

楊奉很失望，一名侍衛手起刀落，犯人頭顱落地。

縣尉又被嚇了一跳，正想下令縣兵入莊搜查餘犯，被箭射中的一名豪傑大聲道：「我知道淳于梟在哪，我知道，快救我！」

楊奉走過去，低頭看著那張惶恐萬分的臉，「在哪？」

「救我……」

「說出來，饒你一命。」

「我、我偷聽到他們說話，淳于梟已經潛入京城，說那裡……那裡有一股新天子氣升起。」

楊奉心中一震，突然明白自己上當了。

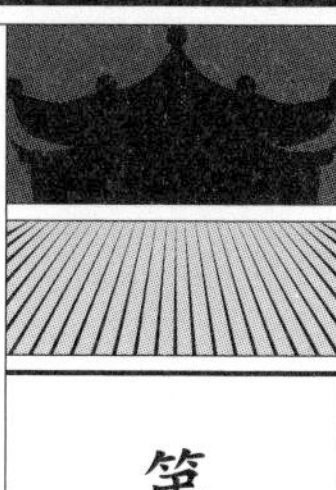

第四十八章　江湖人的報仇

暴雨傾盆，只用了不到半個時辰就將道路淹沒。慢慢地，雨小了一些，卻有綿長之勢，看樣子會一直下到夜裡，一群原本只是暫避暴雨的人，被困在了驛站裡。

楊奉坐在屋子裡，敞開門，看到雨水掃進來也不在意，今天無論如何是不能上路了，只能等到明天，希望一切還都來得及。

望氣者淳于梟為何潛往京城？對他來說，那裡正是天下最危險的地方。所謂的「新天子氣」又是什麼意思？難道淳于梟又找到了新的蠱惑目標？楊奉思來想去，覺得只有一種可能。

外邊傳來一陣喧嘩，雨聲雖大，卻也壓不住叫喊聲。

四名隨從與楊奉待在同一間屋子裡，其中一人看了中常侍一眼，冒雨出屋，很快回來，躬身道：「三名鄉農想進來避雨，被驛丞攔在門口，因此爭吵。」

楊奉嗯了一聲，沒有放在心上，隨從剛要回到自己的位置上，楊奉改了主意，「召他們進來。」

「是。」楊奉的隨從都是他親手培養的親信，對他言聽計從，從來不會多問一個字。

沒多久，三名農夫跟著隨從由雨中走來，站在門口不敢進屋。

三人年紀差距頗大，老的六十來歲，瘦得只剩一把骨頭，肚子卻高高鼓起，赤腳，褲腿挽起，雙手拿著草笠，衝著屋裡的大人笑著點頭哈腰，「大人恕罪，雨實在是太大了，我們趕不得路，不得已借屋檐避個雨，未想到衝撞了大人。」

另一人三十多歲，是名又黑又壯的大漢，腳上穿著草鞋，手裡也拿著草笠，低頭不語，好像有點怕官。最後一人是個十幾歲的少年，半躲在黑大漢的身後。

楊奉打量了三人一會，開口道：「既是避雨，進屋來吧。」

老漢連連鞠躬，站在門口，不敢離官差太近，那名少年躲得更嚴實了。

楊奉道：「老丈高壽？」

「承大人問，小老兒今年五十三，風吹日曬的苦命人，長得老相些。」老漢每說一句都要鞠躬點頭。

「你們是本鄉人士？」

「是的，大人，祖居於此，從來沒離開過。」

「此地離函谷關還有多遠？」

「也就是半日路程。」

楊奉沉默了一會，又問道：「這裡的風俗經常騎馬出行嗎？」

老漢笑道：「大人說的哪裡話，大人、貴人才能騎馬，我們這樣的人，能騎頭驢就不錯了，平時還是要靠這雙腳走路。」

「那就奇怪了，此地前往函谷關騎馬才是半日路程，你不騎馬，怎麼知道是半日？」

老漢的頭點得更頻繁了，「小老兒雖然沒福分騎馬，可也聽人說過路程，大人肯定騎馬，所以小老兒就說是半日，要說走路，天沒亮起床，緊趕慢趕也得天黑以後才能到關口，不過那時候關門已閉，進不去了。」

楊奉點點頭，目光轉向老漢身邊，「那個黑漢，報上名來。」

黑大漢一直低著頭，不像老漢那麼恭順，有幾分受迫之意，聽到問話，甕聲甕氣地說：「回大人，小民名叫張鐵疙瘩。」

「人如其名，你真跟鐵疙瘩一樣硬嗎？」

「大人開玩笑，小民胡亂起的名字，哪有鐵硬？」

「是嗎？聽聞江湖上有一位鐵頭胡三兒，一顆腦袋練得如銅鐵一般，曾經與白馬趙千金比武，一頭撞在大錘上，雙方各退三步，不分勝負，憑此一戰成名。」

黑大漢不吱聲，老漢賠笑道：「大人見多識廣，我們這些粗野鄉民，就知道一個鐵疙瘩，沒聽說過鐵頭。」

「江湖傳言大都不實，趙千金被一陣亂箭射死，胡三兒的鐵頭只怕也是浪得虛名，一刀下去，管教他身首異處。」

老漢還在訕笑，黑大漢已經忍不住，喝道：「人家已經看穿了，還裝什麼？上吧！」

黑大漢話一出口，老漢與少年已經行動，從大漢背後拔出短劍，老漢高高躍起，少年從大漢兩腿中間滾出來，一上一下，分兩路撲向楊奉。

楊奉在椅子上端坐不動，自從離開白馬縣，他就在防備著刺客，因此心中絲毫不慌。在他身後，四名隨從同時抬起右臂，亮出一直藏在身後的臂弩，扳機發射，兩箭射向空中的老漢，另外兩箭則分別攻擊黑大漢和少年。

楊奉所在的屋子已是驛站裡最大的一間，即使這樣也沒有多少騰挪餘地，箭勢如電，絕難躲避，空中的老漢卻在瞬間又上升一截，跳在了房梁上，地上的少年也突然改變方向，向門口翻滾，躲過弩箭，唯有對面的黑大漢動作稍慢，肩頭中箭，口中發出怒吼，仍然邁步衝向目標。

四名隨從抽刀在手，一人貼身保護楊奉，三人迎戰，門外也有三名隨從衝進來助戰，更多人則守在外面。

戰鬥持續的時間不長，黑大漢最先被擊倒，兩柄刀架在脖子上，他不敢動了，畢竟是血肉之軀，比不了銅鐵。

少年以一敵二，幾招之後被逼到牆角，左支右絀，堅持不了多久。

只有老漢在房梁上暫時安全，兩名侍衛連跳幾次，都被他擊退。

楊奉頭也不抬地說：「一劍仙杜摸天，可惜頭頂有房蓋，你摸不著天了，若是還想要你孫子的命，就跳下來吧。」

少年大聲道：「爺爺，別管我……」

老漢杜摸天在上方看得清清楚楚，孫子的確不是官差的對手，不由得嘆息一聲，說，「別傷我孫，我下來就是。」

兩名侍衛停手，仍然持刀困住少年。

杜摸天先將短劍擲下，隨後人跳下來，挺身不跪，昂首與楊奉對視，沒有半點鄉農的模樣。

「鐵頭胡三兒、一劍仙杜摸天，還有一個杜穿雲，怎麼只有你三個？其他人為何沒來？」

對方連自己孫子的姓名都掌握住了，杜摸天又是長嘆一聲，「閣下果然不簡單，身居深宮，居然對我們這些江湖人物瞭若指掌，我還說趙千金在白馬縣黑白通吃，怎麼會死在一名太監和幾十名官兵手裡，原來……江湖上有敗類給你通風報信。」

「通風報信？你們又不是密謀，打聽你們的事情倒也不難。江湖好漢，拔刀相助、替友報仇這種事怎麼可能不大肆宣揚一下？趙千金被殺的第二天，四五十名江湖豪客齊聚白馬縣，發誓要為他報仇，兩日後，又在臨淄城中聚會，人數已達一百二十多，從午時喝到入夜，再次發誓要報仇，地點就選在函谷關附近。可是次日出發的時候，只剩下五十多人，其他人都找藉口走了。我說的沒錯吧？」

杜摸天目瞪口呆，怎麼也料不到，一名欽差，還是一名太監，竟然也會關注江湖中的事情。

躺在地上的鐵頭胡三兒怒聲道：「那幫傢伙忘恩負義、貪生怕死，只有我們十三人……」

「少說話！」杜摸天喝道，胡三兒一激靈，急忙閉嘴。

「才十三人。」楊奉搖搖頭，「你們埋伏在函谷關外，打算偷襲，可是這場大雨壞了事，所以你們三個裝成鄉農過來打探消息。」

「既然閣下都知道了，我們也沒什麼可說的，趙千金朋友遍天下，今天你殺了我們，今後還會有人替他報仇。」杜摸天扭頭看了一眼孫子，「也會有人替我們報仇。」

「當然，我等你們一個月。」楊奉從隨從手中接過茶杯，輕輕地抿了一口，「人走茶涼，一個月之後你們就只是一段誇大其辭的傳說，在傳說裡，我是卑鄙無恥之徒，你們是仗義行俠之輩。這大概就是江湖替你們報的仇了。」

杜摸天越聽越驚，「閣下……究竟何方神聖？」

楊奉沒有回答，外面走進一名隨從，全身濕透，低聲道：「楊公，那人來了。」

「確定是他？」楊奉問。

「屬下親眼所見。」

楊奉站起身，對杜摸天說：「這場雨壞了你們的埋伏，也險些壞了我的大事，不過我的運氣比你們的好。你相信江湖中真有人能一手摸天嗎？」

杜摸天實在聽不懂楊奉在說什麼，「別得意，你還沒進函谷關，更沒回到京城。」

楊奉邁步向外走去，在門口停下，「留他們一夜，等另外十個過來救人，如果他們真會來的話。」

楊奉走出房門，立刻有一名隨從撐傘為他擋雨。

天色微暗，雨已經小多了，院子裡的水積到半尺深，楊奉趟著水，在另一名隨從的指引下前行，身邊再沒有其他保護者。

驛站迎來一批新客人，全是穿著盔甲的軍官，人數不多，只有二十來名，他們顯然一直在冒雨趕路，全身濕透，雨水順著甲衣向下流淌。

齊國戰事方平，北方狼煙又起，經常有軍吏前往京城送信，驛丞一點也不意外，正忙著給他們安排房間、照顧馬匹。

楊奉走到一間房前，數名軍官手握刀柄，冷冷地看著來者，認出這人是名太監，也不肯行禮。

楊奉抱拳道：「煩請通稟一聲，中常侍楊奉求見崔太傅。」

軍官們臉色齊變，一人道：「這裡沒有……」

有人從房間裡走出來，示意軍官閉嘴，向楊奉說道：「楊公別來無恙。」

果然是太傅崔宏，楊奉提起很久的心終於降回來一些，他不在意江湖豪客的報仇，念念不忘的全是淳于梟和崔宏，現在，他終於及時抓住了其中一個。

「楊某在此敬候已久，要對太傅說幾句話，太傅若肯聽，或許你我二人能攜手共回京城，若不肯聽——」

「怎樣？」

「楊某願與太傅血濺當場。」

第四十九章　望氣

兩人隔桌對面而坐，除了當朝宰相，崔宏還從來沒給過其他臣子如此禮遇，此時的他，不是正一品的太傅，也不是率眾數十萬的大將軍，只是一名冒雨投宿的旅人，身上還滴著雨水。

他也不是那個在勤政殿裡小心謹慎、面對太后甚至會發抖的顧命大臣，此時他目光警醒，一隻手放在桌面上，另一隻手握住腰刀的柄。

房門緊閉，崔宏的十幾名衛士守在外面，不用擔心有人偷聽。

雨更小了，只剩下淅淅瀝瀝的聲響，偶爾變得急促，也是屋檐上積攢的雨水傾洩而下。

「楊公不是在齊國追捕逆賊餘黨嗎？怎麼會來這裡？」崔宏決定聽一聽中常侍要說什麼，卻沒打算接受，更無意說出自己的祕密。

楊奉盯著崔宏，好像對方只是一名落魄的小官，「還是我來開門見山吧，太傅是什麼時候與淳于梟結識的？」

崔宏乾笑兩聲，「楊公真會開玩笑，淳于梟乃是蠱惑齊王造反的首犯，我身為剿滅逆賊的平東大將軍，怎麼會與他結識？」

楊奉想了一會，「沒錯，戰事一起，太傅不可能再與淳于梟見面，那就是在齊王起事之前了，可那時候淳

于梟尚在齊國，應該沒機會來京城。嗯……淳于梟弟子眾多，不知是哪一位得到了太傅的賞識？」

崔宏沉下臉，「楊公仗誰的勢，特意前來誣衊於我？崔某不才，卻也知道潔身自愛。」

楊奉拱手，「太傅息怒，在下只是胡亂猜想，可在下無論如何要勸太傅幾句：望氣之事不可信，淳于梟與他的弟子們妖言惑眾，所圖極大，齊王已倒，太傅一著不慎就將是下一個。」

「嘿，楊常侍打定主意要將我說成逆賊同夥了？也好，咱們一塊進京，在太后面前說個明白。」

楊奉微微一笑，「太后面前？太傅不會是奉旨回京吧？」

堂堂太傅，剛剛平定一場叛亂，本應在北方屯兵，卻只帶少量衛兵回京，沒有旗鼓儀仗，入住驛站時也不報出真實姓名，當然不會是奉旨回京。崔宏冷冷地盯著楊奉，開始認真考慮「血濺當場」的後果，門外全是他的人，他本人也有兵器在身……

楊奉猜到了太傅的心事，掀開一邊衣領，露出裡面的甲衣，表明自己做好了準備，濺出的鮮血絕不會只是他一個人的。

門外就是太傅的衛兵，更遠一些卻都是楊奉的隨從，數量還要更多一些，一旦僵持，崔宏佔不到便宜，於是他笑了，「楊公智勇雙全，可敬可佩。好吧，假設我與淳于梟相識，假設我是私自回京，楊公想對我說什麼？」

「我要讓太傅看幾份供狀。」

「供狀？」

門外響起衛兵的呵斥聲，楊奉道：「是我的人，將供狀送來了。」

崔宏猶豫了一會，大聲道：「讓他進來！」

門開了，楊奉的一名隨從捧著木匣走進來，身後寸步不離地跟著兩名衛兵，隨從將木匣放在桌上，向太傅和中常侍行禮，躬身退出，衛兵沒有馬上離開，等楊奉打開木匣，露出裡面的一大落紙張時，兩人才在崔宏的暗示下轉身走出房間，將門關上。

楊奉拿出第一份供狀，在桌上緩緩推給崔宏，「我與右巡御史申大人遍巡關東諸侯，申大人宣諭聖旨，我負責查找叛亂的跡象。這是臨江王府中數人的供狀，眾妙三十一年前後，一位名叫方子聖的望氣者曾是臨江恭王的座上賓，恭王早薨，方子聖無功而退。」

「眾妙三十一年？那是十幾年前的事情了。」

「嗯。」楊奉又拿出一份供狀，「眾妙三十四年，濟陽哀王請來一位望氣者，名叫林乾風，一年後，濟陽哀王反相敗露，武帝開恩，只是削縣，哀王從此謹慎守國，終生無反心，林乾風則就此消失，他的名字再沒有出現過。」

楊奉拿出一份又一份供狀，按時間排序，都是各諸侯國曾經接待某位望氣者的供狀，每一份都堆到太傅面前，崔宏一份也沒看，目光一直盯著楊奉，突然按住一份剛被推過來的供狀，說：「眾妙四十年，渤海王和九江王的府中同時出現了望氣者。」

「我猜測，從那時起，這位望氣者的弟子開始增多，有些地方不需要他親自出馬了。」

最後一份供狀來自齊王的手下，望氣者淳于梟於眾妙四十一年，也就是武帝駕崩的那一年出現在齊王府，四年之後，齊王起兵造反。

「楊公離京才一兩個月吧，就能收集到這麼多的供狀？從南到北的諸侯王幾乎一個沒落。」

「太傅如果還記得的話，桓帝登基的頭一個月，曾頒旨要求各地清查本鄉豪傑的動向。」

崔宏點頭，他當然記得，但這不是什麼大事，幾乎每一位皇帝都曾經頒布過類似的旨意，無非殺掉一些人，遷徙一些人，以儆效尤，令地方豪傑無法形成牢固的勢力，僅此而已。

「那是我給桓帝出的主意，可我弄錯了目標，直到淳于梟蠱惑齊王的情形暴露之後，我才明白自己錯在哪裡，原來有問題的不是豪傑，而是江湖術士。於是請太后降旨，要求各諸侯國官吏只問一件事，是否曾有望氣者成為王府貴客。」

「望氣者到處都有，京城裡也有，數量更多，這能說明什麼？」

楊奉笑了笑，指著太傅面前的供狀，「太傅可以看一看，至少四位諸侯王接待的望氣者相貌出奇地一致，『身高八尺，鬚髮皆白，方臉，左眉中有一紅痣』，太傅覺得眼熟嗎？」

崔宏沉默片刻，「不管這些望氣者是不是一個人，意圖是什麼呢？勸說諸侯王造反，得些賞賜嗎？」

楊奉搖頭，「望氣者的意圖不是賞賜，更不是輔佐某人稱帝，而是天下大亂，越亂越好。」

崔宏再度沉默。

楊奉繼續道：「亂世出英雄，唯有天下大亂，才有改朝換姓的可能。崔太傅，皮之不存，毛之焉附，大楚若亂，崔氏必亡。」

崔宏終於開口，「我認識的望氣者名叫步蘅如，四十一歲，頭髮還很黑。」

楊奉道：「人雖不同，話卻相似，無非某地有天子氣，被黑氣所圍繞，起伏不定，若能當機立斷，並得貴人相助，天子氣必定沖天而起，若是猶豫不決，天子氣將被壓制，再無出頭之日。」

崔宏睜大眼睛，顯露出明顯的驚訝，「你……」

「根本沒有什麼天子氣，當今陛下居於陋巷之時，可有人看出天子氣？」楊奉站起身，厲聲道：「東海王更沒有天子氣，太傅若不及時醒悟，東海王必死無疑，崔家毀於你手！」

崔宏一驚，也站起來，低頭看去，木匣底部居然橫著一柄出鞘匕首，寒光閃耀，不由得又是一驚。

「以防萬一。」楊奉平淡地說，將桌上的供狀放回匣內，蓋住匕首。

「我該怎麼做？」崔宏問道。

「太傅可以調轉方向，立刻返回北地，就當一切都沒發生過，京城的事情交給我處理，有太傅在外領兵，東海王和崔家都不會有事。或者太傅也可以與我一道返京，將隱藏的逆賊一網打盡，建立奇功一件。」

崔宏想了一會，臉色稍顯蒼白，「京城之事已如箭在弦上，非得我親自回去才能阻止，如果……還來得及的話。」

「太傅將行事之權交給那個步蘅如了？」

崔宏點點頭，開始後悔了，「不只是步蘅如，還有羅煥章，是他將望氣者介紹進府的，我很相信他。」

「羅煥章。」楊奉唸了一遍這個名字，雙眼微微瞇起，沒有多說什麼，側耳聽了聽，「雨已經停了，請太傅即刻上路，與我一道盡快返京。」

崔宏突然一把抓住楊奉的胳膊，「楊公不會到了京城就翻臉吧？」

「從現在起，我留在太傅身邊，抓到望氣者之後，是殺是留全由太傅做主，事後就說是我將太傅召回京城的，其他事情由我向太后解釋，東海王不會受到牽連，只是他還不能當皇帝。」

崔宏終於下定決心，他悄悄返回京城本是為了將外甥推上帝位，現在卻要阻止這一切，「好，這就出發。」

楊奉在後，崔宏在前，向外面走去，幾步之後崔宏停下，轉身道：「步蘅如、淳于梟或許是騙子，但望氣不是，真的有人望氣很準，當今陛下……」

崔宏沒再說下去，推門而出。

楊奉可不相信這些鬼話，他只相信一條道理：事在人為。

雨已經停了，地面上的積水還不少，可是急著趕路的人不在乎這些，崔宏和楊奉分別命令自己的手下備馬上路，崔宏的馬已經倦極，楊奉分出幾匹，又從驛站徵用數匹，總算夠用。

驛丞極為驚訝，剛剛入夜不久，趕到函谷關正值半夜，叫不開關門，但他沒有多問，他不認識太傅，卻知道楊奉是宮裡的太監，或許有辦法半夜通行。

楊奉遵守承諾，一直留在崔宏身邊，期間只是將木匣交給一名隨從，隨從接匣之後問道：「那三個人如何處置？」

杜摸天、杜穿雲和鐵頭胡三兒都被五花大綁，站在不遠處的廊下，身後立著三名持刀隨從，只需一聲命令，就要揮刀殺人。

楊奉衝著三名俘虜大聲說：「此去函谷關半日路程，若是真有同伴敢來搭救，我放你們一馬，若是沒有，就怪你們自己瞎眼，與其苟活於世，不如今夜就做刀下之鬼。」

杜摸天等三人吃了一驚，崔宏不認得這三人，更覺古怪，打量楊奉，越發弄不清這名太監的底細了。

楊奉上馬，表面鎮定，其實已是心急如焚，羅煥章乃是帝師，有資格進宮，這意味著京城的形勢比他預想得還要危險，年輕的皇帝能度過此關嗎？

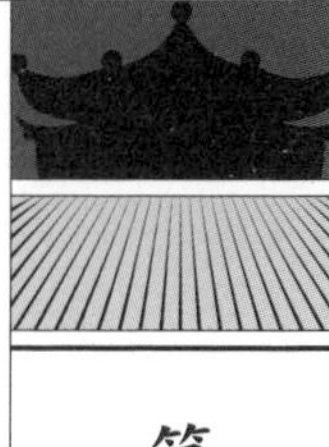

第五十章　軟禁

函谷關的暴雨並未蔓延到京城，皇宮裡的韓孺子也暫時將楊奉忘在腦後，他不能只是等待，必須得做點什麼挽救自己和母親的性命。

真正的鬥爭發生在上官氏和崔氏之間，可是無論哪一方勝利，傀儡皇帝都會是犧牲品，崔家固然要改立東海王為帝，太后也想盡快換上年幼的新傀儡，思來想去，韓孺子發現自己實在沒什麼選擇，必須去見太后，將事情說清楚。唯有如此，才能緩解即將到來的大難。

說來可笑，韓孺子每天早晨去慈順宮拜見太后，上午還常常在勤政殿與太后共同聽政，可兩人中間總是隔著人牆與屋壁，見面次數寥寥無幾。

仔細想來，韓孺子覺得太后有意不見自己，如果皇太妃的話還有幾分可信的話，從他還沒出生的時候起，就已經受到當時的東海王王妃的嫉恨。

在秋信宮睡了一夜，次日凌晨，韓孺子輕輕推醒皇后。

他無需再遵守向東海王做出的承諾，可以觸碰皇后了，但也僅此而已，兩人都沒有別的想法，聊到半夜沉沉睡去。

皇后睡眼惺忪，一時間忘了身處皇宮，還以為是在家裡，含糊地說：「娘，讓我再睡會……」躺了一會她才反應過來，急忙睜開雙眼，臉都紅了，好在屋子裡還很暗，遮掩了她的大部分羞怯，「陛下……醒啦。」

嚴格來說，這是兩人第一次同床，之前韓孺子都是睡椅榻，早晨才上床躺一會。

「妳從前也跟母親同睡嗎？」韓孺子回憶起小時候的生活，那都是幾年以前的事情了，恍惚間，他覺得自己長大了不少。

「不是，陪我的是乳娘，母親……很忙，我們兄弟姐妹也多。」

「哦。」韓孺子臉色微紅，「我也不是……我想問妳一件事，妳能見到太后嗎？」

「當然，陛下待會不就要與我一塊去拜見太后嗎？」

「我是說面對面的見面，能說話的那種。」

「嗯——自從進宮以後，我倒是見過太后幾次，說過一會話，但是不多，每次都是太后派人召我過去。」

「下次太后再召見妳的時候，妳能替我傳句話嗎？」

「可以，說什麼？」皇后知道的事情不多，只是隱隱猜到皇帝處於危險之中，而她的職責就是盡一切可能幫忙。

「我想見太后，告訴她一些真相。」

「好。」皇后答應得有些勉強，倒不是不願意，而是迷惑，她慢慢坐起來，被子擋在身前，「陛下能告訴我到底發生什麼了嗎？如果是崔家……」

一想到真要與自家人決裂，皇后又有點猶豫了。

經過昨夜的交談，韓孺子已經完全相信皇后，但他不想說實話，因為他的實話過於冰冷，都是一把把鋒利的刀劍，會傷到無辜者，只有那些已經全副武裝做好戰鬥準備的人，比如太后，才能承受得住。

「真是抱歉，許多事情我還不能說，因為……那都是我一個人的猜想，很可能大錯特錯，只有太后才能查明真相。」

「陛下不用多說，我明白。只要再受到太后的召見，我一定將話傳到。」皇后並不覺得這件事有多難。

「謝謝。」韓孺子由衷地說，現在的他真心感謝每一個能幫助他的人。

皇后的臉又有點紅，輕聲道：「陛下對我不用這麼客氣。」

房門外傳來響亮的聲音：「天子聖德，始於東方。日出而起，日落而息。勤於天下，德被四方……」

「進來吧。」韓孺子喊道，只有這樣才能讓外面的聲音停止，然後小聲對皇后說：「我真想見見這個人，他的嗓門大得……不像太監。」

皇后縮肩笑了一聲，進宮多日，她終於覺得自己像是皇帝的妻子。

一塊去慈順宮拜見太后的時候，韓孺子一度有過直接衝進房間去見太后的想法，但是沒付諸實施，他身邊有左吉等太監環繞，房門口站立著皇太妃和一群女官，他的舉動只會被視為瘋狂，甚至是對太后的仇視。

韓孺子規規矩矩地執行整個儀式。

皇后被送回秋信宮，韓孺子正要前往凌雲閣，左吉攔在前方，伸手指著另一個方向，「陛下，請這邊走。」

太后這一輪教訓還沒有結束，韓孺子不得不承認，皇太妃和羅煥章這一招實在巧妙，現在的他根本得不到太后的信任，就算見面，說出的真相也很可能不被當真。

走出沒多遠，韓孺子發現自己被帶往的不是皇帝的泰安宮，而是皇太妃的慈寧宮。

他又被軟禁了，而且是被軟禁在皇太妃的宮裡。

在慈寧宮後院，左吉輕輕撫摸嘴角的傷疤，對皇帝說：「陛下在這裡好好休息，養精蓄銳。皇后年幼，佟青娥木訥無趣，我會選派更好的人來教陛下夫妻之道，這回陛下不會再推三阻四了吧。唉，陛下真是身在福中不知福，溫柔鄉裡走一遭，可是天下所有男人的夢想。」

「也是你的夢想嗎？」韓孺子問，別的太監和宮女沒有跟進來，他用不著時刻裝出順從的模樣。

左吉臉色一沉，手指停在傷疤上，「我不是男人，我的夢想跟陛下不一樣。陛下好像還沒有接受教訓啊，難道王美人……」

「我接受教訓了。」韓孺子說。

左吉滿意地哼了一聲，轉身要走，韓孺子突然說：「你不想知道是誰告訴我仙音閣的事嗎？」

左吉慢慢轉回身，擠出一絲帶著痛楚的微笑，「這才像話，其實我不是陛下的敵人，跟我作對有什麼好處呢？告訴我吧。」

韓孺子緊閉雙唇，直直地盯著左吉。

左吉不明白皇帝的用意，漸漸地惱羞成怒，上前兩步，低聲道：「夠了，別以為我稱你『陛下』就真當你是皇帝，你連傀儡都算不上，只是一件擺設，我想收拾就收拾。」

韓孺子回視左吉，倒想看看自己這件「擺設」是不是真的毫無威懾力。

左吉沒有動手，反而退後了，目光中的凶意也漸漸消失，嘴裡哼了兩聲，表現出的只是虛張聲勢。

韓孺子直到這時才開口，「我已經告訴你答案，是你自己沒有醒悟。」

左吉一愣，「答案？你什麼時候……」他忽然明白了一點什麼，緊張地東張西望，好像屋子裡還藏著外人，「你是說……這不可能……不對，很可能，她嫉妒我奪走了太后的專寵，她的目光……」

左吉停止自言自語，狠狠地瞪了皇帝一眼，轉身出去。

這名太監會不會報復皇太妃、怎樣報復，韓孺子都猜不出來，他只知道一件事，在所有已經安排好的計畫中，他都是最倒霉的那一個，既然如此，就讓各方的計畫更多、更亂一些吧。

對於皇太妃來說，一切順利，傍晚時分她過來一趟，檢查屋子裡的情況，臨走時說：「陛下也算是重回故地，住得還習慣吧？」

「非常好，謝謝皇太妃的照顧，以後還要給妳添麻煩了。」韓孺子恭順地說，臉上的神情在告訴皇太妃：朕的一切都要拜託您了。

皇太妃嫣然一笑，「陛下安心休息。」

韓孺子目送皇太妃離去，感到一陣陣毛骨悚然，同時還有一點幸災樂禍，真想早點知道左吉與皇太妃之鬥的結果。

宮女進來收拾屋子，服侍皇帝入寢，韓孺子以為自己失去了張有才和佟青娥，正遺憾不已，結果上床熄燈之後，侍者退出，那兩人又進來了。

韓孺子一開始不知道，直到其中一人摸到床邊，顫聲叫「陛下」，他立刻在床上坐起來，「佟青娥……妳沒事吧，張有才呢？」

小太監的聲音在門口傳來，有意壓低聲音，「我在這兒，陛下，聽聽外間有沒有人。」

這兩人都很謹慎小心，韓孺子更加放心，他現在比任何時候都需要他們，「左吉找你們麻煩了？」

佟青娥驚魂未定，聲音一直在發顫，「他派人把我們關起來，說是晚上才來收拾我們，結果剛才只是問了幾句話，又讓人把我們送來慈寧宮，我還以為……」

她說不下去了，門口的張有才小聲補充：「還以為我們再也見不著陛下了，陛下，這回又是您想辦法救了我們吧？」

這話不能算錯，可韓孺子挑撥左吉和皇太妃關係的時候，沒想到救人，他那時根本不知道這兩人被抓，也沒有特別關注他們的去向，心中稍感愧疚，不過嘴上說的卻是：「嗯，我將左吉的怒氣轉到別人身上了，此人罪有應得。」

床前的佟青娥和門口的張有才同時哦了一聲，這跟他們預料得一樣，在別人眼裡，這仍然是一名傀儡皇帝，在他們心中，皇帝的形象卻越來越高大。

韓孺子正需要他們的這股感激與敬畏之情，問道：「你們說過宮裡的奴婢自有渠道，我想詳細瞭解一下。」

張有才不知什麼時候也走到了床邊，說：「陛下是要來一場宮變嗎？」

小太監的膽子之大有時候會讓皇帝也吃一驚，可孺子沒有這麼大的野心，更不覺得宮變能成功，笑道：「還不至於。」

張有才卻不放棄，又道：「陛下還記得衮繼祖和沈三華嗎？」

韓孺子更吃驚了，「記得，他們是刺客。」

「衮繼祖的確是刺客，沈三華不是，我們這些人心裡對此都很清楚，而且都想為他報仇，只有陛下能幫我們，我們也願意為陛下效命。」

韓孺子大驚，「你們……是什麼人？」

「太監和宮女也得活著，陛下，我們是一群苦命人。」張有才說。

小太監的話說得太順，韓孺子不由得懷疑這些話是別人教他的。

第五十一章　苦命人

齊王兵敗，受到牽連的人每天都在增加，齊國首當其衝，被抓捕的人最多；皇宮也是重災區，而且受影響最早，皇帝遇刺當夜就有數百人入獄，嚴刑拷問之下，他們吐出更多人名，幾個月之後，入獄者已達一千三四百人，迄今為止，還沒有一個被放出來。

誰也不知道這波清洗會持續到什麼時候，更不知道誰會是下一個入獄者。

「一開始大家還覺得正常，畢竟刺客在皇宮裡躲了好幾年，的確應該徹底查一下，可現在大家不這麼想了，都覺得……都覺得……」張有才膽子雖大，也有他不敢說的話。

「覺得太后別有用心嗎？」韓孺子替他說下去。

「嗯，皇宮裡的外人越來越多，像左吉，快要隻手遮天了，可他只是慈順宮中的一名普通太監而已，連中常侍都不是。」張有才憤慨地說，他最恨的人不是太后，而是左吉。

「景耀是宮中老人，地位好像還很穩固。」韓孺子經常能看到景耀在勤政殿裡一本正經地加蓋寶璽，覺得他很受太后的信任。

「因為他抓的人最多啊。」張有才的聲音有點大，急忙閉嘴，聽了一會才接著道：「景耀為了保住自己的地位，無所不用其極，拚命在宮裡抓人，連跟隨他多年的親信也不放過，他說『是奸是忠，只有進一兩次牢獄才知道』，可他自己一次也不進。」

韓孺子轉向佟青娥大致的位置，「刺客是太監，宮女也受牽連嗎？」

「啊？」佟青娥驚恐地抽泣了一聲，「宮裡不分太監還是宮女，只要曾經跟裘繼祖、沈三華有過交往，哪怕只是說過幾句話，都會被抓起來審問，我和張有才也不知能服侍陛下多久，聽說……」

「儘管說，我不是太后。」韓孺子鼓勵道。

「聽說太后要從外面的宮館苑林調用太監和宮女，說他們不會有壞心，我們這些舊人以後都要被攆出皇宮，去偏遠的地方守墓，還有一些人要為思帝殉葬。」佟青娥越說越膽怯，聲音低到如同蚊鳴。

皇宮的生活雖然不怎麼優越，可是沒人願意離開，殉葬是真死人，守墓則是活死人，就算被調到外地的宮館苑林，也跟普通人遭到發配差不多，再難有出頭之日。

韓孺子覺得太后不至於將皇宮內的人都調換一遍，這很可能是太監與宮女們受到驚嚇之後的訛言，可這種情緒對他來說沒有壞處，他又對張有才道：「說說你們這些『苦命人』是怎麼回事吧。」

黑暗中只聽張有才深吸一口氣，「本來我們都發過誓，永遠不對外人——陛下恕罪，我這裡說的外人是指……」

「我明白，你繼續說吧。」韓孺子能理解，在宮裡皇帝與后妃是主人，也是奴婢眼中的「外人」。

「請陛下不要誤解，我們不是什麼組織，連名稱都沒有，更沒有野心，就是一群人互相幫助，分享食物、得病的時候有人照顧、有要緊事傳遞個消息什麼的，有時候也會湊錢讓某人孝敬上司，誰要是因此升官，記得從前的朋友就行，我們有一句話——一朝富貴勿忘舊知。」

「『一朝富貴勿忘舊知。』」韓孺子念叨一遍，隱約記得某位老先生說過類似的話。

佟青娥低聲道：「張有才，你還真是什麼都說，也不怕陛下笑話。」

韓孺子正色道：「怎麼會笑話呢？這也是我想對你們說的，『一朝富貴勿忘舊知』，你們就是我的舊知之人。」

張有才和佟青娥在床下磕頭，韓孺子忽然想起一件事，「沈三華招供說，刺客裘繼祖曾經向他行賄，裘繼祖也是你們的人？」

「不不，裘繼祖不是。」佟青娥急忙否認，「沈三華才是，裘繼祖一進宮的時候就比較有錢，和我們這些苦命人不是一路。沈三華是我們湊錢抬上去的人之一，他沒忘記我們這些舊日的朋友，平時很照顧我們，可他現在被關在牢裡，聽說每天都遭到拷打。」

「你們擔心沈三華堅持不住，會將你們這些苦命人招供出來？」

床下的兩人再次磕頭，這正是他們最擔心的事情，佟青娥本來比較謹慎，可張有才將大部分事情都說了，她也不再藏私，「除了湊錢孝敬上司，我們真的什麼都沒做過，彼此經常告誡，千萬不要惹事生非，就算誰受了委屈，我們也只是過去安慰一下，從來不會幫著報仇。可這裡是皇宮，上司太監大都有靠山，跟我們不是一路人，至於太后……」

佟青娥還是不敢說下去，張有才道：「太后根本不瞭解我們這些人的苦楚，一旦聽說我們的事情，肯定大怒，把我們當成刺客同黨，可我們真的不是。」

這群太監和宮女也是走投無路，否則的話不會求到傀儡皇帝這裡。

韓孺子問道：「你們……就應該叫做『苦命人』。」

張有才年紀雖小，反應卻快，立刻磕頭道：「謝陛下賜名。」

韓孺子笑了笑，他根本不在乎宮裡的奴婢暗藏組織，反而覺得這是一個極好的機會，「你們這些苦命人有多少？」

「大概……四五十人吧，這都是知根底的人，加上朋友的朋友，數量就更多了，怎麼也有四五百。」張有才答道。

「你這麼小就『知根底』了？」韓孺子笑道，張有才跟他年紀相仿，怎麼看都不像是「大人物」。

「其實我不是，我只算『朋友的朋友』，直到今天……」

「我是。」佟青娥說，到了這種時候，沒必要再隱瞞什麼了。

「妳是？我還以為妳跟我一樣也是今天才聽說的。」張有才先嚇了一跳。

「我是，當初左吉選宮女傳授……夫妻之道的時候，大家湊錢孝敬一名管事太監，將我推薦給左吉，本以為立功之後能討好左吉，可陛下不近女色，左吉指責我無能，我反而將他得罪了。」

韓孺子啞然，連跟皇帝上床這種事都要靠行賄得來，真不知道是該為此驕傲還是悲哀，「四五十人，應該夠了，你們當中有誰會武功嗎？」

「沒有，但是我們當中有幾個人跟侍衛關係不錯。」佟青娥說。

「朋友的朋友不要，只要你們這些人。」韓孺子不想擴大範圍。

「陛下要我們做什麼？」張有才十分興奮，他今天才被朋友拉進「苦命人」的核心圈，就已經想著要做大事了，「我們不怕死，什麼都敢做。」

韓孺子笑了笑，他可不敢動用一批「苦命人」搞宮變，那不僅會害了他們，也會害了他自己，「還是活著比較好，我不想死，也不會讓你們去死，嗯……」他腦子裡逐漸生出一個想法，「某一天，這一天可能很快就會到來，我會需要你們的幫助，不是宮變，不是打仗，就是跟我去一個地方，在那裡，我要重新登基，做一名真皇帝，到時候——『一朝富貴勿忘舊知』。」

兩人再次磕頭。

「咱們應該約定一個暗號，只要有人對你們說出暗號，你們就立刻找人，前去與我匯合。」韓孺子盡量將計畫制定得穩妥一些。

「『苦命人』就很好。」佟青娥說。

「好，就是它了，向你們傳遞暗號的人可能不是我，你們相信就是。」

皇帝居然還有其他可用之人，這讓佟青娥和張有才更高興了，不停地磕頭，韓孺子勸止道：「就這樣吧，記住，之後我要你們做的事情有點危險，但是不會殺人，我在皇宮裡不想殺任何人，明白嗎？」

「明白。」兩人同聲道，張有才畢竟小，有點沉不住氣，說道：「陛下一定要快啊，我們每天都膽戰心驚，沈三華一鬆口，我們可就……沒辦法給陛下做事啦。」

「嗯，我會盡快。」韓孺子保證不了時間，事情不由他決定，他得等待時機，等皇太妃和羅煥章實施他們的計畫。

太傅崔宏肯定會暗中潛回京城，他一到，羅煥章就會拿出兩道聖旨，分別免去南軍大司馬和皇宮中郎將的官職，轉而交給崔家人擔任，皇太妃和東海王則在宮內與其裡應外合。

韓孺子發現自己還有一線機會：羅煥章手裡的聖旨是他寫的，崔家起事肯定也要打著他的旗號，他只要在起事當天躲過皇太妃和東海王的謀害，及時出現在大臣們面前，一切就還是他的，崔家絕不敢當眾弒君，至於以後怎麼對付崔家，先不考慮。

問題是他還不知道皇太妃和東海王會採取什麼手段。

韓孺子不急著見太后了，而是迫切希望另一個人的到來——孟娥才是他眼下最需要的人，他有一個計畫，只有孟娥能幫助實現。

「去睡吧。」韓孺子說，心裡不再空落落地沒底。

上半夜，寢宮裡的三人都沒怎麼睡著，張有才興奮得翻來覆去，佟青娥滿懷心事，韓孺子總在側耳傾聽，盼著孟娥出現。

因此，當後半夜突然間地動屋搖、轟轟作響的時候，他們一下子全都坐了起來，一點睏意也沒有了。

功成元年七月初三，京師地震，當時，誰也沒料到它的影響會如此之大。

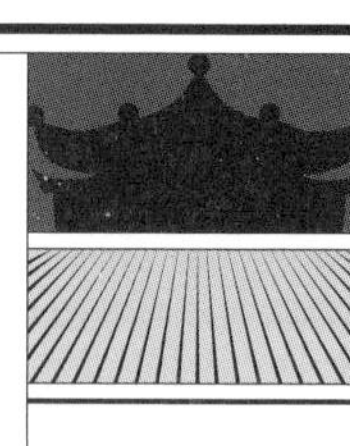

第五十二章　地動

功成元年七月初三丑時三刻左右，京師地震，壞城毀屋，吏民死傷數千，餘震持續到天亮才完全終止。在大楚一百二十餘年的國史中，這算不上特別嚴重的地震，只值得在史書寫上一兩行。

作為當事者，京城以及方圓幾百里的眾多凡人，在地震時所受的驚嚇可不是一兩行字所能形容的。

楊奉手持皇帝諭旨和兵部通關文書，連夜經過函谷關，順便更換了馬匹，幾乎沒怎麼休息就再次上路，身背加急文書的驛卒，奔命程度也不過如此。

過關十餘里之後，楊奉勒住僵繩，調轉馬頭，後面跟上來的隨從將三名五花大綁的俘虜扔在地上。

崔宏和他的衛兵也停下，冷眼旁觀。

楊奉大聲道：「江湖義氣沒來搭救，看來你們注定命喪於此。」

夜空如洗，群星閃爍，杜摸天爺孫二人雖然被綁，仍能挺身而起，不過鐵頭胡三兒身上有傷，倒在地上爬不起來。

「既然落入你手，要殺要剮我杜摸天沒什麼可說的，你早有準備，朋友們沒來，我心裡倒踏實了。穿雲，你害怕嗎？」

「不怕！」少年乾脆俐落地吐出兩個字，腰桿挺得筆直，離楊奉有點遠，看不清楚，所以他扭頭怒視剛才將他扔下馬的騎士。

「嘿……」楊奉剛剛冷笑一聲，杜摸天緊接著大喝一聲：「乖孫！沒讓爺爺丟臉。」

楊奉不討嘴頭便宜，對自己的隨從命令道：「送他們上路。」

三名隨從跳下馬，拔出腰刀，大步直奔俘虜而去。

鐵頭胡三兒奮力掙扎，嘴裡罵罵咧咧，少年杜穿雲靠近爺爺，說：「爺爺，你做得可不對。」

「臭小子，死到臨頭還挑我的錯，我哪做得不對？」

「在驛站裡，你就該衝破房頂自己逃走，回頭再給我報仇。」

「哈哈，沒辦法，爺爺老了，不能眼睜睜看著你死，寧可跟你一塊死。」

「那你先投胎，下輩子我還當你孫子。」

「好，一言為定。」

兩人你一言我一語，全無怯意，躺在地上的鐵頭胡三兒嚷道：「那我呢？下輩子當爹嗎？」

「呸，你下輩當匹大黑馬，馱著我們爺孫闖江湖吧。」杜穿雲人小嘴快，一點虧不吃。

三名隨從已經走到俘虜身後，腰刀高高舉起，只等中常侍一聲令下。

地震就是這時候發生的。

楊奉不是一個心慈手軟的人，他猶豫一會，是覺得這三人頗有可取之處，值得拉攏一下，可是時間緊迫，他已經決定要殺掉三人，未等到開口，突然間，地動山搖。

所有人都吃了一驚，更吃驚的是那些馬，紛紛暴起嘶鳴，掀翻了十幾名騎士，縱蹄狂奔，剩下的人拚盡全力才穩住坐騎。

楊奉和崔宏都被掀落在地，楊奉的數名隨從跑過來要幫忙，崔宏的衛兵拔刀阻攔，正是天災未平，人禍又起。

楊奉自己爬起來，大聲道：「別動手，先弄清是怎麼回事。」

事實再清楚不過，地面第二次震動，又有幾匹馬受驚逃跑，崔宏的一名衛兵沒來得及將腳抽出馬鐙，被拖著前行，一路慘叫。

沒人在意他，所有人都被嚇壞了。

崔宏在衛兵的攙扶下站起身，驚恐地望向兩邊聳立的群山，突然大聲喊道：「望氣！望氣太準了！步蘅如說過，天子氣若是上不達天，必然驚動下界！」

「地動而已。」楊奉拍拍身上的塵土，「如果每次地動都是因為天子氣不得志，那天子也太多了些。」

「你不懂！」崔宏平時很能沉得住氣，這時卻像瘋了一樣，推開衛兵，衝到楊奉面前，「有人曾經預言地動嗎？步蘅如做到了！」

楊奉皺起眉頭，「崔太傅，請冷靜一下，就算望氣者真的預言了什麼，也說明東海王不該當皇帝。」

崔宏一愣，的確，步蘅如說的是天子氣上不達天，才會驚動下界。

楊奉大步走到三名俘虜面前。

鐵頭胡三兒還躺在地上，不敢吱聲，杜氏爺孫臉色發白，顯然受驚不少，杜穿雲年輕氣盛，對著太監狠狠地啐了一口，一口痰正吐在楊奉胸口上。

楊奉從袖子裡掏出巾帕擦掉髒物，問道：「想死想活？」

杜穿雲還想再啐一口，聽到這句話，骨碌一聲咽了下去，扭頭看向爺爺。

杜摸天愣了一會，「此話怎講？」

「這場地動或許真的預示著什麼，但是與天子無關，沒準應在你們幾個人身上。」

「我們？」杜摸天一臉茫然，江湖人都很驕傲，可是還沒驕傲到自以為能感天動地的程度。

「我給你們一次機會，你們想為趙千金報仇，無非是受過他的恩惠，覺得他是一位豪俠。」

「扶危濟困，趙千金就是一位大俠。」杜穿雲搶著說。

「好，如果你們肯老老實實，我帶你們去京城，讓你們看看趙千金所窩藏的望氣者都是些什麼人。見過之後你們還想為他報仇，行，找人去吧，我在京城等著。」

躺在地上的鐵頭胡三兒還沒服氣，「放開我，現在就比個……」

杜摸天狠狠地踢了一腳，盯著太監說：「你不殺我們了？」

「這次不殺，但你們得老實跟我去京城，一路上不得再生異心，見過那些望氣者之後，想怎樣隨你們自己決定。」楊奉頓了頓，望了一眼夜色中的高山，腳下的地又有震動，不如前兩次激烈，包括三名江湖客在內，大多數人都變了臉色，只有他面不改色，「總得給地動一點尊重。」

杜摸天心裡的傲氣沒了，面露沉思也只是做做樣子，「好，我們跟你去京城。」

「鬆綁。」說罷，楊奉轉身又走到崔宏身前，「回函谷關，徵用馬匹，明天天黑之前怎麼也能趕到京城。」

「這場地動……」崔宏還沒緩過勁兒來。

「東海王若是真有神助，你更不用擔心了。」楊奉不願爭論，走到路邊向西遙望，只見群山綿延，不見京城煙雲，心裡越來越擔心皇帝能否挺過這一關，按慣例，皇帝要為災異負責，對前代皇帝來說，這只是象徵性的自責，對一名傀儡皇帝來說，卻可能受到真正的懲罰。

四五百里以外，京城近郊才是地震中心，慘狀一片，可皇宮還是最受關注的地方。

慈寧宮裡，各懷心事的皇帝和兩名貼身侍者同時坐了起來，惶恐不知所措，地動停止之後，張有才顫聲道：「這是老天在幫陛下嗎？」

佟青娥的想法正好相反，「這是老天在警告咱們，因為咱們密謀以下犯上！」

「陛下就是最高的『上』。」張有才不服氣地說。

第二次地震，兩人嚇得俯身趴下，再不敢開口。

韓孺子本來有點相信天人感應，太監和宮女的話卻讓他覺得事情不那麼可靠：地震到底為誰而發呢？皇帝，還是太后呢？若是按照老先生們所講，帝王無德、女主專權、外戚僭越、臣子悖逆等等行為，都可能導致天譴。

以目前的狀況來說，韓孺子並不覺得自己要為地震負責。

但這只是他一個人的想法。

二次地動不久，房門被撞開，一大群太監、宮女衝進來，嘴裡高呼「陛下」，混亂中，張有才被踩了幾腳，還被斥責了幾句，因為他和佟青娥居然沒撲上去以身護駕，實在是極大的失職。

韓孺子是被眾人架出去的，無論他怎麼叫喊自己沒事，甚至擺出皇帝的架勢也沒用，他就像是著火的老房子裡最珍貴的寶物，被人裹挾而出。

皇太妃站在前院，慌亂間仍穿得整整齊齊，只是頭髮有些散亂，臉色也不正常，看到皇帝之後她鬆了口氣，「陛下沒事就好。」

不久之後，東海王也被送來了，他一直住在慈寧宮後院，與皇帝離得很近，可是只有「救」出皇帝之後，才有人想到他。

東海王很不滿，站在韓孺子身邊撞了他一下，低聲道：「你這個皇帝當得不怎麼樣啊，瞧，連老天都給惹怒了，降災教訓你呢。」

若是再年長幾歲，韓孺子或許還能保持冷靜，現在的他卻覺得箭在弦上，說什麼並不重要，於是低聲回道：「沒準教訓的是你，還有皇太妃。」

皇太妃就站在皇帝身邊，但是忙著指揮眾人，沒有聽到他的話，東海王先是一愣，隨後臉色驟變，張開嘴想說什麼，馬上又閉上了，過了一會，他聳聳肩，「無論你猜出什麼，都不重要了，這場地動對我只有好處沒有壞處。別急，天就要亮了。」

地面又動了一次，幅度不嚴重，太監和宮女們卻全都一擁而上，保護三位主人，韓孺子心中也跟著一震，東海王和皇太妃就要展開行動了，難道太傅崔宏已經回京？

韓孺子向人群望去，張有才和佟青娥不知被擠到哪去了。

數名太監匆匆趕來，帶頭者來不及跪拜請安，大聲道：「太后有旨，即刻將陛下和東海王帶至慈寧宮。」

「稟告太后，陛下更衣之後立刻就去。」皇太妃答道，那幾名太監離開了，皇太妃卻只是張望，沒有叫人給皇帝和東海王換衣裳。

太后此時還相信皇太妃，沒有任何疑心。

韓孺子終於找到了佟青娥，她被擠在最外圍，正一臉焦急地尋找漏洞，韓孺子只能偶爾看到她，根本沒機會說話。

天邊泛白，餘震仍有，幅度越來越小，太后第二次派人來催，皇太妃仍然只是口頭答應。

又一隊太監走進慈寧宮，二三十人，不客氣地推開庭院裡的太監與宮女，直奔皇太妃而來，眾人初時不解而憤怒，待回頭看到皇太妃的神情，沒人敢反抗了。

皇太妃如釋重負。

帶頭的太監四十歲左右，相貌清臞，若不是下巴光光，頗有幾分世外高人的風度，他向皇太妃下跪，然後起身道：「臣步蘅如奉命救駕。」

「出發去慈順宮。」皇太妃說。

韓孺子不知道步蘅如是誰，可他心裡明白這是怎麼回事，努力尋找佟青娥和張有才，卻被東海王推了一把，「走吧，陛下。」

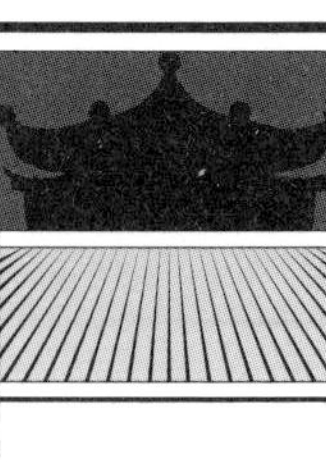

第五十三章 慈順宮囚徒

皇宮裡一大批太監和宮女入獄，不得不從外面調補人手，步蘅如等人就是這麼進來的，皇太妃身邊的侍者誰也不認識他們，莫名其妙地看著主人走了過去，心中的感覺就像是精心飼養多年的愛犬，突然從身邊跑開，撲向了陌生人，搖頭擺尾，嗚嗚叫喚，比對舊主還要親切百倍。

皇太妃不是「愛犬」，她身上承載著實際的意義與利益，慈寧宮裡有幾名太監和宮女是從太子府跟過來的，尤其不敢相信眼中所見，其中一人大膽上前，「皇太妃，這些人……」

皇太妃轉身對舊侍者們說：「天降災異，地動山搖，大楚江山不穩，我奉皇帝和太后之旨行事，你們無需驚慌，留守慈寧宮待命，膽敢私自外出者，殺無赦。」

皇太妃帶著皇帝和東海王離開了，身後跟著不知哪來的二十多名新太監，在外面關閉宮門，留下四人守在門廊之下，掀開衣服下擺，取出貼腿隱藏的短刀，尚未出鞘就已震懾人心。

庭院裡的數十名太監和宮女紛紛後退，心中驚駭比地震時還要強烈。

小太監張有才跑到宮女佟青娥身邊，低聲說：「我覺得該是時候了。」

「可陛下還沒有說暗號。」佟青娥只覺得兩腿發軟。

「陛下用眼神說了，你沒看到嗎？」

佟青娥自從地震以來就心慌意亂，甚至不能肯定皇帝是否看過自己。

韓孺子的確向佟青娥使過眼色，然後就被步蘅如等人架走，幾乎腳不沾地，根本沒機會開口。

出離慈寧宮，皇太妃止步問道：「通往內宮的門戶都守住了嗎？」

步蘅如點下頭，「南、北、西三門都有人把守，不過得盡快拿到太后懿旨，才能不受懷疑。」

「好。」皇太妃邁步走向太后的慈順宮。

東海王緊緊跟在她身邊，「韓孺子怎麼會知道咱們的計畫？誰洩露了祕密？」

「當然是你的好表妹，她當自己是真皇后，肯定要站在皇帝一邊。」皇太妃想也不想地說。

「嘿，臭丫頭，在家就不聽話，剛嫁人胳膊肘就往外拐，看我以後怎麼收拾她。」東海王恨恨地說，心裡還是有點擔憂，「不會壞事吧，連他都知道了，太后會不會……」

「不會。」皇太妃十分肯定。

東海王稍稍安心，看了一眼被太監挾持的皇帝，「你怎麼不說話？」

韓孺子在路上一直沉默，甚至沒有做出任何反抗，乖乖地跟著皇太妃行走，連他身邊的太監都鬆開了手，「沒什麼可說的。」他不看東海王。

「我早跟你說過，要學會討好……」東海王閉嘴，前面就是慈順宮，門口守著一群太監，至少有十五人。

站在正中間的是太監左吉。

韓孺子心中稍寬，他起碼已經提醒過太后身邊的一個人。

一行人止步，皇太妃與左吉對視片刻，開口道：「左公可有疑問？」

左吉的目光在皇太妃身前身後的新太監臉上一一掃過後，側身讓至一邊，說，「皇太妃請入慈順宮，奴等守衛宮門。」

皇太妃邁步往裡走，韓孺子這回真的大吃一驚，盯著左吉，左吉也看著他，嘴角抽動露出嘲笑，馬上抬起手按住臉上的傷疤。

「左吉也被皇太妃拉攏過來了？」東海王興奮地小聲說，馬上又生出幾分不滿，「妳應該早點告訴我。」

「隨機應變，哪能每件事都告訴你？」皇太妃說。

韓孺子恍然，原來讓皇太妃提前動手的人就是自己，他挑撥左吉與皇太妃內鬥，結果卻適得其反，左吉乾脆投靠了皇太妃——他一定對勤政殿內的受辱充滿了怨忿，連太后也恨上了。

或許這是太后的計謀，韓孺子懷揣最後一線希望，剛一進入慈順宮內院，這希望就破滅了。院子裡沒有人，正房的門敞開著，太后站在門口，身邊只有兩名侍者，其中一個是王美人。

韓孺子搶前一步，叫道：「母親。」

步蘅如拉回皇帝，韓孺子甩了一下胳膊，沒有掙脫，停止反抗，向母親點點頭，王美人也向兒子點點頭，露出一絲微笑，什麼都沒說。

步蘅如帶來的太監大都留在宮外，只有他和另外三人跟進來。

東海王讓到一邊，面帶微笑冷眼旁觀，他不著急開口，而是要看一場好戲。

上官氏姐妹二人互相凝視。

皇太妃先開口，「妳是什麼時候知道的。」

「剛剛。」太后的聲音波瀾不驚，倒像是早就料到會有這一幕，「左吉調走我身邊的人，說是要禳災，我就明白了，想來想去，整座皇宮裡唯獨妳有這個本事。」

東海王在一邊不屑地撇撇嘴，因為很多事情都是他的主意，皇太妃只是執行者。

「承蒙太后看得起。」皇太妃的聲音也變得平淡，「那就不用我多說什麼了，有勞太后擬幾份懿旨。」

韓孺子以為太后會做出一點反應，即使沒有厲聲怒斥，也該表現出激憤，可她沒有，微點下頭，居然轉身進屋，似乎真要去擬旨。

驚訝的反而是東海王、步蘅如等人。

只有皇太妃沒有顯出意外，對韓孺子說：「陛下請，待會還要請陛下也寫一道聖旨。」

太后的寢宮裡，唯一的宮女已經嚇得瑟瑟發抖，鋪紙都困難，更不用說研墨，王美人接手準備好一切，太后朝她點下頭表示感謝。

步蘅如從懷裡取出幾張紙，都是寫好的懿旨，要太后照抄，上前一步要送過去，卻撞上太后嚴厲而不妥協的目光，步蘅如猶豫了一下，悻悻地退回原位，將紙交給皇太妃。

王美人走過來，從皇太妃手裡接過紙，送到桌面上，過程中對近在咫尺的兒子一眼沒看。

太后看著桌上的紙，遲遲沒有伸手拿筆，扭頭問道：「究竟是為什麼？我實在想不出哪裡虧待過妳。」

皇太妃冷冷地說：「妳殺死了我的兒子。」

「難道妳忘了，當初妳是自願服藥。」

「不是那個沒出世的孩子，是思帝，我把他從小養大，是他真正的母親，妳不配。」

太后的眉毛慢慢豎起，「懷胎九月的是我，不是妳。而且我也沒殺他，我為什麼要殺死自己的孩子，立別人當皇帝？」

「因為思帝發現了妳的祕密。」

「那是咱們的祕密。即便如此，我也不可能殺他。」太后的聲音裡終於顯出幾分激動。

東海王勸道：「都是過去的事情，爭不出結果，還是先寫懿旨吧，待會皇太妃還得去勤政殿見大臣呢。」

太后的目光仍然緊盯妹妹，「崔家就是禍根，妳很清楚，可還是投向了那個賤人。」

「妳是在說我母親吧？」東海王瞪起雙眼，「太后，為了您個人著想，從現在起，還是對我母親客氣些比較好。」

「多說無益，請太后擬旨。」皇太妃也不想再爭了。

太后輕嘆一聲，拿起筆，照著太監提供的內容書寫懿旨，將勤政殿聽政的權力暫時讓給皇太妃，她本人則要留在宮內齋戒祈神。

東海王故作輕鬆地說：「這場地動來得真是太及時了，比咱們原定的放火計畫要完美多了，步蘅如，你們不是會望氣嗎？事前怎麼沒預料地動？」

步蘅如笑道：「天機不可洩露，師父昨夜當機立斷，決定提前起事，不就是預料嗎？」

東海王也笑了。

聽到「望氣」兩個字，韓孺子想起一個人，忍不住開口道：「你是齊國淳于梟的弟子？」

步蘅如笑著點頭，「正是，連陛下都知道我師父的名字了。」

東海王冷冷地糾正，「他很快就不再是陛下了。」

太后寫完幾份懿旨，扔下筆，轉身走到一邊，王美人緊緊跟隨，寸步不離。

韓孺子覺得這是母親對他的暗示：寧可站在太后一邊，也不要向皇太妃和崔家屈服。

輪到他寫聖旨了，步蘅如又取出一份寫好的紙張，自己鋪在桌面上，順便收走太后懿旨，看了一遍，很滿意，交給皇太妃。

韓孺子粗略地看了一遍寫好的文字，那是一份罪己詔，表示皇帝要為地震負責，連續齋戒十日，以觀後效，如果還有更多災異降臨，則愧對列祖列宗云云，這是一個暗示，表明皇帝有可能因為天譴而退位。

太后沒有反抗，他也沒必要，於是照寫無誤。

皇太妃有了一切必要的旨意，太后的璽章就在她手裡，只差皇帝的聖旨要由景耀蓋印，「我去勤政殿，你們留下。」

東海王不太放心，「等等，最後再問一下，景耀那邊沒問題吧？」

「沒問題，他被說服了，唯一的要求就是事後除掉楊奉。」步蘅如答道，許多事情是由他負責的。

「太后身邊的那幾個高手呢？尤其是孟氏兄妹，必須盡快除掉。」

「他們都被我師父引出京城了，活不過今晚。」步蘅如肯定地說。

東海王想了一會，「最多三天，我舅舅就能趕回京城，到時候……諸位努力，朕會記得你們的功勞。」

東海王開始自稱「朕」了，皇太妃和步蘅如卻沒有下跪行臣子禮，只是微微鞠躬。

皇太妃離去，步蘅如和另外三人守在門口，東海王找地方坐下，目光在幾名「囚徒」身上掃來掃去，最後看向太后，「老實說我一直挺擔心，以為會有波折，結果連老天都幫助我，呵呵，妳沒有我想像得那麼厲害。」

太后坐在正中的椅榻上，冷淡地說：「波折如果在這裡發生，我這個太后就白當了。」

東海王大笑，「妳以為勤政殿裡的大臣會幫你嗎？他們才不管誰是太后，而且根本就不會知道內宮發生的事情。」

話是這麼說，東海王還是有點不安，扭頭對門口的步蘅如說：「這三人都會武功吧，他們留下就行，你去勤政殿幫助皇太妃。」

出乎東海王的意料，步蘅如居然搖頭，「不行，我的職責是留守慈順宮。」

「你的職責？」東海王不敢相信自己的耳朵，「我的命令就是職責！」

步蘅如不為所動，韓孺子一直站在桌前，這時道：「東海王，你還沒明白嗎？你跟我們一樣，也是囚徒。」

第五十四章 氣數

「你跟我們一樣，也是囚徒。」韓孺子看不破望氣者到底有什麼陰謀，可是能看出步蘅如和皇太妃都不將東海王當回事。

哪怕只是有一點機會成為皇帝，都會有無數人撲過來奉承，韓孺子對此深有體會，站在旁觀者的位置上，他看得更清楚了。

東海王愣了一下，隨後大笑數聲，歪著身子對門口的步蘅如說：「大楚皇帝是傀儡，就以為所有人都是傀儡，別怪他，他從小生活在母親身邊，連師傅都沒有。」

步蘅如微笑著點頭，仍然沒有遵守東海王的命令前往勤政殿。

東海王的笑聲變得有些尷尬，但他沒有繼續問下去，也沒有強迫對方服從，而是在椅子上越縮越小。

太后多看了韓孺子兩眼，似乎很意外他能說出這樣的話來，然後看向步蘅如，「想不到我堂堂大楚，居然敗在幾名望氣者手中。」

步蘅如依然只是微笑，一個多餘的字也不想說。

屋子裡安靜了一會，只剩下唯一宮女牙齒上下打架的聲音，太后輕輕揮手，「出去。」

宮女撲通跪下，不是感激，而是驚嚇過度，勉強吐出一聲「是」，掙扎著站起來，向門口跑去，卻過不了四名太監的關。

步蘅如盯著宮女看了一會，才側身讓開房門，宮女扶門而出。

東海王再次看向步蘅如，「你說過，我有天子氣，還說我若是當不上皇帝，天子氣上不達天，就會引發天下大亂。」

步蘅如點點頭，表示自己的確說過這樣的話。

「我師傅羅煥章很快就會進宮，他、他會保護我，你最好……明白這一點。」

步蘅如笑出聲，仍然沒有開口。

東海王終於被激怒了，從椅子上跳下來，大步走到步蘅如面前，厲聲道：「你不過是一名江湖術士，沒有崔家，你大概還淪落於窮街陋巷，連件體面的長袍都穿不起。」

「崔家對我的確恩重如山。」步蘅如笑道，習慣性地抬手去摸頷下的鬍鬚，撲了個空才想起自己偽裝成太監，將鬍子刮乾淨了，「不過我也報答崔家了，不僅幫崔家從江湖上找來許多奇人異士，還給崔家出了不少主意。」

「那些主意是我想出來的！」東海王憤怒地說，舉起拳頭，卻沒有打下去，對方也不怕。

「就算是你想出來的吧，這不重要。」步蘅如懶洋洋地說。

望氣者的態度令東海王越發惱怒，「我要出去，我要去找師傅。」

步蘅如沒有讓開，「他很快就會到，而且你忘了嗎？當初就是羅煥章將我介紹給太傅的。」

東海王上前一步，還想硬闖，另外三名太監不客氣地亮出短刀，他連退幾步之後停下，「你、你究竟是什麼意思？羅師不會騙我，不會騙崔家……」

步蘅如微笑不語。

大概半個時辰後，羅煥章來了，他挺身而入，先後向太后和皇帝行禮，雖然沒有下跪，禮數倒還周到，對東海王，他只是點下頭。

「羅師、羅煥章，這到底是怎麼回事？」東海王氣急敗壞，剛剛過去的半個時辰，比他在皇宮裡忍辱負重的幾個月還要難熬，「這個傢伙……這個傢伙……」東海王先是指著步蘅如，突然又轉向韓孺子，「他說我也是囚徒！」

羅煥章再次向皇帝行禮，「陛下聰慧，可惜生不逢時。」

韓孺子沒吱聲，他一直坐在窗下的一張圓凳上，抱著旁觀的態度看待這一切，心情反而不緊張了，只是偶爾看一眼母親，不明白她為什麼一直留在太后身邊。

「他不聰明！他在胡說八道，羅師，告訴我，他是不是在胡說八道？」

羅煥章嘆了口氣，「你的事情待會再談，先讓我跟太后說幾句話。」

東海王聽出了不祥之兆，坐在椅子上，雙手捂臉，嘴裡嘀嘀咕咕，誰也聽不清他在說什麼，也沒人關心。

羅煥章看著太后，說：「大臣們拒絕皇太妃聽政，將她攔在了勤政殿外面。」

此言一出，東海王停止嘀咕，抬起頭，驚訝地看著太后。

「嗯。」太后也學會了問而不答。

一直保持微笑的步蘅如卻變了臉色，「大臣們為何攔阻皇太妃？是太后的懿旨有問題嗎？」

羅煥章搖頭，「大臣們根本不看懿旨，只想見太后，他們要求：或者是太后前往勤政殿，或者是宰相殷無害進宮拜見太后，從太后手裡接到的懿旨才算數。」

步蘅如目瞪口呆，東海王合不攏嘴，這才明白太后那句話的真實含義：「波折如果在這裡發生，我這個太后就白當了。」

羅煥章向太后施禮，「看來我們低估太后了，您是怎麼籠絡住那些大臣的？他們今天可是團結一致，就連殷宰相和韓都督都站出來為太后說話，這兩位大人可是很多年沒這麼激動過了。」

太后似乎不想回答，過了一會她開口道：「將內宮全盤托付給皇太妃，這是我的錯誤，可我也因此騰出精力，專心致志與大臣周旋。朝廷有它的慣例，而我，就是這慣例的一部分，未經我手，大臣們不敢做出任何決定，因為他們知道，誰敢打破新的慣例，誰就是死罪。」

「還不到半年，太后就做出這樣的成績，實在令人敬佩。」羅煥章由衷地說。

「還有桓帝和思帝在位的四年，我那時學到不少東西，應該說是吸取了不少教訓。」

羅煥章又一次拱手，「沒想到我看走眼了。」

「羅師是天下名儒，可惜從來沒當過官，望氣者善於蠱惑人心，可惜京師朝堂與諸侯小國不是一回事，崔妃聰明伶俐，可惜久居內宅目光狹窄。」

東海王以為太后接下來會說到自己，張著嘴若有所待，結果太后稍一停頓，說的是別人，「崔家只有太傅一人熟稔為官之道，而且是勤政殿裡的議政大臣之一，所以我只好讓他離開京城。」

「原來如此。」羅煥章讚嘆地點頭，「太后所言極是，唉，想我飽讀聖賢之書，終究還是紙上談兵。」

「羅師高屋建瓴，不是我這種鑽營權術的小女子所能比擬。我只是疑惑，羅師何以棄仁義、投智謀，這可不是我記憶中的名儒羅煥章，要說我看錯的人只有兩個，一位是皇太妃，一位是閣下。」

羅煥章沒有馬上回答這個問題，而是問道：「如果我將太后請到勤政殿……」

「那你們在天黑之前都會被處死。」太后甚至不屑於掩飾。

遭到忽視的東海王忍不住冷笑道：「嘿，只怕先死的是妳吧。」

太后沒理他，羅煥章也沒有讚賞這名弟子，反而抬起手，示意東海王閉嘴，想了一會，說：「看來我得先說服太后。」

「我相信羅師的辯才，請說。」

「嗯，千頭萬緒，一時間無從說起，不如太后提問吧。」

「我還真有幾個疑問。」太后從王美人手裡接過一杯茶，抿了一口，交還茶杯，繼續道：「以羅師之才，不願在朝為官，我能理解，卻與江湖術士為伍，實在令我驚詫不已。」

「因為『江湖術士』說服了我，淳于梟——姑且就用這個名字吧——是位了不起的人物，他讓我明白，自己一直以來所講授的仁義其實只是小術，還有更大的道。其中奧妙我就不多說了，總之淳于梟說服了我。參與這件事我別無所求，只想拯救天下蒼生、實踐大道。」

太后顯然對所謂的「大道」不感興趣，抬手指了指皇帝和東海王，「他們兄弟二人是桓帝僅有的後代，你們既要廢帝，又不想立東海王，究竟在為誰效勞？」

韓孺子沒反應，東海王卻不由自主抖了一下，顫聲道：「羅師，真的……不立我了嗎？」

羅煥章仍然沒理他，對太后說：「韓氏氣數已盡，我們要擁立淳于梟為國師，慢慢地將國政轉交給他，所以，我們暫時沒想廢帝。」

眾人的目光都看向窗邊的皇帝，韓孺子一怔，然後說：「原來我不只是要當廢帝，還要當大楚末帝。」

「陛下……很聰明，有時候可能過於聰明了。」羅煥章盯著皇帝看了一會，轉向東海王，「抱歉，所以你不能當皇帝，崔家也不能繼續掌權，大楚已是病入膏肓，非有壯士斷腕的勇氣不能自救，崔家就是病得最嚴重的那一塊，必須除掉。」

「可是我的天子氣……」東海王如遭重擊，坐在椅子上幾乎站不起來。

「如果這世上真有天子氣的話，也是在國師淳于梟身上。」羅煥章的目光又轉向太后，「國師要花三到五年的時間轉移大權，還要消滅關東諸侯，需要的時間可能更長一些，你的太后之位會得到保留，終生不變，即使末帝退位之後也是如此。」

羅煥章在提出條件，換取太后的配合。

太后似乎在認真考慮，緩緩吸了口氣，「已經嘗過至鮮美味，怎能忍受鮑肆之臭？羅師，你和淳于梟將奪權看得太簡單了。」

羅煥章正要開口，東海王突然一躍而起，撲向自己的師傅，嘴裡大叫道：「你騙我！」

旁邊的步蘅如上前阻擋，剛抬起手臂，就聽得外面喧嘩聲一片，有人高喊：「苦命人救駕！」

沒人明白這句話的意思，除了韓孺子。

第五十五章 僵持

屋子裡最鎮定的人是羅煥章和太后，聽到外面的喧嘩聲，最驚訝的也是他們兩人，太后迅速起身，向門口望去，隨後慢慢坐下，目光轉向韓孺子，因為她聽得清清楚楚，外面的人在喊「救駕」。

羅煥章轉身走到門口，外面的人還沒有衝進內院，兵器撞擊聲卻是清晰可聞，還有太監們的尖銳叫聲，盡是什麼「苦命人」。

他轉身向一臉茫然的步蘅如問道：「怎麼回事？內宮門戶不是都有人把守嗎？」

「是啊，都有人把守……我出去看看。」步蘅如匆匆走出房間，很快就回來了，臉上帶著明顯的惶恐，「不知哪來的一群太監和宮女，五十多人，拿著……木棍、竹竿，將慈順宮包圍了。」

「太監和宮女？」羅煥章莫名其妙。

憤怒而震驚的東海王忍不住冷笑道：「那麼多武功高手擋不住五十幾個太監、宮女嗎？」

步蘅如搖搖頭，「外面的人都跟皇太妃去勤政殿了，只剩四個人守衛大門，我以為……讓他們三個出去，殺幾個人立威……」

門口的三名短刀客正要出門，羅煥章喝了一聲，「留下。咱們的計畫是挾持太后與皇帝，守住這兩人，就不算失敗。」

東海王垂下頭，臉色發青，因為他不在「兩人」之中。

羅煥章走到太后面前，拱手道：「佩服，太后壓制朝堂而群臣愈忠，血染內宮而奴婢效命，實在是佩服。」

太后眼不抬，冷淡地說：「朝堂在我手裡，內宮是皇太妃管理，跟我沒關係，外面那些人並非為我而來，你沒聽到他們在喊『救駕』嗎？他們是皇帝的人。」

羅煥章當然聽到了，可是從皇宮到朝堂，每個人嘴裡喊的都是「陛下」，心裡卻各有想法，所以他根本沒想到皇帝，聽到太后的話這才看向窗邊坐著的少年。

韓孺子心中激動萬分，張有才和佟青娥畢竟做到了，皇帝不再是這場宮廷政變的旁觀者，但他仍能保持鎮定，迎向羅煥章的目光。

「陛下居然能讓一群太監和宮女向您效忠？」羅煥章仍然不太相信。

「順勢而為，太后抓人、殺人，我才能取信於人。」韓孺子的注意力大都放在外面的喧嘩聲上，慈順宮大門口只有四名守衛，幾十名太監和宮女卻一直沒攻進來，說明事情進展得不是特別順利。

「這就是仁義之道的好處了，權謀能建功，仁義能守成，權謀能進取，仁義能斷後。」羅煥章又轉向太后，「我們也是順勢而為，武帝、桓帝、思帝相繼駕崩，太后以女主聽政，崔氏以外戚專權，大楚根基已經腐爛，才給予江湖人一次機會。」

「閣下還是這麼好為人師。」太后短促地笑了一聲，「大楚的根基怎麼樣不好說，你眼下的狀況可不妙。」

三名刀客從門外跑進來，都是步蘅如的人，手中握刀，衣服上沾滿了蛋清、菜葉等物，扯破了幾個口子，還有一點血跡，面帶倉皇，一進屋轉身就要關門。

幾根竹竿從門外尾隨而至，一通亂戳。

步蘅如大驚，與屋裡原有的三名手下上前幫忙，七個人擠成一團，總算勉強守住門戶，還是有數根竹竿從門縫伸進來，外面更是砰砰亂響，夾雜著「救駕」的叫聲。

「燕鳴鳳呢？」步蘅如驚駭交加，卻還沒有忘記自己的手下。

「他被暗槍捅倒了，不知死活。」一人靠門回道，有點氣急敗壞，補充道：「你說此事有驚無險，不會遇到任何反抗，為什麼……」

「你還說你們個個以一敵百呢，怎麼連太監和宮女都打不過？」形勢一變，步蘅如也不能保持鎮定，更不肯平白擔負責任。

「閉嘴。」羅煥章喝道，現在可不是內鬥的時候，盯著皇帝打量了一會，對步蘅如等人說：「開門。」

「不能開。」另一名滿身髒東西的刀客大聲反對，他們與外面的太監和宮女交過手，知道這些人不好對付。

「蠢貨，跟一群奴婢鬥什麼？守住皇帝、太后……和東海王，誰敢進來？」羅煥章並不認輸。

東海王小聲道：「現在想起我了。」

羅煥章也只是提他一句而已，幾步走到皇帝面前，躬身道：「陛下見諒。」

步蘅如終於反應過來，咬牙道：「別守門了，聽我命令：小龍，你看東海王，大龍、鄧爺跟我守太后，你們三個守皇帝。一、二、三……撤！」

堵門的七個人一哄而散，分別衝向自己的目標。

韓孺子和東海王只是十三歲的少年，太后與王美人是女子，而且自恃身份，全都鎮定地接受挾持，誰也沒有做出反抗，只有東海王冷著臉，因為他受到了區別對待。

門被衝開了，先是七八竹竿伸進來探路，然後是一個小小的身影，邁過門檻跪在地上，滿頭大汗，興奮至極地向皇帝說：「陛下，苦命人來了……您在慈寧宮是向我們發暗號了吧？」

「沒錯，你們來得正及時。」韓孺子說，三名刀客圍著他，只是亮刀，並沒有架在他的脖子上，皇帝的鎮定表現還讓他們後退了小半步。

沒人知道韓孺子心裡有多激動，他甚至沒法站起來，只能坐在圓凳上，盡量將身體挺直。

張有才擦擦額頭上的汗珠，扭頭對外面的人說：「瞧，我就說這是陛下的密令，咱們來對了。」可能是有人對他暗示了什麼，張有才急忙轉身，向太后磕頭，「奴等救駕來遲，太后恕罪。」

太后不願與宮奴說話，扭頭對站在身邊的王美人說：「妳養了一個好兒子。」

「他是太后的兒子。」王美人說。

太后輕哼一聲，沒再說什麼。

韓孺子明知母親是不得已而為之，心裡還是感到一酸，同時生出些許疑惑，母親明明是被迫進宮，為何比太后身邊的宮女還要忠誠？

羅煥章也有同樣的疑惑，可他得先解決眼前的危機，「請陛下命令無關人等退出寢宮。」

韓孺子看了看身邊的三柄短刀，對跪在門口的張有才說：「你們先退到庭中待命，朕要與羅師談一談。」

張有才將羅煥章和七名刀客全看了一遍，才答聲「遵旨」，起身剛要退出，王美人提醒道：「關閉慈順宮大門，不要讓任何人再進來。」

「是。」張有才退出，眾多竹竿也隨之退出，門卻沒有關。

王美人向太后欠身道：「臣妾未請而先命，請太后責罰。」

「嗯，不急。」太后稍顯倦態，望著從門外傾瀉進來的陽光，對幾尺以外的刀刃視而不見。

步蘅如等人則越來越緊張，全都看向羅煥章。

羅煥章思量片刻，覺得還是太后更重要一些，走到她面前，示意步蘅如等三人放下刀，說道：「真是遺憾，看來事情僵持住了。」

「我只遺憾信錯了人。」太后仍然沒有收回目光。

「我身邊的這幾位都是江湖上的英雄好漢，不懂皇家規矩，請太后寬恕。」

太后終於收回目光，看著羅煥章，「曾經有人對我說過，皇帝的權力只在十步以外、千里之內，我當時一笑置之，現在看來，他說得很對，我將十步之內拱手讓人，結果落得今天的局面。十步之內，的確是江湖人的領地。」

韓孺子心中驚訝，原來楊奉也對太后說過類似的話，他到底站在誰那邊？

羅煥章點頭稱讚道：「向太后說這話的人很有見識，淳于梟也說過，離皇帝越遠，感受到的威嚴越強烈，所以皇帝總是高高在上，遠離臣民，一旦有人衝過阻礙，來到皇帝近前，那威嚴也就變得不足為懼，江湖上所謂『捨得一身剮，敢把皇帝拉下馬』，就是這個意思。」

「所以你們定下此計？」

「一半是計謀，一半是天授。淳于梟在齊國鼓動齊王起事，我在京城準備裡應外合，可是在崔家待久了，我發現自己有機會衝到皇帝面前，不，是太后面前。於是我與淳于梟約定，如果齊王能攻破函谷關，我就執行原定計畫，廢除皇帝與太后，迎立新君。如果齊王兵敗，就執行新計畫，來一次宮變。」

太后點頭，「我一定要活捉淳于梟，看看他究竟是何等人物。」

羅煥章一笑，「大臣能阻止皇太妃進入勤政殿，卻不能阻止皇帝的聖旨，就在此時此刻，皇宮中郎將正在換人，全體侍衛盡為我用，太后的兄長、南軍大司馬上官虛，應該已經被剝奪印綬，南軍將士再度進城，到時候，容不得大臣們不聽話。」

太后也微微一笑，「每天午時之後，朝中數位爪牙之臣與我在廣華閣會面，若是見不到我，他們會去勤政殿軟禁大臣，皇太妃怕是回不來了。至於南軍大司馬，奪他的印綬恐怕不那麼容易。」

羅煥章轉身看去，門口的陽光表明午時早就過了。

羅煥章與太后互視，都在揣摩對方的底線。

站在旁邊的步蘅如突然開口：「用不著談了，淳于師向我下達過密令：大事不成，就將太后、皇帝、東海王全部殺掉。到時候群臣無首，諸侯並爭，淳于師還有機會！」

步蘅如揮舞手中的刀，眼中盡是瘋狂。

第五十六章　讀史之怒

日過中天，一開始順風順水的宮變，也隨之急轉直下，前景越來越難以預料，步蘅如握著刀，對六名刀客喊道：「準備好，我說動手，你們就殺！」

六名刀客面面相覷，其中一人問道：「仙師真有這樣的密令？」

步蘅如還沒開口，羅煥章喝道：「不要胡說八道，淳于梟乃當世聖賢，怎麼可能出此下策？太后與皇帝一死，外面的大臣立刻就會迎立諸侯王進京繼位，哪來的天下大亂？」

步蘅如收刀入鞘，手忙腳亂地從袖子裡取出一張紙，打開之後向羅煥章展示，「淳于師的筆跡和指印，你總該認得吧，看看上面寫了什麼。」

羅煥章接過紙張，看了一會，皺起眉頭，「這不是他的筆跡，模仿得也太拙劣了。」嘴裡說著話，手上不停撕扯，最後隨手一拋，碎紙片紛紛落地。

步蘅如完全沒料到這一幕，眼睜睜瞅著「密令」變成廢紙，不由得大怒，拔出短刀，怒聲道：「羅煥章，你什麼意思？」

「我在挽救這個計畫，也在挽救你們的性命。」

六名刀客頻頻點頭，顯然更支持羅煥章，步蘅如臉上一會青一會紅，最後恨恨地說：「看你以後怎麼跟淳于師交待。」

「若有以後，就是立下了不世奇功，無須交待，若沒有以後，還交待什麼？」羅煥章退後兩步，在太后和皇帝身上各看了一眼，「我只需要你們當中的一個人，誰願意立淳于梟為國師？」

太后和皇帝都不吱聲，另一頭的東海王說：「我願意啊，國師而已，你們早說，我早就同意了。」

羅煥章衝東海王豎起一根食指，示意他不要說話，目光仍在太后和皇帝身上掃來掃去。

太后先開口，答案很簡單：「我不做傀儡。」

羅煥章的目光停在皇帝身上。

韓孺子有一點心動，他一直就是傀儡，再當下去並無損失，還能救下許多人的性命，尤其是自己和母親的性命，他向母親望去，王美人極輕微地搖搖頭。

「連仁義都是小術，淳于梟所謂的『大道』是什麼？」韓孺子沒有馬上回絕。

羅煥章伸出另一隻手，示意步蘅如也不要開口，更認真地盯著皇帝，「仁義本是大道，可是到了帝王手中成了小術，被用來欺瞞天下、統馭臣民，大道是返樸歸真，回到仁義的最初狀態，每個人都講仁義，但是仁義並不專屬任何一個人。」

步蘅如還是很急，「不用跟他廢話……」

韓孺子畢竟還年輕，聽得不是很懂，迷惑地問：「那還有皇帝嗎？」

「皇帝乃天下之賊。」羅煥章一出口就聳人聽聞，他卻一點也不在意，繼續侃侃而談，「皇帝以一人居於眾生之上，卻沒有高於眾生的品德，一開始他在治國，慢慢地就變成了治家，瞧瞧那汗牛充棟的史書吧，裡面不是爭權，就是皇帝的家務事，后妃、皇子、宦官、外戚、佞幸、寵臣……他們將朝堂變成了自家宅院，皇帝在裡面自得其樂，早忘了還有天下蒼生。」

韓孺子還好，一邊的東海王越聽越驚，喃喃道：「你從前不是這樣教我的。」

「從前？從前太祖是一位開國明君，晚年卻迷戀年輕貌美的妃子，差點廢掉太子；從前成帝是一位講仁義的好皇帝，卻對舅氏放縱，本朝外戚之禍由此發端；從前烈帝削諸侯、逐外戚，到了後期卻多疑嗜殺，連親生兒子都不放過；從前和帝頗有中興之質，卻因為太后臨死前的哀求將外戚又扶植起來。從前……」

羅煥章胸膛起伏，心中憋悶多年的積鬱終於一吐為快，目光先是盯著東海王，慢慢轉向太后，最後還是看著皇帝，「越到後期的皇帝，越沉迷於家務事，可武帝已經敗光了大楚的家底，沒人干涉的話，韓氏或許還能再折騰個七八十年，倒霉的卻是天下百姓。你覺得自己這個傀儡皇帝當得很冤嗎？不，在前朝的史書裡，像你這樣的皇帝每隔幾代就會出現一個，有時候還會連續出現，這是家務事鬧得不開可交的必然結果，也是皇朝衰敗的象徵。」

沒人反駁，羅煥章的目光愈發嚴厲，好像屋子裡的人都是主動前來求教的弟子，而他對這些弟子一個都不滿意，「與其等大楚緩慢爛掉，不如快刀斬亂麻。」

太后突然大笑，「這才是羅師，只是說法變了。好吧，大楚衰敗了、腐爛了，都是我們這些女人和外戚的錯，可你憑什麼相信淳于梟就能避開這一切？」

「因為他沒有家，所以不會有家務事，從他開始，新朝的每一代皇帝都不成家。」

「難道以後的皇帝都是太監？」太后不相信這種說法。

「不是太監，但皇帝在登基之前都要去勢，淳于梟已經這麼做了。」

太后愣了一會，再度大笑，搖搖頭，甚至不願再做反駁。

羅煥章緩和語氣對韓孺子說：「你不僅是大楚末帝，也是最後一位世俗皇帝，在你之後，皇帝必須拋棄世俗的慾望，而且是主動拋棄，表明自己的品德高於眾人，才有資格治國治民。」

東海王在另一邊冷笑，「天吶，我居然認你當過師傅，你就是一個瘋子，說的也都是瘋話，讓太監當皇帝，大臣也不可能同意啊。」

「這只是習慣問題，堅持兩三代之後，所有人都會覺得不去勢的皇帝才是壞皇帝。」羅煥章仍然盯著韓孺子，眼中閃爍著那種試圖說服對方的熾烈光芒，「你很聰明，比我預料得要聰明，也有一點仁義之心，如果你願意主動去勢，完全有機會在淳于梟仙逝之後重新當一名真皇帝。」

東海王提醒道：「陛下，你明白去勢的意思吧，就是以後只能跟太監一樣解手了，還不能娶妻生子。」

韓孺子在意的不是這個，深吸一口氣，覺得自己恢復了一些力氣，於是慢慢站起來，說：「『一個人可以自私，但不能自私到以為別人不自私』，我在想，羅師和淳于梟的私心是什麼？」

羅煥章一怔，這個皇帝總能讓他意外，也讓他惱火，「陛下到底受誰的影響，還是天生如此？竟然不相信這世上會有無私之人。」

門口露出一顆腦袋，眾人都受羅煥章吸引，一時沒有注意到，步蘅如第一個發現，嚇了一跳，慌忙揮刀，叫道：「當心！」

眾人都轉身，尤其是六名刀客，手中的短刀躍躍欲試，反而將門口的人又嚇了一跳。

「別亂來，我是來通稟的。」張有才急忙叫道，見刀客沒有動手，他慢慢跪下，向太后和皇帝分別磕頭，然後說：「左吉回來了，在門外喊著要見太后。」

太后冷臉不語，沒當這些話是說給自己聽的。

韓孺子問：「就他一個人？」

「我透過門縫看了，就他一個。」

「那……讓他進來吧。」

「遵旨。」小太監起身退出，向皇帝看了一眼，韓孺子微微一愣，隱約覺得張有才似乎在暗示什麼。

其他人沒有注意到小太監的眼神，都等左吉進來，他與皇太妃一塊去了勤政殿，應該能得到最新的消息。

左吉慌慌張張地跑來，在門檻外停下，向屋子裡探頭探腦，確認羅煥章等人掌控局勢之後，他才邁步進屋，習慣性地向太后下跪，「太后安好。」

「不錯，你還有幾分膽量，讓我刮目相看。」一直以來，太后表現得都很鎮定，這時卻在語氣中透露出明顯的怨恨。

「太后，這不能怨我，您現在跟從前可不一樣了，下手太狠，我這張臉經不住打啊。而且您將精力都用在大臣身上了，咱們多久……」

太后面色一寒，左吉閉嘴，羅煥章冷冷地哼了一聲，這正是他最痛恨的帝王「家務事」，喝道：「左吉，勤政殿那邊怎麼樣了？」

左吉上下打量羅煥章，「你先告訴我外面那群太監和宮女是怎麼回事？說好了你們守內，我和皇太妃主外，一方失敗，咱們可就要輸個精光。」

「皇帝和太后都在，你擔心什麼？」

左吉爬起來，看了看太后和皇帝，說道：「皇太妃進入勤政殿了。」

刀客們全都鬆了口氣，步蘅如更是如釋重負，看著滿地碎紙片，暗暗感激羅煥章，沒有他，自己非壞了大事不可。

羅煥章還不放心，問道：「大臣們肯聽旨了？」

左吉搖搖頭，「花侯爺奪了中郎將的印綬，帶領士兵衝破大臣的阻撓。」

「大臣呢，都抓起來了？」

「抓起來一部分，還有一些跑掉了。」

羅煥章眉頭緊皺，「顧命大臣裡有人跑掉嗎？」

「差不多都抓住了，只有殷無害那個老傢伙跑了，當時場面混亂，誰能想到他好幾十歲，還能跑得那麼快！」左吉頗有些不滿，他是來報喜訊的，結果還跟從前當奴婢一樣受到盤問，「殷無害掀不起風浪。」

「未必。」羅煥章已不像最初那樣自信，「等南軍的消息吧，如果那邊一切順利，就不用擔心殷無害了。還有，盯住廣華閣，那邊的刑吏可能會鬧事……」

話未說完，兩扇窗戶突然被推開，有人大叫：「陛下低頭！」

韓孺子撲到窗下，數根竹竿伸了進來，這些竹竿兩根連成一根，長達兩三丈，形成一道屏障。

「陛下快出來。」又有聲音叫道。

韓孺子回頭望了一眼，步蘅如等人已經從驚惶中反應過來，正揮刀亂砍，太后和母親大驚失色，沒有做出任何示意。

這是當機立斷的時候，韓孺子站起身，向窗外伸出雙手，馬上就被抓住了。

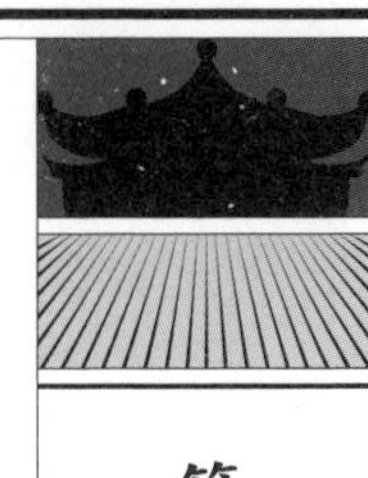

第五十七章 臥虎藏龍

屋裡的人都被突然冒出來的長竹竿驚得呆住了，左吉撲通倒在地上，幾名刀客用刀左撥右擋，像是笨拙的老牛在驅趕蚊虻，無奈地步步後退，只有一個人憤怒異常，勇敢地撲了上去。

羅煥章真是氣壞了，他正在執行人生中最偉大的一次冒險，即使面對太后與皇帝也敢直抒胸臆，不用再躲在仁義兩字背後暗自憤怒，可這群太監與宮女總是壞事，他們應該跟其他人一樣，安安靜靜地置身事外才對。

羅煥章撲了上去，當然不是對著那一根根的竹竿，而是撲倒在地，將名儒的氣度拋到九霄雲外，手腳並用向前爬行，速度居然很快，馬上就到了窗下，可是速度太快了些，收勢不及，一下子撞在牆壁上，仰面摔倒的時候也沒忘了伸手亂抓。

他抓住了一截腳踝。

韓孺子的上半身已經翻出窗外，好幾雙手在幫他，卻有一隻腳怎麼也收不回來。一名太監趴在窗台上，用手中的短棍往下戳捅，大聲道：「用力！」

羅煥章劈頭蓋臉地挨了幾下，抬起另一隻手護臉，衝步蘅如等人喊道：「快來幫忙，絕不能……」

步蘅如等人手中握刀，反而不知變通，聽到叫喊才反應過來，立刻有兩人貓腰向窗下衝去。

就在這時，羅煥章額頭重重地挨了一下，吃痛不過，不得不撒手。

皇帝被搶走了。

太后、王美人和東海王看得目瞪口呆，三人無不計謀百出，面對這樣的場景卻也和普通人沒有區別，坐在那裡發呆，全然不知所措。

外面喧囂聲一片，羅煥章坐在地上捂著額頭，厲聲道：「快去將皇帝搶回來，少一個也會壞了咱們的大計，絕不能讓皇帝離開內宮！」

步蘅如等人也明白這個道理，三人跳窗、四人走門，揮刀衝出去，可他們人數太少，外面的太監和宮女早有準備，石子、雞蛋、土塊等等東西如暴雨一般拋過來，迫得七人又退回屋裡，背靠牆壁躲避攻勢。

慈順宮自從建成以來，從未如此髒亂，一地狼籍。

椅榻斜對門口，未受襲擊，王美人還是將太后護住，同時向外望去，想看兒子一眼，結果只能看到幾個陌生人影。

東海王坐的位置更靠裡一些，毫無危險，卻最為吃驚，「天吶，他、他連親娘也不要了嗎？」

這句話提醒了王美人，她再也顧不得矜持與隱藏，大聲叫道：「孺子，快跑！去找外面的大臣！別管我，他們……」

步蘅如舉刀跑來，怒道：「閉嘴！」

王美人降低了聲音，卻沒有閉嘴，繼續道：「他們不敢殺太后和我。」

「那可不一定。」步蘅如的刀架在王美人脖子上，她不再說話了。

羅煥章坐在窗下大聲道：「陛下，內宮門戶都已封鎖，你逃不出去，請你回來，我們沒想弒君！難道陛下真的不顧……」

戰鬥一開始就趴在門口的左吉探頭向外望了一眼，說：「人已經沒了。」

羅煥章騰地站起來，額上青腫，向窗外看去，果然人去院空，只留下一地的棍棒、石塊，心中怒不可遏，往窗台上狠狠砸了一拳，「他竟然真的不顧及自己的母親！」

羅煥章轉身，臉色鐵青，這本是一場計畫周密的宮變，卻越來越像是鬧劇，「步蘅如，你帶一個人去通知內宮三門，務必緊守，絕不能讓皇帝逃出去與大臣匯合。左吉，你即刻前往勤政殿，再帶一些人回來，只要自己人，不要宮裡的侍衛，千萬不能引起外面的懷疑，明白嗎？」

左吉扶門站起，又向外看了一眼，「得派人保護我。」

羅煥章指著一名刀客，「你跟左吉出宮。」

那群太監和宮女像瘋了一樣，左吉覺得一名保鏢太少，可是看了一眼太后，心裡明白眼下的處境有進無退，一咬牙，帶著刀客出門。

步蘅如膽子大些，正要出去，羅煥章叫住他，「等等。」他喘了幾口氣，「沒什麼，你去吧，快去快回，已經丟了皇帝，不能再丟太后和東海王了。」

步蘅如點點頭，與一名刀客匆匆離去。

羅煥章揉了揉額上的腫塊，轉過身，走到太后面前，「想不到宮裡也是臥虎藏龍之地，倉促間能將一群太監和宮女組織得井井有條，此人必非尋常之輩。」

太后面無表情，「既然是臥虎藏龍，何必問我？大楚正值用人之際，我只愁舉薦之途不通，怎麼會將『龍虎』藏起來？」

羅煥章沒再問下去，退到一邊沉思默想。

逃出去的韓孺子也有類似的疑惑，他被好幾雙手架著，本想回去救母親，可是身不由己，被擁到垂花門的時候，聽到了母親的叫聲，一狠心，跟著眾人往外跑。在前院門廊下，看到一名坐在地上滿臉鮮血的男子，想必是步蘅如帶來的刀客之一，還沒有死，無力地抬起手臂，似乎要攔阻眾人，可也只是做做樣子而已。

慈順宮外悄無人跡，又跑出一段路之後，韓孺子終於能觀察周圍的救駕者。

大概有三十餘名太監和二十多名宮女，一半多是陌生面孔，只有少數人是慈寧宮裡皇太妃的侍者，他最熟的人是張有才和佟青娥，此刻就護在他的身邊，可他們並非帶頭人，一名胖大太監跑在最前面，從背影看不出年紀，一手握長竹竿，竿頭綁著奪來的短刀。

一群人當中，只有四五人手持兵刃，其他人手裡拿著的不是竹竿就是木棍。

沒多久，一行人跑回皇太妃的慈寧宮，進去之後先將大門關閉。

慈寧宮裡的門廊下綁著兩名刀客，嘴裡塞著布條，一看到眾人進來，驚恐地嗚嗚亂叫，張有才上去各踢了一腳，兩人老實了。

人群終於稍稍冷靜下來，所有人的臉都還是紅的，目光也在閃爍，這是韓孺子進宮數月從未見過的激動神情。

「奴等叩見陛下。」胖大太監開口，所有人都跪下。

韓孺子急忙道：「大家快起來，非常時期不必拘禮，朕……很感激你們。」

眾人起身，臉上的激動神情仍未消退，韓孺子細瞧胖大太監，此人看上去四十歲左右年紀，身材雖胖，卻絲毫不顯臃腫笨拙，一身英武之氣。

「你們……」韓孺子一時間不知從何問起。

胖大太監沒有開口，張有才搶著說話，他太興奮了，聲音比平時更顯尖銳，「一開始這裡有四人看守，後來走了兩個，大家在後院搭人梯，我最小，把我送出去，我去找淨掃房蔡大哥，蔡大哥說不能再等，正好他那裡有一堆掃帚，我們拆開當兵器，蔡大哥又說慈寧宮離慈順宮太近，必須先將這裡拿下，才能去慈順宮救陛下……」

張有才說得有點亂，大概意思卻還清晰，「蔡大哥」等十幾名太監手持竹竿，先到慈寧宮敲門，自稱是皇太妃派來的人，趁刀客開門，一擁而入，將兩人打倒，捆綁起來。

慈寧宮內的數十名太監、宮女被嚇壞了，只有佟青娥和少數人敢出宮，其他人仍然遵守皇太妃的命令，不敢出門一步，但也沒有釋放兩名刀客，就在張有才講述的時候，他們探頭探腦地觀瞧，發現皇帝真的被救了出來，跑過來一批。

攻佔慈寧宮後，他們又從別處招來一些幫手，一塊去慈順宮救駕。

韓孺子對胖大太監說：「這位是蔡大哥吧。」

胖大太監急忙跪下，「賤奴蔡興海，只因年長些，被同僚稱一聲『大哥』，在陛下面前怎敢用此稱呼，請陛下呼名即可。」

「好，蔡興海免禮。」韓孺子覺得此人必有來歷，沒時間多問，往人群中看了幾眼，又認出幾張相識的面孔，「你們是秋信宮的人。」

那幾人連連點頭，一名宮女說：「秋信宮也有兩賊看守，蔡興海帶人攻破宮門，皇后命我們都跟著蔡興海去救駕，她也想來，我們把她勸下了。」

娶皇后之初，韓孺子極不情願，現在卻越來越覺得有這樣一位皇后很不錯。

他也有點興奮過度，不得不暗暗告誡自己冷靜，他還沒有完全脫離危險，想了一會，說：「必須想辦法離開內宮，咱們能攻破門戶嗎？」

張有才回答不了這個問題，蔡興海道：「我派人查過，南、北、西三門各有二三十人把守，都是江湖刀客，咱們這些長竹竿，對付十來人還行，敵人再多的話勝算不大，還會令陛下涉險。」

「你認為該怎麼做？」韓孺子這時候必須選擇相信蔡興海。

「依我的愚見，不如跳牆，南、北、西三方皆是宮館，不容易出去，還可能被逆賊發現，東邊有一段牆，應該無人看守。跳過去之後能到太廟，往南走，繞行一段路，沒多遠就是勤政殿，在那裡陛下可與群臣匯合，或者離開皇宮再做定奪。」

「朕要去見大臣，他們還不知道宮裡發生了什麼事情，必須由朕親自向他們說明。」

「那就出發吧！」張有才轉身就要跑，蔡興海更謹慎些，「慢著，得有人走在前面打探情況……」

「我去。」張有才一溜煙跑出去。

蔡興海看了一眼眾人，對皇帝說：「陛下需要所有人都跟著嗎？」

韓孺子知道，無論走哪一邊都是冒險，郎中將已被奪印，皇宮侍衛聽誰的命令尚難預料，於是道：「此行盡量不要惹人注意，嗯……蔡興海，你選幾個人隨朕一塊出宮，其他人都去秋信宮保護皇后，盡量不要與逆賊爭鬥，太后還在他們手中，一定要確保太后安全。」

他必須說這句話，如果太監和宮女一時興起，再度進攻慈順宮，他的母親王美人也會遇險。

蔡興海也是這個主意，手指連點，選了三名太監同行，其他人，包括慈寧宮裡之前沒敢出門的人，都去秋信宮保護皇后。

大批人先出發，蔡興海指著旁邊的兩名俘虜說：「這兩人不宜留活口。」

韓孺子瞧了那兩人一眼，從他們的目光中看到了恐懼與乞求，他猶豫了一下，想起母親，再無慈心，回道，「斬。」

這是他第一次決定別人的生死，接下來，就要決定自己的安危了。

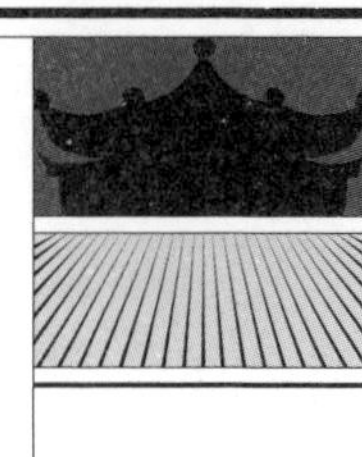

第五十八章

皇宮裡的牆一層圍一層，堵堵高聳如峭壁，爬上去難，跳下去更難，內宮的牆稍矮一些，也有兩丈餘高，韓孺子抬頭仰望，真是書到用時方恨少、牆到爬時才覺高，尤其那牆光溜溜的，連個可借力的坑窪都沒有。

張有才在前頭帶路，沒發現刀客，到了牆下他也沒辦法了，「這裡的牆比慈寧宮高多了，蔡大哥，咱們幾個搭人梯，能將陛下送出去嗎？」

算上皇帝，一共是六人，高度倒是足夠，蔡興海卻不敢搭人梯，「那樣太危險，而且陛下登上牆頭之後也沒辦法下去。」

蔡興海仰頭觀察了一會，對皇帝說：「陛下，有個地方可去得嗎？」

「當然，只要能離開內宮，去哪都行。」

「太祖衣冠室離此不遠，那裡有攀牆之物。」

衣冠室又叫靜室，韓孺子剛進宮時在那裡齋戒過好幾天，當然記得，連太祖衣服上有幾個窟窿都點數過，

「那裡有攀牆之物嗎？」

「廂房裡有梯子，我見過，就是不知道還經不經用。」

「去看看。」韓孺子發話，卻不知道往哪個方向走，他在皇宮裡向來只走正路，而且身邊總是跟著一大群人，突然來到一塊陌生的區域，早已辨不清方向。

「遵命。」蔡興海一抱拳，當先帶路。

韓孺子等人快步跟上，問道：「蔡興海，你從前是軍中將士吧？」

蔡興海扭頭笑道：「陛下看得真準，我從前在塞外守邊，五年前進的宮。」

韓孺子沒見過多少將士，可蔡興海身上的行伍氣息太濃，用不著多少經驗也能看得出來。

張有才的興奮勁一直就沒消下去，這時道：「我們私下都叫他『蔡大將軍』。」

蔡滄海臉紅了，「我哪是什麼『大將軍』，只是一名小小的校尉而已。」

「那也管著好幾百人呢，蔡大哥跟匈奴人打過仗……」張有才不知為何突然閉嘴。

韓孺子若是再成熟一點，也不會往下追問，可他畢竟只有十三歲，而且心事也不在這裡，順口問道：「在邊疆建功立業不是挺好嗎？你為什麼要進宮？」

蔡興海嘿嘿笑了兩聲，「不瞞陛下，我就是太想建功立業，所以上報首級的時候多報了……二三百個，按律當斬，正好趕上朝廷開恩、天下大赦，可以用腐刑贖罪，我不想死，就進宮了。」

張有才道：「哈，你跟我說是多報了幾十顆首級，對陛下才肯說實話，原來是幾百個！」

「欺君之罪我可擔不起。到了，前面就是衣冠室。」蔡興海指著前面的一座小院。

韓孺子心中一動，隱約明白蔡興海為何敢於救駕了，這是一個慣於冒險的軍人，而他救駕成功之後也必有所求，想到這裡，韓孺子反而鬆了口氣，他受楊奉的影響太深，對無緣無故的幫助總是心存疑慮，找到理由之後讓他更信任這名胖大太監了。

衣冠室位於一座小院裡，院門此時緊閉。

蔡興海低聲道：「陛下，讓我先叫門，陛下待會再現身。」

「好。」韓孺子和張有才靠牆站立，另外三名太監站在院門的另一邊。

蔡興海舉拳敲門，「老黃，開門，老黃，快開門！」

等了一會門裡才傳出一個低低的聲音，「誰？」

「我，蔡興海，連我的聲音都聽不出來了？」

「你來幹嘛？」

「我前幾天來掃地的時候，好像有把掃帚落在這裡了，淨掃房那邊對不上數，我來找找，快開門。」

「我這裡沒有你的掃帚。外面到底發生什麼事了，你怎麼還敢到處亂跑？」

后妃居住的區域有不少院落，平時都謹守門戶，一有風吹草動，門關得更緊，外面的人進不去，裡面的人也無從瞭解事情進展。

「能有什麼事？宮裡又抓人了唄，開門，讓我進去看看。」

「要是沒事，怎麼連送飯的都不來了？」

太陽早已西傾，看院太監餓了一天，心裡很清楚，外面必有大事發生。

「送飯關我什麼事？我就是一個掃地的，你有什麼不相信的？」

裡面沉默了一會，「你還是走吧，今天並非灑掃之日，我不能讓你進來。」

蔡興海畢竟是名武夫，話說不通心裡急躁，尤其皇帝就在身邊，他掄起拳頭就要砸門，韓孺子衝他擺手，小聲道：「讓他往外看。」

「誰？還有誰在外面？」門內的太監聽到了。

「不給我開門，行。老黃，你往外面看一眼。」

門板微響，裡面的人透過門縫往外看，「老蔡，你別胡鬧，這裡是皇宮，一點小錯都是要掉……我的天吶！」

韓孺子站到門前，低聲道：「給朕開門，朕認得你，你也認得朕。」

在宮裡見過的閹宦太多，韓孺子根本不記得老黃是誰，但他相信老黃一定記得皇帝。

門閂響動，兩扇門打開，一名老太監跪在地上，顫聲道：「不知陛下駕到……」

「抓緊時間。」韓孺子帶頭進院，蔡興海等人隨後，老黃張口結舌，一個也不敢攔。

院子不大，中間正房就是衣冠室，兩邊的廂房則是太祖初建皇宮時留存的一些器械物件，後代都當寶貝收藏著。

韓孺子對蔡興海說：「你們去找梯子，朕要拜見太祖衣冠。」

此言一出，蔡興海等人都變得嚴肅起來，連走路都躡手躡腳的。

到了這裡，韓孺子輕車熟路，直奔衣冠室，推開虛掩的門，邁步進去，用餘光看到兩名太監匍匐在地，他全不在意，走到衣架前，跪在蒲團上，輕聲道：「太祖戎馬一生，身經百戰，不肖孫韓孺子今日迫不得已要借用您的一件東西，相信您的在天之靈一定不會反對。」

韓孺子磕了一個頭，起身來到衣架前，小心翼翼地取下那柄寶劍，他第一次來這裡齋戒時就對它產生了濃厚的興趣，當時不敢觸碰，現在什麼都不用怕了。

皇帝不怕太監怕。

那兩名跪在地上的太監先是呆呆地看著皇帝，突然一塊站起來，撲到皇帝腳下，哭叫道：「陛下不可動劍，萬萬不可啊。」

韓孺子不理睬兩人，慢慢拔劍出鞘，歷經一百二十多年，劍身依然寒光閃耀，白刃如雪。

「果然是柄寶劍。」韓孺子讚道，輕揮一下，心中越發喜歡，「這樣的劍就該常用才對，藏在匣中實在是浪費了。」

邁步要走，才發現自己的兩條腿被太監抱得死死的。

「朕命令你們鬆手。」

「陛下，太祖的衣冠不能動啊，更不能帶出靜室，此乃祖訓，陛下……」

韓孺子豎起寶劍，「太祖手持三尺劍平定天下，此劍不知飲過多少人血，多年未用，拿你們祭劍正合適。」

兩名太監一愣，鬆開皇帝的腿，膝行後退，再不敢抬頭。

韓孺子提劍出門，此時蔡興海等人也從廂房扛著梯子走出來，一眼就看到皇帝手中的劍，齊聲道：「好一口寶劍！」

韓孺子忍不住笑了，信心倍增，收劍入鞘，說：「出發。」

看門的老太監仍然跪在門口，看著提劍走來的皇帝，根本不敢阻攔，只是一個勁地磕頭。

天就要黑了，勤政殿那邊不知情況如何，韓孺子加快腳步，蔡興海等人緊隨其後。

梯子搭在牆頭上，高度正好，蔡興海道：「太祖不愧是馬上皇帝，時刻想著打仗，梯子就是為這面宮牆準備的。」

韓孺子卻另有感觸，太祖似乎覺得皇宮裡也不安全，所以才會準備爭戰器械，一百多年後被七世孫用上。

蔡興海先爬上牆頭，試試梯子的牢固程度，發現沒有問題，說：「陛下請上來吧，張有才，保護好陛下。」

「放心吧。」張有才跟在皇帝身後，時刻伸出一隻手準備扶持。

蔡興海跪在牆頭瓦片上，也伸出手準備接住皇帝。

追兵就是這時候趕到的，「找到了！皇帝要逃！」一人大喊。

韓孺子一驚，扭頭看去，只見巷子裡跑來十餘名太監裝扮的刀客，當先兩人速度極快，馬上就會趕來。

韓孺子連蹬幾下，伸出空著的手握住蔡興海的手，借他的力一步躍上牆頭。牆上鋪著一層瓦，站在上面頗不穩當。

張有才動作靈活，很快也上來了，韓孺子對地上的三人喊道：「快上來！」

三人互望一眼，一人抬頭說道：「陛下快走，我們擋一陣。」

三人挺起長竹竿，準備迎戰十餘名刀客。

韓孺子還要再催，蔡興海和張有才已將梯子拽上來，隨手扔到牆外面。

最前面的兩名刀客到了，揮刀擋開竹竿的同時，向牆頭飛擲暗器。

蔡興海抱住皇帝，縱身一躍，跳到牆外，張有才二話不說，跟著跳下。

蔡興海倒在地上，只覺得右腳踝劇痛，可是顧不得檢查，仍然抱著皇帝，扭頭向牆頭望去。他雖是行伍之人，對江湖卻也稍有瞭解，真要是雙方多人對陣，他不怕刀客，可是狹路相逢，他沒有多少勝算。

只要牆內的刀客有一人輕功了得，能跳出、爬出高牆，蔡興海就只能以死相拚了。

牆內響起慘叫。

第五十九章 暗中的高手

韓孺子從蔡興海的懷中掙脫，起身拔出太祖寶劍，緊張地盯著牆頭，裡面的慘叫聲很可能來自那三名斷後的太監。

蔡興海也爬起來，右腳疼得更加嚴重，但感覺不像是骨折，而是扭到了腳踝，於是不去管它。長竹竿留在牆內，他腰帶裡還插著一柄奪來的短刀，拔將出來，與皇帝並肩站立。

張有才人小身輕，從兩丈餘高的牆上跳下來居然一點事也沒有，可是手中沒有兵器，只能緊握雙拳，準備拚死一搏。

三人一塊仰首看著牆頭。

牆內的慘叫聲很快就停止了，張有才說：「要是能將附近的侍衛引來……」

話未說完，牆頭露出一隻手掌，拍下一片瓦，又掉了下去。

蔡興海稍鬆口氣，起碼追來的這些刀客中沒有真正的高手，「走吧，陛下，咱們得快點離開。」

韓孺子點頭，蔡興海咬著牙一瘸一拐地帶路，張有才走在後面，一邊走一邊回頭張望，偶爾還能看見手掌冒出牆頭，走出十幾步之後忍不住說：「這些人真笨，跳都能跳這麼高，搭個人梯不就上來了？」

張有才踩過別人的肩膀，所以總記著這個主意。

蔡興海一愣，也回頭望了一眼，立刻加快腳步，瘸得更加明顯，韓孺子追上前，用左手扶住太監的胳膊，

「你受傷了？」

蔡興海急忙將右手的短刀轉交左手，說道：「陛下不用擔心，只是崴了腳而已，我受得了，在戰場上，這根本不算傷。」

蔡興海為了證明自己沒有問題，走得更快了，沒幾步臉上就滲出大粒的汗珠，韓孺子到處觀望，他們走在一條極長的巷子裡，一邊是內宮院牆，另一邊也是同樣高度的紅牆，不知裡面是哪處宮苑。

在這裡無處可逃。

跟在後面的張有才大聲叫道：「他們爬上來了！」

宮內的刀客終於想到攀牆的方法，一個接一個地躥上來，有的跳到巷子裡追趕，有的就在牆頭疾奔，踩得一片瓦響。

蔡興海向前望了一眼，巷子遙無盡頭，自己的腿又不好，終究跑不過後面的追兵，乾脆停下，對皇帝說：「我將陛下引入險境，罪不容赦，請陛下允許我留下與逆賊拚死一戰，陛下……」

「我要留下。」韓孺子也知道逃是逃不掉的，握劍面朝追兵，安慰道：「他們不敢殺我。」

他心裡其實不是特別有把握，羅煥章等人手裡有太后和東海王，或許真想殺死傀儡皇帝以絕後患。

蔡興海既慚愧又感激，握刀站在皇帝身前，盯著跑在最前面的刀客。

張有才站在皇帝身邊，想找塊石頭什麼的，可是巷子裡打掃得實在太乾淨，連根草棍都沒有，只好握拳舉在胸前，嘴裡嘀咕道：「來吧，看看誰更厲害。」

地面上追來的刀客有十名，跑在牆頭上的是五人，還有幾名刀客沒爬上來。牆上鋪著一層瓦片，起伏不平，上面的人跑得卻更快，大概是要以此顯示自己身手不凡，腳下的碎瓦片不停往下掉，連巷子內的自己人都要躲著點。

蔡興海沒發現高手，心中稍安，暗暗盤算自己大概能擊敗幾個，但怎麼想都覺得棘手，後悔沒多帶幾個人

出來。

牆上跑在最前面的刀客相距只有不到十步了，側身高高躍起，意圖以泰山壓頂之勢一舉擊敗敵人，奪取首功。

蔡興海突然大吼一聲，雖然已是太監，這一吼仍剩下七八分氣勢，他好像又回到了邊塞，面對的不是匈奴騎兵，而是成群的野狼。

在牆上躍起的刀客像是受到了驚嚇，身子一歪，居然掉進了牆內。

張有才也用自己尖銳的聲音叫了一嗓子，本意是附和蔡興海的吼聲，沒想到也有效果，牆上又掉下去一名刀客，而且也是跌進牆內。

「哈哈，膽小鬼！」張有才興奮不已。

蔡興海卻一愣，就算他和張有才的吼聲真有這麼大的威力，刀客也該跌到牆外才對，怎麼會掉進牆裡？正迷惑不解，巷子裡的刀客到了，而且是兩人齊至，也不等後面的同伴，直接揮刀衝上來。

蔡興海吼道：「保護好陛下！」說罷大踏步迎上去，他是行伍老兵，沒有江湖上的花哨招式，短刀照頭劈砍，速度快、力道足、氣勢盛，迎面的刀客大驚，止步閃躲，蔡興海的刀向上一提，擊向第二名刀客。

兩刀相接，刀客跑得太快，下盤不穩，手上也沒使足勁，短刀脫手而出，嚇得他倒地翻滾，堪堪躲過致命一刀。

張有才大聲叫好，韓孺子也叫了一聲，提劍想衝上去，卻被張有才死死拽住，「陛下別急，先讓蔡大哥頂會。」

更多刀客追上來，分散站開，每次只有一兩人上前與胖大太監對敵，一擊不中即刻後退，換人再上。

夕陽已落，巷子裡迅速變黑，蔡興海如雄獅一般邊吼邊揮刀，初時佔據優勢，慢慢地動作變慢，腳傷令他無法追擊敵人，白白浪費許多機會。

圍攻的刀客自覺穩操勝券，開始交談。

「別急，太監快要不行了。」

「去幾個人堵住後面。」

「別傷著皇帝。」

「剛才牆頭上的那兩人是怎麼回事？」

「跑得太急了吧。」

天黑了，巷子裡尤其黯淡無光，只能看見模糊的身影，蔡興海踉踉蹌蹌，沒殺死一名刀客，自己反而頻頻遇險，心中越發焦躁，強忍腳痛，邁步追趕一名刀客。

刀客早有防備，側身躲避，結果腳下一閃，竟然摔倒，沒等手掌撐地，脖子上挨了一刀，一聲沒吭地倒下。眾刀客大驚，蔡興海精神大振，揮刀衝向第二名刀客，刀客不願硬抗，想要後退，不知為何膝蓋一彎，反而向前跪倒，將自己的大好頭顱送到太監的刀下。

兩名刀客中招，其他人紛紛後退，終於有明白人喊道：「小心，太監有幫手！」

蔡興海也知道自己勝得不正常，可是管不了那麼多，揮舞短刀，一瘸一拐地追趕敵人，被追者無論是躲是迎，總在最後一刻站立不穩，成為刀下之鬼。

砍到第五名刀客的時候，短刀已經卷刃，鑲在敵人肩膀上拔不出來，刀客大叫一聲，轉身帶著刀就跑。

蔡興海變成了赤手空拳。

韓孺子再不能旁觀，推開張有才，大喊一聲，衝了上去。

皇帝的武功更神奇，蔡興海好歹還要揮刀、落刀，實實在在地砍在敵人身上，皇帝卻只是舉起寶劍，衝向誰誰倒，不是按腿就是捂肚子，翻滾著慘叫不止。

「有埋伏！有高手！」剩下的幾名刀客一直沒發現敵人在哪，也不知人多人少，心中更加恐懼，轉身就跑，倒地的傷者也連滾帶爬地逃竄，留下四具屍體，都是蔡興海殺死的。

韓孺子意猶未盡，因為他的劍連一滴血都沒沾到，想要追趕一名受傷的刀客，被張有才緊緊拽住，「陛下不要追。」

蔡興海喘著粗氣，抱拳向四周行禮，「請問是哪幾位侍衛兄台？當今聖上在此，諸位護駕有功，不妨出來見駕。」

周圍沒有回應，只有風聲嗚咽。

蔡興海從地上揀起一柄短刀，又往四周瞧了幾眼，對皇帝說：「陛下，咱們先走吧，這些侍衛……可能不願露面。」

「護駕這麼大的功勞他們竟然不領？」張有才難以置信。

韓孺子也覺得奇怪，轉身走出幾步，突然大聲道：「是你！我知道是你！」

蔡興海驚訝地說：「陛下認識……只有一個人嗎？」

還是沒人應聲，也沒人出現。

韓孺子搖搖頭，「我只是亂猜。」他想起那個人不願露面。

張有才要來攙扶皇帝，韓孺子讓他去幫蔡興海，三人走出巷子，眼前是兩條路，一條向南延伸，一條指向東邊。

蔡興海說：「往東走，太廟應該在那。」

「蔡大哥認得路吧，我可是糊塗了。」張有才十來歲進宮，對皇宮的瞭解只有很小的一塊。

蔡興海點點頭，「我曾經參加過太廟大祭，那時候我還帶把兒……還是一名邊軍校尉。我們是從南邊正門進入太廟的，從南門能通往勤政殿。」

「咱們得找個地方休息一下。」韓孺子說。

「我沒事，陛下，這裡不是久留之地，逆賊肯定還會再追上來。」蔡興海為了顯示自己沒事，輕輕跳了一下，結果疼得呲牙咧嘴，忍不住哼哼兩聲。

「勤政殿這時候不會有大臣，去了也沒用，咱們躲到早晨再說，這邊到底是什麼地方，為何如此冷清？」

蔡興海對皇宮也不是很熟，方位都是推算出來的，具體一點就說不出來了，只能搖頭。

三人繼續前行，張有才突然用空下來的手拍了一下自己的腦門，「我想起來了，這裡不就是東宮太子府嗎？」

「咦？太子府不在這裡。」韓孺子與母親在太子府住過幾年，記得很清楚。

「這裡是從前的太子府。」張有才想起了宮中的傳言，滔滔不絕地說起來，「以前的太子都住在這裡，自從武帝殺死兩名太子之後，這裡就空閒了，開始還有人把守，後來……」張有才打個寒顫，不敢說了。

「後來怎樣了？」韓孺子好奇地問。

「死去的兩名太子總出來鬧鬼，這裡就再也沒有人居住了，怪不得剛才那麼大聲音也沒招來侍衛。」張有才小聲說，聲音都發抖了，「剛才……剛才救駕的不會是……」

「胡說八道，救駕的是武功高手。」蔡興海不太相信鬧鬼的傳聞，當著皇帝的面，就更不能信了。

「咱們今晚就躲在這吧。」韓孺子也不信鬼，反而覺得這裡是極佳的藏身之地。

張有才嗯嗯兩聲，顯然是極不情願，卻不敢反對。

蔡興海正要開口，前方黑黢黢的牆邊突然走出一道身影，身體筆直，黑暗中就像是飄行過來的，張有才嚇得緊緊抱住蔡興海的胳膊。

「誰？」蔡興海喝道。

身影止步，說：「夜已經深了，請陛下回宮。」

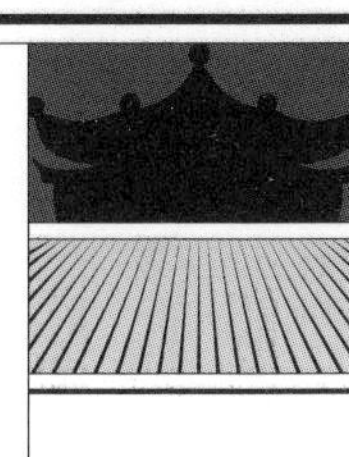

第六十章 宮門

來者不善，蔡興海推開張有才，準備戰鬥，問道：「閣下何方高人，既敢攔駕，就報上名來。」

身影等了一會，「花府教頭桂月華。」

蔡興海心中一沉，他聽說過這個名字，此人並非普通的江湖刀客，而是一位知名的高手。

「鬼手桂月華。」蔡興海嘆了口氣，「閣下是名滿江湖的俠士，怎麼也做起了謀逆弒君的勾當？」

「有人甘當昏君爪牙，自然就有人替天行道，閣下也不像是尋常閹宦，何必為昏君賣命？」

「陛下不是昏君。」張有才大聲辯解道。

月光灑下，韓孺子看到了桂月華大致的容貌，那是一名三十多歲的中年人，中等身材，臉色微白，鬍鬚稀疏，更像是一名落魄的王侯，而不是武功高強的俠士，更配不上「鬼手」的稱號。

桂月華向前邁出一步，「陛下的保鏢呢？還要在暗中躲多久？」

韓孺子握住劍柄，問道：「俊陽侯派你來的？」

「陛下明知故問。請陛下隨我回宮，否則——我接到的命令是帶不走活皇帝，死皇帝也可。」

「俊陽侯效忠的是崔家還是淳于梟？」

桂月華又邁出一步，「無關緊要。」

「很緊要，淳于梟利用了崔家，很快還會背叛崔家，如果俊陽侯……」

桂月華笑了，「陛下不會是想勸說我忘恩背主吧？」

最後一個字出口，桂月華人影一晃，撲向皇帝。

蔡興海揮刀阻攔，短刀剛一動，胸前已被拳頭擊中，大叫一聲，胖大的身體倒飛出去。

張有才大驚，卻來不及參戰。

桂月華一拳擊飛蔡興海，速度絲毫未減，眨眼間到了皇帝面前，伸手抓住那只握劍的手掌，抬頭對月看劍，讚了一聲：「不愧是宮中的寶劍。」

韓孺子甚至沒機會動一下，心中惱怒，厲聲道：「放開朕。」

「得罪了，陛下。」桂月華一貓腰，將皇帝橫著扛在肩上，一手抓腿，一手仍然攥住握劍之手，大步向內宮的方向走去。

張有才反應過來，嘴裡大叫「放開陛下」，低著頭猛衝過去，跑出七八步也沒撞到東西，止步望去，愕然發現桂月華已在十幾步之外，離得越來越遠了。

「快來救駕！不管你是人是鬼，快來救駕啊，再晚一會……」張有才不敢說下去了。

被人扛在肩上的韓孺子又羞又怒，奮力掙扎，卻感到全身陣陣酥麻，用不上勁，體內像是憋著一股濁氣，凝滯不動，他早已養成習慣，不自覺地用上逆呼吸之法，卻沒有多大效果。

「咦？」桂月華略吃一驚，不過皇帝還在自己掌握之中，他也就沒太在意。

桂月華很快走到路口，如果只是一個人，他有把握跳上宮牆，扛著皇帝，他不敢大意，於是轉向北，要去與接應他的刀客匯合。

偷襲悄無聲息地到來。

桂月華早有準備，他之所以獨身來捉皇帝，就是為了引出那名暗中的高手。在倖存刀客的講述中，埋伏者多達幾十人，桂月華卻是老江湖，當時就猜出對方只有一人，道理很簡單，以那樣的高手，再多一兩人，刀客們必定全軍覆沒。

桂月華不只是「鬼手」，還是「鬼腳」，前一刻尚在大踏步前行，下一刻已然飛起一腳，將飛來的暗器踢了回去，與此同時，將皇帝順手放下，整個人躥向陰暗的牆角。

韓孺子全身酥麻感未消，晃晃悠悠地轉了一圈才終於站穩腳跟，向牆角定睛望去，過了一會才看到有兩團模糊的身影在交手，速度極快，聲音卻極小，夾雜在風嘯中，幾乎聽不到。

「啊……」有人叫了一聲，兩團身影消失了，交手不過五六個回合。

韓孺子不明所以，左瞧右看，在北邊隱約看到一道身影，另一道卻怎麼也找不到。

「陛下！」張有才氣喘吁吁地追上來，不知道發生了什麼事情，驚訝地問：「桂月華呢？」

「他……好像受傷了。」

「怎麼會？」張有才更是吃驚，壓低聲音說：「又是那個……鬼救駕嗎？」

「不用管他，去看看蔡興海。」韓孺子越發確信暗中相助者必是孟娥，卻不明白她為何隱而不現。

兩人轉身往回跑，韓孺子初時還能感到陣陣酥麻，跑出十幾步之後，身體便恢復正常。

蔡興海身強體壯，吐了一口血，卻沒有死，正一瘸一拐地迎向皇帝，一見面就要跪下請罪，韓孺子扶住他，「快點離開這裡。」

張有才扶住蔡興海另一條胳膊，三人向東行走，蔡興海幾度想要勸說皇帝拋下自己，可皇帝只是催他快走。

岔路越來越多，蔡興海只知道太廟大致的方位，不認得具體路徑，為了躲避追兵，頻繁地拐彎，心裡越來越急。

不知道拐到第幾個彎的時候，三人迎面撞上一隊巡城宿衛。

內宮正鬧得天翻地覆，外面卻維持著表面上的平靜，一切規矩都沒有改變，該巡視還是得巡視，韓孺子遇

見的就是這樣一支隊伍。

皇帝等人吃驚，對方則是大吃一驚，這片區域即使在白天也很少有人，深夜裡突然出現三個大活人，實在是匪夷所思。

「什麼人？」一人喝問，十幾名士兵呼啦散開，將手中長槍對準「闖宮者」。

蔡興海卻很高興，只要不是那些刀客，事情就好辦多了，馬上道：「放下兵器，我們是宮裡的人。」

蔡興海還算鎮定，沒有立刻說出「皇帝」兩字。

士兵們疑惑不解，雖然沒有收回兵器，卻也沒有立刻攻上來。

「你們是誰？宮裡的人怎麼跑到外面來了？不知道入夜宵禁嗎？」帶頭的軍官說道。

「別問那麼多，立刻帶我們去見值宿的主管。」蔡興海嚴厲地說。

士兵們越來越拿不準，雖然天黑，他們還是能認出兩名太監的服飾，至於另一人的裝扮就看不清了，既然扶著胖大太監，想必也是宮裡的小太監。

軍官扭頭對一名士兵說：「點燈。」

皇宮禁衛巡查的時候通常不點燈，但是都帶著燈籠和火石，隨時能點燃照明。

「不准點！」蔡興海喝道，不想讓一群普通士兵認出皇帝。

太監的身份加上居高臨下的語氣，將對面的士兵鎮住了，軍官抬手示意屬下暫不點燈，「好吧，跟我去見新任中郎將大人。」

韓孺子聞言一驚，「是俊陽侯花繽嗎？」

「好大膽，竟然敢直呼大人名諱，你、你是什麼人？」軍官底氣漸消，越來越拿不準這三人的來歷了。

蔡興海也是一驚，花府的桂月華剛剛劫持過皇帝，去見俊陽侯無異於自投羅網，「值宿的副將是誰？先帶我們去見他。」

「宮門郎劉昆升劉大人離此不遠，要不然先去見他？」軍官連語氣都軟了下來，反正他也沒資格直接去見中郎將，不如將這三人送給宮門郎。

「好。」韓孺子同意，參與皇太妃等人謀反計畫的大臣只是少數，只要見到一名忠臣，事情就好辦多了。

士兵們調轉方向，將三名「太監」護在中間，帶他們去見上司，蔡興海稍稍鬆了口氣，張有才頻頻出列向後觀望，總怕刀客再追上來。

宮門郎不是什麼大官，責任卻很重，管理的區域出一點小錯也是重罪，劉昆升早就心神不寧，覺得白天時中郎將更換得過於蹊蹺，一聽說東宮附近莫名出現三名太監，不由得大驚，立刻出屋查看。

他一眼就看到了那名不同尋常的少年。

守衛皇宮的普通士兵可能一輩子也見不到皇帝和嬪妃，劉昆升見過幾次，那還是武帝和桓帝在位期間，所以他不認得當今天子，卻能在黑夜中準確認出皇帝的服飾。

「你……」劉昆升五十多歲了，身體不是很好，連驚帶嚇，一下子坐倒在地上。

蔡興海不顧腳疼，幾步上前，扶起劉昆升，低聲道：「進去說話。」

劉昆升連連點頭，請三名「太監」進屋，對護送的士兵嚴厲地說：「留在這裡，誰也不准走。」

眾人聽令，卻免不了竊竊私語，最後一致得出結論：無人居住的東宮又鬧鬼了。

值宿的房間裡還有幾個人，都被劉昆升攆出去，然後轉身仔細觀瞧，片刻後心中再無懷疑，跪下磕頭，「卑職劉昆升叩見陛下。」

屋子裡很簡陋，只有一張床和幾張凳子，桌上點著油燈，韓孺子沒有坐，雙手抱著太祖寶劍，對劉昆升說：「朕要出宮，你能幫忙嗎？」

劉昆升抬起頭，「這個……陛下出宮可是大事，卑職、卑職做不得主……」

「難道皇帝不能做主嗎？」韓孺子心中著急，臉上卻不顯露，「俊陽侯謀反，他的聖旨是假的，根本沒資格擔任中郎將。」

劉昆升早有預感，但聽到皇帝親口說出事實還是大吃一驚，尋思一會，問道：「陛下出宮是要見誰嗎？」

「朕要見外面的大臣。」韓孺子想找的是宰相殷無害，但是沒有說出來。

「宮中發生意外了？」

「太后被奸賊劫持，朕要匯集群臣前去營救。」韓孺子知道許多大臣忠於太后。

劉昆升將心一橫，說：「既然如此，不用去找外面的大臣，陛下既已出宮，可以親自免除俊陽侯花繽的官職，陛下一呼，內外宿衛誰敢不從命？」

韓孺子覺得這也是一個辦法，正在考慮，外面有士兵高聲通報：「花將軍到！」

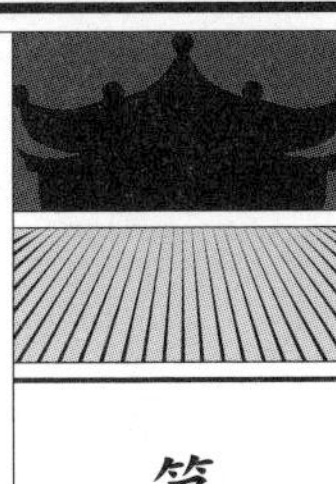

第六十一章　俊侯

俊陽侯花續說到就到，屋子裡的人都是一驚，蔡興海和張有才守在皇帝身前，宮門郎劉昆升握住刀柄，稍一猶豫，轉身面朝門口，與兩名太監並肩而站。

韓孺子在這一天裡遭遇了太多的危險，面對意外，他已經沒辦法再遵守任何人的建議行事，信任與懷疑、自私與無私……這都是遙遠的紙上談兵，他必須在極短的時間內做出判斷，並且當機立斷。

韓孺子向前一步，拍拍宮門郎的肩膀，示意對方轉身，然後將太祖寶劍塞到他手中，說：「花續已有準備，奪權之計不可行。劉昆升，朕命你即刻出宮，將太祖留下的寶劍交給識劍的大臣，命他們立刻進宮誅滅逆賊……」

外面的腳步聲越來越近，來的人似乎不少，韓孺子再不猶豫，猛地一推劉昆升，大叫道：「大膽，你敢弒君？救駕，快來人救駕！」

劉昆升接劍時就沒明白過來是怎麼回事，被皇帝一推，更是糊塗了，向後退了兩步。

張有才雖然聰明，這時卻不明所以，蔡興海反應快，舉起短刀，用刀背砍向劉昆升，「混帳東西，你連陛下也認不出來嗎？居然敢說他是假的！」

劉昆升終於醒悟，將寶劍豎著插入腰帶裡，算是稍稍隱藏一下，然後拔出刀，厲聲道：「大楚皇帝安穩住在內宮，你們三個太監竟敢冒充天子，真是膽大包天，來人，快來人啊！」

門開了，劉昆升跌跌撞撞地往後退，雙手亂舞，手裡的刀像風車一樣旋轉。

「嘿，小心點！」有人喝道，接住劉昆升，將他推到一邊去。

劉昆升借勢摔倒，將寶劍壓在身下。

十名宿衛進屋，個個刀劍出鞘，最後一個進來的正是俊陽侯花繽。

韓孺子曾在勤政殿的寶座上特意觀察過俊陽侯，認得那張美髯垂胸的面孔，盯著他，伸開雙臂將蔡興海和張有才攔在身後。

花繽身軀偉岸，在一群宿衛將士當中也顯得頗為高大，與皇帝對視片刻，冷冷地說：「這不是皇帝，將他們都帶走。」

將士聽命，慢慢走向被困的三人。

蔡興海握刀躍躍欲試，韓孺子卻示意他放下刀，向花繽道：「外戚難長久，花家是個例外，花侯何必以身犯險？」

「別讓我堵住你的嘴。」花繽的聲音更加冰冷。

韓孺子嘆息一聲，對蔡興海說：「算了。」

蔡興海猶豫了一會才將短刀扔在地上。

宿衛將士上前，刀劍指向三人，只需一聲令下，登基才幾個月的皇帝就要死在這裡。

花繽道：「這三人是宮裡的太監，先關進值宿房，明早送回，由執事者處置。」

花繽扭頭看向倒地的宮門郎劉昆升。

「花將軍，是我抓住……這三個人的……哎呦。」劉昆升假裝受傷。

花繽剛上任半天，還沒有完全掌握宿衛軍，不願多生事端，猶豫了一下，說：「很好，你立功了，我會記上的。」

「將軍剛一到任就抓住逆賊，卑職只是奉命行事、盡職盡責而已。將軍，需要卑職跟去嗎？卑職可以幫忙指證……」

「不用。」花繽立刻否決這個要求，「冒充天子，一看便知，用不著指證，你留下好好休息，明日去主簿處記功。」

「是，將軍，將軍慢走，屬下……哎呦。」劉昆升又呼了一聲痛。

花繽剛一轉身，又停下腳步問道：「只有這三人，沒有第四人嗎？」

劉昆升這回是真不知道，愕然道：「卑職沒見著，馬上派人去查。」

「不必，我只是隨口一問，用不著無事生非。」

花繽等人離去，劉昆升在地上多躺了一會才爬起來，將腰刀入鞘，與寶劍重疊放置，走到門口，見到自己手下的士兵都站在外面，不知所措，冒充皇帝這種事他們聽都沒聽說過，都覺得匪夷所思。

劉昆升一瘸一拐地走出來，皺眉道：「胖太監勁道真大，你們接著巡視吧。」

士兵們領命離去，劉昆升原地轉了兩圈，捂著肋下，對佐官說：「不行，我的肋骨好像折了。」

「我去找御醫。」

「御醫是給咱們看病的嗎？再說這大半夜的，誰肯來？我要回家，同街的冷先生跟我很熟，能幫我接骨。」

佐官一驚，「劉大人，現在是夜裡，宮門不能開。」

「不用開宮門，打開便門就行，哎呀，我的骨頭……」劉昆升面露痛苦之色，揮手道：「快去領鑰匙，就說外面有響動，我要查看一下。」

佐官沒辦法，只好去找掌門令。

掌門令是名太監，離這裡不遠，沒一會工夫親自趕來，嚴肅地說：「劉大人，你不是不懂規矩，除非有宮裡的旨意，咱們就算死在這裡，也不能隨便開門。」

劉昆升上前一步，低聲說：「若是死在賊人之手，我也算是忠臣，斷了肋骨疼死在這裡，豈不讓人笑話？公公聽說了吧，剛才抓起三名太監，說是從宮裡偷跑出來的，其中一個人竟然還假冒當今聖上……」

若在平時，就算是中郎將下令，也要不來開門鑰匙，劉昆升沒有別的辦法，只能冒險一試，若是出不得門，他也只能對不起皇帝了。

今晚情形特別，掌門令猶豫再三，抬高聲音說：「劉大人，是你自己要出去的，我看你受傷頗重，便破一次例……」

劉昆升連連點頭。

劉昆升從便門出宮，也不敢騎馬，步行前進，心裡越琢磨越發現事情難辦，他只是一小小的武官，到哪才能找到一位認得太祖寶劍的大臣？而且這東西真能代替聖旨嗎？

可他已經沒有退路，只得加快腳步，闖進茫茫黑夜。

宿衛中郎將自有值宿之處，是一座依牆而建的三層樓，一樓存放物品，三樓瞭望，二樓是休息和處理事務的地方，此刻，二樓只有兩個人。

韓孺子坐在唯一的椅子上，花續對面站立，他的年紀應該不小了，穿著全套甲衣仍顯得威風凜凜。

好一會沒人開口，最後是花續說話，「陛下深居內宮，居然能找到高手相助，佩服佩服。」

「你認我是陛下了？」

花續重重地嘆了口氣，「我不當陛下是孩子，也請陛下不要當我是傻瓜，救你的人是誰？叫出來吧。」

韓孺子盯著花續看了一會，「我還是不能理解，花家為什麼要做這種事？你追隨的究竟是誰？崔家、東海王，還是淳于梟？」

花續似乎不願回答問題，垂下目光，再抬起時還是開口了，「陛下想知道我效忠於誰？」

「嗯。」

「恐怕陛下理解不了。」

「你剛說過不當我是小孩子。」

「等我做過解釋之後，陛下願意告訴我那位高手是誰嗎？」

「好。」

花繽背負雙手，來回踱了幾步，停下說道：「花家在和帝時封侯，到我是第三代，在外戚家族中算是長久的，可花家從來沒有權傾朝野，跟崔家比不了，跟正在興起的上官家也比不了。當然，沒有意外的話，花家將看到這兩家衰落，與前代的外戚一個下場。」

「這麼說，你並非為權，也不是效忠崔家和東海王。」

「當然不是，花家雖無權勢，卻還有一股傲氣，不會向崔家低頭。」

「那就是淳于梟了？」

「淳于梟是名江湖騙子，常年遊說諸侯。能封王的韓氏子孫，誰沒有一點當皇帝的野心？淳于梟就靠著他們的野心生活。可這些野心都不長久，一旦發現困難太多，諸侯通常也就心灰意冷，淳于梟於是改換名姓，再去攛掇下一位諸侯。花家怎麼可能向這種人效忠？」

韓孺子這回真是想不透了，「那你……是要報私仇嗎？」

「陛下猜到一點。陛下對花家瞭解多少？」

「我只知道……」韓孺子搖搖頭，他瞭解的那點事花繽剛剛說過：和帝時的外戚，封侯三代。

「花家以俠聞名天下，『俊侯醜王布衣譚，名揚天下不虛傳』，俊侯就是花家，排在最前。」

韓孺子忍住沒問「醜王」和「布衣譚」是誰，「令公子花虎王曾經仗義助我。」

「那不算俠義之舉，我兒子只是配合東海王演戲而已。花家的俠名在和帝時就有了，和帝不肯給予花家直接的權勢，卻給予我們求情的權力，無論是誰、無論多大罪過，只要花家開口，至少能免去死罪。當然，花家也有分寸，從不為謀逆者求情。」

韓孺子嗯了一聲，沒明白花家的怨氣從何而來。

「武帝繼位，花家的特權得以保留，大概堅持了二十年吧，等我襲承俊陽侯的時候，這項特權沒那麼好用了。後來武帝決定清除天下豪傑，許多英雄好漢向我求助，我盡量滿足，幾次闖進皇宮與武帝理論，那的確讓花家的俠名更加響亮，可是我能保住的人寥寥無幾。『俊侯醜王布衣譚』，俊陽侯的俠名已經是虛傳了。」

韓孺子越聽越困惑，「你為……江湖好漢報仇？可武帝已經駕崩好幾年了。」

花續臉上突現怒容，厲聲道：「我為自己報仇、為花家的俠名報仇，不管誰成誰敗、誰當皇帝，我要讓天下人知道，俊陽侯絕非貪生怕死之輩，承諾過的事情一定會做到！」

「你承諾了什麼？」

「為那些被武帝殺死的豪傑正名。」花續雙手拍了三下，從外面走進三個人，其中一位是鬼手桂月華，右臂纏著布條，隱約有血跡滲出。

「請陛下遵守承諾，向我說實話吧。」

韓孺子搖搖頭，「抱歉，我對那個人的承諾在先，一個字也不能洩露。不過我可以頒布一道聖旨，為武帝以來被殺死的豪傑正名。」

韓孺子不知道皇帝的承諾是否還有用，他只希望能堅持到天亮，希望剛剛認識的宮門郎能夠不負所托。

大臣們向皇帝效忠的「慣例」，成了他唯一的指望。

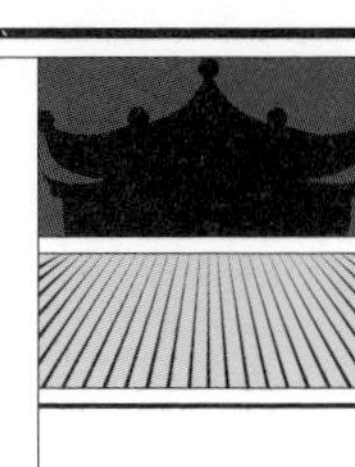

第六十二章 夜色籠罩

皇帝做出承諾，要為無辜被殺的豪傑正名，花繽哼了一聲，「陛下對江湖一無所知，更不知『俠名』為何物，談什麼正名？」

花繽看了看桂月華等人，「天亮時若是還不能引來那位高手——就不必等了。」

俊陽侯匆匆下樓，三名江湖人冷冷地盯著皇帝。

韓孺子毫不退卻，在三人臉上一一掃過，對桂月華說：「你明明有幫手，那之前為什麼非要一個人去抓我呢？」

桂月華臉色一沉，沒有回答。

「你珍惜臉面，不肯以多敵一，就像俊陽侯珍惜俠名一樣。」韓孺子自問自答，覺得江湖人很難理解，轉念一想，江湖人求名、朝堂大臣求權，頗有幾分相似之處，「可你戰敗了，豈不是更丟臉面。」

桂月華白淨的臉上幾乎要沉出水來，「敗給偷襲並不丟人。」

「可你受傷之後還是找來了幫手，說明你不那麼自信了，如果那個人現在光明正大地站出來，你會同意單打獨鬥嗎？」

「當然。」

「那你要是打敗了呢？這兩位會車輪戰嗎？你們會放我走嗎？」韓孺子的疑問一個接著一個。

桂月華快要控制不住心中的怒火了，「桂某縱然學藝不精，也不會害怕一個女人，她若敢出來，我願與她一對一公平比武，要是我輸了……」桂月華不能承諾釋放皇帝，抬高聲音說：「今天就死在這裡！」

韓孺子搖搖頭，「我只是對江湖規矩感興趣而已，那個人神出鬼沒，大概不會現身的，就算你們等到天亮也沒用。」

一名大漢上前，站到皇帝面前，兩只牛眼死盯著皇帝，「你這個昏君倒是伶牙俐齒，或許我們不用等到天亮，現在就動手，看看那個偷襲者敢不敢出來。」

韓孺子的眼睛都乾澀了，也不肯眨一下，「真是奇怪，你們為什麼總說我是昏君？我連……」

「你想說自己只是傀儡嗎？」大漢不屑地往地上啐了一口，「齊王叛亂，抓捕參與者也就算了，為什麼要連坐他們的親友？這些人根本不是叛亂者，他們甚至夾道歡迎朝廷的軍隊。」

「那不是我的旨意。」

「將這些人的女眷收入後宮，也不是你的旨意？」

韓孺子驚訝地說：「我連聽都沒聽說過，後宮……我才十三歲！」

大漢哈哈大笑，「昏君就是昏君，跟年齡沒關係。」

韓孺子還想爭辯，突然想起皇太妃說過的話，太后為了日後廢帝方便，替皇帝製造了不少劣跡，這些劣跡恐怕不都是記在內起居注裡，也有一些實實在在地發生了。

他有點理解羅煥章等人的憤怒了，帝王的「家務事」影響到的可不只是家裡人，還有許許多多無關的平頭百姓。

他垂下目光，低聲道：「那些事情不是我做的，可我的確是『昏君』，因為我頂著皇帝的稱號，卻沒有擔起皇帝該負的責任。」

大漢根本不相信皇帝的話，重重地哼了一聲。

另一名江湖客開口道：「俊陽侯將這麼重要的任務交托給咱們，不是為了跟皇帝聊天，少說幾句，等殺死那名女高手再說。桂教頭，真的只是一個女人嗎？」

桂月華惱怒地嗯了一聲。

韓孺子向窗外望去，漫漫長夜不知何時才能結束。

大漢以為皇帝看到了什麼，幾步跑到窗前，只見夜色籠罩中的皇城巋然不動，哪有半個人影？

宮門郎劉昆升奔跑在寂靜的街道上，滿頭大汗，早晨起床的時候，他絕未想到老上司會被莫名其妙地奪印，更想不到自己能見到皇帝並接受密令，抱著據說是太祖留下的寶劍，滿城尋找可信的大臣。

他已經兩次撞上巡城兵丁了，每次都擺出宿衛軍官的架子，才免於被捉，可是這樣毫無目的地跑下去終歸不是辦法。

劉昆升終於想到一個人，於是不顧疲勞跑進一條幽深的巷子。

安靜的夜裡突然響起咚咚的敲門聲，誰家攤上這種事都會感到驚恐，可敲門人遲遲不肯放棄，宅內只好出來人詢問。

「誰？」聲音膽怯而無奈，像是被迫出來的。

「我是宮裡的人，來找郭先生。」劉昆升說，只聽門內砰的一聲，似乎有人摔倒，劉昆升急忙補充道：「不是抓人，是有要事相商。」

良久之後，院門稍稍打開，前國子監祭酒、前太子少傅、前禮部祠祭司郎中，曾向皇帝講授過《詩經》的老先生郭叢站在門內，十分警惕地打量來客：「我不認得你，你是……你是宿衛軍官，怎麼會來找我？你一個人？」

「我叫劉昆升，是一名宮門郎，家就住在附近，我二哥鄰居家的張文古曾經受教於郭先生門下，對您讚不絕口……」

郭叢聽糊塗了，但是知道並非抓人，心中稍安，又打開一點門，「停停，你就說為什麼來找我吧。」

劉昆升向門內瞧了一眼，看到一名老僕哆哆嗦嗦地站在主人身後，於是低聲道：「事情不小。」

郭叢嗯了一聲，「我老了，管不了大事。」說罷就要關門。

劉昆升急忙取出腰間寶劍遞過去，「郭先生認得此劍嗎？」

郭叢老眼昏花，側身讓老僕將燈籠遞過來些，接過寶劍送到眼前仔細看了一會，突然臉色一變，「此劍怎會在你手中？」

劉昆升長舒一口氣，「我猜郭先生曾在禮部任職，應該認得此劍，我是……」

「等等。」郭叢揮手示意老僕回院中去，然後伸手將劉昆升拉進來，關上門，另一隻手緊緊握著寶劍，低聲道：「可以說了。」

劉昆升幾句話就說完了，「宮裡有逆賊將太后劫持，陛下逃出內宮，將寶劍托付與我，命我尋找認得此劍的大臣，可我沒處找，就想起了郭先生……」

「陛下人呢？」

「被新任中郎將花繽抓走了，花繽白天的時候拿假聖旨奪走了官印。」

「陛下不喜讀書，當初我就知道……」郭叢皺眉想了一會，「走，我帶你去見一個人。」

劉昆升大喜，「他認得此劍？」

「認得此劍又能號令群臣的人只有一個，宰相殷無害，據說他逃出勤政殿躲了起來。」

「郭先生知道殷宰相在哪？」

「我不知道，但是國子監生員當中總有人知道。」

兩人出門，一個七八十歲，一個年過五旬，卻都懷著少年人才有的興奮，闖入茫茫黑夜。

城外，還有一個人凝望著同一片黑夜。

楊奉整整兩晚沒怎麼睡覺了，一直在騎馬奔馳，每至一處驛站就換一批馬，如此馬不停蹄，終於在後半夜望見了京城巍峨的城牆。

崔宏與接頭人約在城外的一家客店相見，他帶走了大部分衛士和所有太監隨從，杜摸天爺孫也跟去了，只有受傷的鐵頭胡三兒和兩名衛士留在中常侍身邊，騎在馬上，遠遠地望著客店。

崔宏若是發現自己被淳于梟欺騙，出來之後就會與楊奉聯手，若是覺得一切順利，在店門口一揮手，兩名鐵甲衛士將會砍掉中常侍的腦袋。

楊奉必須冒這個險，還必須給予崔宏自由選擇的餘地，唯有如此才可能取得太傅的信任。

他還不知道宮裡發生的變故，只知道淳于梟的野心很大，不會扶持任何一名韓氏子孫為皇帝。

肩頭受傷，加上長途奔襲，鐵頭胡三兒萎靡不振，卻不肯輸給一名太監，努力睜大雙眼，說：「趙千金是個講義氣的好漢，都是江湖上的朋友，難道都求到自己頭上了，也不幫忙嗎？就算他收藏欽犯，你也不應該殺死他。」

楊奉沒理他。

「一看你就不懂江湖規矩，找一位知名的大俠，客氣點請他幫忙，大俠肯定能讓趙千金乖乖交出欽犯，一個人也不用死。」

楊奉扭頭冷冷地掃了黑大個一眼，「江湖規矩就是討價還價、就是和稀泥，我今天要欽犯，你們明天給，我要淳于梟，你們給我一名他的弟子……別以為我不懂，想活得自在，按規矩來，要想做大事，就得打破規矩。」

「你、你這個太監……」胡三兒憤怒不已，連倦意都沒了，卻一時找不出合適的話來反駁。

店門打開，一群人從裡面走出來，當先者正是太傅崔宏。

崔宏沒有舉手示意，而是翻身上馬，很快馳到楊奉面前，臉色陰沉，「淳于梟沒來。」

楊奉大失所望，「他很狡猾。」

「他派來三個人，拿著一張聖旨，那張聖旨本應是虛張聲勢，他們卻拿出來真要將我免職，若非楊公提醒，我可能就會死在裡面，北地大軍也將落入奸人之手。」崔宏一陣後怕，他之前完全相信淳于梟，進客店不會有防備，區區三個人就能將他刺殺。

「淳于梟人呢，問到了嗎？」楊奉只關心這件事。

「他去了懷陵，據說他被宮裡的幾名侍衛盯上了，要將這些人引入埋伏一舉殲滅。」

「淳于梟帶著多少人？」

「不到十個人，不過都是江湖上的高手。」

「懷陵離京城不遠，那裡駐紮著一支軍隊，咱們現在出發，天黑前就能圍住淳于梟。」

崔宏嘆了口氣，「我不能陪楊公去了，我得即刻進城，阻止崔家人稀裡糊塗地幫助淳于梟，我帶來的這些衛士雖然不是頂尖高手，但也堪一用，請楊公帶去吧。」

楊奉有點猶豫，可他太想抓住淳于梟了，「好吧，崔太傅明白就好。」

崔宏又嘆了口氣，「我現在只有一個願望，盡可能保住崔家，不要給淳于梟陪葬。」

楊奉給崔宏留下兩名衛士和兩名隨從，帶著其他人直奔懷陵。

天邊微亮，楊奉馳出了七八里，突然勒住韁繩，調轉馬頭望向京城，神情劇變，「我上當了！」

楊奉發現自己犯下了嚴重錯誤，他本想讓崔宏回城阻止崔家叛亂，可崔宏很可能沒有進城，而是去南軍奪取大司馬之印。

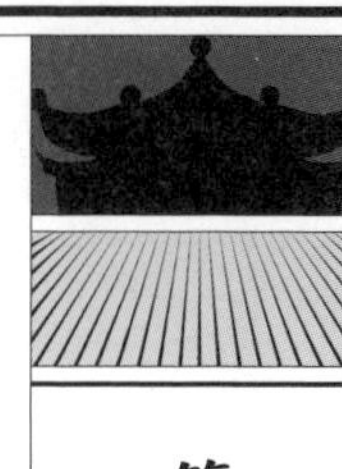

第六十三章 回宮

東方泛白，桂月華從窗口轉身，「不用等了。」

另外兩名江湖客互相看了一眼，同時點頭，三人走到皇帝面前，桂月華手持匕首，另兩人的兵器是皇宮侍衛常用的腰刀。

「在下鬼手桂月華。」

「在下蒼鷹柳遲行。」

「在下撞倒山柯永。」

「今日……」三人一塊開口，並非向皇帝說話，只是說給自己聽。

「等等。」韓孺子真的害怕了，這三名江湖客跟宮裡的人不一樣，似乎真敢對皇帝下狠手。

三人看著皇帝，眼中沒有絲毫猶豫或憐憫。

「叫花繽來，我有話對他說。」韓孺子不知道要說什麼，只想拖延時間。

桂月華道：「花侯爺已經走了，有話對我說，沒話……請走好。」

「走了？」韓孺子很意外。

「子夜之前宮裡沒有傳出消息，花侯爺就會離開。」桂月華頓了頓，「所以陛下應該明白，我們已經是孤注一擲。」

「廢話幹嘛？手起刀落，就這麼簡單。」自稱叫柯永的大漢性子最急，舉起手中的刀，卻沒有落下。

「別急，早就說好了，咱們三個一塊動手。」另一個名叫柳遲行的江湖客說，伸手將柯永的刀壓下去，「再怎麼著他也是皇帝，應該讓他死得明白。」

韓孺子的心繃得更緊了，忍不住向門口、窗口各望了一眼，孟娥若是再不現身幫忙，他可能真要成為死皇帝了。

柯永哼了一聲，「浪費工夫。」嘴上這麼說，手中的刀還是垂下，轉身到處轉悠，防備有人突然闖進來。

桂月華繼續道：「長話短說，三十年前，武帝聽信讒言，屠殺天下豪傑數千人，近十萬人受到株連，背井離鄉，遷徙到邊塞，途中死傷無數。我們三個都有父兄死於那場劫難，於是從小立志復仇，今日終於能夠得償所願。」

韓孺子的身體向後微仰，「冤有頭債有主，三十年前我還沒出生呢，你們應該……早點報仇。」

「嘿，陛下想說我們欺軟怕硬，不敢對武帝動手吧？」

韓孺子猶豫著點點頭，這的確是他的想法。

「武帝是為你而屠殺天下豪傑的。」

「我？」韓孺子沒法相信這種話。

「沒錯，武帝見諸子軟弱，怕他死後江山不保，所以搶先下手，下令各方記錄豪傑姓名，三中選一，不問罪過，一律以謀逆之罪斬殺。我們不向武帝報仇，是因為時機不到。淳于梟在外勸說諸侯起事，我們留在京師接受花侯爺的庇護，蒼天有眼，終於等到了這一天，齊王雖然戰敗，京城卻取得成功。」

桂月華顯得有些激動，停頓一會，繼續道：「我們原打算讓淳于梟先當國師後稱帝，他是江湖人，沒有子孫之憂，能與豪傑共治天下。可是宮內遲遲沒有傳出消息，南軍也沒有進城，事情怕是不成了。花侯爺可以走，我們不會，殺死你之後，我們會進宮，見一個殺一個，直到自己也被殺死。」

韓孺子無處可逃，不由得又向頭頂看了一眼，以為孟娥會躲在那裡，結果一無所見，「你們……沒必要著急，羅煥章劫持太后，還是有可能讓淳于梟當國師的。」

桂月華搖頭，「羅煥章是個好人，也算是半個江湖人，可我們只是互相利用而已，他把江湖好漢當走狗，我們其實是透過他騙崔家入伙而已，天就要亮了，步蘅如在宮裡沒準已經動手，我們這就要與他匯合。」

桂月華向身邊的柳遲行點下頭，表示自己說完了，柳遲行也要說兩句：「皇帝殺豪傑，豪傑殺皇帝，你只是運氣不好，前幾位皇帝死得早，讓你趕上了。柯永，來吧，咱們三個一塊動手弒君！」

韓孺子搜腸刮肚，可對方殺他的理由太荒誕，反而無從辯駁，「殺了我也沒有用，韓氏子孫眾多，很快就能選出一位新皇帝……」

「那不重要。」桂月華將匕首抵在皇帝的胸膛上，「武帝殺豪傑，三中選一，是為了震懾天下，我們殺皇帝，三刃並舉，也是為了告訴全天下，豪傑沒有屈服，韓氏能奪得江山，也會失去江山！」

柯永轉身，大步走來，他早已等不及，手中的刀高高舉起，突然停下，「樓下來人了。」

三人圍住皇帝，兩刀一匕首分別抵在要害之處，就算是有高手從天而降，也來不及搭救。

韓孺子連大氣都不敢喘，死死盯住門口。

「太好了，你們還沒動手。」來的人是步蘅如，站在門口擦擦額上的汗水，「太后服軟了，待會就要去勤政殿召見群臣，以天災為名徵集天下的道術之士，不出十天，淳于梟就會當上國師。咱們成功了，皇帝暫時有用，把他送回宮裡吧。」

太后竟然會屈服，韓孺子很意外，可是也大大地鬆了口氣，即使是一名傀儡，即使早晚會被廢掉甚至被殺死，也不可能坦然面對近在眼前的死亡。

準備弒君的三人神情各異，桂月華第一個收起匕首，「那就好，得通知花侯爺，讓他盡快返京。」

撞倒山柯永卻大失所望，恨恨地收刀，突然又揮起，從皇帝頭頂掠過，「便宜他了，殺皇帝是多大的壯舉啊，可惜了。」

只有蒼鷹柳遲行沒有收刀，疑惑地扭頭問道：「成了，這麼容易？」

步蘅如不悅，「容易？你知道在皇宮裡有多危險？太后十分頑固，羅煥章怎麼都勸不服她，後來還是皇太妃……算了，跟你們說這些做甚，帶上皇帝跟我進宮。」

步蘅如轉身下樓，柳遲行果然做什麼都要遲一步，緩緩收回手中的刀，對另兩人說：「謹慎一點比較好。」

桂月華不以為然地搖搖頭，以為步蘅如值得相信，對皇帝說：「請陛下起駕回宮。」

韓孺子深感失望，他好不容易才跑回來，沒想到又要回去，「我的兩名侍者呢？」

「陛下還是先想著自己吧。」桂月華不客氣地伸手去拽皇帝。

韓孺子避開，自己站起來，「你們根本不是在報三十年前的舊仇，而是一群險中求富貴的賭徒。」

桂月華冷笑一聲，「當初的大楚太祖不也是賭徒一名？他贏了，我們也贏了，走吧，你好歹還當了幾天皇帝，韓氏的其他子孫都沒機會了。」

韓孺子向門口走去，柳遲行搶先一步，衝樓下喊道：「步先生，還有一名高手……」

這時，上方突然射下一枝箭，正中柳遲行的頭頂，他的反應這回夠快，聲音戛然而止，撲通跪在地上，再也不動了。

韓孺子緊隨其後，相距不到三步，被眼前的場景驚得呆住了。在他身後，桂月華和柯永更是大驚失色，隨後做出截然不同的選擇，桂月華轉身向窗口跑去，他站在那裡觀察過很久，覺得有機會逃出皇宮，柯永卻直撲皇帝，揮刀砍去。

韓孺子看不到身後的威脅，自然也就無從躲避，門外突然衝進來一人，攔腰撲倒皇帝，與此同時舉刀格擋，鐺的一聲脆響，火星飛濺，柯永大怒，雙手握刀，砍下第二刀。

門外衝進更多人，五六柄刀同時向柯永身上招呼，柯永大吼大叫著迎戰，終究寡不敵眾，三四招後，身上連被數創，被迫連連後退，七步之後心口中刀，吐出一大口鮮血，倒下了。

「有一個跑了，快追。」「先救駕。」

眾人七嘴八舌，韓孺子完全懵住了，呆呆地被人拉起來，呆呆地向門外走去，幾步之後才稍微清醒一點，扭頭看去，發現剛才將他救下的正是孟娥，她好像受了傷，肩上有血跡。韓孺子正要開口，卻被侍衛們簇擁著出門，走過跪在那裡的柳遲行，快步下樓。

樓下聚集著更多的皇宮侍衛，紛紛讓開，小聲向外傳信：「陛下無恙。」

韓孺子茫然地邁步行走，他想過很多種得救的場景，奇蹟真發生的時候，卻又感到難以置信，他隱約瞥見侍衛們的腳邊躺著幾具屍體，沒等看清，就被擁出值宿樓。

大量的侍衛和士兵從各個方向跑來，步蘅如則是站在門口，一看見皇帝就跪下了，「是我救了陛下，是我……」

一群太監跑來，從侍衛手中接過皇帝，幾乎將他抬起，送到一輛小小的馬車上，韓孺子在太監們中間看到了中司監景耀，吃驚地說：「你怎麼……」

「陛下請速速回宮。」景耀將皇帝推進車廂，放下簾子。

馬車得得前進，韓孺子慢慢回過味來，羅煥章等人的宮變失敗了。

馬車停止，韓孺子又回到熟悉的內宮區域，前方就是太后的慈順宮，門前站著大量侍衛，他心裡卻說不清是高興還是失望。

景耀走過來，低聲說：「請陛下進宮，太后正等著陛下呢。」

韓孺子沒動，「那兩名太監，蔡興海和張有才，救回來了嗎？」

「他們兩人沒事，陛下很快就能見到。」

「到底發生什麼了？」

「還是讓太后跟陛下說吧。」

韓孺子走進慈順宮，院裡的人不多，只有幾名太監和宮女，一見到皇帝紛紛下跪。

正房裡的人倒是不少，有些擁擠，太后還坐在原來的位置上，似乎從來沒有動過，王美人陪侍身邊，數名侍衛立於兩旁，數步之外，皇太妃和羅煥章立而不跪。

屋裡還有十餘名大臣，有宰相殷無害，還有兵馬大都督韓星，太祖寶劍就被抱在後者懷中。

「好了。」太后開口，神情冷酷，「陛下已到，可以處置謀逆者了。」

第六十四章 無人相信的真相

「整整一天。」宰相殷無害感嘆一聲，「令太后和陛下受驚，臣等死罪。」

「眾卿無罪，眾卿護駕有功。」太后的這句話決定了一切，十餘名大臣一塊行禮謝恩。

韓孺子被送到太后身邊坐下，他扭頭看了一眼母親，王美人衝兒子微點下頭，表示一切安好。

韓孺子的心卻沒法全平靜下來，太后正要說話，他搶先開口：「誰能告訴朕究竟發生了什麼？」

宰相殷無害從太后那裡得到暗示，向皇帝微笑道：「昨日，皇太妃矯詔進入勤政殿聽政，老臣僥倖逃出……」

「這些事情朕都瞭解，朕想知道昨天晚上的事情。」

殷無害又看了一眼太后，「昨日晚間，宮門郎劉昆升與前國子監祭酒郭叢，找到老臣，出示太祖寶劍，老臣立刻帶二人去見韓大都督，群臣當中唯有他最認得此劍。」

接下來的事情就簡單了，兵馬大都督手下並無兵馬，卻有調兵信符，但是沒有兵部的公文，單獨的信符沒有用，韓星調不動正式的軍隊，於是持寶劍和信符，前往大理寺、刑部和京兆尹衙門，調集三處的官兵。

這三個衙門的官員是「廣華群虎」的主力，對太后尤為忠誠，可是缺少上方旨意，不敢妄動，太祖寶劍給了他們急需的一道「旨意」，於是打破慣例，派出置中官兵追隨韓星和殷無害。

兩位大臣率領數百名將士直接攻入內宮，事情比預想得要容易，新任中郎將花縯半夜逃亡，宿衛群龍無首，早已人心惶惶，只是不敢輕舉妄動，一見到宰相和兵馬大都督，立刻開門，與兩位大人一同闖入內宮。

混進皇宮的少量刀客寡不敵眾，照面不久就被殲滅，幾名刀客退至慈順宮，想要殺死太后等人再做拚死一搏，卻被羅煥章阻止，眼前大事已敗，他選擇了投降。

落網之後的步蘅如與此前判若兩人，面對官兵磕頭求饒，很快就被羅煥章說服，自願做內應去救皇帝。

韓孺子問道：「宮門郎劉昆升沒說寶劍從何而來嗎？」

「說了，寶劍是太后派人暗中送給他的，這的確是奇功一件。」殷無害答道。

「咦？」韓孺子簡直不敢相信自己的耳朵，他冒著重重危險、犧牲了三名太監，才將寶劍帶出內宮交給劉昆升，功勞居然就這麼被抹殺得乾乾淨淨，正要說話，先扭頭看了一眼母親，看過之後，他閉嘴了。

王美人瞇起雙眼，正用極嚴肅的神情警告兒子不要亂說話。

韓孺子相信母親，於是點點頭，「原來如此，朕……沒什麼疑問了。」

宰相殷無害躬身退回同僚隊列中去，太后對羅煥章說：「羅師一生講仁義，卻行此不仁不義之事，可還有話說？」

羅煥章搖頭，神情跟平時一樣驕傲。

「念你最後一刻阻止逆賊喋血內宮，算是功勞一件，免你死罪，關入大牢，永不釋放。」

宰相殷無害又上前道：「太后，謀逆乃是不赦之罪，縱然立功也不宜寬恕。」

給謀逆者定罪可不容易，大臣們通常會再三提出反對意見，以揣摩上意，宰相之後，其他大臣也接二連三地表示羅煥章罪不可赦，太后堅持己見，眾人這才平息議論。

羅煥章卻不領情，兩名侍衛要將他押下去時，他說：「我阻止他們殺人，不是為了太后，而是不願大楚無主，以至天下大亂……唉，百無一用是書生，我沒什麼可說的了。」

羅煥章被帶走，太后看向皇太妃，這是她的親妹妹，在過去的幾十年裡一直是她唯一信任的心腹，現在卻成為背叛她最深的人。

大臣們面面相覷，都覺得自己不宜留在內宮旁聽太后家事，可太后不准他們離開，冷冷地說：「上官端，妳貴為皇太妃，卻勾結逆賊禍亂內宮，可知罪嗎？」

皇太妃一直盯著地面，這時抬起頭，看著自己的姐姐，「臣妾知罪，臣妾與太后同罪。」

大臣們全都保持沉默，更覺尷尬。

太后道：「妳說我有罪——先帝選定的顧命大臣都在這裡，妳有什麼話，都說出來吧。」

皇太妃的目光在大臣們臉上一一掃過，「顧命大臣？只顧自己的命，哪還管皇帝的命？好吧，妳讓我說，我就說，是妳毒殺了桓帝。」

這種時候還不開口，就太不合適了，大臣們七嘴八舌地呵斥皇太妃，太后抬起右手，示意群臣噤聲，「讓她說。」

皇太妃比任何人都瞭解太后，冷笑道：「妳這是以攻代守，以為讓我當著群臣的面說話，就能掃除謠言。但我還是要說出真相，即使暫時沒人相信，日後也會有人想起。」

皇太妃再次看向群臣，目光沒有停留，最後盯著皇帝，繼續道：「太后毒殺了桓帝，不，應該說是我和太后一塊毒殺了桓帝，我們共同犯下弒君之罪。」她露出一絲不以為然的微笑，「她放藥，我端湯，我們一塊看著桓帝喝下去，看著他的呼吸越來越弱……」

韓孺子被盯得心裡發毛，好像又被三柄利刃抵在了胸前。

太后不吱聲，大臣們更不敢吱聲，這種時候說什麼都是錯，那些沒資格進入內宮的大臣才是最幸運的人。

皇太妃的笑容慢慢消失，目光仍然盯著皇帝，「陛下想知道我們為什麼要做這種事？當然是為了我們共同的兒子，也是你的兄長，那個唯一有資格當皇帝，也最適合當皇帝的人。」

這個人當然是思帝，皇太妃對他的感情似乎比王美人對兒子的喜愛更甚。

宰相殷無害咳了一聲，他必須說點什麼了，否則的話會顯得失職，「思帝乃是桓帝嫡長子，繼位只在早晚之間，太后又何必……做出那樣的事？」

「因為桓帝改主意了，他剛登基的時候一心想要鏟除外戚崔氏，可是經過一段時間的執政後——」皇太妃的目光終於從皇帝臉上離開，冷冷地看向殷無害，「桓帝發現大臣才是最頑固的敵人，你們自成體系，互相薦舉、彼此庇護，表面上忠君，暗地裡卻將皇帝架空。」

群臣尷尬不已，殷無害反而最為鎮定，搖頭道：「皇太妃此言差矣，桓帝乃是一代明君，縱然與大臣們有些爭議，也總能達成一致……」

皇太妃大笑，再次盯著皇帝，「『明君』——記住了，陛下，你若是還能繼續當皇帝，以後也會被稱為『明君』，這就是大臣用來架空你的手段，什麼是『明君』？只有符合大臣要求的皇帝才是『明君』。」

殷無害搖頭不語，用一連串的嘆息表明自己的態度。

韓孺子道：「妳說桓帝改變主意是什麼意思？他不想當明君了？」

「他要當明君，但不是大臣心目中的明君，所以桓帝決定鋌而走險，先利用外戚壓制大臣，再調頭收拾外戚，為此，他做出決定，要廢除皇后與太子，封崔貴妃為后，立東海王為太子。」

旁邊的暖閣裡響起一聲詫異的尖叫，那是東海王，他沒有跑出來，也沒人理睬這聲叫。

殷無害道：「皇太妃越說越匪夷所思了，這麼大的事情朝中必有耳聞，可桓帝在位時，從未表現出對崔家另眼相看的意思，甚至接二連三地壓制……」

「先抑後揚的道理你不懂嗎？桓帝必須先壓制崔家，等他改立皇后與太子的時候，崔家才會感激涕零，甘心為桓帝所用。」

殷無害苦笑著搖頭，與其他大臣互視，臉上的神情分明在說：一派胡言，無須辯駁。

兵馬大都督韓星一直捧著太祖寶劍，上前一步說：「如此說來，連崔家也不知道桓帝的想法了？」

「崔家當然不知道，否則的話早就利用傳言為自家造勢。」

皇太妃垂下目光，再抬起時看向了太后，「真相因為真，所以無人相信。妳還是那麼聰明，我終歸鬥不過妳，可是有人能。妳可以一次次廢帝、立帝，可妳心中的恐懼無法解除，因為皇帝稍微長大一點，總會生出野心，令妳寢食難安。」

宮變失敗了，皇太妃臉上卻露出勝利的喜悅，「思帝對桓帝之死有所猜疑，他要調查真相，找妳理論，你們吵了一架，思帝一氣之下用匕首劃傷了妳的手腕，於是妳對自己的兒子也動了殺心。妳第二次弒君，這一次只有妳，因為妳知道我絕不會參與，更會想盡辦法阻止妳。」

喜悅變成了黯淡，皇太妃站在原地晃了兩晃，「妳殺死了思帝，殺死了自己的兒子，難道妳不明白，從此之後再也沒有可信之人可當皇帝了？處死我吧，我寧願去地下陪伴思帝，也不想活著看妳作威作福。」

面對皇太妃的「危言聳聽」，太后一直沒有阻止，臉上的神情也一直不變，這時慢慢抬起右手，露出一截手腕，那上面的傷疤清晰可見，「左吉，告訴大家，這傷是怎麼來的？」

韓孺子進屋之後還沒看到過這名太監，只見他從侍衛身後膝行過來，雙手被捆在背後，淚水、汗水混在一起，先向太后使勁磕頭，然後努力用最大的聲音說：「思帝駕崩，太后悲不自勝，用匕首自傷手腕，我親眼所見……親眼所見……」

群臣點頭，雖然不贊同太后的做法，但是慈母之心可以理解。

韓孺子之前卻從左吉口中聽到過另一種說法，他知道自己該相信哪一種。

皇太妃一敗塗地，向皇帝笑了一下，說：「當心，陛下。」

太后一揮手，兩名侍衛走來，押送皇太妃走出房間。

沒人敢問太后要如何處置皇太妃。

宰相殷無害輕舒一口氣，「天佑大楚，掃蕩逆賊，太后可以放心了。皇太妃妖言惑眾，實則漏洞百出，不會有人相信的。」

「皇太妃自己相信。自從思帝駕崩，她就一直抑鬱不樂，我以為過段時間會好些，可是她……非要找出一個原因，好讓自己心安。」太后長嘆一聲，群臣跪下，向太后表示同情。

「先帝早逝，新帝年幼，身為太后，自然要以大楚江山為先。宰相要我放心，可城外南軍一直沒有消息傳來，恐怕我還放心不下。」

第六十五章　風水輪流轉

韓孺子餓了整整一天一夜，卻一點胃口也沒有，吃了一點東西就放下筷子，迫切地希望能與母親說幾句話，可是身邊的人只有東海王和兩名太監。

審過皇太妃之後，皇帝被送進暖閣休息，太后與大臣們繼續議事，宮變已被挫敗，謀逆者卻尚未全部落網：望氣者淳于梟一直沒有出現，俊陽侯花繽不知逃至何處，桂月華跳出值宿樓後下落不明……

這一切都與韓孺子無關了，他又回到原點，成為名義上的皇帝。

「是我將太祖寶劍送出去的。」他喃喃道，不明白隱瞞真相的是劉昆升，還是宰相殷無害。

「父皇要立我當太子，父皇要立我當太子……」離著不遠，東海王念叨這句話已經不知多少遍，突然抬起頭，想要衝向皇帝，卻被兩名太監攔住，他還沒有受到懲處，唯一的原因是崔家的勢力未被摧毀。

「你聽見皇太妃的話了！」東海王大聲說，顧不得保持謹慎，「我才應該是皇帝！」

韓孺子突然覺得東海王有點可憐，「皇太妃的話並不可信，就算父皇立你當太子，也只是權宜之計，等他制伏大臣、鏟除崔家的勢力……」

「你以為我跟你一樣蠢笨嗎？」東海王怒氣沖沖，兩名太監對他輕輕搖頭，示意他不可以對皇帝不敬，東海王心虛，放緩語氣，「只要讓我當太子，只要讓我留在父皇身邊，我的太子之位沒人能動搖，沒人……啊，

父皇想立我當太子並非毫無預兆，父皇從前是東海王，我也是東海王！」

桓帝已經駕崩，他的真實想法誰都無從揣測，在他之前，武帝曾經三立太子，前兩位太子不僅被廢，過後又都被處死，在東宮留下鬧鬼的傳聞，桓帝不過是一場擊鼓傳花的幸運兒。

還有外面的太后，她失去了丈夫、兒子和妹妹，將權力握得越來越緊，她是勝利者嗎？

「朕乃孤家寡人。」韓孺子又想起了祖父說過的這句話，突然感到不寒而慄。

東海王哼了一聲，他從來就沒當韓孺子是皇帝，現在更不承認了。

外間突然傳來一陣喧嘩，東海王蹭地跑到門口，側耳傾聽，「上官虛進宮了，好像……不是好事。」

兩名太監去拉東海王，皇帝也離開椅子，跑到門口與東海王一塊傾聽，太監無法，只好站在皇帝和東海王身後，小心翼翼地看護著，以防他們闖出門去。

上官虛帶來的並不是好消息，一進來就跪在地上磕頭，聲音裡帶著惶恐與氣憤，「崔宏……崔宏奪走了南軍……」

東海王輕輕地歡呼了一聲。

昨天上午，數名官員進入南軍，出示聖旨要收回上官虛的印綬，上官虛當然不信，想辦法留住這些人，派人進城打探消息，卻被攔在了宮外，見不到太后。

雙方僵持，都失去了寶貴的先機，消息迅速在軍營中擴散，之前的地震已經引發無數謠言，奪印的傳聞更令眾將士無所適從。上官虛是新貴，上任時間短，又沒有從軍的履歷，不是很受擁護，奪印的官員品階不高，其中一人來自北軍，更加不受歡迎。

當城內的宮變正處於危急關頭時，南軍營內　釀著一場兵變。

關鍵時刻，崔宏來了，孤身一人，將衛兵和楊奉留給他的隨從都支走了。他出現的時機再恰當不過，早幾個時辰，南軍將士很可能不敢接受一名無印之官，再晚一會，兵變發生，他也彈壓不住。

他恰好在南軍情緒最不穩的時候到來，給予他們一個希望。

崔宏執掌南軍多年，算不上深受愛戴，卻也頗受信任，一大批遭到上官虛貶斥的軍官立刻倒向舊上司，帶動全體將士高呼「崔將軍」。

淳于梟等人派去的奪印者成為階下囚，崔宏毫不手軟，下令斬殺，上官虛和少量支持者趁亂逃走，一路狂奔，來向太后稟報，正好趕上宮變結束不久。

「上官虛爛泥扶不上牆，太后又信錯了人。」東海王興奮得臉都紅了，心中底氣陡升，敢對身後的太監怒目而視了。

隔著門，看不到太后的神情，她也一直沒說話，但是上官虛的聲音顫抖得越來越嚴重，表明了太后非常憤怒。

「楊奉！是楊奉幫崔宏奪取軍權的。」上官虛急於推卸責任，想到什麼說什麼，「崔宏進營不久，楊奉也去了，他看到我一句話也不說，直接去見崔宏，這個……肯定有詐。」

對慈順宮裡的人來說，崔宏出現得頗為突然，而且擾亂了剛剛到手的一場勝利，大臣們義憤填膺，爭搶著要去南軍活捉崔宏。大家都覺得，皇帝和太后若是遇難，重新掌握南軍的崔宏會是一股可怕的力量，可大楚的兩位至尊者安然無恙，擊敗崔宏應該很容易。

隔門傾聽的皇帝和東海王也都感到緊張，韓孺子好奇太后會如何解決這項危機，東海王比他忐忑得多，舅舅的成敗直接關係到他的命運。

大臣們的表態還在繼續，有人通報，楊奉求見太后。

「他還敢回來？膽子真是不小。」東海王吃了一驚，馬上想出了解釋，「哦，楊奉是替我舅舅當說客的，嘿，太監都是兩面三刀之徒，我一定要勸告舅舅，早點收拾掉這個楊奉。」

韓孺子相信楊奉不是那種人，他對另一名太監更覺困惑，「景耀怎麼又倒向太后了？」

「噓。」東海王現在只關心一件事，舅舅會向太后提出什麼條件。

楊奉的聲音傳來，不過一開口就惹怒了群臣，「奴楊奉叩見太后，請太后屏退眾人，我有話要向太后單獨稟報。」

宮變剛剛結束，楊奉又被指控謀逆，居然提出這樣過分的要求，大臣們的責罵聲清晰地傳來，東海王皺起眉頭，「這幫老傢伙，罵人的花樣倒是不少，等我……哼哼。」

出乎大臣們的預料，太后竟然同意了楊奉的要求，命令大臣、太監和宮女都退下，似乎只留下了幾名侍衛。

暖閣裡的兩名太監也自覺地遵守命令，先是小聲懇求皇帝和東海王退後，沒有效果，就只好動手了，兩人架起東海王，將他送回原處，然後轉身看著皇帝。

韓孺子自己走回去，坐到椅子上，外面的聲音不大，聽不清楊奉在說什麼。

「楊奉不可能投靠崔宏。」韓孺子想不出楊奉有任何理由要做這種事。

東海王嘿嘿笑了幾聲，「誰關心楊奉啊，你應該想想我舅舅會向太后提出什麼條件。」

韓孺子看向對面的東海王，「發生了這麼多事情，你還是想當皇帝？」

東海王瞥了一眼兩名太監，說：「就算當了皇帝之後立刻被砍頭，我也要當，有些人天生就該當皇帝，比如我。難道你不喜歡當皇帝的感覺嗎？」

「我只是一名傀儡。」韓孺子也不在乎太監，反正這是人所共知的事實。

兩名太監尷尬至極，連咳幾聲，乾脆站到門口去，假裝什麼都聽不到。

東海王身體前傾，認真地說：「沒錯，你只是一名傀儡，即便如此，仍有人主動效忠於你，中掌璽劉介、那群太監和宮女，還有幫你遞送寶劍的宮門令……」

「咦，你知道寶劍是我帶出去的？」

「嘿，誰都知道，可誰也不是傻瓜，除非太后親口說出來，沒人會承認你的功勞。大臣們只會在心裡默默感謝你，呵呵，你可幫了他們一個大忙，太后從此將更加依賴大臣，父皇極力避免的事情，就這樣讓太后給實現了。」

東海王不耐煩地用手指在窗台上敲擊，突然向門口走去，「不行，我必須見太后，舅舅……」

兩名太監向前一步，向東海王搖頭。

東海王只得退回原處，顯得更加焦躁，小聲自語：「舅舅若是聰明，就應該立刻打著救駕的旗號帶兵衝進皇宮，正好上官虛之前做過一次，不算破例。舅舅讓楊奉來幹嘛？那個太監不可信，就算要與太后談判，也該帶兵進來，面對面直接談……」

東海王不用再裝傻，分析眼前的境況時頭頭是道，韓孺子不由得為他點頭，「太后的兄長失去了兵權，可她有大臣支持，你舅舅也不敢輕舉妄動吧。」

「這個時候還管什麼大臣？要不是羅煥章和步蘅如……」東海王忿忿地哼了一聲，「除了崔家，世上就沒有值得相信的人，我終於明白為什麼皇帝總是信任外戚和宦官了。」

「真是奇怪，你舅舅當初交出官印，現在又奪回官印，早知如此，就不用兜這個圈子了。」

「一點也不奇怪，當初朝廷掌握在崔家手中，太后是冒險者，外面又有齊王虎視眈眈，所以我舅舅選擇以退為進，總不能眼睜睜看著大廈倒掉，把自家人也壓在下面吧？風水輪流轉，如今太后地位穩固，拚命想要保住朝廷，崔家卻風雨飄搖，不得不採取險招。你明白了吧？」

韓孺子當然明白，「大家都拿大楚江山做要挾，就沒人想過做點切實的事情嗎？反倒是謀逆的羅煥章想著天下百姓。」

「哈，崔家和太后為什麼要想著天下百姓？他們又不是皇帝，你是皇帝，他們揮霍的是你的江山，要是換成我……」東海王的宮變一敗塗地，還被羅煥章欺騙，一時心灰意冷，連說大話的心情都淡了。

房門開了，走進來的是王美人，她對兩名太監說：「我要與陛下說幾句話，太后命你們將東海王帶出去。」

「我舅舅讓楊奉帶來什麼條件？」東海王問，沒有得到回答，只好跟兩名太監出去，心中惴惴不安。

自從幾個月前離家，這還是母子二人第一次單獨相見，韓孺子站起身，不知道該說什麼才好。

王美人走到兒子面前，笑了笑，「孺子，咱們不當皇帝了。」

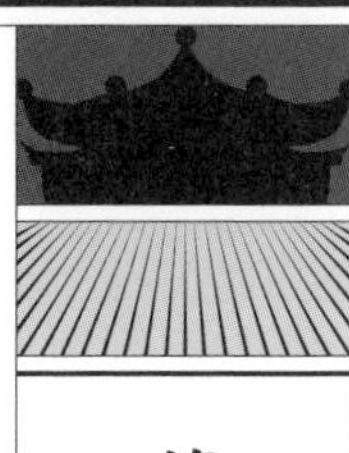

第六十六章　遭逐之人

幾個月前，韓孺子深夜裡被楊奉帶走時，王美人對未來充滿了期許與幻想，可現在，這一切都已煙消雲散，對她來說，只有一件事是重要的。

那就是讓兒子活下去。

韓孺子大吃一驚，奇怪的是，他的第一個反應並非「不當皇帝」，而是母親對他的稱呼，「妳叫我的名字了。」

「嗯，我是你的母親，自然要叫你的名字。」

「這麼說，太后還是要廢掉我？」

王美人搖搖頭，「是我求她這麼做的。」

「為什麼？」韓孺子茫然不解，若是再早一段時間，甚至就在宮變之前，他也可能欣喜地接受母親的決定，可現在，他有點喜歡上當皇帝了，相比幾個月前純粹的傀儡狀態，他覺得事情正在好轉，一群「苦命人」願意效忠於他，只見過一面的宮門令嚴格地執行了他的旨意……

「你聽到皇太妃說的話了，我不想讓自己唯一的兒子死在皇宮裡。」

「她的話不一定是真的，況且……我不會讓太后殺掉我的。」

王美人又笑了笑，抬手將兒子臉上的一塊灰塵輕輕擦掉，「當然，我的兒子這麼聰明，怎麼會讓人隨便殺掉呢？」

韓孺子突然醒悟，「母親，是不是楊奉帶來了崔宏的條件，要讓東海王稱帝？」

王美人搖搖頭，「崔太傅沒有這個膽量，他讓楊奉來求和，只要太后不追究崔家在這次宮變中的罪過，並且將南軍大司馬之職還給他，他就願意效忠太后。至於東海王，崔太傅根本沒提起這個外甥。」

東海王知道此事之後想必會很失望，不過現在韓孺子卻更加失望，可這是母親的要求，他還從來沒反對過母親，因此只能低頭不語。

王美人瞧得心有些疼，兒子低頭的樣子跟小時候毫無二致，她上前一步，貼著兒子的耳邊小聲說：「太后必然要與崔家拚個你死我活，誰當皇帝誰是犧牲品，東海王自以為是，不會有好下場，你坐山觀虎鬥就好，日後還有機會。」

「機會？」韓孺子驚訝地抬起頭。

「大楚朝廷已經爛到根子裡了，羅煥章說得沒錯，朝堂內外爭的都是家務事，我不想讓你參與進來，以後你不僅要當皇帝，還要當一個乾淨的皇帝。」

「可是……可是……」韓孺子想說自己以後再沒有機會當皇帝了。

「機會總會有的，我會留在宮裡幫你製造機會。」

韓孺子大驚，不在意當不當皇帝了，「不，母親，妳要跟我一起出宮，我不當皇帝，妳也不要留在太后身邊，她……她很危險。」

「沒關係，只要我不爭什麼，就不會有危險。放心，我不會冒著生命危險給你爭取機會的，只是在這裡替你看著，機會一旦到來，得有人能馬上通知你。」

「不不，我永遠都不當皇帝了，只要母親跟我一塊出宮。」

王美人臉色一寒，「你不是小孩子了，我向太后哀求才換來這次退位，你要珍惜。」

韓孺子不敢再反對母親，「什麼時候……讓我退位？」

「還不清楚，應該很快吧，總之記住我的話：不要相信任何人，也不要得罪任何人。」

韓孺子點點頭，開始認真考慮不當皇帝的生活，「那些『苦命人』怎麼辦？他們只救我沒救太后，會不會受到報復？」

「你小瞧太后了，她還不至於跟一群奴僕鬥氣，不過你要是擔心的話，我會想辦法將他們都送出皇宮。」

王美人又笑了，「你做得很好，連為娘都吃了一驚，你是一個好皇帝，可時機不對，爛樹上長不出好果子，你得等待這棵樹重新發芽。」

「如果……等不到呢？」韓孺子小心翼翼地問，生怕惹惱母親。

王美人這回沒有生氣，笑道：「如果老天不給你再度稱帝的機會，我寧願你做一個普通人，一生衣食無憂，妻兒陪伴左右。」

韓孺子覺得自己要哭了，強行忍住，「我真希望母親跟我……」

「不行。」王美人拒絕得很乾脆，「哪怕只有一丁點機會，我也要留在宮中替你看著。而且我也要學習，從前我將當皇帝想得太簡單了，跟在太后身邊我能學到很多東西。」

韓孺子有些驚恐。

王美人撫摸兒子的臉頰，笑道：「傻孩子，我要學太后的馭臣之術，不是殺人的門道，我也不相信思帝是被太后殺死的。」

「那桓帝呢？」

王美人的笑容漸漸消失，桓帝也算是她的丈夫，可她對那個男人已經沒什麼印象了，「別問太多，出宮之後要小心謹慎，你能取得下人的效忠，這是好事，可你得罪的人也不少。」

「不是我想得罪……」

房門又開了，楊奉走進來，看著母子二人，沉默了一會，說：「太后請陛下過去。」

太后一個人坐在椅榻上，呆呆望著前方的什麼東西，楊奉示意王美人退出，房間裡就只剩下三個人。

韓孺子站在太后面前，既然要被廢掉，他不打算再行人子之禮了。

「告訴他吧。」太后冷淡地說，連目光都沒動一下。

楊奉來到皇帝身邊，說：「陛下知道自己要退位吧？」

「嗯。」韓孺子對這名太監的印象也變差了，楊奉看重的只是皇帝，自己一旦退位，大概與他再也不會有關聯了。

「陛下得寫一封退位詔書，陛下要自己寫，還是我替陛下擬好？」

「請楊公擬好吧。」韓孺子不想爭，同意退位之後，他的心開始往下沈，可是度過最初的震驚與不解之後，他感到如釋重負，離開皇宮，這正是他最初的目標，唯一遺憾的是母親不能一塊出去。

事情很順利，楊奉恭敬地鞠躬，退後。

太后終於將目光轉到皇帝身上，「王美人覺得你熬不過接下來的混亂，寧可讓你遠離帝位，你自己是怎麼想呢？」

「我相信母親。」韓孺子說。

「王美人覺得你還有機會重新稱帝，但我要告訴你，這不可能，我與崔家無論誰勝誰負，都不會讓一名廢帝重新登基。」

「我並無奢求。」

太后慵懶地揮揮手，表示皇帝可以退下了。

韓孺子轉身要走，又停下來，「我能提幾個問題嗎？」

太后點下頭。

「景耀到底是誰的人？」

「你就要退位了，還關心這種事？」

「心裡有疑惑，憋得慌。」

太后不屑地冷笑一聲，「景耀當然是我的人，他以中司監之職掌管寶璽，在太監的權勢上已經到頂了，投靠皇太妃還能得到什麼好處？知道皇太妃的陰謀之後，他一直想通知我，卻被左吉隔絕在外，只好虛與委蛇，宰相殷無害能逃出勤政殿，以及官兵能進宮，他都有功勞。」

「如此說來，我送劍出宮倒是多此一舉了。」

「那倒不是，景耀忠於我，可他不敢輕舉妄動，再等下去，逆賊很可能真會動手殺我。」

「羅煥章真是個奇怪的人。」所有謀逆者當中，韓孺子對這位國史師傅最感不可理解，「一會要造反，一會又投降，一會說殺死太后和皇帝也沒用，外面的大臣會立刻選立新帝，一會又阻止謀逆者動手殺人，說是不想天下大亂。」

太后向楊奉點下頭，讓他給皇帝解釋。

楊奉此前不在宮內，對羅煥章卻十分瞭解，躬身道：「羅煥章乃天下名儒，自以為在替天下蒼生請命，沒有人比他的立場更堅定，遺憾的是眼高手低。這種人開始時鬥志昂揚，一旦發現事情與預料得不一樣，又會大失所望，對他來說，事情要麼一舉而成，要麼甘心認命，沒有別的選擇。一舉而成的時候，弒君在他看來只是小亂，於事無補；甘心認命的時候，小亂在他眼裡變成了大亂，所以他要阻止。」

「開始時鬥志昂揚，不順時甘心認命……」韓孺子看著楊奉，覺得這些話是在提醒自己。

楊奉跟自己沒關係了，韓孺子甩掉這個念頭，「我退位之後，要讓東海王當皇帝嗎？」

楊奉沒有回答。

韓孺子又問道：「崔宏掌握了南軍，東海王稱帝，太后怎麼可能打敗崔家呢？」

楊奉做出請的姿勢，「陛下知道的夠多了。」

韓孺子突然跪下，向太后磕了個頭，起身道：「謝謝。」

韓孺子出屋，太后說：「讓他出宮或許是個錯誤，這小子在威脅我，讓我好好照顧他的母親呢。」

楊奉鞠躬，「他的威脅不足為懼。」停頓片刻，他又道：「太后真的要讓我也出宮？」

「引崔宏入京，是你犯下的重罪，逐你出宮已是最輕的處罰，況且，宮裡已沒有你可以效忠之人，出宮去抓你的望氣者吧。」

楊奉也跪下磕了一個頭，「請允許我在太后面前說一句狂言：當初是我將孺子接入宮內，我若出宮，必會不遺餘力將他再送回來。」

「好啊。」太后打了一個哈欠。

楊奉起身退出房間。

太后獨自坐了一會，伸手在几案上敲了兩下。

孟氏兄妹從另一間暖閣裡走出來。

「你們沒抓到淳于梟？」太后問。

孟徹上前一步，「孟娥瞧出前方有詐，執意回宮，結果宮中真的生變。」

這是宰相殷無害沒有提起也不知道的一件事，大批官兵殺死了守門的刀客，慈順宮裡的刀客卻是被侍衛殺死的，因此羅煥章的勸說才更容易生效，因此步蘅如才沒敢動手殺人，最後還跪地求饒。

「你妹妹急著趕回來，要救的人不是我，而是皇帝。」太后盯著孟娥，「妳早就向皇帝效忠了吧，這是妳一個人的決定，還是你們兄妹二人的共同想法？」

孟娥立刻跪下，「是我一個人的決定，哥哥完全不知情。」

孟徹露出驚訝之色，隨後嘆了口氣，他早就看出苗頭，沒想到妹妹真的做了。

「既然如此，妹妹出宮，哥哥留下。」太后揮手，命兩人離開。

孟娥也磕了一個頭，孟徹欲言又止，現在不是向太后進言的時候。

屋子裡真的只剩下一個人，太后疲倦不堪，莫名其妙地想起一句話，喃喃道：「朕乃孤家寡人。」

這句話給她帶來某種神奇的力量，她已做好準備，要掀起更多的腥風血雨。

（卷一終）

New Black 011

孺子帝：卷一　皇座上的囚徒

作者　冰臨神下

堡壘文化有限公司
總編輯　　簡欣彥　　　行銷企劃　許凱棣、曾羽彤
副總編輯　簡伯儒　　　封面設計　Bianco Tsai
特約編輯　倪玼瑜　　　內頁構成　李秀菊

讀書共和國出版集團
社長　郭重興
發行人兼出版總監　曾大福
業務平臺總經理　李雪麗
業務平臺副總經理　李復民
實體通路組　林詩富、陳志峰、郭文弘
網路暨海外通路組　張鑫峰、林裴瑤、王文賓、范光杰
特販通路組　陳綺瑩、郭文龍
電子商務組　黃詩芸、李冠穎、林雅卿、高崇哲、沈宗俊
閱讀社群組　黃志堅、羅文浩、盧煒婷
版權部　黃知涵
印務部　江域平、黃禮賢、林文義、李孟儒

出版　堡壘文化有限公司
發行　遠足文化事業股份有限公司
地址　231新北市新店區民權路108-2號9樓
電話　02-22181417　傳真　02-22188057
Email　service@bookrep.com.tw
郵撥帳號　19504465 遠足文化事業股份有限公司
客服專線　0800-221-029
網址　http://www.bookrep.com.tw
法律顧問　華洋法律事務所　蘇文生律師
印製　呈靖彩印有限公司
初版1刷　2022年6月
定價　新臺幣400元
ISBN　978-626-7092-49-1　9786267092514（Pdf）　9786267092521（Epub）

國家圖書館出版品預行編目（CIP）資料

孺子帝．卷一，皇座上的囚徒／冰臨神下著. -- 初版. -- 新北市：堡壘文化有限公司出版：遠足文化事業股份有限公司發行, 2022.06
　面；　公分. -- (New black ; 11)
ISBN 978-626-7092-49-1（平裝）

857.7　　　　111009246